조선 중기의 전쟁과

고소설의 기억

지은이

이종필(李鍾弼, Lee, JongPil) 경기도 안성 출생. 고려대학교 국어국문학과를 졸업하고 동 대학원에서
「조선 중기 전란의 소설화 양상과 17세기 소설사」로 박사학위를 받았다. 경희대, 한경대, 숭실대, 홍익
대 등의 강사와 고려대학교 BK21+ 연구교수를 거쳐 현재 대구대학교 사범대학 국어교육과에 재직 중
이다. 주요 논문으로 「고소설 연구의 민족 / 민중 / 근대성 지향에 대한 비판적 성찰―내재적 발전론과
의 상관관계를 중심으로」, 「田禹治 전승의 양가적 表象과 그 역사적 맥락」, 「〈복선화음가〉에 구현된
治産의 의미와 텍스트 향유의 내적 기반」 등이 있으며, 고전 서사문학에 투영되어 있는 조선의 가족제
도와 여성의 문제 그리고 19세기 소설사 등에 관심을 갖고 공부하고 있다.

조선 중기의 전쟁과 고소설의 기억

초판인쇄 2017년 5월 20일 **초판발행** 2017년 5월 25일

지은이 이종필 **펴낸이** 박성모 **펴낸곳** 소명출판 **출판등록** 제13-522호

주소 06643 서울시 서초구 서초중앙로6길 15, 1층

전화 02-585-7840 **팩스** 02-585-7848 **전자우편** somyungbooks@daum.net **홈페이지** www.somyong.co.kr

값 25,000원 ⓒ 이종필, 2017

ISBN 979-11-5905-150-0 93810

이 연구는 2016년도 (재)동일문화장학재단 학술연구비 지원에 의해 수행되었음.

조선 중기의 전쟁과 고소설의 기억

THE WARS IN THE MID-JOSEON DYNASTY
AND THE MEMORY OF KOREAN OLD NOVELS

이종필 지음

소명출판

    고등학교 2학년 때 특별활동으로 '詩 감상반'을 선택했었다. 詩心이 넘쳐났던 탓이 아니고, 온화한 성격의 선생님께서 해당 활동을 담당하셨던 터라 그 시간을 이용해 좀 편히 쉬어 보자는 '불순한 의도'가 강했다. 그렇게 유야무야 활동을 이어가던 어느 날, 정철의 「사미인곡」을 처음 접한 나는 그 시적 상상력과 절절한 언어들에 단단히 매료당했다. 당시에는 정철에 대한 작가론적 지식이나 선조와 정철의 관계 혹은 '충신연군지사' 등에 대한 이해가 깊지 않았던 터라, 나는 운 좋게도(?!) 「사미인곡」을 '간절하고 순수한 세레나데'로 기억할 수 있었다. 이과였던 내가 국어국문학과에 진학하겠다고 마음먹은 것은 그 즈음이었다.

    가까스로 국어국문학과에 진학한 후 다양한 전공수업을 수강하면서 적지 않은 즐거움도 느꼈지만, 겁도 없이 '공부'를 직업으로 삼고자 다시 한 번 결심했던 것은 3학년 1학기가 끝나가는 시점이었다. 詩가 아니라 소설 그것도 고소설을 세부 전공으로 결정하게 된 데는 지도교수이신 장효현 선생님의 저서가 결정적인 역할을 했다. "차별 질서로 특징지어지는 中世 시대에 고전소설은 당대인의 삶의 모순과 갈등을 직접적으로, 혹은 寓意的으로 드러내 보여 주었"으며, "그 시대의 어느 장르도 감당할 수 없었던 역할"을 담당했다는 선생님의 평가에 대한 동의를 넘어, 그 구체적인 면모들을 직접 확인하고 거기에 더해 나의 소박한 생각도 보태고 싶었다. 그렇게 나는 대학원에 진학했는데, 돌아보면 당시의 무모하고 치기 어린 결정에 아찔함까지 느껴지기도 한다.

「崔孤雲傳」으로 석사학위 논문을 쓰고, 어느새 박사과정마저 수료한 상태가 되었을 때까지도 나의 '공부'는 명확한 방향을 잡지 못했던 것 같다. 그럼에도 '17세기 소설사'를 소재로 박사학위 논문을 써보겠다는 욕심 또한 버리지 못했다. 조선의 17세기는 동아시아 전쟁의 발발과 그 여파, 가족제도의 변화와 그에 따른 여성의 가문 내 예속화, '조선중화주의'의 확산과 심화, 심지어 '소빙기' 현상과 관련된 대기근 등과 같은 중차대한 사회문화적 사건과 변화들로 가득 찬 시대였고, 이러한 시대상이 고소설과 어떻게 길항하고 교섭했는가에 대한 질문들이 머릿속을 떠나지 않았던 때문이다.

이 책은 위와 같은 나의 고민과 질문에 대한 나름의 답변이다. 조선 중기 전쟁과 17세기 소설사를 중심으로 논의한 박사학위 논문을 1부로, 관련된 네 편의 소논문을 2부로 구성해『조선 중기의 전쟁과 고소설의 기억』이라는 제목을 붙였다. '나름의 답변'이라 했지만 거창한 문제 제기에 비해 그 결과는 소략하기만 한 탓에 그저 부끄러울 따름이다. 이제까지의 내 공부가 얼마나 '狂簡'한 것이었는가를 이 책은 고스란히 보여주고 있는 셈이다. 책으로 엮어내는 과정 속에서 엉성한 내용을 보완하는 작업은 고사하고, 난삽한 문장을 수정하고 표현을 적절하게 다듬는 일조차, 결코 쉽지 않은 작업이었다. 또한 2부에 수록된 소논문들 중 일부는 박사학위 논문에서 미진했던 부분을 보완하는 성격이 강해, 일부 내용이 겹치거나 중복되기도 한다. 이 점 독자들의 양해를 미리 구한다. 그리고 혹여 해당 논문을 참고하실 경우, 이 책에 수록된 논문을 이용해 주시길 부탁드린다.

이렇듯 부족하기만 한 책이지만, 이 책이 나오기까지 많은 분들의 보살핌과 도움이 있었다. 학부 때부터 많은 가르침을 주신 모교의 국어국문학과와 한문학과의 선생님들, 그리고 박사학위 논문을 심사해 주신 선생님들께 먼저 감사드린다. 또한 학회 활동 중에 조언과 격려를 해 주신 선생님들과 새로운 직장에서 빠르게 적응할 수 있도록 물심양면으로 도움을 주신 대구대학교 국어교육과 선생님들께 고개 숙여 감사의 인사를 드린다. 한 분 한 분의 성함을 이곳에 밝히는 것이 도리일 것이나, 여러 선생님들의 學恩을 기억하면서 앞으로의 공부에 매진해 가는 것이 더 큰 보은일 것이라 생각한다.

다만 不惑을 넘어서면서 스승의 글과 삶을 되돌아보는 일이 더 잦아졌다는 사실은 잠시 부기해 두고 싶다. 선생님께서 보여주신 연구의 범주나 깊이를 앞으로의 내가 따라갈 수 있을까라는 고민도 잠시, 선생님의 일상에 녹아 있던 엄정함과 평온함을 닮아가는 일이 그보다 더 어려우리라는 생각을 근래 자주 하게 된다. 부족한 나로서는 학문적으로나 인간적으로 모두 불감당의 일일 터이나, 요즘 같은 세상에 師表로 삼을 분이 있다는 사실만으로도, 나는 운이 좋은 사람이라고 생각한다.

더불어 불초한 자식을 위해 늘 기도하시는 양가의 부모님께도 깊이 감사드린다. 부모님들께서 그간 몸소 보여주신 삶에 대한 敬意, 그 성실함과 근면함이 오늘의 나를 있게 했다고 믿는다. 여느 자식들처럼 나 또한 부모님들의 건강한 여생을 바라고 또 기도한다. 또한 난삽한 원고를 처음부터 끝까지 교정해 준 아내 양수현과, 함께 살고 있는 두 마리 고양이 — 냥냥이와 삼순이 — 에게도 특별한 고마움을 전한다.

끝으로 상업적 이윤과는 무관한 책의 출간을 흔쾌히 결정해 주신 소명출판 박성모 대표님과 꼼꼼하게 원고를 다듬어주신 편집부 성지은 님께도 감사의 말씀을 드린다.

'공부'하며 살 수 있다는 건 얼마나 커다란 행운인가. 앞으로 그 행운의 결과물들을 되도록 많은 사람들과 나누며 살아가기를 희망한다.

2017년 5월
文川池가 내려다보이는 慶山의 연구실에서
저자 삼가 쓰다

조선 중기 전란戰亂의
소설화 양상과
17세기 소설사

제1장

왜 다시 17세기 소설사인가

1. 17세기 소설(사)는 어떻게 조명되어 왔는가

1) 전쟁과 17세기 그리고 고소설古小說

이 글은 조선 중기의 전란戰亂을 주요한 소재나 배경으로 삼고 있는 17세기 소설들의 지향과 추이를 분석하고, 이를 통해 그간 17세기 소설'사史' 논의에서 간과되어 왔던 소설사적 지형들을 재조명하기 위해 기술되었다. 이는 곧 일련의 전쟁 발발과 그 파장으로 인해 생성된 17세기의 역사적 특수성을 충분히 고려하면서 관련 텍스트를 재해석하고, 그 기반 위에서 당대의 소설사적 지형 변화가 지니는 의미를 새로운 시각으로 조감·분석해 보고자 하는 것이다. 나아가 그간 조선 '후기' 소설사의 기점起點으로 인식되어 왔던 17세기 소설사에 대하여, 이 시기 소설사의 특수성을 16세기와의 관련성 속에서 살펴봄으로써 고소설사古小說史 논의의 새로운 지평을 확보하는 것이 본고의 또 다른 목적이라 할 수 있다.

17세기는 우리 고소설사에 있어 가장 획기적인 시기이다.[1] 전대前代의 다소 영성零星했던 소설사적 지형을 염두에 둔다면,[2] 17세기 소설사가 보여준 변화의 폭과 깊이는 가히 '비약적인 발전' 그 이상의 전환이었다고 이를 만하다. 전기傳奇 중심의 단조롭던 소설사적 흐름은 전기계傳奇系 소설, 전계傳系 소설, 가정·가문 소설, 영웅군담소설 등과 같은 다양한 하위 장르[3]의 활성화로 인해 새로운 국면을 맞이하게 되었고, 특히 국문장편소설의 출현 및 확산은 창작 표기문자의 이원화를 통해 보다 근원적인 차원에서 소설 향유층의 확대·변모를 가능케 했다. 뿐만 아니라 중국 소설의 유입과 확산 역시 이 시기의 소설사 전환에

---

1   『조선소설사』에서 17세기를 임·병 양란기와 숙종대로 구분한 후 해당 시기의 소설사적 변화 양상과 동인을 고찰하기 시작한 이래 17세기를 소설사의 주요한 전환기로 인식하는 시각은 지금까지 이어져 오고 있다. 김태준, 박희병 교주, 『증보 조선소설사』, 한길사, 1990, 69~100면.

2   물론 『금오신화金鰲新話』 이후의 16세기 소설사 역시 『기재기이企齋記異』에서 변화의 싹을 내보이거나 「설공찬전」·「최고운전崔孤雲傳」을 통해 새로운 장르를 모색하는 등의 역동성을 보여주기도 했다. 더불어 몽유록夢遊錄이나 실기實記는 당대의 문제적 현실에 보다 밀착된 서사세계를 구현해 냈으며, 심성가전心性假傳은 연의류演義類의 서사 방식을 차용해 성리학적 이념 전파에 심혈을 기울인 데서도 알 수 있듯이, 16세기가 소설사 혹은 서사문학사의 측면에서 활발한 모색기였음은 주지의 사실이다. 그럼에도 불구하고, 16세기에 이르기까지 허구적 서사문학의 중심 장르가 소설은 결코 아니었다는 점 역시 부인할 수 없는 사실이다. 16세기 소설사의 역동성에 대해서는 다음을 참고할 것. 민족문학사연구소 고전소설사연구반 편, 『묻혀진 문학사의 복원-16세기 소설사』, 소명출판, 2007.

3   하위 장르와 동일한 의미를 지닌 용어로 작은 갈래나 장르종 혹은 양식 등이 사용되기도 한다. 이 글에서는 하나의 큰 장르 범주 밑에 일정한 유형을 이루며 소속될 수 있는 텍스트군群을 지칭할 경우, '하위 장르subgenre'라는 용어를 사용하도록 하겠다.

있어 한 몫을 담당하였는바, 17세기 소설 담당층 중에는 중국소설의 번역이나 번안飜案 혹은 개작을 통해 적극적으로 소설을 향유하는가 하면 중국소설의 서사 구성 방식이나 주요 모티프 등을 원용해 소설 창작 과정의 새로운 활로를 모색하기도 했다. 요컨대, 17세기 소설사는 하위 장르의 다변화, 창작 표기문자의 이원화, 향유층의 확대, 중국소설의 유입 및 확산 등과 같은 제 현상들이 맞물리면서 폭발적인 변모를 일궈 냈던 것이다.[4]

그런데 이상과 같은 17세기 소설사의 비약적 발전 양상으로 인해 이 시기 소설(사) 연구에 몇 가지 특징적 경향들이 수반되었음을 지적해 둘 필요가 있다. 먼저 '17세기'를 표제어로 내세운 소설(사) 연구의 대부분이 하위 장르별로 진행되어 왔다는 점이다. 다시 말해, 17세기 소설사의 전환에 대한 분석과 평가는 주로 전기소설傳奇小說이나 국문장편소설 등과 같은 특정 하위 장르를 중심으로 논의가 진행되어 왔다는 것이다. 시기와 장르의 범주를 좀 더 넓힐 경우, 조선 후기 몽유록이나 재자가인소설才子佳人小說에 관한 연구 역시 특정 하위 장르의 사적史的

---

4 이러한 정황은 최근 제출된 김종철의 17세기 소설(사) 연구에 관한 종합적 정리·검토를 통해 다시 한 번 확인할 수 있다. 그는 "이 시기 소설의 전개는 소설의 서사적 특징에서부터 소설의 형식과 양식, 소설의 언어, 작가와 독자, 사회적 역할과 문화적 위상에 이르기까지 다층적이고 입체적인 양상을 보이며, 이 여러 양상들이 외적으로는 分化와 다양성을 지향하지만 내적으로는 긴밀히 연계되어 있음"을 언급하면서, 17세기 소설의 전개를 다음과 같은 여섯 개의 범주로 나누고 각 범주들의 상호 연관성 및 그와 관련된 사회·문화적 변화에 주목해야 한다고 강조하였다. 각 범주의 내용은 다음과 같다. ① 서사적 특징의 변화(쟁취하는 주인공, 여성 주인공, 가족의 발견, 이원적 세계관, 현실성, 통속성, 일상성) ② 양식의 다양화(전기소설, 가문소설, 영웅소설, 전계 소설······) ③ 형식의 다양화(단편소설, 중편소설, 장편소설) ④ 국문 창작소설의 등장, 국문본과 한문본의 상호 공존 ⑤ 소설 작가와 독자(특히 여성)의 확대 ⑥ 소설에 의한 사회적 소통 구조 형성, 독서 문화 형성(김종철, 「고전소설사에서의 17세기 소설의 위상」, 성현경교수추모논총간행위원회 편, 『한국 고소설 연구의 쟁점과 전망』, 보고사, 2011, 134~138면).

추이를 살핌으로써 소설사 전개의 한 축을 고찰하고 있다는 점에서 비슷한 경향을 띤다고 할 수 있다.

이상과 같은 '하위 장르별 텍스트의 역사적 추이'를 고찰하는 구도는 우리에게 매우 익숙한 논지 전개 방법이며 또한 여러모로 강점을 갖는 것이 사실이다. 그러나 장르는 텍스트를 담아내는 단순한 그릇이 아니라 해당 텍스트의 지향까지도 일정 부분 담지하고 있는 일종의 '정해진' 그릇이라는 점 역시 염두에 둘 필요가 있다. 다시 말해, 창작에 앞서 전傳이나 몽유록 혹은 애정전기愛情傳奇 등과 같은 특정 하위 장르를 선택하는 행위는 작자의 메시지를 가장 효과적이며 또 용이하게 전달할 수 있는 장르적 특성에 대한 고려가 전제되어 있는 행위이며, 이에 따라 각각의 텍스트 역시 선택된 장르의 문법적 관성과 주제의 지향적 특성을 완전히 거스를 수는 없게 된다는 것이다. 따라서 하위 장르별 텍스트의 통시적 고찰은 해당 장르의 문법이나 주제 구현의 자장적磁場的 범주 안에서 일어난 각 텍스트들의 운동 궤적과 그 의미를 추적하기 위한 탁월한 구도이지만, 역으로 각 하위 장르의 특징적 국면을 넘어서는 보다 거시적인 변화와 전환의 의미를 독해해 내기에는 일정 부분 한계가 있을 수밖에 없다.[5]

다음으로 기존의 17세기 소설사 논의에 있어 다음과 같은 일정한 경

---

5 물론 17세기 소설'사史' 연구가 각 하위 장르를 중심으로 진행된 데에는 상술한 맥락에 앞서 현실적인 제약이 존재했기 때문이다. 즉 이 시기에 들어 각 하위 장르별 텍스트의 물리적 양이 큰 폭으로 증가했으며, 이에 따라 17세기 소설사와 그 전환의 의미를 분석하기 위해 이 시기의 모든 텍스트를 망라해 다룬다는 것은 현실적으로 어려운 일일 수밖에 없었던 것이다. 이에 따라 고소설 연구의 전체적인 동향은 초창기의 '고전소설사'적 구도에서 벗어나 보다 정치精緻한 장르별 연구의 방향으로 차츰 변화되었던 것이며, 이를 통해 고소설 연구가 한층 더 확장·심화되었다는 사실에는 이론의 여지가 없다.

향성 나아가 편향성이 존재했다는 사실 역시 반추해 볼 필요가 있는 대목이다. 첫째, 17세기 소설사의 다양성에 비해 지나치게 애정전기와 국문장편소설 위주로 연구가 진행되어 왔다는 점이다. 더욱이 상기한 두 하위 장르가 17세기 소설사의 전·후반기를 대변하는 장르였음에도 불구하고 두 장르 사이에는 계기적 인과성을 뛰어넘는 단절적이고 단층적인 면모가 존재한다는 점으로 인해, 앞서 말한 '편향성'의 문제는 좀 더 복잡한 양상을 띤 채 전개되었다는 점이다. 즉 기존의 17세기 소설'사_史' 연구는 주로 전반기의 애정전기와 후반기의 국문장편소설을 중심으로 그 변모와 출현에 대한 분석을 통해 진행되거나 혹은 이 양자 사이에 합리적인 가교를 설정함으로써 17세기 소설사의 단층斷層을 복원하려는 노력들로 대체되어 왔다는 것이다.

물론 저자가 '경향성'이나 '편향성'이라 명명하긴 했지만, 기실 두 하위 장르를 중심으로 17세기 소설(사) 연구가 진행되어 왔다는 사실 자체가 문제가 될 이유는 전혀 없다. 두 하위 장르가 17세기 소설사의 핵심적인 요소임은 물론이거니와, 더욱이 17세기를 통과해 오면서 소설사의 중심 장르가 '애정전기'에서 '국문장편소설'로 이동했다는 확연한 사실을 염두에 둔다면, 17세기 소설'사_史' 나아가 그 전환의 의미를 해명하기 위해서 두 장르 사이의 '이동'에 관심을 둔다는 것은 어쩌면 너무나 자연스런 흐름이기 때문이다. 다만 이 글의 연구 목적과 관련해 지적하고 싶은 것은 두 하위 장르의 쇠퇴와 출현 혹은 양자 사이의 관련성이 17세기 소설사의 주요한 국면임에는 틀림없지만, 그것이 곧 17세기 소설사의 '전모全貌'는 결코 아니라는 점이다. 우리가 이제 17세기 소설사를 논함에 있어 새로운 부면으로 눈을 돌려야 하는 이유가 여기에 있다고 하겠다.

그렇다면 장르별 연구를 지양하면서 이 시기 소설사를 조감할 수 있는 효과적인 대안은 무엇일까. 이에 대해 저자가 제시하고자 하는 구도가 바로 전란戰亂 관련 17세기 소설들의 사적史的 추이에 관한 고찰이다. 다음 절에서 보다 구체적으로 적시하겠지만, 조선 중기의 전란은 각종 하위 장르 — 전기계傳奇系 소설, 전계傳系 소설, 영웅군담소설 — 를 통해 그 다양한 국면들이 포착되고 있다. 더욱이 연이어 발발했던 일련의 전쟁들은 각각 그 역사적 성격이 판이했는데, 흥미로운 것은 그와 같은 역사적 특수성이 각 하위 장르의 창작 및 향유에도 일정한 영향력을 행사했다는 점이다. 따라서 조선 중기의 전란을 주요한 소재나 배경으로 삼고 있는 소설들의 지향과 추이에 대한 분석은, 곧 17세기의 역사적 특수성과 그에 따른 17세기 소설사의 특수성을 동시에 드러낼 수 있는 효과적인 구도가 될 수 있을 것으로 기대된다.

그럼에도 불구하고 그간 '전란戰亂 관련 고소설'에 대한 연구는 17세기 소설사의 의미망을 드러내는 데 특별한 관심을 보이지 않았던 것이 사실이다. 전란의 폐해에 대한 소설적 대응과 극복의 측면을 강조하거나 혹은 텍스트 속에 편린으로 존재하는 민중들의 형상 부각에 좀 더 집중해 왔던 것이다. 당대의 텍스트 속에 이러한 부면들이 존재하는 것은 엄연한 사실이다. 하지만 문제는 상술한 시각에서의 전란이란 운명적 비극으로서의 전란과 그 폐해 혹은 그에 대한 대응이라는 '보편성'이 강조되는 사건일 뿐이라는 점이다. 더욱이 이렇게 될 경우 정작 각 전란이 내포하고 있는 당대의 '역사성'이나 '특수성'은 간과되거나 혹은 소거될 수밖에 없다는 점을 우리는 염두에 두어야 한다. 전란 관련 소설의 분석에서 각 전란의 역사적 맥락에 대한 고찰이 긴요한 이유가 바로 이 지점에 있다. 요컨대, 17세기 소설사와 그 변모 양상의 의미와 의의를 입체적으로 조망·분석하기 위해서는 조선 중기의 전란과 17세기 소설(사) 사이의 관계망에 대한 적극적인 고찰이 요구된다고 하겠다.

이상과 같은 이 글의 입각점을 보다 명확히 하기 위해, 이하에서는 17세기 소설(사) 관련 논의 중 특히 위에서 언급한 두 가지 사안, 즉 조선 중기 전란의 소설화 양상 및 17세기 소설사의 전환을 중점적으로 다룬 기존의 논의들을 중점적으로 검토하고자 한다.

2) 17세기 소설(사)에 관한 시각들

앞서 언급했듯이, 조선 중기의 전란을 소재로 한 소설 분석은 이 시기 소설사의 성격 규명을 위해 매우 긴요한 작업이다. 17세기 소설사의 급격한 지형 변화는 다단한 계기들의 복합적인 결과물이겠지만, 무엇보다 먼저 이 시기가 연이은 전란의 경험과 그에 대한 파장으로 점철된 시기였음이 적극적으로 고려될 필요가 있다는 것이다. 사화士禍에 대한 사림들의 기억을 표출하는 도구로 활용되다가 전란 체험의 다양한 부면들을 담아내는 문학적 도구가 된 실기實記,[6] 전란의 참상을 고발하고 그 정치적 책임에 대해 직설적인 비판과 물음을 제기했던 몽유록,[7] (허

---

[6]   황패강, 『임진왜란과 실기문학』, 일지사, 1992; 이채연, 『임진왜란 포로실기 연구』, 박이정, 1995; 장경남, 『임진왜란의 문학적 형상화』, 아세아문화사, 2000.
[7]   서대석, 「몽유록의 장르적 성격과 문학사적 의의」, 『한국학논문집』 3집, 계명대, 1975; 정학성, 「몽유록의 역사의식과 유형적 특질」, 『관악어문연구』 2집, 서울대 국어국문학과,

구적) 영웅을 등장시켜 패배한 전란에 대해 새로운 기억을 만들어 내고자 했던 영웅군담소설, 당대의 가부장제적 이데올로기를 확립하고 가문의식을 고취하기 위해 창작되었던 국문장편소설 등을 통해 알 수 있듯이, 이 시기 서사문학사의 지형 변화를 가속화시킨 진원震源은 바로 전란의 발발과 그 여파이기 때문이다. 특히 전란과 소설 그리고 당대의 현실이라는 삼자 사이의 관련성을 고려해 볼 때, 15세기의 애정전기나 조선 후기 국문장편소설에 구현된 전란이 일종의 서사적 '장치'였던 데 비해 17세기 소설 속의 전란은 당대의 현실 그 자체였다는 점에서, 또한 이는 이후의 고소설사에서도 찾아보기 어려운 이 시기만의 시대적 특수성이라는 점에서 더욱더 주목할 만한 가치가 있다고 하겠다.

그러나 이와 같은 문제의 긴요함에 비한다면 전란의 소설화 양상에 대한 사적史的 고찰은 그리 활발히 진행되지 않고 있다.[8] 전란이라는 '소재'나 '배경'에 주목한 연구가 없는 것은 아니지만 그 경우 당대의 특수성보다는 '전쟁소설'의 보편성을 추출해 내는 데 집중하는 경향이 강했다. 또한 하위 장르별 연구 경향이 주류를 형성하던 분위기는 전란 관련 소설의 종합적 고찰을 더디게 하는 요인이 되기도 했다. 더욱이 이러한 정황에 더해 '임병양란'과 관련된 소설 분석의 시각視角에 일정

1977; 차용주, 『몽유록계 구조의 분석적 연구』, 창학사, 1979; 유종국, 『몽유록소설 연구』, 아세아문화사, 1987; 신재홍, 『한국몽유소설연구』, 계명문화사, 1994; 양언석, 『몽유록소설의 서술유형 연구』, 국학자료원, 1996; 김정녀, 「몽유록의 현실대응 양상과 그 의미-16C 후반~17C 전반 몽유록을 중심으로」, 고려대 석사논문, 1997; 신해진, 『조선 중기 몽유록 연구』, 박이정, 1998; 김정녀, 『조선 후기 몽유록의 구도와 전개』, 보고사, 2005.

8 '임병양란'의 여파를 통해 17세기 소설사를 조감해 본 기존 논의로는 다음을 참조할 것. 장경남, 「임병양란과 17세기 소설사」, 『우리문학연구』 21, 우리문학회, 2007.

한 경향성이 존재하고 있다는 것 역시 짚고 넘어가야 할 지점이라고 할 수 있는데, 몇 가지 예를 들어 살펴보면 다음과 같다.

우선 고소설사 전반을 통해 '임병양란'의 소설화 양상으로 주목받았던 대표적인 텍스트는 「임진록壬辰錄」・「최척전崔陟傳」・「남윤전」・「박씨전」・「임경업전」 등이다. 전쟁과 고소설의 관련 양상에 대한 종합적 연구의 선편을 잡았던 소재영은 특히 「임진록」 연구에서 "양란 후 시간적 변화를 의식하면서 각성기의 민중들로 하여금 내적인 자각과 외적인 분노를 표리로 하여 형성된 성장의 문학이요 민족의 문학임이 증명되었다"[9]고 결론지은 바 있다. 그는 이후의 논고를 통해 다시 한 번 임진전쟁과 관련된 소설문학 전체를 다루며 임진전쟁 관련 작품들이 후대의 소설 발달에 끼친 영향을 다음과 같이 요약하였다.

첫째, 소설이 임병 양란 후에 보다 사실주의적 작품으로 변모를 보이고 있다는 사실이다. (…중략…) 둘째, 작품에 있어서 통시적 ・ 공시적 관념이 보다 확대되고 구체화되고 있음을 들 수 있다. (…중략…) 셋째, 작품을 통하여 현실사회에 대한 비판의식이 점차 확산되고, 민중의식의 성장을 가져오게 된다. (…중략…) 넷째, 영웅소설 또는 가정소설을 통해 집단의식이 강화되는 현상을 살펴볼 수 있다. 임병 양란은 가정이나 국가를 위기에서 구출한 영웅 대망의 전쟁이었음이 확인된 셈이다. (…중략…) 다섯째, 설화나 역사, 전기, 야담류의 소재들이 활발히 작품화되고, 실학시대를 지향하면서 사회의 전범이 될 만한 개인들의 「傳」 또는 「傳記」들이 발달하는 계기가 되고 있

---

9   소재영, 『임병양란과 문학의식』, 한국연구원, 1980, 264면.

다. 이러한 몇 가지 변화는 근대소설의 중요한 지향점이 된다고도 하겠는데, 이는 임병양란의 충격과 그 후의 급격한 사회변동에서 그 원인을 찾을 수 있을 것으로 생각된다.[10]

그의 연구는 전란 관련 고소설을 총체적으로 다룬 대표적 선행 업적이었으며, 이와 같은 견해는 전란의 소설화 양상에 대한 전형적인 분석 시각으로 자리 잡았다는 점에서 그 의미가 매우 크다. 실제로 전란과 고소설의 관계를 다룬 향후 여러 논자들의 분석과 평가는 텍스트의 확장과 논의의 세련화에도 불구하고 상술한 시각을 크게 벗어난 것은 아니었다고 판단된다. 예를 들어, 포로소설이라는 하위 장르를 설정한 후 전개된 논의[11]나 전쟁소재에 주목해 고소설사를 통시적으로 고찰한 논의[12] 역시 전란과 고소설의 관계를 조감하는 시각은 인용문의 그것과

---

10 소재영, 「임진왜란과 소설문학」, 김태준 외, 『임진왜란과 한국문학』, 민음사, 1992, 256~257면.

11 포로모티프가 플롯을 주도하는 소설을 '포로소설'로 규정한 후, 「최척전」·「김영철전」·「이한림전」·「유록의 한」·「남눈전」 등을 분석했던 논의에서 포로소설의 소설사적 의의를 다음과 같이 언급한 바 있다. "포로소설은 임병양란 이후 각성된 개인(민중)의식이 반영되어 당대 모순되고 부조리한 사회 구조를 비판적인 시각으로 바라보면서 개선하려는, 혹은 평등한 인간 이해의 방식을 제시하려는 소설적 객관성과 진실성, 나아가 근대성을 전망하는 소설 유형임을 알 수 있다." 김진규, 『조선조 포로소설 연구』, 보고사, 2006, 212면.

12 전쟁 소재와 관련된 서사문학 전반의 영역을 폭넓게 다루고 있는 이 논의 중 실제 전쟁을 소재로 다룬 소설로서 주목한 텍스트는 「이생규장전」, 「주생전」, 「최척전」이다. 논자는 이 텍스트들이 "중세적인 충성심에 바탕한 왜적에 대한 적개심 표출이나 민족의식을 고취하는 군담소설적인 접근을 피하고, 혈연과 공동체 의식을 중시하는 인간 본연의 자세에 초점을 맞추고 있다"고 하면서 그 의미를 다음과 같이 평가하였다. "집단적인 윤리의식에 몰두하는 작품 경향을 벗어나서 개인적인 의식이나 공동체적 삶의 기반이라고 할 수 있는 가족의 안위 문제와 인간 본연의 문제, 즉 애정에 관심을 가지는 근대 지향적인 양상을 드러내고 있는 점은 중요한 의미를 지닌다." 김경남, 『서사문학의 전쟁소재와 그 의미』, 보고사, 2007, 105면.

대동소이했던 것이다. 즉 전란과 관련된 고소설의 분석과 평가의 지향은 인용문에서 언급된바, 텍스트의 사실성 강화, 통시적·공시적 관념의 확대, 비판의식과 민중의식의 강화 등을 추출해 내는 것이었으며, 이는 곧 "근대소설의 중요한 지향점"으로 평가되었고, 이후의 연구에서는 전쟁 상황에 처한 개인 혹은 가족에 주목하면서 또 다른 방향에서 '근대성'을 찾고자 했던 것이다.

정리하면, '임병양란'으로 인한 급격한 사회적 변화와 그 파장은 고소설의 탈중세적脫中世的 혹은 근대적 면모를 촉진하는 역사적 계기로서 많은 주목을 받았으며, 텍스트 분석에 있어서도 결정적인 영향력을 행사해 왔다고 할 수 있다. 그러나 앞서 언급했듯이 이와 같은 분석 시각은 전란의 보편적 폐해와 그에 대한 문학적 대응으로서의 소설이라는 일반론의 추출에 상당한 기여를 했음에도 불구하고, 정작 조선 중기 전란의 특수성을 드러내는 데는 일정한 한계가 있었던 것이 사실이다.

다음으로 살펴볼 사안은 17세기 소설사의 특징과 위상을 다룬 논의들이다. 전란의 소설화 양상과 달리 17세기 소설(사) 연구는 매우 다채로운 양상을 띠면서 전개된다. 이러한 경향은 애정전기愛情傳奇의 극적인 변모·전계傳系 소설의 발달·가문소설이나 영웅군담소설 등을 포함한 국문(장편)소설의 출현 및 확산 등과 같이 17세기를 통해 이루어진 다기한 발전 양상에 따른 자연스런 결과였다고 하겠다.

그런데 한 가지 특기할 것은 '17세기 소설사'라는 거시적 차원의 논의는 소설 연구의 다양한 흐름과는 달리 주로 17세기의 전·후반기를 대변하던 전기계傳奇系 소설과[13] 국문장편소설[14]을 중심으로 진행되어 왔다는 점이다. 다시 말해 애정전기愛情傳奇의 변모와 향방 그리고 국문장편소설의 출현 및 애정전기와의 관련성 등을 중심으로 17세기 소설사의 전환을 해명하고 분석하려는 연구 경향이 17세기 소설사 연구의 주류를 형성해 왔던 것이다.[15] 이와 관련된 내용을 좀 더 구체적으로 살펴보면 아래와 같다.

먼저 '애정전기의 변모와 향방에 대한 논쟁'을 살펴보자. 주지하듯이 우리의 초기소설사를 주도했던 장르는 「최치원」과 『금오신화』로 대변

13 임형택, 「전기소설의 연애주제와 위경천전」, 『동양학』 22, 단국대 동양학연구소, 1992; 박희병, 「한국고전소설의 발생 및 발전단계를 둘러싼 몇몇 문제에 대하여」, 『관악어문연구』 17, 서울대 국문과, 1992; 장효현, 「전기소설의 연구 성과와 과제」, 『민족문화연구』 28, 고려대 민족문화연구소, 1995; 박일용, 「전기계 소설의 양식적 특징과 그 소설사적 변모 양상」, 『민족문화연구』 28, 고려대 민족문화연구소, 1995; 김종철, 「고려 전기소설의 발생과 그 행방에 대한 재론」, 『어문연구』 26, 충남대 인문대학 국문과, 1995; 김종철, 「전기소설의 전개 양상과 그 특성」, 『민족문화연구』 28, 고려대 민족문화연구소, 1995; 윤재민, 「전기소설의 인물 성격」, 『민족문화연구』 28, 고려대 민족문화연구소, 1995; 강상순, 「전기소설의 해체와 17세기 소설사적 전환의 성격」, 『어문논집』 26, 안암어문학회, 1997; 박희병, 『한국전기소설의 미학』, 돌베개, 1997; 윤재민, 「조선 후기 전기소설의 향방」, 『민족문학사연구』 15, 민족문학사학회, 1999; 정환국, 「17세기 애정류 한문소설 연구」, 성균관대 박사논문, 2000; 양승민, 「17세기 전기소설의 통속화 경향과 그 소설사적 의미」, 고려대 박사논문, 2000.

14 임형택, 「17세기 규방소설의 성립과 창선감의록」, 『동방학지』 57, 연세대 국학연구원, 1988; 진경환, 「창선감의록의 작품구조와 소설사적 위상」, 고려대 박사논문, 1992; 임치균, 「연작형 삼대록 소설연구」, 서울대 박사논문, 1992; 박영희, 「소현성록 연작 연구」, 이화여대 박사논문, 1994; 강상순, 「구운몽의 상상적 형식과 욕망에 대한 연구」, 고려대 박사논문, 1999; 최기숙, 『17세기 장편소설 연구』, 월인, 1999; 이지영, 「창선감의록의 이본 변이 양상과 독자층의 상관관계」, 서울대 박사논문, 2003; 지연숙, 『장편소설과 여와전』, 보고사, 2003; 정길수, 『한국 고전장편소설의 형성 과정』, 돌베개, 2005.

15 이밖에도 중국소설의 유입과 그 영향을 다룬 논의들이 있다. 박영희, 「17세기 재자가인소설의 수용과 영향—호구전을 중심으로」, 『한국고전연구』 4, 한국고전연구학회, 1998; 송성욱, 「17세기 중국소설의 번역과 우리 소설과의 관계—옥교리를 중심으로」, 『한국고전연구』 7, 한국고전연구학회, 2001; 전성운, 「구운몽의 창작과 명말 청초 염정소설—공공환과의 비교를 중심으로」, 『고소설연구』 12, 한국고소설학회, 2001; 전성운, 「17세기 장편국문소설과 명말 청초 인정소설의 상관성」, 『중국소설논총』 17, 2003; 장효현, 「한국 고전소설에 미친 중국소설의 영향사—그 양상과 연구 현황」, 『한국고전소설사연구』, 고려대 출판부, 2002; 전성운, 『한·중 소설 대비의 지평』, 보고사, 2005; 정길수, 앞의 책; 김정숙, 『조선 후기 재자가인소설과 통속적 한문소설』, 보고사, 2006.

되는 전기傳奇, 그 중에서도 남녀 간의 애정을 다룬 애정전기였다. 그런데 조선 중기에 발발한 일련의 전쟁 체험이 초기소설사를 주도해 온 애정전기 장르로 포섭되면서, 그 내용뿐 아니라 장르적 성격 자체까지 변모하게 되었고 그 결과 소설사 전개의 주요한 변곡점이 형성된다. 문제는 17세기 애정전기의 변모에 대한 분석 결과가 매우 대극적인 양상을 띠고 있다는 점이다. 더욱이 이러한 차이와 논쟁은 하위 장르의 역사적 양상을 바라보는 견해의 차이를 넘어 17세기와 그 이후의 소설사 전개에 대한 근본적인 시각차를 전제한 것이라는 점에서 주목을 요한다.

논쟁의 핵심은 결국 국문장편소설을 기존 '전기소설傳奇小說'의 장르적 발전 형태로 볼 수 있는가의 여부였다고 할 수 있다.[16] 고답적이고 폐쇄적인 양식이었던 전기가 전란으로 인해 변화된 당대의 사회상을 담아내기에는 부족했고 이에 국문장편소설이 등장해 그와 같은 소설사적 한계를 극복했다는 견해[17]와 전기소설을 고답적이고 폐쇄적인 양식으로 한정하는 전제 자체에 반대하면서 17세기 전기소설의 변모를 장르적 가능성의 확대 국면으로 해석하는 견해[18]가 정면으로 충돌했던 것이다.

이 논쟁과 관련해 저자는 당대의 파란만장했던 전란 체험이 애정전기의 자장 속에서 소설화되는 와중에 장르 자체의 균열까지 초래된 것으로 파악하는 입장이다. 즉 17세기 애정전기의 향방에 대한 분석을

---

16 이에 대한 자세한 논의는 강상순, 「전기소설의 해체와 17세기 소설사적 전환의 성격」, 『어문논집』 26, 안암어문학회, 1997 참조.

17 임형택, 「17세기 규방소설의 성립과 창선감의록」, 『동방학지』 57, 연세대 국학연구원, 1988; 「전기소설의 연애주제와 위경천전」, 『동양학』 22, 단국대 동양학연구소, 1992.

18 박희병, 「한국고전소설의 발생 및 발전단계를 둘러싼 몇몇 문제에 대하여」, 『한국전기소설의 미학』, 돌베개, 1997.

장르의 해체와 양식화의 관점[19]에서 접근해야 한다고 보며 이 점은 이 글의 제2장을 통해 구체화될 것이다.

다음으로 17세기 소설사의 전환을 '국문장편소설의 출현 및 애정전기와의 관련성'을 통해 접근하고자 했던 논의들이 있었다. 국문장편소설[20]의 출현 및 향유층 확대는 17세기뿐 아니라 우리 고소설사의 전반적인 전개 과정을 놓고 보더라도 가장 획기적인 사건 중 하나임에 틀림없다. 애초 낙선재 소장의 소설자료들이 공개되면서 본격적인 연구가 시작된 이래, 초기에는 주로 18세기 말엽에서 19세기 초엽으로 그 제작 연대가 추정되던 국문장편소설은 이후 17세기 중·후반까지 창작시점이 소급되면서 17세기 소설사의 중추적 장르로 부각되었고, 이에 17세기 소설사 전환에 대한 논의는 애정전기의 향방이라는 문제보다 더욱 근원적인 차원으로 접어들게 되었다. 가문의식의 성장과 소설 발달의 상관성,[21] 소설과 가족(문),[22] 국문장편소설의 통속성,[23] 표기문자의 이원화 현상,[24] 향유층의 확산[25] 등과 같은 새로운 양상들이 국문장편소설

---

19 장르의 해체 이후 장르를 구성하는 주요한 인자들이 양식mode의 형태로 남아 새로운 장르의 생성에 관여한다는 견해는 다음을 참조할 것. Alastair Fowler, "The Life and Death of Literary Forms", *New Literary History* Vol.2 No.2, Form and Its Alternatives, Winter, 1971, pp.199~216.

20 이때의 국문장편소설이란 「구운몽九雲夢」, 「사씨남정기謝氏南征記」 등을 포함해 「창선감의록彰善感義錄」에서 그 단초를 엿볼 수 있는 장편가문소설 혹은 규방소설閨房小說까지를 포괄하는 개념으로 사용한다.

21 장효현, 「장편 가문소설의 성립과 존재양태」, 『한국고전소설사연구』, 고려대 출판부, 2002.

22 김종철, 「17세기 소설사의 전환과 소설교육론」, 『한국학보』 25집 3권, 일지사, 1999; 김종철, 「17세기 소설사의 전환과 "가家"의 등장」, 『국어교육』 112, 한국어교육학회, 2003; 강상순, 「조선 후기 장편소설과 가족 로망스」, 『한국고전여성문학연구』 7, 한국고전여성문학회, 2003.

23 송성욱, 「17세기 소설사의 한 국면-사씨남정기, 구운몽, 창선감의록, 소현성록을 중심으로」, 『한국고전연구』 8, 한국고전연구학회, 2002.

연구의 심화·확대를 통해 속속 밝혀지기 시작하면서, 17세기 소설사 논의는 한 차원 높은 단계로 도약할 수 있었다.

그런데 문제는 국문장편소설에 대한 연구가 진척될수록 '17세기'에 공존하던 전기계 소설과 국문장편소설 사이에 가로놓인 비약적 면모들—표기 문자의 변화, 주 향유층의 이동 및 확산, 현격한 분량의 차이, 소설에 대한 인식 변화 등—을 어떻게 논리적으로 해명할 것인가라는 새로운 과제가 부과되었다는 점이다.

이러한 상황 속에서 17세기 소설'사史' 연구는 전기계傳奇系 소설에서 국문장편소설로의 '중심장르 이동현상'에 주목하기 시작했다.[26] 이는 17세기 소설사의 전환적 국면에 대한 새로운 탐색의 시작이었으며, 그 핵심은 앞서 말한 비약적이고 단층적斷層的인 소설'사史'적 전환의 계기들을 해명하려는 노력이었다. 전란 이후 급격한 변모를 보인 전기계 소설은 17세기 후반으로 접어들면서 왜 쇠퇴 혹은 소멸했는가, 전기계 소설과 판이하게 다른 국문장편소설이 이 시기에 어떻게 출현할 수 있었는가 등의 물음들이 17세기 소설사를 규명하기 위한 질문들로 새롭게 제기된 것이다.

24 정출헌, 「17세기 국문소설과 한문소설의 대비적 위상」, 『고전소설사의 구도와 시각』, 소명출판, 1999.

25 박영희, 「장편가문소설의 향유집단 연구」, 한국고전문학회 편, 『문학과 사회집단』, 집문당, 1995.

26 임형택, 「17세기 규방소설의 성립과 창선감의록」, 『동방학지』 57, 연세대 국학연구원, 1988; 박희병, 「한문소설과 국문소설의 관련양상」, 『한국한문학연구』 22, 한국한문학회, 1998; 정출헌, 「17세기 국문소설과 한문소설의 대비적 위상」, 『한국한문학연구』 22, 한국한문학회, 1998; 윤세순, 「홍백화전을 통해 본 애정전기의 이행기적 면모」, 『한문학보』 2, 우리한문학회, 2000; 정환국, 「전기소설의 전변과 속화―이후 소설사의 전개와 관련하여」, 『초기 소설사의 형성 과정과 그 저변』, 소명출판, 2005; 정길수, 『한국 고전장편소설의 형성 과정』, 돌베개, 2005.

흥미로운 것은 위와 같은 질문에 대한 응답으로 전기계 소설과 국문 장편소설 사이에 합리적인 가교를 설정하려는 연구들이 하나의 뚜렷한 흐름을 형성했다는 사실이다. '17세기 소설사'를 표제어로 내세운 초기의 논의가 전대前代의 소설 양식인 '전기소설'의 장편화 과정에 주목하면서 국문장편소설 사이에 일정한 점이지대를 확보하고자 했던 것이 대표적인 예라 할 수 있다.[27] 단절적인 두 장르 사이에서 일종의 '가시적 연속성可視的 連續性'을 확보하려는 이와 같은 노력은 이후 「동선기」나 「홍백화전」 등 이른바 '이행기적 면모'를 지닌 텍스트에 대한 관심[28]으로 이어지기도 하였다.

이처럼 두 하위 장르 사이의 이행기적 양상에 주목한다든가 혹은 전기적傳奇的 특성과 국문장편소설의 특성을 동시에 지니고 있는 텍스트를 일종의 소설사적 연결고리로 파악하는 시각은 일견 자연스럽고 또한 합리적이기도 하다. 그러나 출현의 기반이 전혀 다른 두 장르[29] 사이의 이질성을, 상술했던 바와 같이 텍스트의 계기적 연속성에 대한 천착을 통해 보완·극복하고자 하는 이러한 관점은, 소설사를 마치 유기체적 진화론의 과정으로 파악하고 있다는 점에서 적극적인 동의를 얻어 내기는 어렵다고 판단된다.

이 글은 이상과 같은 문제의식 하에서 전기계 소설이나 국문장편소설과 같은 유력한 장르를 중심으로 소설사의 가시적 연속성과 점진적

---

27 김대현, 「17세기 소설사의 한 연구—전기소설의 변이양상과 장편화의 경로」, 성균관대 박사논문, 1993.
28 윤세순, 앞의 글; 정환국, 『초기소설사의 형성과정과 그 저변』, 소명출판, 2005.
29 전기계 소설과 국문장편소설의 출현 기반이 판이했다는 지적은 다음의 논문을 참고할 것. 윤재민, 「조선 후기 전기소설의 향방」, 『민족문학사연구』 15, 민족문학사학회, 1999.

소설발달사를 증명하는 구도에서 벗어나, 전란의 소설화 양상과 그 의미에 대한 분석을 통해 17세기 소설사의 또 다른 지형을 고찰해 보고자 한다.

2. 17세기 소설(사) 다시 보기

1) 텍스트 선정의 범위

이 글에서 '조선 중기 전란의 소설화 양상'을 고찰하기 위해 선정한 텍스트는　「주생전周生傳」·「위생전韋生傳」·「최척전崔陟傳」·「강로전姜虜傳」·「김영철전金英哲傳」·「박씨전」·「임경업전」 등 모두 7편이다.[30] 이 글의 입장을 좀 더 명확히 하기 위해 텍스트의 선정과 배제의 이유를 간략히 밝히면 다음과 같다.

우선 조선 중기에 발발한 전란이 작품의 직접적인 배경으로 활용되고 있는 텍스트를 선정하였다. 이에 따라 텍스트의 심중한 사적史的 의미에도 불구하고 「운영전雲英傳」과 「동선기洞仙記」는 일단 본 논의에서 배제되었다. 이는 전란과 17세기 소설사의 관련성을 보다 구체적인 역

---

[30]　이 중 「주생전」·「위생전」·「최척전」에 대한 번역은 다음 번역본을 참조하였다. 이상구 역주, 『17세기 애정전기소설』, 월인, 수정판, 2003; 박희병·정길수 편역, 『사랑의 죽음』, 돌베개, 2007; 박희병·정길수 편역, 『전란의 소용돌이 속에서』, 돌베개, 2007; 박희병·정길수 편역, 『끝나지 않은 사랑』, 돌베개, 2010.

사적 맥락 속에서 파악하고자 할 때, 당대의 역사적 사건을 직접적인 배경으로 활용하고 있는 텍스트에 대한 분석이 우선되어야 한다는 판단 때문이다. 따라서 전란의 폐허 속에서 서사를 시작하는 「운영전」이나, 송宋 나라를 시대적 배경으로 전쟁과 남녀의 이합을 다루고 있는 「동선기」의 의미 역시 이 글에서 도출될 일차적인 결론을 바탕으로 추후 재해석의 기회가 마련되리라 기대한다.

다음으로 본고의 주지가 17세기 소설사의 성격 규명인 만큼 대상 텍스트의 창작 시기 역시 17세기로 한정하였다. 다만 이때의 17세기란 1601~1700년이라는 산술적 의미보다 오히려 조선 '中期'로서의 17세기라는 의미가 훨씬 강하다는 점을 특기해 두고자 한다. 다시 말해 '임병양란'을 분수령으로 삼아 왔던 종래의 이분법적 시대 구분 속에서 조선 '후기'의 기점으로 인식되어 온 17세기는 기실 여러 부면에서 조선 '중기'로 구분할 만한 다양한 근거들을 지니고 있으며, 이러한 맥락에서 숙종(r. 1674~1720) 대까지를 넓은 의미의 17세기로 규정해야 마땅하다는 것이 시대 구분에 관한 저자의 입장이다. 더불어 연구 대상의 선정 역시 이와 같은 시기적 유동성을 전제로 했음을 밝혀 둔다.[31]

그런데 이상과 같은 시기 설정 후에도 여전히 남는 문제는 작자나 창작 시기를 확정할 수 없는 텍스트가 존재한다는 점이다. 17세기의 경우 작자와 창작 시기가 밝혀진 텍스트가 상당수 있지만, 본고에서 다루고자 하는 텍스트 중 「박씨전」과 「임경업전」은 그 창작 시기를 확정할

---

31 조선의 시대구분에 있어 조선 중기론의 필요성에 대해서는 다음을 참고할 것. 김성우, 「연속된 두 시기로서의 16·17세기─조선 중기론의 입장에서」, 『내일을 여는 역사』 24, 내일을여는역사, 2006; 김성우, 「조선 중기를 바라보는 두 개의 시선─한국과 미국의 역사학계 비교」, 『한국사연구』 143, 한국사연구회, 2008.

수 없는 형편이다. 결국 두 텍스트의 창작 시기는 다분히 정황에 의한 추정의 수준에 머물 수밖에 없을 텐데, 그럼에도 두 텍스트를 17세기 소설사의 맥락에서 다루고자 하는 이유는 다음과 같다.

먼저 「박씨전」은 「임경업전」의 영향 하에서 창작되었다고 할 수 있는데,[32] 「임경업전」의 창작 시기에 대해서는 17세기 후반 이전 설부터 18세기 후반 설까지 매우 다양하다. 전자의 경우는 「임경업전」을 통해 드러나고 있는 영웅 출현에 대한 기대 심리를 병자전쟁의 상흔과 관련해 추정한 것이며, 후자는 주로 1791년에 간행된 『임충민공실기林忠愍公實記』와의 관계 속에서 「임경업전」의 형성 시기를 추론한 결과라고 할 수 있다. 이에 대해 저자가 주목하고 싶은 부분은 소설 속에서 그려지는 임경업의 형상이 설화나 역사가 기억하는 임경업과 달리 다분히 영웅적이라는 점이다. 더욱이 이때의 영웅성은 가장 극명한 패배로 끝을 맺었던 병자전쟁에 대해 상상적 설욕이라고 할 무공武功의 형태로 가시화되고 있다는 점에서, 「임경업전」은 당대의 굴욕적인 패배와 그에 대한 기억이 뚜렷하게 남아 있는 시점에서 고안된 일종의 문학적 대응[33]이라고 판단된다. 또한 소설 속 임경업의 영웅적 형상화는 당시 그의 업적에 대한 논란에 불구하고 결국 존주대의尊周大義라는 이념이 더욱 고조되는

---

32 서대석, 「군담소설의 출현 동인 반성」, 『고전문학연구』 1, 한국고전문학회, 1971; 이윤석, 「박씨전고 ─ 임경업전과의 관계를 중심으로」, 『여성문제연구』 11, 효성여대 한국여성문제연구소, 1983.

33 이러한 시각은 「임경업전」의 창작 시기를 17세기로 추정하는 논거 중 하나이기도 했는데, 한 가지 덧붙일 것은 이와 같은 추론에 있어 문학적 대응의 주체와 의미를 주로 당대의 민중층과 관련해 해석하는 경향이 우세했다는 점이다. 저자는 창작 시기에 대해서는 위의 견해에 동의하지만 대응의 주체와 의미에 대해서는 전혀 다른 입장이다. 이 점은 4장을 통해 구체적으로 기술될 것이다.

시대 상황 속에서 그의 관직이 회복되고[34] 치제致祭가 행해지는가 하면 그의 부인까지도 예조禮曹에서 정표旌表하는 등[35] 임경업이 국가적 영웅으로 호명되던 분위기와도 매우 밀접하게 연관되어 있다고 판단된다. 요컨대, 1700년을 전후한 시기에 임경업은 역사 속 실제 업적과는 무관하게 이념적으로 재 기억되고 있었던 것이며, 이러한 시대적 정황이 소설적 상상력과 맞물려 「임경업전」이 출현했으리라고 본다.

다음으로 「박씨전」의 경우, 「임경업전」 이후에 창작되었다는 사실과 방각본이 존재하지 않는다는 점을 고려해 19세기 이후로 그 창작 시기를 추정한 논의도 있다.[36] 그러나 이와 같은 추정 역시 반론의 여지가 없는 것은 아니다. 이에 대해 구체적인 정황 제시를 통해 17세기 창작설을 제기한 논의가 있는데,[37] 본고 역시 창작 시기에 대해서는 견해를 같이하므로 해당 논의의 요지를 정리하는 것으로 본고의 입장을 대신하고자 한다. 첫째, 「박씨전」의 문체는 장편 가문소설의 난삽한 한문 역어체와 방각본으로 출판되었던 영웅소설의 간결하고 촉급한 문체의 중간적 특성을 띠고 있다. 이러한 특성은 「박씨전」의 위상이 가문소설과 영웅소설의 중간 위치에 놓여 있음을 드러내주는 지표 중 하나라고

---

34 전교하기를, "임경업이 흉측한 역적 모의를 미리 알지 못하였다는 상황은 이미 성조께서 환하게 아신 바였고, 도망하여 중국으로 들어간 한 건은 비록 일을 이루지 못했다 하더라도 뜻은 존주尊周하는 데 있었으며, 당시 성조께서 여러 번 탄식하고 애석하게 여긴 것은 저절로 은미한 뜻이 있었으니, 성조의 뜻을 추모하여 단서丹書를 씻어 주고 그가 의리를 부지한 것을 장려하는 것이 아마도 불가함이 없을 듯하다. 특별히 관직官職을 회복시키고 사제賜祭하도록 하라" 하였다(『조선왕조실록』 숙종 23년 12월 9일. 번역문의 출처는 조선왕조실록(http://sillok.history.go.kr)이며, 이후 『조선왕조실록』 자료의 인용은 모두 같은 출처에 의거하므로 자료명과 해당 날짜만 기재한다).

35 『조선왕조실록』 숙종 23년 12월 19일.

36 이윤석, 『임경업전 연구』, 정음사, 1985.

37 장효현, 「박씨전의 제 특성과 형성 배경」, 『한국고전소설사연구』, 고려대 출판부, 2002.

할 수 있다. 둘째, 「박씨전」은 한문본 이본이 전혀 없다는 점으로 미루어 보아 창작 당시부터 지속적으로 사대부 가문의 여성 독자에게 한정적인 애호를 받았던 일종의 '규방소설閨房小說'이었다고 할 수 있다. 셋째, 병자전쟁의 치욕과 위난을 설욕하는 데 초점을 맞춘 내용으로 볼 때 전쟁의 상흔이 아직 반추될 수 있는 시기인 17세기 후반 이전에 형성되었을 것이며, 텍스트의 설화적 기반에서 「홍길동전」이나 「숙향전」과 같은 초기 한글소설과의 공통성을 엿볼 수 있다.[38] 이상의 견해를 참조할 때, 「박씨전」을 17세기 소설사의 성격을 규명하는 작업에 활용하는 데 큰 무리가 따르지 않을 것으로 본다.

첨언하자면, 조선 중기의 전란이 직접적인 배경으로 설정되었음에도 불구하고 「임경업전」이나 「박씨전」과 달리 그 창작 시기를 17세기로 한정하기 어렵다는 점에서 「정광주피란록鄭廣州避亂錄」, 「남윤전」, 「빙허자방화록憑虛子訪花錄」 등은 이 글의 연구 대상에서 일단 제외되었음을 밝혀 둔다.

마지막으로 언급할 것은 몽유록夢遊錄이다. 두 편의 「달천몽유록㺚川夢遊錄」이나 「용문몽유록龍門夢遊錄」, 「강도몽유록江都夢遊錄」 등에서 표출된 전쟁의 다양한 기억들을 통해 알 수 있듯이 조선 중기 전란과 몽유록은 매우 밀접한 관련을 맺고 있다. 때문에 17세기 소설사 특히 전란과 문학 차원의 논의에서 몽유록은 필수적으로 다루어져야 하는 텍스트군群이라고 할 수 있다. 그러나 본고에서 몽유록을 분석 대상에서 제외한 이유는 몽유록의 장르 규정과 본 논의의 범주 설정 문제가 얽혀 있기 때문이다. 몽유록은 소설 여부 이전에 서사와 교술 그리고 중간·혼합적 갈래로 규정되고 있는 예에서도 알 수 있듯이, 그 장르적 성격 규정을 둘러싸고 커

---

38 위의 책, 184~199면.

다란 시각차가 여전한 장르이다. 다만 몽유록을 교술로 규정한 논의에서 조차 "허구적 교술虛構的 敎述 혹은 서사적 교술敍事的 敎述이라고 할 때 몽유록의 장르적 특징은 좀 더 분명해질 수 있을 것"[39]이라고 한 데서 알 수 있듯이, 몽유록을 '교술'이라는 구획된 체계 안으로 포획하는 것에는 상당한 무리가 따른다고 하겠다.[40]

요컨대 몽유록은 기본적으로 하위 장르들의 역사적 실체를 존중하는 입장인 중간·혼합적 갈래[41]를 염두에 두는 한편, 그 서사성敍事性이 차츰 강화되어 갔던 사적史的 추이[42]를 고려해 볼 때 응당 '서사문학'이라는 보다 포괄적인 범주 안에서 다루어져야 할 것이다. 하지만 이러한 당위성에도 불구하고 서사문학으로서의 몽유록을 함께 다룰 경우 이 글의 전반적인 범위가 17세기 전란 관련 서사문학으로 확장될 수밖에 없어서 논의의 범주가 지나치게 넓어질 우려가 있다. 따라서 이 글에서는 우선 소설에 한정하여 논의를 진행할 것이며, 이를 토대로 향후의 논의를 서사문학의 영역으로 확장해 가고자 한다.

2) 논의의 구도와 방향

이상과 같은 문제의식 하에서 이 글은 17세기 소설사 연구에 있어 애정전기와 국문장편소설에 집중하던 기존의 시각에서 벗어나, 전란

---

39 서대석, 「몽유록의 장르적 성격과 문학사적 의의」, 『한국학논집』 3, 계명대 한국학연구원, 1980, 14면.
40 유종국, 『몽유록소설연구』, 아세아문화사, 1987, 150~160면.
41 김흥규, 『한국문학의 이해』, 민음사, 1986, 29~35면.
42 김정녀, 『조선 후기 몽유록의 구도와 전개』, 보고사, 2005, 31~56면.

관련 소설의 의미와 지향을 조선 중기의 전란이 지니는 다양한 역사적 맥락 속에서 재해석함으로써 17세기 소설사에 대한 새로운 논의의 단초를 마련하고자 한다. 이에 대한 이하의 논의 구도와 그 방향을 대략적으로 제시하면 아래와 같다.

우선 2장에서는 임진전쟁[43]을 서사의 배경이나 기점으로 삼고 있는 「주생전」과 「위생전」[44] 그리고 「최척전」을 고찰한다. 「주생전」은 임진전쟁이 결말의 배경으로 설정되어 있어, 주로 전란의 상흔과 그에 따른 사회상의 변화를 담지하고 있는 텍스트로 주목받아 왔다. 그러나 「주생전」의 임진전쟁이 과연 기존의 주된 견해처럼 매우 심각한 사건으로 기능하는지에 대해서는 회의적이다. 이 글에서는 「주생전」에서의 전란이 전대前代의 애정전기와 마찬가지로 하나의 서사적 장치일 뿐임을 강조하고자 한다. 다만, 역사적 사건으로서의 임진전쟁은 「주생전」의 창작 동인動因이었던 명인明人과의 교류를 가능케 한 계기가 되었던바, 이를 통해 「주생전」이 전대 애정전기와 차별적 지점을 갖게 될 수 있었음을 부각할 것이다. 또한 「주생전」과 밀접한 관계를 맺고 있는 「위생전」의 경우, 임진전쟁을 동일한 배경으로 삼고 있으면서도 텍스트의 지향

---

43 현재 전쟁의 명칭도 논고에 따라 다양하게 표기되고 있다. 임진전쟁의 경우 각 나라마다 사용하는 용어가 다른 것은 물론이고, 우리의 경우도 여전히 임진왜란으로 사용하는 경우가 많은가 하면 또 일부에서는 동아시아 삼국전쟁으로 명명하기도 한다. 이 글에서는 전쟁의 명칭을 '해당 간지干支+전쟁'의 형식으로 표기하는 방식을 선택하도록 하겠다. '임진전쟁'이라는 용어가 지니는 타당성에 대해서는 다음의 논문을 참고할 것. 하우봉, 「동아시아 국제전쟁으로서의 임진전쟁」, 『한일관계사연구』 39, 한일관계사학회, 2011.

44 「위생전」은 학계에 소개되고 초기 연구가 본격적으로 진행될 때까지 「위경천전」으로 제명이 알려진 텍스트였으나, 이후 여러 이본이 발굴되고 교감과 대조의 작업이 진행되면서 「위생전」으로 부르는 것이 보다 타당하다는 연구 결과가 제출된 바 있다. 정명기, 「위생전(위경천전) 교감의 문제점」, 『고소설연구』 22, 한국고소설학회, 2006; 정명기, 「위생전(위경천전) 이본 연구」, 『어문학』 95, 한국어문학회, 2007.

이 이념적 방향으로 선회한다는 사실에 주목하고자 한다. 「위생전」은 「주생전」에 대한 반감의 성격이 짙은 텍스트라고 하겠는데, 이렇듯 특정한 소설을 염두에 두고 그에 대한 일종의 메타소설을 창작하는 행위는 17세기 소설사의 한 특징이기도 하다는 점에서 「위생전」에 또 다른 위상을 부여하게 될 것이다.

「최척전」에 대해서는 그간 전란의 상흔을 극복하고 회복을 염원하는 소설로 많은 주목을 받아왔으나, 이 글에서는 여주인공 옥영의 눈을 통해 그와 같은 결말의 의미를 재음미함으로써 「최척전」 해석의 새로운 기반을 마련해 보고자 한다. 이를 위해 먼저 기존 애정전기의 전형적인 여성상을 살펴본 후, 「최척전」에서 가족의 완벽한 회복과 재건을 서사화하기 위해 더욱 보수적인 방향에서 여성의 형상화가 이루어지고 있다는 사실에 주목하고자 한다. 즉, 애정전기에서 출발하고 있는 「최척전」은 시공간적 변화 외에도 새로운 여성상을 등장시키고 있어 주목되는바, 이와 같은 여성상 변화의 궁극적 지향이 결국 '가족'이라는 집단 주체였다는 점과 그 시대적 의미를 천착해 볼 것이다.

3장에서는 심하전투를 서사 전개의 기점으로 삼고 있는 「강로전」과 「김영철전」을 살펴볼 것이다. 심하전투는 점차 강성해지고 있던 후금後金이 명나라의 무순撫順 지역을 점령하자 대규모의 토벌을 준비하던 명明이 임진전쟁 시기의 '재조지은再造之恩'을 내세우며 조선에 파병을 요청하였고, 조선이 파병을 수락함으로써 우리 역사의 일부로 자리 잡게 된 사건이었다. 문제는 이때의 파병이 재조지은[45]이라는 일종의 불가침적 '이데

---

45 임진전쟁의 와중에 형성된 '재조지은'이라는 인식과 그 전개 과정에 대해서는 다음을 참고할 것. 한명기, 『임진왜란과 한중관계』, 역사비평사, 1999, 67~88면.

올로기'와 변화해 가던 당대의 국제적 역학관계라는 '현실' 사이의 갈등 속에서 제시된 미봉적 대안이었다는 점이다. 심하전투에서 후금에게 항복했던 조선은 이후 명明의 중화주의와 후금後金(청淸)의 제국주의 사이에서 뚜렷한 대안을 제시하지 못한 채 막대한 인적·물적 피해를 입는 한편 국가 정체성의 심각한 혼란을 겪다가, 마침내 명군明軍을 공격하기 위한 청나라의 파병 요구에 응해야 하는 역사적 딜레마의 상황에까지 다다르게 된다. 「강로전」과 「김영철전」은 이상과 같은 이념과 현실의 대치對峙 그리고 국가적 정체성의 혼돈 상황 속에서 산출된 텍스트들이다. 이렇듯 정치적 이념이나 국가적 정체성의 문제들이 전傳의 형식을 통해 표출되는 와중에 전계傳系 소설의 지속과 변화가 수반되었으며, 이는 17세기 소설사의 다채로운 국면 중 하나로 자리매김되었다.

4장에서는 병자전쟁을 배경으로 하는 「박씨전」과 「임경업전」을 분석한다. 병자전쟁은 인조仁祖가 '삼궤구고두례三跪九叩頭禮'라는 치욕적인 항복의 예를 갖춤으로써 끝을 맺은 전쟁으로, 이 패전을 통해 조선은 중세질서의 전복顚覆을 경험하게 된다. 이는 일종의 세계관의 붕괴라고 할 수 있으며, 따라서 임진전쟁과 같이 현실적인 맥락에서의 회복과 재건을 염원할 수 있는 성질의 패배가 아니었다. 그리고 이와 같은 전복과 붕괴 혹은 회복할 수 없는 파괴에 대해 소설은 '상상된 인물'들의 호명을 통해 새로운 차원의 문학적 대응을 모색하게 된다. 병자전쟁에 대한 새로운 기억이 「박씨전」이나 「임경업전」과 같이 상상된 인물을 주체로 한 복수의 서사를 통해 표출될 수밖에 없었던 것은 어쩌면 소설사적으로 필연적인 귀결이라 하겠다. 이상과 같은 전제하에서 이글에서는 「박씨전」에서 구현된 '여성영웅의 출현과 활약'이 지니는 양가적 의미를 탐색해 보고, 「임경업전」의 경우 '나선정벌羅禪征伐'의 기억과 텍스트 형성의 관련성 그리고 복수의 서사가 지니는 사적史的 의미를 살펴봄으로써 텍스트 해석의 새로운 기반을 마련해 보고자 한다.

5장에서는 17세기 소설사와 16세기 소설사의 관련성을 재고하고, 그간 조선 후기 소설사의 일부로 인식되어 온 17세기 소설사에 대한 새로운 이해의 가능성을 열어 두고자 한다.

끝으로 6장에서는 이상의 논의를 토대로 '조선 중기 소설사'의 구획을 제언해 보고자 한다.

제2장

전란을 통한 타자他者와
여성의 재발견

본 장에서는 임진전쟁을 서사의 배경이나 기점으로 삼고 있는 세 편의 텍스트—「주생전周生傳」・「위생전韋生傳」・「최척전崔陟傳」—를 고찰할 것이다. 세 편 모두 전란으로 인한 남녀 간의 이합이 서사의 골격이라는 점에서 기존의 애정전기를 통해 창작의 토대를 마련했음은 확실해보인다. 「이생규장전李生窺墻傳」이나 「만복사저포기萬福寺樗蒲記」로 대변되는 15세기의 애정전기가 전란을 직・간접적인 배경으로 삼아 남녀사이의 결연結緣과 이합離合을 서사 구조의 중추로 다룬 바 있는데, 이로비춰볼 때 조선 중기의 애정전기에서 당대의 역사적 경험인 전쟁과 그로인한 남녀의 문제가 포착되는 것은 어찌 보면 매우 당연한 현상이었다.

하지만 『금오신화』의 전란이 서사적 계기를 구성하기 위해 작가가 임의로 선택한 사건인 반면 임진전쟁의 경우는 당대의 현실 그 자체였다는 점에서, 이에 대한 직·간접적인 경험을 서사 안으로 수용했던 17세기 애정전기는 일정한 변화를 수반하지 않을 수 없었다. 우리가 흔히 '사실성의 강화나 서사적 편폭의 확대'라고 지칭했던 현상들이 바로 그와 같은 변화의 대표적인 양상들이다. 그런데 그와 같은 장르적 변모와 위상에 대한 평가에 앞서 우리가 먼저 주목해야 할 지점은 동일한 전쟁을 배경으로 했음에도 각각의 텍스트가 조명하고자 했던 부면은 모두 제각각이라는 점이다. 세 텍스트―「주생전」·「위생전」·「최척전」―는 장르적 유사성에도 불구하고 그 지향에 있어 하나의 공분모로 취합될 수 없는 독자성을 지니고 있다는 것이다.

특히 주목되는 것은 이른바 '전기적傳奇的 인간'의 전형성[1]을 염두에 둘 때, 그 형상화 방식과 남녀 관계의 양상이 상당 부분 변모해 있다는 점이다. 이러한 변모를 해석하는 방식의 견해차는 이미 1장에서 살펴본 바 있는데, 이 글에서는 조선 중기의 애정전기가 이미 장르규범의 울타리를 넘어 장르 해체 이후의 양식mode화 과정을 밟고 있었다는 입장에서 구체적인 논의를 진행하고자 한다.

---

1 박희병은 "전기소설의 서사문법을 규명하기 위한 예비적 작업으로서", "주로 애정 전기 소설에 등장하는 주인공들의 미적 특질"을 추출하고 이를 "전기적 인간의 미적 특질"이라 명명한 바 있다. 이때의 미적 특질은 고독감·내면성·소극성·강한 문예취향 등인데, 이를 통해 논자는 「최치원」부터 「심생전」에 이르는 '한국전기소설사'의 지평을 확보하고자 하였다. 하지만 이상과 같은 미적 특질이 대략 10~19세기의 기간 동안 '전기소설'이라는 하나의 장르 규범 안에서 기능하고 있었다는 것은 재고의 여지가 있다고 본다. 이에 대해 저자는 조선 중기의 전란이 애정전기 장르로 흡수되면서 기존의 '전기傳奇'와는 차별되는 '전기계傳奇系 소설'이 17세기 이후 출현한 것으로 파악하는 입장이다. 박희병, 「전기적 인간의 미적 특질」, 『한국전기소설의 미학』, 돌베개, 1997.

1. 전란과 애정전기愛情傳奇

— 「주생전周生傳」과 「위생전韋生傳」의 거리

1) 타자와의 공감과 전란에 대한 낙관적 시선 – 「주생전」

「주생전」은 애정전기의 17세기적 변모를 대변하는 텍스트이다. 이때의 변모란 주로 「이생규장전」이나 「만복사저포기」, 「하생기우전何生奇遇傳」과 같은 전대前代 애정전기와의 비교·대조를 통해 드러난 결과값으로, 그 구체적 면모는 새로운 인물형의 등장과 그에 따른 남녀 관계의 양상 및 성격 변화 그리고 임진전쟁이라는 당대의 역사적 현실이 배경으로 기능하고 있다는 점 등을 핵심적으로 거론할 수 있다.

그런데 이러한 변화 중에서도 텍스트 해석과 관련해 특히 주목되었던 지점은 주인공의 성격 변화였다. 주인공에 대한 해석이 텍스트 해석의 전체적인 방향을 결정짓는 단초가 되는 것은 다른 텍스트 역시 마찬가지겠지만, 특기할 것은 한 인물에 대한 해석의 스펙트럼이 주생의 경우처럼 넓은 경우는 흔치 않다는 점이다. 더욱이 주인공에 대한 평가는 곧 「주생전」 전체의 의미와 위상에 대한 평가까지 확장되곤 하였다.[2] 이기적 남성상[3]이나 작가의 불우를 투사한 인물[4]로서 주목받았던 주생

---

2   「주생전」 연구사는 다음 두 논고를 통해 정리된 바 있다. 송재용, 「주생전」, 황패강교수
     정년퇴임기념논총 간행위원회 편, 『고전소설연구』, 일지사, 1993; 신재홍, 「주생전 연구
     사」, 우쾌제 외, 『고소설연구사』, 월인, 2002.
3   김기동, 「주생전」, 『이조시대소설의 연구』, 성문각, 1974, 311~312면.
4   소재영, 『고소설통론』, 이우출판사, 1983, 162~163면.

은 이후 보다 다양한 맥락 속에서 활발하게 재해석되기 시작했는데, 해석의 방향은 크게 다음과 같다.

먼저 주생과 배도, 선화 사이의 삼각관계를 중심으로 주생의 성격을 분석한 경우다. 이때 주생은 "절대 선하지도 절대 악하지도 아니한, 사랑과 출세, 이성과 욕망의 어름에서 방황하는 그런 인간"으로, "그 이전의 소설에서는 한 번도 만나보지 못한 새로운 성격"의 인물로 주목받았다. 그러나 이처럼 새롭고 현실적인 캐릭터의 출현에도 불구하고 작가의 주인공에 대한 시각으로 인해, 「주생전」은 '리얼리즘의 승리'에까지 다다르지 못하는 한계를 지녔다는 평가를 동시에 받기도 했다. 이러한 평가에 따르면, 특히 배도와의 관계 그리고 그녀의 죽음을 염두에 둘 때 "주생은 명백히 배신자"이며 더욱이 "성적·신분적 질곡에 희생된 배도에 대해서는 작가 역시 주생과 함께 공범의식을 가진 셈"이기 때문이다. "작가는 비판적 시각을 견지하지 못한 나머지 어정쩡한 문인적 취향으로 배도의 비련을 동정하면서 주생의 변심을 긍정하는 모순을 초래"했으며, "결국 작품은 「위경천전」에서 느꼈던바 비극적 종말이 가져오는 비장감의 효과도 상실했고 사회소설적 심각성에도 다가가지 못한" 텍스트로 규정된다.[5]

이에 반해 주생의 행위를 "몰락양반층이 자신들의 실제적 처지와 양반이라는 형식적 신분에 대해 객관적인 인식을 획득하지 못함으로써 갖게 되는 낭만적인 시각 및 계층적 이기성을 첨예하게 드러내는 것"으로 해석하면서도, "양반층 내부의 계층분화가 진행되던" 시대적 맥락

---

5 임형택, 「전기소설의 연애주제와 위경천전」, 『동양학』 22, 단국대 동양학연구소, 1992, 33~36면.

을 적극적으로 고려해, 주생의 인물형을 "17세기 이후 과거를 통해 입신양명을 꿈꾸면서도 쉽사리 그것에 접근할 수 없는 소외된 지식계층의 모습을 전형화한 것"으로 파악하면서 나아가 "모순된 현실을 박차고 새로운 삶의 가치를 찾으려는 보다 적극적인 의지를 보이는 인물"로 해석한 견해가 제출되기도 하였다.[6]

한편 상술한 맥락과는 시각을 달리하여 전란과 인간의 관계에 초점을 두고 주생의 인물형을 분석한 논의도 있다. 즉 "배도와 선화의 주도 속에 충동적인 생각과 무의식적인 행동으로 일관하여 그것이 그의 본모습인 것처럼 그려져 있는 주생의 모습은 무엇보다 전란의 시기에 처한 불안한 인간형으로 이해되어야 한다"[7]는 것이다. 주생을 바라보는 논자의 이러한 시각은 이어지는 「위경천전」의 분석에까지 일관적으로 적용되어 위경천의 나약한 형상을 "아예 저항의 몸짓마저 상실한 한 인간의 몰입과 좌절을 통해 전란에 대한 현실을 보다 간곡하게 우회적으로 표현한 것"으로 분석하고 있다.[8]

이밖에도 17세기 전기소설의 통속화 경향을 드러내는 하나의 표지로서 소설 속 인물의 성격에 주목하고, 주생을 "사회 통념상 '양반사인'이지만, 자기 스스로 그 통념을 거부한 채 상인임을 자처한 '부랑사인浮浪士人'"으로 규정한 예도 있다. 논자는 "이 같은 '뒤틀린 사인의 형상'은

---

6 박일용, 『조선시대의 애정소설』, 집문당, 2000, 121~140면.
7 정환국, 「17세기 애정류 한문소설 연구」, 성균관대 박사논문, 2000, 98면.
8 이러한 시각은 텍스트의 결말 배경으로 자리하고 있는 전란의 의미를 텍스트 분석에 있어 구체적이고 심도 있게 적용했다는 점에서 의미가 있다고 본다. 다만 텍스트의 분석 결과에 대해서는 저자의 견해와 적지 않은 차이가 있는데, 이에 대해서는 후술하도록 하겠다. 요컨대 텍스트 분석에 있어 「주생전」의 배경인 임진전쟁은 인간의 실존을 뒤흔드는 사건이라는 '전란의 보편성'보다 임진전쟁만의 특수한 국면 즉 '시대적 특수성'이 좀 더 강조될 필요가 있다는 것이 저자의 입장이다.

격식화된 유아儒雅, 즉 숭고한 윤리도덕적 품성에 위배되는 것이며 이상적 인격체와도 거리가 멀"기에 "주생이야말로 유교문화의 격식에 도전하거나 충격을 가한 바로 그런 부류"로서 "성정性情을 솔직히 추구한 변방의 반역자"[9]라고 적극 평가하였다.

주생에 대한 이처럼 다양한 해석들에도 불구하고 주생을 소설사에 출현한 '새로운 인물형'으로 파악하는 입장만은 하나의 교집합을 이루고 있다. 신세모순身世矛盾의 고독한 인물을 주인공으로 삼고 있다는 점, 남녀 간의 애정 문제와 그를 둘러싼 시사詩詞의 삽입이 서사의 중추를 형성한다는 점 등에서 「주생전」은 확실히 애정전기 장르 관습의 연장선상에 놓여 있는 텍스트이다. 그럼에도 선행 연구를 통해 누차 지적되었듯이 주생이라는 인물 형상과 그의 애정관계는 이른바 '전기적傳奇的 인간의 특성'[10]과는 이미 매우 거리가 멀다. 따라서 바로 그 '거리'에 대한 분석이 「주생전」의 해석과 평가에 있어 관건이 된다고 하겠다.

상황이 이렇다면 우리는 「주생전」의 구체적인 분석에 앞서 새로운 인물의 등장에 관한 맥락, 즉 어떤 경로를 통해 주생이라는 인물이 소설 속으로 포착될 수 있었는가를 우선적으로 살펴보아야 할 것이다.

다음 장면은 「주생전」의 출현 계기를 알려주는 매우 긴요한 단서가 된다.

　　나는 마침 일이 있어 (개성에-인용자 주) 갔다가 여관에서 주생을 만났다. 말이 서로 달라 글로 생각을 주고받았다. 주생은 내가 한문을 잘한다 하

9　양승민, 「17세기 전기소설의 통속화 경향과 그 소설사적 의미」, 고려대 박사논문, 2003, 56~57면.
10　본 장 각주 1번 참조.

여 자못 후하게 대해 주었다. 내가 병든 연유를 묻자 주생은 근심스런 낯빛으로 대답하지 않았다. 그날은 비 때문에 발이 묶여 불을 밝히고 주생과 이야기를 나누었다. 주생은 「답사행」 한 편을 지어 내게 보여 주었다. (…중략…) 나는 그 노랫말의 의미가 의심스러워 연신 간절히 물었다. 이에 주생은 이와 같이 일의 전말을 알려주었다. 또 주생은 주머니에서 책 한 권을 꺼내 보였는데 제목은 『화간집』이었다. 주생이 선화, 배도와 창화한 시 100여 수와 동료들이 써 준 시가 10여 편 들어 있었다. 주생은 눈물을 흘리며 매우 간절하게 내게도 시를 부탁했다. 나는 원진의 「회진시」 형식을 본떠 30운의 배율을 지어서 책의 끝장에 써 주었다.[11]

'나余'가 전란의 와중에 우연히 명군明軍의 서기書記로 조선에 오게 된 주생을 만났고, 그와 필담을 나누던 중 그가 지은 「답사행」의 내력을 캐묻다가 두 여인과의 관계에 대한 전말을 들었다는 것이 골자이다.[12] 저자는 조선인과 명군 사이의 이 조우가 「주생전」 창작의 근간이라고 판단하고 있다.[13] '나'가 주생의 부탁을 받고 『화간집』의 말미에 30운

---

11 余適以事往, 遇生於舘驛之中, 而語言不同, 以書通情. 生以余解文, 待之頗厚. 余詢其致病之由, 慽然不答. 是日, 爲雨所拘, 因與生張燈夜話, 生作「踏沙行」一関示余 (…中略…) 余業其詞意, 懇問不已, 生乃自叙首尾如此. 又自囊中, 出示一卷書, 名曰『花間集』. 生與仙花·俳桃, 唱和詩百餘首, 儕輩詠其詞者, 又十餘篇, 生爲余隨淚, 求余詩甚切, 余效元稹會眞詩三十律韻, 題其卷端以贈之(「주생전」, 263~265면. 원문은 장효현 외, 『교감본 한국한문소설 – 전기소설』(보고사, 2007)에 수록된 「주생전」을 사용한다. 이하에서는 작품명과 해당 페이지만 표기한다).
12 이 장면에 주목해 「주생전」의 창작 목적이 서사보다는 삽입시문에 있을 가능성까지 개진한 논의도 있다. 엄태식, 「애정전기소설의 창작 배경과 양식적 특징」, 경원대 박사논문, 2010, 101~103면.
13 박희병은 「주생전」이 완전한 허구적 창작인지 아니면 작품 말미에서 밝히고 있는 교유 사실을 바탕으로 창작된 것인지 단언할 수 없다고 하면서도, "석주가 직접 들은 이야기를 소재로 하여 거기서 기본적 플롯을 가져오되, 구체적인 묘사와 서술에서는 자신의 문학

의 배율을 지어 주었다는 것은 두 사람 사이의 조우가 문예 교류의 차원으로 심화·확장되었음을 의미하는 동시에, 「주생전」의 창작에 있어 시사詩詞가 중요한 기능을 담당했다는 사실을 암시한다고 볼 수 있기 때문이다.[14] 요컨대 텍스트의 맥락을 충실히 따라가 본다면, 「주생전」은 전란 중에 있었던 이국異國 타자他者와의 문예 교류 과정 속에서 파생된 소설로 파악할 수 있다.[15]

이러한 전제에 동의할 수 있다면, 우리는 「주생전」 혹은 주생이라는 인물의 해석에 있어 도덕적 혹은 계층적 입장을 중시하는 기존의 시각과는 다른 입각점을 확보할 수 있게 된다. 더불어 전란 역시 작자가 주생이라는 이국의 타자와 대면하게 해 주는 계기로서 그 의미를 한정지을 수 있다.

그렇다면 작자는 전란을 통해 조우한 주생의 사랑 이야기를 왜 소설

적 소양과 평소의 독서량을 바탕으로 마음껏 상상의 나래를 펼친 것"으로 판단하고 있는데, 저자 역시 이러한 견해에 찬성하는 입장이다. 박희병, 「전기소설의 문제」, 『한국전기소설의 미학』, 돌베개, 1997, 23면.

14 「주생전」에서 시사詩詞가 차지하는 기능과 위상의 각별함은 누차 지적된 바 있다. 이종묵, 「주생전의 미학과 그 의미」, 『관악어문연구』 16, 서울대 국어국문학과, 1991; 정환국, 「전기소설 삽입시의 미감」, 『초기소설사의 형성과정과 그 저변』, 소명출판, 2005; 윤세순, 「17세기 전기소설에 나타난 삽입시가의 존재양상과 기능」, 『동방한문학』 42, 동방한문학회, 2010; 엄태식, 앞의 글.

15 저자의 이와 같은 견해는 정민에 의해서도 이미 제기된 바 있다. 그는 「주생전」의 초점이 "당시 조선에 출병한 명군의 애정담과 그 심리상태의 묘사에 있었"으며, 따라서 "이 작품을 사회사적이나 리얼리즘의 시각으로 접근"해서는 안 된다고 강조하였다. 저자 역시 이와 같은 견해에 찬성하는 입장이다. 다만, 「주생전」에서 임진전쟁의 폐해에 대해 별다른 관심을 두지 않는 것에 대해 "전쟁의 폐허 속에서 창작된 낭만적이고도 몽환적 사랑 이야기는 바로 참담하고도 절망적인 현실로부터의 일탈 욕구와 관련된다"고 파악하고 있는데, 이에 대해서는 저자의 견해와 거리가 있다. 이상의 논의는 다음 논문을 참조. 정민, 「임란시기 문인지식인층의 명군(明軍) 교유와 그 의미」, 『한국한문학연구』 19, 한국한문학회, 1996; 정민, 「주생전의 창작기층과 작품 성격」, 『목릉문단과 석주 권필』, 태학사, 1999.

화했던 것이며, 그 지향은 어디에 있었던 것일까. 우리는 다른 요소들에 앞서 서사의 핵심적인 전개 과정과 그 형상화 방식을 다시금 살펴보면서 이 문제에 접근할 필요가 있다.

「주생전」은 삼각관계의 전개와 그 귀결 그리고 전란으로 인한 재이별이 서사의 핵심을 이룬다. 특히 삼각관계의 전개는 독자의 흥미를 유발하는 주요 화소인데, 주생에게 이 이야기를 들었을 '나' 역시 작자 이전에 청자로서 많은 흥미를 느꼈을 것은 분명해 보인다. 중요한 것은 '변심'으로 인해 문제의 삼각관계를 형성한 당사자가 주생이라는 점인데, 이에 대해 작자는 작품의 서두를 통해 주생이 매우 유락적遊樂的인 성격의 인물임을 드러냄으로써 삼각관계 서술의 토대를 마련하고 있음에 주목할 필요가 있다.

    태학에서 몇 해 있는 동안 연이어 과거시험에서 떨어지자 한탄하며 말했다.

    "사람이 세상에 사는 것은 마치 티끌이 여린 풀잎에 깃들여 있는 것과 같을 따름이다. 그러니 어찌 명성이라는 굴레에 묶여 속세에서 골몰하다가 내 삶을 마치겠는가?"

    이후로 마침내 과거 볼 생각을 끊었다. 상자를 엎어 보니 수천 냥 돈이 있었다. 그 절반으로 배를 사서 강과 호수를 오가며, 나머지 반으로 잡화들을 사서 그때그때 팔며 생활을 이어갔다. 이렇게 오나라와 초나라로 오가기를 마음 내키는 대로 하였다.[16]

---

16 在太學數歲, 連擧不第. 乃喟然歎曰 : "人生在世間, 如微塵栖弱草耳. 胡乃爲名韁所繫, 汨汨塵土中, 以終吾生乎?" 自是, 遂絶意科擧之業. 倒篋, 中有錢百千, 以其半買舟, 往來江湖間, 以其

작품의 도입부에서 주생은 빼어난 시재詩才를 지닌 태학생이었으나 거듭 낙방하자 과거를 아예 포기한 후, 배를 사서 잡화를 팔며 생계를 잇는 장사꾼이 된 것으로 그려진다. 이러한 신분상의 낙차는 그를 체제에 반하는 인물 혹은 문제적 현실이 빚어낸 심각한 잉여로 판단하게 만드는 논거가 되기도 했지만, 보다 중요한 지점은 자신의 신분을 포기한 주생이 이후의 행보에서 어떠한 뚜렷한 지향이나 목적도 지니지 않는다는 점이다. 적어도 작자는 주생에 대해 신세모순身世矛盾의 문제적 현실을 자각한 인물이나 군자로서 있어서는 안 될 도덕적 결함을 지닌 부정적 인물로 그려내고 있지 않은 것이다. 주생은 그저 하루하루에 충실한 일종의 유락적 인간으로 작품의 서두에서 묘사될 뿐이다. 그리고 주생의 이와 같은 성격은 배도와의 만남을 통해 더욱 구체적으로 형상화된다.

배도라는 기녀가 있었는데 주생과 어릴 때 함께 놀던 사이였다. 재색이 전당에서 독보적이었는데, 사람들은 그녀를 배랑이라 불렀다. 배도는 주생을 이끌고 자신의 집으로 가서 매우 후하게 대해 주었다. 주생은 배도에게 시를 지어 주었다.

하늘가 방초에 몇 번이나 옷을 적셨던가
만리 밖에서 돌아오니 모든 것이 달라졌네
두추의 평판은 예전 그대로인데
작은 누각의 주렴은 석양에 걷혀 있네[17]

半市雜貨, 時取贏以自給, 朝吳暮楚, 唯意所適(「주생전」, 222면).

17 有妓徘桃者, 生少時所與同戲者也, 以才色獨步於錢塘, 人呼之爲徘娘. 引生歸其家, 相對甚款.

우연한 계기로 고향인 전당錢唐에 오게 된 주생은 친구였던 기생 배도를 만난 자신의 감회를 시를 통해 드러낸다. 시에서 주목할 부분은 "하늘가 방초에 몇 번이나 옷을 적셨던가天涯芳草幾沾衣"라는 구절이다. 이때 방초芳草가 성적 대상으로서의 여인들을 은유하는 어휘임을 감안하면, 주생은 이 시구詩句를 통해 그간 자신이 겪어 왔던 여성 편력을 배도에게 암시하는 한편, 앞으로의 관계에 대한 욕망을 강하게 드러내고 있는 것이다.[18]

이를 통해 알 수 있듯이, 태학생으로서 좌절을 겪은 이후 주생이 보여준 행보를 염두에 둔다면 그의 방랑이나 표류는 특정한 사회적 함의를 지닌 행위라기보다 다분히 개인적이고 향락적인 성격이 강하다고 하겠다. 따라서 작품의 초반에 그려지는 배도와의 관계 역시 주생의 여성 편력 중 일부로써 서사화되었음을 짐작할 수 있다. 이는 배도와 결연을 맺기 전 주생이 지은 「접련화蝶戀花」의 노랫말을 통해 더욱 강하게 암시된다.

주생이 몰래 가서 엿보니, 배도가 홀로 앉아 채운전을 펼쳐 놓고 「접련화」가사를 짓고 있었는데, 단지 앞부분만 지었을 뿐 아직 뒷부분을 짓지 못하고 있었다. (…중략…) 배도가 미소 지으며 주생에게 뒷부분을 채우라 하니, 그 노랫말은 다음과 같았다.

生贈詩曰 : '天涯芳草幾沾衣, 萬里歸來事事非 依舊杜秋聲價在, 小樓珠箔捲斜暉'(「주생전」, 224면).

18 이종묵, 「주생전의 미학과 그 의미」, 『관악어문연구』 16, 서울대 국어국문학과, 1991, 178~179면; 조광국, 「주생전과 16세기 말 소외양반의 의식 변화와 기녀의 자의식 표출의 시대적 의미」, 『고소설연구』 8, 한국고소설학회, 1999, 144~145면.

깊고 깊은 작은 집에 춘정은 어지러운데

달은 꽃가지에 걸려 있고

오리 향로에선 연기가 하늘하늘

창 안의 고운 님은 시름으로 늙어 가는데

근심스레 꿈에서 깨어 방초 사이를 헤매이네

봉래 열두 섬에 잘못 들어와

두목이 도리어 방초를 찾게 될 줄을 누가 알았으리?

잠 깨니 문득 나뭇가지 위 새소리 들리는데

비췻빛 주렴에 그림자 없고 붉은 난간에 새벽빛이 비치네[19]

주생은 우연히 찾아든 고향 전당錢唐을 신선 세계인 봉래蓬萊에, 자신과 배도는 각각 두목杜牧과 방초芳草에 비유하면서 자신의 심중을 가감 없이 드러내고 있다. 따라서 주생의 노랫말을 본 배도가 자신의 처지를 늘어놓은 후 변심하지 않겠다는 '서약'까지 주생에게 요구했던 것은 자신에 대한 주생의 애정이 진심과는 거리가 있다는 사실을 이미 간파했기 때문이라고 볼 수 있다.

그리고 주생의 변심에 대한 배도의 염려는 곧바로 현실이 된다. 우연한 기회에 선화仙花를 엿본 후 주생의 마음은 말 그대로 순식간에 '돌변'해 버린다.

---

19 生潛往窺, 見桃獨坐, 舒綵雲牋, 草蝶戀花詞, 只就前帖, 未就後帖. (…中略…) 桃方微笑, 令生足成其詞曰: '小院沉沉春意鬧, 月在花技, 宝鴨香烟裊 窓裡玉人愁欲老, 搖搖斷夢迷芳草. 誤入蓬瀛十二島, 誰識樊川, 却得尋芳早 睡起忽聞枝上鳥, 翠簾無影朱欄曉'(「주생전」, 226~228면).

나이가 열네댓 살쯤 되는 한 소녀가 부인 옆에 앉아 있었다. 구름처럼 고운 검은 머리에 두 뺨은 취한 듯이 옅은 분홍빛을 띠고 있었다. 맑은 눈동자로 비스듬히 바라보는 모습은 마치 흐르는 물결에 비친 가을 달 같았고, 웃을 때 생기는 보조개는 봄꽃이 새벽이슬을 머금은 것 같았다. 배도는 부인과 소녀 사이에 앉아 있었는데, 봉황 사이의 올빼미나 진주 사이의 조약돌만도 못해 보였다. 주생은 구름 너머로 혼이 날아가고 마음은 하늘에 걸려 있는 것 같았다. 몇 번이나 미친 듯이 소리 지르며 안으로 뛰어들고 싶은 마음이 일어났다.[20]

선화를 처음 본 주생은 '정수사변情隨事變'이란 말이 오히려 무색할 정도로 너무나 쉽게 급변한다. 그리고 '변심'을 통해 주생은 기존 애정전기의 주인공들과는 전혀 다른 '새로운' 인물형으로 소설사에 등장하게 된다. 배도에 대한 배신 행위가 전제되어 있는 탓에, 주생의 선화에 대한 사랑은 더 이상 지음知音이나 지기知己에 대한 욕망으로[21] 혹은 그에 대한 알레고리로 해석되기 어렵다. 주생의 사랑은 더 이상 애정전기가 그려내고자 했던 견결한 신의도 절대적 애정도 아니며, 오히려 현실에 서 있을 수 있는 탕자蕩子의 애욕에 가깝다고 느껴질 정도이다.

그런데 바로 이 지점에서 우리는 하나의 의문을 제기해 볼 수 있다. 즉 주생의 사랑 이야기가 단지 탕자의 애욕에 다름 아니라면 작자는 왜 굳이 이 이야기를 애정전기의 형식을 통해 소설화했느냐는 것이다. 주생과 배도의 관계에는 서로를 향한 애욕과 타산만이 존재하고 있으며,[22]

---

20 有少女, 年可十四五, 坐于夫人之側, 雲鬢綠鬢, 醉臉微紅, 明眸斜眄, 若流波之暎秋月, 巧笑生渦, 若春花之含曉露. 桃坐於其間, 不啻若鴟梟之於鳳凰, 沙礫之於珠璣也. 生魂飛雲外, 心在半空, 幾欲狂叫突入者數次(「주생전」, 234~235면).
21 윤재민, 「전기소설의 성격」, 『한국한문학연구』 19, 한국한문학회, 1996.

심지어 그러한 관계마저 주생의 일방적인 변심 탓에 끝을 맺게 됨을 떠올려 본다면, 「주생전」의 창작 의도에 대한 의문은 더욱 커질 수밖에 없다.

기존 애정전기의 남녀 간 결연 역시 주생과 배도처럼 월장越牆과 찬혈鑽穴로 시작되는 일종의 '야합野合의 서사'라 할 수 있겠지만, 그 관계가 종국에는 절대적인 신의의 단계로 발전해 갔던 탓에 '야합野合'에 대한 일종의 이념적 한계선 혹은 사회 통념적 방파제의 구실을 담당하면서 텍스트 향유의 윤리적 기반을 조성할 수 있었음을 염두에 둔다면, 주생과 배도 사이의 애정관계는 단지 일시적 욕망으로 표현될 뿐이며, 이는 결연 이후 주체의 성장이나 변화를 보여줬던 애정전기의 관습과도 크게 어긋나는 모습이기 때문이다. 상황이 이렇다면 우리는 「주생전」이 보여주고 있는 애정의 서사를 어떻게 바라봐야 하는 것일까.

저자는 이러한 물음에 답하기 위해 선화와의 만남 이후 주생의 성격 변화 양상에 주목해야 한다고 본다. '호활했던 탕자' 주생은 선화와 겪은 두 번의 이별 속에서 차츰 '병약한 존재'로 변모하고 있었던 것이다.[23] 배도와 국영의 연이은 죽음으로 전당에서 더 이상 적을 둘 곳이 없어진 주생은 어쩔 수 없이 선화와의 첫 이별을 겪어야만 했다.

22　주생과 배도의 관계와 그 의미에 대해서는 다음 논문을 참조할 것. 지연숙, 「주생전의 배도 연구」, 『고전문학연구』 28, 한국고전문학회, 2005.

23　조광국 역시 주생의 의식 변화에 주목한 바 있다. 그는 주생의 의식이 "환로宦路의식 → 풍류·향락의식 → 애정회구의식"으로 변화했지만 결국 어떤 의식도 충족되지 못했음을 지적하면서, "이러한 의식 변화의 추이와 의식의 좌절의 양상은 양반계층에서 분화한 소외양반의 의식과 나아가 상인으로 전락하고 있는 소외양반의 의식을 드러낸 것"으로 평가하였다. 저자 역시 선화와의 만남을 계기로 주생의 성격이 변화하고 있음을 주목하긴 하지만, 그와 같은 성격 변화가 '소외양반'의 의식을 드러낸다고 보는 견해에는 반대하는 입장이다. 소외양반이 어떤 계층을 지칭하는지 모호할 뿐만 아니라, 17세기의 초입을 전후했던 시기에 과연 양반계층의 분화라는 사회적 현상이 활발하게 일어났는지에 대해서도 회의적이기 때문이다. 조광국, 「주생전과 16세기 말 소외양반의 의식 변화와 기녀의 자의식 표출의 시대적 의미」, 『고소설연구』 8, 한국고소설학회, 1999, 161~162면.

이날 밤 주생은 수홍교 아래에서 묵었다. 멀리 선화의 집을 바라보니 은빛 등과 붉은 촛불이 마을에서 깜박이고 있었다. 주생은 아름다운 기약이 이미 지나가 버렸음을 생각하고 다시 만날 인연이 없음을 탄식하면서 「장상사」 한 편을 읊었다. (…중략…) 주생은 새벽까지 신음하였으나 떠나자니 선화와 영원히 이별할 것이요, 머물자니 배도와 국영이 이미 죽은 터라 몸을 맡길 곳도 없었다. 백방으로 생각해 보아도 방도를 찾을 수 없었다. 날이 밝자 어쩔 수 없이 닻을 올리고 노를 저어 출발하였다. 선화의 집과 배도의 무덤이 볼수 록 점점 멀어지다가 산을 돌아 강으로 나오니 홀연 보이지 않게 되었다.[24]

연이은 낙방 이후 주생은 방랑과 유락의 삶을 택했다. 우연한 계기로 찾게 된 고향 전당을 스스로 '취향醉鄕'이라 명명했듯,[25] 주생에게 '고 향'이라는 시공간의 의미는 방랑과 유락의 연장선일 따름이었다.[26] 앞 서 살펴본 바와 같이 배도에 대한 주생의 태도는 그가 추구해 왔던 유 락적 삶의 연장에 다름 아니었던 것이다.

그러나 선화를 만나게 되면서 전당의 의미는 변화된다. 선화를 통해

---

24 是夕, 宿于垂虹橋, 望見仙花之院, 銀燈絳燭, 明滅村裡. 生念佳期之已邁, 嗟後會之無緣, 口占 長相思一闋 (…中略…) 生達曉沉吟, 欲去則與仙花永隔, 欲留則徘桃・國英已死, 無所聊賴, 百爾所思, 未得其一. 平明, 不得已開舡進棹, 仙花之院, 徘桃之塚, 看看漸遠, 山回江轉, 忽已隔 矣(「주생전」, 255∼256면).

25 俄而, 月上, 生放舟中流, 倚困睡, 舟自爲風力所送, 其往如箭. 及覺, 則鍾鳴烟寺, 月在西矣. 但 見兩岸, 碧樹葱蘢, ○○蒼茫, 樹陰中, 時有紗籠銀燭, 隱暎於朱欄翠箔之間. 問之, 乃錢塘也. 口占一絶曰 : '岳陽樓外倚蘭槳, 半夜風吹入醉鄕 杜宇數聲春月曉, 忽驚身已在錢塘'(「주생 전」, 223∼224면).

26 윤승준 역시 취향(=전당)의 공간적 의미에 주목한 바 있는데, "전당을 취향으로 설정한 것은 그 같은 욕망(현실의 질곡과 갈등에서부터 벗어나고자 하는 꿈과 욕망―인용자 주) 의 투사를 위한 문학적 장치"로 해석하였다. 윤승준, 「취향과 현실일탈의 꿈―주생전의 문학적 감염장치」, 『동양학』 31, 단국대 동양학연구소, 2001, 17면.

주생은 그간의 방랑을 마치고 '머물고' 싶어 하는 인간으로 변모했기 때문이다. 문제는 주생의 현실적인 처지가 선화와의 지속적인 만남이나 결연을 가능케 하지 못했다는 점이다. 결국 주생은 전당에서 원하지 않는 이별을 겪어야만 했고, "선화의 집과 배도의 무덤"이 있는 전당을 떠나야 하는 처지에 놓이게 된다.

그 후 주생은 호주湖州의 거부인 친척 장 노인에게 의탁해 편히 살아 가면서도 선화를 잊지 못하는 마음이 간절해 결국 초췌한 몰골로 변해 간다. 이를 의아하게 여긴 장 노인의 채근으로 주생은 전당에서의 일을 털어 놓는데, 마침 장 노인의 아내가 선화 집안과 친분이 있는 사이여서 주생과 선화의 혼사는 일사천리로 진행된다.[27] 젊은 시절의 치기로 유랑의 삶을 택했던 주생은 취향醉鄉인 전당에 들어갔다가 그곳에서 뜻하지 않게 운명적 인연이었던 선화를 만났지만, 사세事勢에 떠밀려 전당을 떠나 선화와 이별하게 된 후, 추구해 오던 삶의 방식 자체까지 포기할 만큼 커다란 변화를 겪은 것이다.

주생에게 전당은 우연히 찾은 '유락의 공간'에서 삶의 방향을 재조정하게 된 '운명의 공간'으로서 그 의미가 바뀌었던 것이며, 그 변화의 중심에는 선화와의 만남이라는 사건이 자리하고 있었다. 더욱이 친척의 도움으로 두 사람의 혼사 기일까지 정해졌으니 「주생전」의 서사는 이제 '행복한 결말'을 향해 가는 것처럼 보인다.

그러나 선화에게 쓴 답장을 미처 부치지도 못한 상황에서 예기치 않

---

27 生之母族張老者, 湖州巨富也, 素以睦族稱. 生試往依焉, 張老待之甚厚, 生身雖安逸, 念仙花之情, 久而彌篤. 轉展之間, 已及春月, 實萬曆二十年壬辰也. 張老見生, 容兒憔悴, 怪而問之, 生不敢隱諱, 告之以實. 張老曰 : "汝有心思, 何不早言? 老妻與盧丞相, 累世通家, 老當爲汝圖之." 明日, 張老令妻修書, 送蒼頭, 專往錢塘, 議王謝之親(「주생전」, 256~257면).

은 두 번째 이별을 겪게 되는데, 그 계기가 바로 임진전쟁이었다.

이에 절강과 호남의 모든 고을에서 매우 급하게 병사를 조발했다. 한 유격 장군이 평소 주생의 이름을 알고 있던 터라, 주생을 데려와 서기의 직임을 맡기려 했다. 주생은 사양했지만 어쩔 수 없었다. 조선에 온 주생은 안주 백상루에 올라 고풍의 칠언시를 지었는데, 전편은 남아 있지 않고 오직 끝의 네 구절만 남아 있었다.

근심 겨워 홀로 강가 누정에 오르니
누정 너머 푸른 산은 그 수가 얼마인가
고향 바라보는 내 눈길은 막아섰어도
그리움이 오는 길은 끊지 못하네

이듬해인 계사년 봄에 명나라 군대가 왜적을 대파하고 경상도까지 왜적들을 추격해 내려갔다. 주생은 선화 생각에 골몰하다가 마침내 병이 깊어져 군대를 따라 남쪽으로 내려가지 못하고 개성에 머물게 되었다.[28]

'나'가 주생을 만난 것은 바로 이 시점이었다. 즉 '나'의 눈에 주생은 전란의 와중에 이별의 아픔을 겪고 있는 한 젊은이로 비쳤을 것이다. 더욱이 주생의 이야기를 모두 들었을 때, 선화와의 만남과 전란으로 인

---

28 於是, 浙湖諸郡, 發兵甚急. 遊擊將軍姓某, 素知生名, 引以爲書記之任, 生辭不獲已. 至朝鮮, 登安州百祥樓, 作七言古風, 失其全篇, 惟記結尾四句, 詩曰: '愁來獨登江上樓, 樓外靑山多幾許 也能遮我望鄕眼, 不肯隔斷愁來路.' 明年癸巳春, 天兵大破倭賊, 追至慶尙道. 生置念仙花, 遂成沉痼, 不能從軍南下, 留在松都(「주생전」, 262~263면).

한 이별이 그를 병약한 인간으로 만들었다는 사실에 일종의 '연민'을 느꼈을 것이다. 또한 국적은 다르지만 모두가 전란의 피해자라는 인식이 '동질감'을 조성하기도 했을 것이다.

이렇게 볼 때 「주생전」 창작의 동인動因은 바로 전란을 통한 타자와의 만남 그리고 그에 대한 공감과 연민의 감정이라고 할 것이다. 그리고 앞서 언급했듯이, 주생의 과거가 작자에게 단순히 탕자의 여성 편력으로만 인식되었다면 그의 이야기는 적어도 「주생전」으로 소설화되지 못했을 것이다. 삼각관계가 아무리 흥미로운 화소라 하더라도 그것이 결국 주생의 여성 편력 중 한 부분을 구성하는 화소였을 뿐이었다면, 그와 같은 여성 편력담은 오히려 당대 조선의 소설 재료로써 활용되기 어려웠을 것이기 때문이다.

정리하자면, 작자에게 주생의 이야기는 일종의 '성장담'으로 인식되었을 개연성이 매우 크다고 판단된다. 나아가 이러한 판단이 충분한 개연성을 지니고 있는 것이라면 「주생전」의 말미에 대한 해석 역시 텍스트의 내적 맥락 속에서 자연스럽게 이루어질 수 있다.

> "대장부가 근심할 바는 오로지 공명을 이루지 못한 데 있을 뿐이오. 천하에 어찌 아름다운 부인이 없겠소? 하물며 지금 조선이 이미 안정되었으니 황제의 군대가 곧 돌아갈 것이오. 동풍은 이미 주랑 편이니 교씨가 남의 집에 갇힐 걱정은 하지 마시오."
>
> 이튿날 아침에 울며 헤어질 때, 주생은 거듭 고맙다며 이렇게 말했다.
>
> "(이제까지의 제 이야기는─인용자 주) 웃음거리에 불과하니 다른 사람들에게는 전할 필요는 없습니다."

주생은 나이가 스물일곱이었는데, 얼굴이 수려해서 바라보면 마치 그림 같았다.[29]

'나'의 권면과 위로 속에서 우리는 주생에 대한 그의 시선과 감정을 간취할 수 있으며, 이는 「주생전」의 창작 의도와 그 배경을 짐작하게 해주는 단서가 되기도 한다. 단적으로 말한다면, '나'는 주생의 이별을 운명의 횡포 등과 같은 심각한 문제로 여기지 않고 있다. 종래의 주류적 견해들은 텍스트의 이와 같은 결말을 운명에 의한 삶의 비극 혹은 열린 결말로 인한 여운의 미학[30] 등으로 파악한 바 있으나, 텍스트를 통해 확인되듯이 「주생전」의 결말 부분은 미완의 구성에도 불구하고 매우 낙관적인 정조가 지배적이라는 점을 상기할 필요가 있다. 또한 이렇듯 낙관적인 전망을 가능케 해준 계기는 "이제 조선이 이미 평화를 찾았으니 황제의 군대가 곧 돌아가게" 될 것이라는, 다시 말해 전란이 곧 종식되리라는 현실적 희망에서 비롯된 것임을 주목해야 한다.[31]

요컨대 「주생전」은 임진전쟁이 곧 끝날 것이라는 희망적 판단을 전제로 우연히 만난 명군明軍 서기書記와의 문예교류 과정에서 듣게 된 사

---

29   "丈夫所憂者, 功名未就耳. 天下豈無美婦人乎? 況今三韓已定, 六師將還, 東風已與周郎便矣, 莫慮喬氏之鎖於他人之院也." 明朝泣別, 生再三稱謝曰: "可笑之事, 不必傳之也." 時生年二十七, 眉宇洞然, 望之如畵(「주생전」, 265~266면).

30   정환국, 「17세기 애정류 한문소설 연구」, 성균관대 박사논문, 2000, 101면.

31   실제로 임진전쟁의 초반 추이를 살펴보면, 전란 종식에 대한 희망은 그 개연성이 충분한 것임을 알 수 있다. 임진년에 전쟁이 발발한 이후 파죽지세로 조선을 점령해 올라오던 일본군의 위용은 명군明軍의 투입 이후 특히 1593년 초 평양성 전투의 패배 이후 그 기세가 상당 부분 꺾였던 것이 사실이기 때문이다. 이러한 상황 속에서 임진전쟁이 곧 종식될 것이라는 희망은 충분한 가능성을 지녔던 것으로 파악할 수 있다. 명군의 참전에 따른 전세의 변화에 대해서는 조원래, 「명군의 참전과 전세의 변화」, 국사편찬위원회 편, 『한국사 29 – 조선 중기의 외침과 그 대응』, 탐구당, 2003, 69~88면.

랑과 이별 이야기에 대해 공감하고 연민하는 과정 속에서 창작된 텍스트인 것이다. 이때의 공감과 연민이란 타자임에도 불구하고 모두가 공히 전란의 피해자라는 사실과 함께 호기롭던 한 젊은이가 연이은 이별을 겪으면서 차츰 변모하게 되고 결국 병약한 존재가 되어 버린 사실에 대한 위안의 성격이 짙다고 하겠다.

그런데 「주생전」과 매우 유사한 성격을 지닌 「위생전」에서 「주생전」이 보여준 새로운 애정관계의 양상과 의미를 일정한 방향으로 재조정하고 있다는 점은 반드시 함께 짚어보아야 할 문제라고 판단된다.

2) 전란 소재 애정서사의 이념적 선회 – 「위생전韋生傳」

「위생전」 연구는 「주생전」과의 대비 고찰을 통해 활발히 진행되어 왔다.[32] 두 텍스트는 인물의 형상화나 공간 배경 그리고 서사 구성 방식에 있어 적지 않은 유사성을 지니면서도 정작 그 지향에 있어서는 확연한 차별성을 띠고 있었기 때문이다. 「주생전」이 한때 탕자였던 한 젊은이가 이별과 전란의 와중에 병약한 주체로 변화하는 과정을 보여주고 그에 대한 연민과 위안의 과정에서 창작된 텍스트라면, 「위생전」은 「주생전」을 바탕으로 일정한 조율의 과정을 거쳐 재탄생한 텍스트라고 할 수 있다. 때문에 그 조율의 방향과 과정을 분석하는 것이 「위생전」 해석의 출발선이 되어야 할 것이다.

「위생전」은 당唐나라 시인 위응물의 후예로 위생을 소개하고 친구인

---

32   임형택, 「전기소설의 연애주제와 위경천전」, 『동양학』 22, 단국대 동양학연구소, 1992;
      정병호, 「주생전과 위경천전의 비교 고찰」, 『고소설연구』 6, 한국고소설학회, 1998.

장생과 함께 악양성岳陽城을 주유周遊하는 것으로 서사를 시작한다. 악
양성은 「주생전」에서 주생이 그의 친구 나생羅生을 만난 곳이기도 한
데, 전당錢唐으로 가 배도와 선화를 만나기 전 잠시 머무는 장소로만 활
용된다. 이에 반해 「위생전」에서 이 공간은 위생과 소숙방이 만나고 헤
어지는, 즉 대부분의 서사가 진행되는 배경으로 설정되어 있다. 물론
「주생전」과 「위생전」에서 공히 이 공간을 배경으로 설정한 데에는 남
녀의 애정을 다루기에 적합한 풍류적이고 낭만적인 분위기를 조성하고
자 하는 의도가 있었을 것이다. 그런데 좀 더 자세히 살펴보면 양자 사
이에 간과할 수만은 없는 차이의 지점이 곧 드러난다. 바로 악양성 근
처의 동정호洞庭湖라는 배경 설정이 그것이다.

　　위생이 탄식하며 말했다.

　　"아, 초나라는 처량한 땅이로다. 창오에서 순행巡幸하던 순임금이 죽자 상
　강 기슭에 반죽斑竹이 자라매 이는 아황과 여영의 원억한 눈물이 아닌가. 「이
　소」를 다 읊자 멱라수의 물결이 울었으니, 이는 굴원의 충성스런 혼령이 아
　닌가. 초나라 사람은 정이 많아서 「죽지사」를 잘 부르니, 지나는 사람들이
　그 노래를 들으면 누구라도 눈물로 옷깃을 적시지 않을 수 있겠는가."

　　장생이 눈썹을 찌푸린 채 한참 동안 있다가 말했다.

　　"나는 본래 평생을 강개하게 지내온 사람이네. 옛글에 눈이 닿아도 오히
　려 눈물을 흘렸는데, 오늘 이곳에 오게 되니 슬픔을 견딜 수 있겠는가? 좋은
　술을 따라 고금의 아름다운 영혼을 불러 보고 싶네."

　　마침내 두 편의 시를 지어 읊었다. (…중략…) 위생이 황급히 말했다.

　　"그대 시의 읊조림이 처량하고 괴로워 슬픔이 한층 더 격해진다네. 그래

도 이처럼 꾀꼬리 울고 꽃 피어 있는 좋은 계절에는 마땅히 취하고 즐기면 될 것을, 옛사람을 조문하고 마음 상하여 공연히 하루의 기쁨을 허비하면 안 될 것이야."[33]

기존 연구에서 특별한 주목을 받지 못했던 이 배경과 그에 얽힌 대화는 그러나 「주생전」에 대한 「위생전」의 전향轉向과 그 방향을 암시하는 표지라는 점에서 재조명될 필요가 있다. 작자는 위생을 주생과 마찬가지로 유락적인 인물로 형상화하면서도, 악양루 근처의 동정호를 배경으로 설정함으로써 남편을 따라 순사殉死했던 이비二妃와 충정을 목숨과 바꿨던 굴원을 동시에 떠올리도록 한다. 더불어 "나는 본래 평생을 강개하게 지내온 사람이네. 옛글에 눈이 닿아도 오히려 눈물을 흘렸는데, 오늘 이곳에 오게 되니 슬픔을 견딜 수 있겠는가?"라는 언급을 통해 알 수 있듯이, '강개지사慷慨之士'형의 인물을 친구로 설정함으로써 새로운 서사 전개의 기반을 마련하고 있다.

정리하면, 「위생전」은 「주생전」과 달리 애정서사의 공간이 절節과 충忠의 이념적 공간과 묘하게 겹쳐질 수 있도록 설정하는 한편, 주변 인물 역시 '강개지사'의 인물형을 원용하면서 그 이념적 지향을 어느 정도 예비하고 있는 것이다.

이후의 서사가 삼각관계가 아닌 위생과 소숙방 두 사람의 애정에 집

---

33   韋生喟然嘆曰 : "噫! 楚國, 悲凉之地. 蒼梧巡斷, 竹老湘岸, 此非二妃之冤泪歟? 離騷吟罷, 泪羅波鳴, 此非三閭之忠魂歟? 楚人多情, 長歌竹枝, 過人行客聞來, 孰不沾襟?" 張生皺眉久良曰 : "僕本平生慷慨之人也. 目及流篇, 尙此殞淚, 今來此地, 可堪余懷? 欲酌瓊漿, 招古今之英魂." 遂吟二絶曰 (…中略…) 韋生遽曰 : "君詩吟調凄苦, 益增悲激. 如此鶯花佳節, 但當醉歡而已, 不須弔古傷心, 空費半日之懽耳." 「위생전」, 629면. 원문은 엄태식, 「신자료 위생전」, 『한국전기소설연구』, 월인, 2015. 이하에서는 작품명과 해당 페이지만 표기한다.

중하는 것 역시 「위생전」이 기존 애정전기의 장르 관습으로 회귀한다는 인상을 주기에 족하다. 한 가지 흥미로운 것은 「위생전」 역시 남녀 사이의 애정과 신의의 문제를 다루면서도 남녀의 결연 과정은 사뭇 다르게 서사화된다는 점이다.

> (위생은―인용자 주) 곧바로 죽음을 무릅쓰고 욕정을 채우고자 하는 마음이 수차례 들었으나, 문득 남의 집 담을 넘어 여인을 탐하다가 매우 위험한 상황에 빠질 수 있으며, 야합했다는 비난을 경계하지 않는다면 끝내 신세를 망치게 될 것이라는 생각을 했다. 다가가고 싶어도 다른 사람들의 입에 오를까 두려워 나가려다 돌아서고, 한 발을 들었다가 미처 내려놓지 못했다. 몇 번이나 이렇게 하다가, 미친 마음이 크게 일어나 여섯 마리 말이 동시에 달리듯 하니 끝내 제어하지 못하게 되었다.[34]

위생이 소숙방을 우연히 보게 된 후 곧바로 그녀의 처소를 찾아가는 장면이다. 이처럼 이들이 결연을 맺기 전의 상황은 기존의 애정전기와도 그 양상이 크게 다르고 심지어 「주생전」에서 볼 수 있는 일정한 개연성도[35] 찾기 어렵다. 물론 공간적 배경의 몽환적 분위기, 외로운 심회를 읊은 여인의 시 등이 위생을 여인의 처소로 이끈 것으로 묘사되어 있기는 하지만 두 사람의 결연 과정은 여타 애정전기에 비해 미숙한 서

---

34 即數冒死逞情, 而忽念踰垣折檀, 虎尾春氷, 不戒鑽穴之誚, 終蹈亡身之禍. 仲可懷也, 人言可畏, 欲進還退, 擧足未投. 如是者數度, 狂心大起, 六馬同奔, 終莫能制(「위생전」, 631면).
35 특히 주생과 선화의 관계가 진척될 수 있었던 계기적 정황에 대한 고찰은 다음 논문을 참고 할 것. 김희경, 「전기소설의 측면에서 본 주생전 연구」, 『연세어문학』 27, 연세대 국어국문학과, 1995.

사 구성의 결과물로 보아야 할 것이다. 결국 「위생전」의 결연 과정은, 기존의 애정전기가 보여준 문제의식과 미학적 성취를 그 기준으로 따진다면, 필시 일정한 '한계'일 수밖에 없다.[36]

그러나 앞서 언급했듯이 「위생전」은 무엇보다 「주생전」과의 관련성 속에서 산출된 텍스트이며, 따라서 그 평가 역시 주로 『금오신화』를 토대로 추출된 '전기소설'의 완강한 잣대를 기준으로 삼는 것은 적절치 않다. 오히려 저자가 주목하고 싶은 부분은 두 사람의 파행적 결연에 대해 텍스트 내에서 일정한 이념적 균형을 잡고자 한다는 점이다. 이 역할은 다름 아닌 친구 장생을 통해 수행된다.

> 장생이 자못 이상하게 여기다가 비로소 그 연유를 모두 듣고는 마침내 옷깃을 정돈하고 자리를 바로 하고 앉아 위생을 꾸짖었다.
>
> "그대의 기이한 재주는 강동에서 제일이네. 과거에 급제하여 옥당에서 글을 짓고, 입신양명해서 세상을 구하고 백성을 편안케 함이 바로 평생의 뜻이었네. 그런데 지금 자네는 재상가의 문을 훔쳐보고 망령되게 사통하는 죄를 범하고 나서도 정신이 미혹되어 깨닫지 못한 채 마음 내키는 대로 하다가 몸을 망치고 있네. 남녀가 밀회한다는 추악한 소문은 끝내 가리기 어려우니, 이는 비단 자네 일신에 욕이 미칠 뿐 아니라 도리어 높은 가문에까지 화가 이를 것이네. 그러니 조심하지 않을 수 있겠는가? 무릇 사람이란 한번 생각

---

36 박희병, 「전기소설의 문제」, 『한국전기소설의 미학』, 돌베개, 1997, 29~32면. 또한 「위생전」이 「주생전」에 대한 일정한 반론을 표출한 작품이지만, 창작 과정에서 「이생규장전」이나 「취취전」의 서사를 무리하게 끌어들여 결과적으로 작품의 완성도가 떨어진 것으로 평가한 견해도 있다. 엄태식, 「애정전기소설의 창작 배경과 양식적 특징」, 경원대 박사논문, 2010, 103~115면.

이 어긋나면 만사를 그르치게 되고, 나중에 비록 후회한들 소용이 없으니 그대는 힘써 하길 바라네."37

주인공의 친구 장생은 마치 몽유록에 등장하는 '비분강개형' 인물과 비슷한 성격임을 앞서 언급한 바 있는데, 동시에 그는 인용문에서 보듯이 위생의 감상성과 그로 인한 파행적 애정 행각을 매우 직설적인 어조로 비판하는 '군자형 인물'이기도 하다. 이러한 비판을 주생에게 가했다 하더라도 전혀 어색하지 않을 정도인데, 작자는 위생을 주생과 마찬가지로 유락적이고 감상적인 인물로 설정하는 한편 그의 옆에 장생이라는 군자형 인물을 친구로 등장시킴으로써, 위생과 소숙방 사이의 결연 과정을 매우 과감하게 그려낼 수 있는 최소한의 내적 토대를 마련한다. 다시 말해 위생의 파격적인 애정 행각을 묘사한 후, 그러한 행위를 장생이 강하게 비판하는 것으로 설정함으로써 일종의 '윤리적 균형'을 도모하고 있는 것이다.

한편 소숙방 역시 위생과의 혼례 이후 전란에 임하는 새로운 여성상을 보여주어 주목되는데, 이러한 면모는 아버지를 따라 임진전쟁에 출정하게 된 위생에게 다음과 같이 권고하는 대목에서 여실히 드러난다.

위생은 아버지의 편지를 보고 눈물을 흘리며 식음을 전폐하고 마음을 다잡지 못했다. 소숙방이 문득 슬픈 말을 억누르고 조리 있는 말로 위생을 타일렀다.

37　張生頗怪之, 始聞其由, 而備悉之, 遂正襟危坐, 責之曰 : "子之奇才, 江左無雙. 射策金門, 摛文玉署, 立身揚名, 濟世安民, 乃是平生之志也. 今君偸窺相國之門, 妄犯私通之律, 迷魂不悟, 縱意妄身, 桑中醜說, 終始難掩, 則非但辱及君身, 抑亦禍延高門, 可不戒哉? 凡人一念之差, 萬事謬然. 雖有後悔, 噬臍無及, 惟子勉之"(「위생전」, 632면).

"제가 들으니 남자는 세상에 태어나 붉은 활과 흰 살을 들고 싸움터에 나아가 목숨을 걸고 싸울 뜻을 가져야 하며, 철기를 타고 병부를 차고 마침내 큰 무공을 세워야 한다고 합니다. 하물며 지금은 천하의 굳센 병사를 모아 변방의 흉악한 무리를 섬멸하고자 하는 때이니, 산을 누를 듯한 기세는 있으되 땅이 무너질 듯한 위기는 없으니, 빼어난 공훈을 도모하고자 하신다면 바로 지금이 기회입니다. 어찌 오활한 선비의 모습으로 끝내 서재를 지키고만 있으려 하십니까. 더구나 변방의 밖에 계신 아버지께서는 먼 곳에서 힘겨운 시름을 안고 계시는데, 아들이 어찌 아버님의 괴로움을 견딜 수 있겠습니까. 속히 돌아올 수 있을 테니 아버님의 뜻을 어기지 마세요."[38]

난리의 때를 만났을 때 중요하게 여겨야 할 것은 목숨의 부지가 아니라 오히려 입공立功이며, 더욱이 이미 전장에 나가 있는 아버지의 근심을 아들이 모른 척하는 일은 있을 수 없다는 주장이 부인 소숙방의 입을 통해 전달되고 있다. 「위생전」은 「주생전」과 같이 전란으로 인해 나약해진 인물을 남성 주인공으로 내세우면서도, 주변 인물—장생과 소숙방—의 성격을 새롭게 창출해 냄으로써 서서히 다른 층위의 지향을 드러내고 있는 것이다. 특히 「위생전」은 남자 주인공의 죽음이라는 조금은 생경한 서사 전개를 선택하고 있는데, 작자는 종군從軍 이후 그의 병약해져 가는 모습에 집중하면서 그의 죽음을 서서히 그려낸다.

---

38 生見父書, 涕泣忘食, 莫操其心. 女忽抑哀辭, 以理論之曰 : "妾聞男子生於斯世, 形弓白羽, 少有馬革之志, 鐵騎牙璋, 終封燕頷之侯, 矧今發四海之勁兵, 殲一隅之兇徒, 有山壓之勢, 無土崩之危, 欲圖奇勳, 正當此時, 豈作迂儒, 終守書窓? 況嚴親塞外, 遠抱採薇之愁, 小子天涯, 何忍陟岵之悲? 遄啓販程, 毋稽親旨(「위생전」, 635면).

위생이 말을 달려 그 집에 도착하니, 장군은 북을 울리며 발행하려는 참이었다. 위생은 간신히 그 뒤를 따라 갔는데, 마음이 극도로 허한 데다 산과 강을 지나며 바람과 서리를 맞으니, 먹고 자는 일을 제대로 하지 못해 결국 예전의 병이 재발했다. 역참이나 여관에 들면 돌아갈 생각이 간절해져, 대하는 것마다 탄식만 할 뿐 사람을 마주해도 말이 없었다. 이에 장군의 근심 또한 깊어져 갔다. (…중략…) 군막 안에 김 씨 성을 가진 자가 있었는데, 그 또한 글재주가 뛰어났다. 김생은 위생의 병이 위독한 것을 보고 곁을 떠나지 않으면서 우스갯소리로 위생의 마음을 위로해 주었다. 그러다가 위생의 금란선을 빼앗아 부채 위에 시 한 편을 썼다.

힘차게 우는 백마 위 옥 안장에 타고서
언제쯤 용검으로 오랑캐를 베어 볼까
만 리 밖 관산 너머에서 가을바람 불어오고
강남의 피리 소리에 조각달은 차갑구나

위생이 탄식하며 말했다.

"자네의 시는 호방한데 나는 시름과 괴로움만 읊조리니, 서로 생각하는 바가 다르기 때문일 것이네."[39]

---

39 生馳到其家, 將軍欲鳴鼓發行, 僅能隨其後, 而虛心之極, 跋涉風霜, 眠食不甘, 舊疾還發. 驛樓旅關, 飯思轉切, 觸物興吁, 對人無語. 將軍大有悶焉. 一夕, 行到江興府, 生病尤極, 倚床無眠. (…中略…) 幕中又有金姓者, 亦工於詩幹者也. 以生之痛繁, 不離席, 戲嘲寬抑, 遂奪金鸞扇, 題一絶於其面曰: '白馬嬌嘶跨玉鞍, 龍刀何日斬樓蘭 秋風萬里關山外, 吹笛江南片月寒' 生嘆曰: "君詩豪逸, 我吟愁苦, 是所由思不同之故也"(「위생전」, 636~637면).

다소 작위적으로 느껴지는 김생의 등장은 전쟁 상황에 조금도 적응하지 못하던 위생의 모습을 대비적으로 강조하기 위함일 것이다. 친구 장생의 비판을 통해 위생의 야합에 대한 일종의 윤리적 균형을 도모했던 작자는 김생이 써준 시詩를 통해 위생의 나약함을 강조하는 한편 전쟁에 임하는 당위적 신념이 무엇이어야 하는가에 대해서도 넌지시 암시하고 있는 듯하다.

어쨌든, 아버지를 따라야 한다는 이유로 원치 않는 이역異域의 전장戰場으로 내몰린 위생은 자신의 병을 이겨내지 못하고 결국 죽음에 이르게 된다. 그런데 위생의 죽음에 곧이어 소숙방의 종사從死가 이어지면서 서사가 마무리된다는 사실은 「위생전」의 이념적 벡터를 고스란히 드러내고 있다는 점에서 눈여겨볼 필요가 있다.

(위생의–인용자 주) 상여를 떠나보내는 밤, 장군의 꿈에 위생이 나타나 말했다.

"소씨 댁 낭자와는 오래된 인연을 다 나누지 못했습니다. 살아서 함께 지내지 못했지만, 죽어서는 한 무덤에 묻히고 싶습니다."

(…중략…) 상여 행렬이 나루에 도착해 소상국 댁을 묻자 여자 아이가 놀라며 다가와 이유를 물었다. 연유를 모두 알려 주자 그 아이는 급히 뛰어가 소식을 알렸다. 온 집안이 울부짖고 가슴을 치며 곡하는 소리가 하늘까지 닿았다. 소숙방은 그 소식을 듣자마자 비단 수건으로 목을 매어 자결했다. 상국이 애통해하며 두 사람을 구의산 아래에 함께 묻어 주었으니, 동서 양쪽에 놓인 무덤이 길 왼편에 완연하였다. 이 이야기를 들은 초나라 사람들이 다투어 이 일을 기록했다고 한다.[40]

이처럼 「위생전」은 주인공의 죽음을 통해 닫힌 결말을 보여준다. 이점 「주생전」의 열린 결말과 좋은 대조를 보이는데, 중요한 것은 결말의 이러한 차이가 비단 서사 구조의 변화뿐 아니라 텍스트 지향의 '이념적 선회'를 함께 드러내고 있다는 점이다.

앞서 살펴보았듯이, 「주생전」의 결말에서는 주생의 사랑과 이별을 그의 변화와 성장의 계기로 인식했던 '나'의 시선과 당시의 전란 상황을 바라보던 '나'의 낙관적 시각이 맞물리면서, 주생의 상처에 대한 치유의 분위기가 조성되고 있음을 감지할 수 있었다.[41] 그러나 이에 비해 「위생전」은 남녀 주인공의 연이은 죽음으로 의심할 바 없는 비극적 분위기를 연출함으로써 「주생전」의 결말을 그 구조와 분위기까지 바꾸어 놓은 것이다.

특히 소숙방의 종사從死로 처리된 텍스트의 결말은 「위생전」의 서두에서 부각해 놓은 장소인 동정호와 이비二妃에 대한 기억을 자연스레 떠올리게 만드는 계기가 된다. 즉 소숙방의 죽음을 목도한 독자들은 그녀의 죽음을 텍스트의 서두에서 이미 강조해 둔 바 있는 이비二妃의 순사殉死와 동일시할 수 있게 되는 것이다. 따라서 작품 말미의 후지後識 곧 "이야기를 들은 사람들이 앞 다투어 이 일을 기록했다"는 정황을 부기해 놓은 것 또한 「위생전」의 방점이 위생과 소숙방 사이의 파격적인

---

40   送殯之夜, 生見於將軍之夢曰 : "蘇家娘子, 舊緣未盡, 生不同居, 死願同穴." (…中略…) 行到 津頭, 問蘇相國家, 則有罷裙兒女, 愕然來問, 俱逃厥由, 其兒奔遑入告, 擧家呼擗, 哭聲喧天, 蘇娘問其奇, 卽以羅巾, 縊其頸而死. 相公痛之, 同葬于九疑山下, 東西兩墳, 宛然路左. 楚人聞 之, 爭爲掌記云(「위생전」, 637면).

41   이는 주생이 '나'와 작별하면서 계속 사례하는 장면이나 자신의 이야기를 스스로 "한바탕 웃음거리에 불과"한 것으로 언급한 정황을 통해 짐작할 수 있다[明朝泣別, 生再三稱謝曰 : "可笑之事, 不必傳之也"](「주생전」, 266면).

애정 행각에 있다기보다 위생의 죽음과 연이은 소숙방의 절사節死에 놓여 있음을 드러내고자 했던 것으로 볼 수 있다.

「위생전」은 「주생전」의 서사 구도를 일정 부분 모방하면서도 「주생전」과는 달리 윤리적·이념적 성향의 주변 인물들을 배치함으로써 전란이 개입된 애정서사의 지향을 죽음과 절사節死 그리고 그에 따른 비장미로 선회하도록 한 것이다. 「위생전」이 구현해 낸 전란과 애정전기의 새로운 관계망은 다음 절에서 살펴볼 「최척전」을 통해 다시 한 번 급격한 변모를 겪게 된다.

2. 열녀烈女에 대한 재해석과 가족 재건 서사의 이면[42]
— 「최척전崔陟傳」

1) 애정전기의 열녀와 옥영玉英

임진전쟁이라는 역사적 사건이 작품의 배경으로 활용되고 있지만, 앞서 살펴보았듯이 「주생전」과 「위생전」에서의 전란戰亂은 여전히 남녀 간의 만남과 이별 혹은 이별 이후의 죽음과 연이은 종사從死의 문제

---

42 본 절의 일부 내용은 저자의 다음 논문 중 제3장의 내용을 수정·보완해 수록한 것임을 밝혀둔다. 졸고, 「'행복한 결말'의 출현과 17세기 소설사 전환의 일 양상」, 『고전과 해석』 10, 고전문학한문학연구학회, 2011.

를 서사화하기 위한 '부수적인 장치'로 활용될 따름이었다. 당대의 전란이 곧바로 동시대의 소설 속에 포착되긴 했지만, 이때의 전란은 역사적 특수성보다 남녀 간 이별의 계기라는 보편적 성격을 더욱 강하게 띠고 있는 것이다.

하지만 이상과 같은 전란의 기능과 의미는 「최척전」에 와서 전혀 다른 차원으로 전화轉化한다. 「최척전」이 보여준 변화의 진폭은 애정전기의 장르 운동이라는 차원을 넘어서는 것은 물론이고, 17세기 소설사 전반의 지각 변동을 함축하고 있다는 점에서 매우 심중한 의미를 지닌다. 이에 「최척전」에 관한 연구 경향[43] 중 특히 그 사적史的 위상에 대한 조명은 17세기 소설사의 변화 및 후대 소설사와의 연관성에 관한 해명을 중심으로 이루어져 온 특성이 있다. 부연하자면 낭만적 구성과 후대 통속소설과의 연관성,[44] 국문장편소설 및 한문단편으로의 분기적分岐的 수용,[45] 17세기 국문장편소설과의 연계성[46] 등이 「최척전」이 지닌 소설 '사史'적 의미로 주목되었다.

또한 「최척전」은 연구자에 따라 불교소설,[47] 피로문학被虜文學,[48] 사실

---

43 「최척전」에 대한 선행 연구의 흐름은 다음의 두 논고를 참고할 수 있다. 정명기, 「최척전」, 화경고전문학연구회 편,『고전소설연구』, 일지사, 1993; 민영대, 「최척전 연구사」, 우쾌제 외,『고소설연구사』, 월인, 2002.

44 박일용, 「장르론적 관점에서 본 최척전의 특징과 소설사적 위상」,『고전문학연구』5, 한국고전문학회, 1990.

45 박희병, 「최척전—16, 7세기 동아시아의 전란과 가족이산」,『한국고전소설작품론』, 집문당, 1990.

46 강상순, 「전기소설의 해체와 17세기 소설사적 전환의 성격」,『어문논집』36, 민족어문학회, 1997.

47 김기동, 「불교소설 최척전 소고」,『불교학보』11, 동국대 불교문화연구소, 1974. 김기동은 이후의 논고에서 「최척전」을 역사소설로 분류하기도 했다(『이조시대소설의 연구』, 성문각, 1974).

48 소재영, 「기우록과 피로문학被虜文學」,『임병양란과 문학의식』, 한국연구원, 1980.

계寫實系 소설,[49] 애정소설,[50] 전기소설,[51] 역사소설[52] 등과 같이 다양한 하위 장르로 규정되었던 사실을 통해서도 알 수 있듯이, 다양한 '서사 양식의 실험장'으로 불러도 좋을 만한 텍스트이다.[53] 그럼에도 서사 구조의 근간은 '남녀의 결연 이후 전란으로 인해 펼쳐진 이합離合의 과정'이며, 이에 우리가 이제껏 살펴보았던 애정전기의 장르적 자장磁場 안에서 창작된 것으로 보는 것이 일반적이다.

하지만 「최척전」은 전쟁이라는 역사적 경험의 첨입이 작품 속 시・공간 축의 거대한 확장을 불러옴으로써 애정전기의 문법에서 벗어나게 된 것 역시 사실이다. 즉 전기적傳奇的 서사 구조의 일반적인 시간축[54]과 비교해 볼 때, 「최척전」은 최척과 옥영의 이합집산을 거의 '일대기적' 시간 속에서 묘파함으로써 전기적傳奇的 시간축을 허물고 있다. 여기에

---

49 민영대,『조위한과 최척전』, 아세아문화사, 1993; 민영대,『조위한의 삶과 문학』, 국학자료원, 2000.

50 박일용, 앞의 책; 정환국,「17세기 애정류 한문소설 연구」, 성균관대 박사논문, 2000; 박태상,『조선조 애정소설 연구』, 태학사, 1999.

51 박희병,『한국전기소설의 미학』, 돌베개, 1997.

52 송하준,「조선 후기 역사소설의 변모양상과 주제의식」, 고려대 박사논문, 2004.

53 하나의 텍스트에서 여러 하위장르가 뒤섞이는 혼효混淆 현상이 비단 「최척전」에서만 드러나는 것은 아니다. 하지만 「최척전」이 보여주고 있는 장르적 실험은 장르의 해체 현상을 대변하는 현상이라는 점에서 특별히 더 주목해 볼 수 있다. 이하의 장에서 살펴볼 여타의 텍스트에서도 역시 활발한 장르 혼효 현상을 목도할 수 있는데, 이는 조선 중기의 시대적 혼란상이 장르 자체의 불안정성으로 표출된 예로 독해할 수 있을 것이다. 즉 "장르 혼합은 사회적 변동기에 흔히 볼 수 있는 현상"이며 "사회적 불안정이 장르의 불안으로 나타나는 것"임을 고려할 때, 17세기는 그와 같은 장르 혼효 현상을 가장 잘 드러내 주는 시기라고 할 수 있다. 김준오,「문학사와 장르 변화」,『문학사와 장르』, 문학과지성사, 2000, 35면.

54 "군담소설 혹은 영웅소설은 잘 알려진 대로 '일대기적'이거나 '전기적傳記的'인 구성을 취하고 있음이 특징적이다. 이에 반해 전기소설傳奇小說은 대체로 청년 시절만의 이야기에 '집중'되어 있다. 즉 거두절미한 채 청년 시절에서 이야기가 시작되고 청년 시절에서 이야기가 끝난다." 박희병,「전기적 인간의 미적 특질」, 앞의 책, 38면. 각주 6번.

더해 청춘 남녀의 이합에만 집중하던 애정전기의 서사 구성에서 벗어나, '전란으로 흩어졌던 가족들의 완벽한 재회'로 대단원을 구성하기 위해 시·공간축의 확장 외에도 여러 가지 서사적 요소들의 변화를 수반하기도 하였다.

이 글에서는 이와 같은 변화를 가능하게 한 소인素因을 특히 애정전기의 여주인공에 대한 재해석을 중심으로 살펴보고자 한다. 애정전기의 여주인공은 서사를 주도해 나가는 인물로, 이들의 성격 변화는 곧 장르적 정체성의 변화까지도 수반할 수 있으며, 「최척전」은 이와 같은 가능성을 고스란히 구현하고 있는 텍스트이기 때문이다.

이에 본 항에서는 먼저 여주인공의 성격 변화 양상을 「이생규장전」과의 대조 방식을 통해 구체적으로 적시해 보고자 한다. 누차 언급했듯이 '전란과 이별'이라는 소재가 진작부터 애정전기의 주요 소재였음을 상기할 때, 두 텍스트의 비교 고찰은 「최척전」의 해석에 있어 보다 유용한 입지를 확보하기 위한 필수 작업이기 때문이다. 그리고 이러한 작업에 앞서 이하에서는 「이생규장전」에서 형상화되고 있는 여주인공의 특성을 『전등신화剪燈新話』와의 대비를 통해 살펴봄으로써 논의의 기반을 마련하고자 한다.

『금오신화』가 『전등신화』의 영향 속에서 작가의 창조적 변용을 통해 창작되었음은 주지의 사실이나, 이 글에서 「이생규장전」이 보여준 변용에 다시금 주목하는 이유는 이 변용이 '조선적' 애정전기의 정체성을 형성한다고 판단했기 때문이다. 그렇다면 『전등신화』 소재 애정전기와 『금오신화』의 그것이 보여 주는 차이란 무엇인가. 결론부터 말하자면 전란의 와중에 겪게 되는 정절의 훼손 위협에 대한 여성들의 대처 방식에 종차種差의 핵심이 담겨 있다고 할 수 있다.[55] 이는 「이생규장전」과 「취취전翠翠傳」의 비교를 통해 명확하게 드러난다.

먼저 「취취전」을 보자. 빈부 격차를 극복하고 결연을 이룬 김정과 취취의 행복한 일상은 장사성 형제의 난으로 인해 파탄을 맞는다. 취취가 장사성의 부하 장수인 이 장군에게 포로로 잡혀갔기 때문이다. 난리가 끝난 후 김정은 우여곡절 끝에 취취를 찾아가지만 이미 8년 동안이나 이장군의 총애를 받고 있던 그녀와 다시는 부부의 인연을 맺지 못한다. 그들은 결국 서로에 대한 그리움으로 죽음에 이르게 되고, 그 죽음 이후에야 비로소 말 그대로 '동혈지우同穴之友'가 될 수 있었을 뿐이다. 「취취전」은 전란의 끝이 곧바로 불행의 종지부를 의미하지 않는다는 사실을 잘 보여 준다. 그런데, 우리의 논의와 관련하여, 취취가 혼령이 된 후 자신의 아버지에게 그간 자신이 겪었던 사정을 이야기하는 다음 대목을 좀 더 살펴볼 필요가 있다.

　　지난 번 내란의 병화가 아주 가까운 우리 지역에서 일어나 인근 마을에까지 전란이 번졌습니다. 저는 옛날 당나라 때 두씨寶氏의 딸이 장렬하게 죽은 것처럼 죽지 못하고 유씨柳氏가 번장蕃將 사타리沙吒利에게 몸을 더럽혀진 것처럼 되고 말았습니다. 부끄러움을 참고 목숨을 부지하여 멀리 고향을 떠나게

55　박희병은 『금오신화』의 여주인공들에 대해 당시 민간에 떠돌던 열녀담에 등장하는 인물들을 모델로 삼아 소설적 변형을 가한 것으로 파악한 바 있다. 그는 『금오신화』가 김시습 당대에 전해지던 열녀 이야기로부터 인물의 모델, 제재, 착상을 구한 점이 없지 않다고 하면서 이를 통해 작가의 평생 화두였던 절의節義라는 이념을 적절히 형상화할 수 있었던 것으로 보았다. 이 글에서는 이와 같은 착목에 기본적으로 동의하면서, 열녀의 형상화와 그 변모가 애정전기의 변환을 이끈 동인이라는 관점으로 확장해서 고찰해 보고자 한다 (박희병, 『한국전기소설의 미학』, 돌베개, 1997, 176~177면).

되었습니다. 난초와 혜초같이 허약한 몸으로 하찮은 장사꾼 중개인 같은 천한 사람의 짝이 되었음을 한스러워 했습니다. 무장 손수孫秀가 석숭石崇의 집에서 웃음 파는 녹주綠珠를 뺏을 줄만 알았는데 두 남편 섬겼다고 말없는 사람이 된 식국부인息國夫人을 가련히 여길 겨를이나 있었겠습니까? 하늘을 우러러 소리쳐 보아도 도망갈 길조차 없었으며 하루를 보내는 것이 삼 년이나 되는 것처럼 길었습니다. 낭군께서 옛 은정을 저버리지 않으시고 불원천리하고 특별히 찾아와서는 남매의 이름으로 단 한 차례 만나보고 말았으니 부부의 정이 가로막혀 끝끝내 서로 통할 수가 없었습니다.[56]

취취는 자신이 두씨의 두 딸— 백랑伯娘과 중랑仲娘 — 처럼 정절의 위협에 맞서 절사節死하지 못했다는 사실을 부끄러워하면서도, 도망갈 방도도 없었던 상황 속에서 하루를 삼 년처럼 보냈던 자신의 지난날을 회고함으로써, 전란이 가져다 준 지속적인 고통을 절실하게 토로한다. 「취취전」은 이처럼 전란의 와중에 정절의 훼손을 강요받은 '여성들의 탄식'을 포착하는 방식으로 애정전기 특유의 비극적 정조를 형성해 내고 있는 것이다.[57]

---

56 구우 외, 최용철 역, 『전등삼종』 상, 소명출판, 2005, 251~252면.
57 이러한 특성은 「추향정기」에서도 어느 정도 감지된다. 장사성의 변란으로 인해 결국 다른 곳으로 시집가게 된 여주인공 채채는 자신이 사랑했던 상생에게 보낸 편지에서 다음과 같은 이야기를 한다. "약육강식의 전란이 거듭거듭 계속되어 십 년이나 되었습니다. 어렵사리 목숨을 부지하였지만 이 한 몸은 이제 예전의 채채가 아닙니다. 동서로 좌우로 도망다니고 숨어지내는 사이 할머니는 세상을 떠나고 아버님도 작고하시고 말았습니다. 미친 듯한 세상의 바람을 피하고 이슬 내린 길을 가다가 젖어들까 걱정하였습니다. 전날의 맹약을 끝끝내 지키고자 했지만 소식이나 흔적이 묘연했습니다. 작은 신의를 꼭 지키려고 길을 가다가 도랑에 굴러 떨어지는 신세가 될 지도 모르는 상황이었습니다. 그래서 불행히도 남의 아내로 몸을 의탁하여 연명하면서 하루하루 견뎌내고 있는 것입니다"(위의 책, 342면).

그렇다면 「이생규장전」의 경우는 어떠한가. 우리는 정절의 위협 속에서 한 치의 망설임도 없이 죽음을 선택하는 최랑의 모습을 발견하게 된다.

고려 공민왕 10년(1361)인 신축년에 홍건적이 서울 개성을 점거하자 임금은 복주로 피난을 갔다. (…중략…) 이생은 가족을 데리고 궁벽한 산벼랑에 숨었다. 그런데 한 도적이 칼을 빼어들고 이생 가족의 뒤를 쫓아왔다. 이생은 내달려서 겨우 모면하였으나 부인은 도적에게 사로잡히고 말았다. 도적이 부인을 겁탈하려 하자 여인은 크게 꾸짖었다. "호귀야 나를 죽여 씹어 먹어라. 차라리 죽어서 승냥이와 이리의 뱃속에 들어갈망정, 어찌 개돼지와 같은 놈의 배필이 되겠느냐?" 도적은 노하여 여인을 죽이고 살을 발라내었다.[58]

이생과 최랑의 결연이 전란으로 인해 파탄에 이르게 되는 장면이다. 겁탈의 위협과 생사의 기로에서도 최랑은 도적을 크게 꾸짖은 후 결국 처참하고 심지어 엽기적으로 살해된다. 문제는 죽음 앞에서도 의연한 최랑의 태도와 그로 인해 그녀가 엽기적으로 죽어가는 이 장면에 대해 우리가 일종의 '익숙함'을 느낀다는 사실이다. 그리고 「이생규장전」이 일정 부분 「취취전」의 변용을 통해 창작된 것이라면 그 변용은 바로 저 '익숙한' 장면에서부터 시작된다고 할 수 있다.

죽음의 문턱 앞에 선 한 개인이 최랑의 경우처럼 당당하기란 매우 어려운 일이다. 그럼에도 불구하고 우리가 최랑의 죽음을 그려내고 있는

---

58   김시습, 심경호 역, 『매월당 김시습 금오신화』, 홍익출판사, 2005, 114면.

위의 장면에 익숙함을 느낀다면 그건 왜일까. 우린 이 지점에서 선초鮮初부터 편찬되기 시작한 일련의『열녀전』으로 논의의 방향을 잠깐 돌려볼 필요가 있다.

「취취전」에서 취취가 이야기했던 두씨녀는 명明의 해진解縉 등이 찬한『고금열녀전』에 수록되어 있는 대표적인 열녀烈女로서 조선의『삼강행실도』에도 수록되어 있는 인물이다. 당唐나라 영태永泰 연간에 촌락을 노략질한 도적떼들에게 정절을 위협받을 위기에 처하자 "차라리 죽을지언정 의리로 보아 욕을 당할 수 없다"고 하며 벼랑에서 떨어져 죽음을 맞이했던 여인들인 것이다.[59]

상술한 인용문에서 드러나듯이, 취취가 혼령이 되어서도 정절을 지키지 못했음을 스스로 책망하는 것을 보면 두씨녀의 행위는 정절의 위협 속에서 여성들이 취해야 하는 일종의 '모범사례' 혹은 '행동지침'으로 깊이 각인되어 있었음을 알 수 있다. 물론 작가는 취취가 절사節死하지 않는 것으로 서사를 구성함으로써 전란의 상흔을 또 다른 측면에서 진지하게 문제 삼고 있지만, 우리는 텍스트의 이면에 도사리고 있던 시대적 정황, 즉 두씨녀들이 정절의 위협에 닥친 많은 여성들에게 죽음을 강요했던 일종의 지식-권력으로 군림하고 있던 정황 역시 규지할 수 있는 것이다.

그렇다면 최랑의 경우는 어떠한가. 살펴보았듯이 최랑의 죽음에서 우리는 어떠한 주저함도 느낄 수 없다. '절사節死냐 생존이냐'의 이분법 속에서 그녀는 일말의 망설임도 없이 죽음을 택한다. 하지만 우리가 그

---

59   세종대왕기념사업회,『삼강행실도 열녀편』, 1982, 77면.

녀의 죽음을 '익숙하게' 받아들일 수 있다면 그것은 최랑의 죽음이 수 많은 열녀들의 죽음과 오버랩되기 때문이지 그녀의 죽음 자체가 자연스럽기 때문은 결코 아니다.

우왕 5년에 왜적이 진주에 침입하였을 때 정만은 서울에 가고 집에 없었다. 적이 마을로 침입했으므로 최씨는 여러 자녀를 데리고 피하여 산중에 숨었다. 그때 최씨의 나이는 30세 남짓하였으며 게다가 용모도 아름다웠다. 왜놈들이 그를 찾아내 몸을 더럽히려고 시퍼런 칼로 위협하였으나 최씨는 나무를 안고 저항하면서 큰 소리로 욕하기를 "죽일 놈들아! 몸을 더럽히고 사는 것보다는 차라리 절개를 지키고 죽겠다!"라고 하면서 계속 욕을 퍼부었으므로 왜적이 최씨를 살해하고 두 아들을 납치하여 갔다.[60]

『고려사』「열녀전」에 수록되어 있는 한 대목이다. 우리는 「열녀전」의 최씨녀와 「이생규장전」속 최랑의 죽음이 매우 흡사하다는 것을 쉽게 알 수 있다. 취취가 두씨녀라는 열녀의 대명사와 일정한 거리를 지닌 채 보다 현실적인 차원에서 전란을 체험하고 있었다면, 최랑은 『열녀전』의 입전 인물 그 자체라고 해도 좋을 정도로 기존 열녀들의 행위 —상상에 의해 구성되고 이념적 색채가 덧씌워진 행위—를 밟아가고 있었다.

결국 최랑은 빼어난 미모, 뛰어난 시재詩才에 더해 죽음을 두려워하

60 辛禑五年, 倭寇晉州時, 滿如京. 賊闌入所居里, 崔携諸子避匿山中. 崔年方三十餘, 貌且美.賊得而欲汚之, 露刃以脅, 崔抱樹拒, 奮罵曰: "死等耳, 與其見汚而生. 寧死義." 罵不絶口, 賊遂害之, 虜二子以去(『고려사』권121「열전」권34「鄭滿妻崔氏」)(출처 : 국사편찬위원회 한국사데이터베이스(http://db.history.go.kr)).

지 않는 정절의식이 결합되어 '조선적' 애정전기의 여주인공으로 탄생하게 된 것이다.[61] 김시습은 『전등신화』 소재 애정전기의 창작 기법을 일정하게 수용하는 한편, 여성 주인공으로 『열녀전』에 입전될 만한 인물을 선택함으로써 독자들의 '이념적 욕구'를 만족시키는 동시에, 여주인공의 사후死後에 인귀교환人鬼交歡과 같은 기이한 행적을 자유롭게 서술할 수 있는 기반을 확보했던 것으로 판단된다. 물론 이념적 욕구라는 말이 생소하게 들릴지 모르지만 『금오신화』의 독자층이 주로 사대부 문인 지식층으로 한정된다는 점을 감안한다면 어느 정도는 그 타당성을 인정할 수 있을 것이다. 선초鮮初의 사대부 문인 지식인들이 새로운 이념을 전파하기 위해 기울였던 다단한 노력들을 염두에 둔다면, 「이생규장전」의 여주인공을 왜 열녀의 형상으로 선택했는가가 명확해질 것이다. 별도로 열녀편을 설정하여 다수의 열녀들을 입전한 것이 모두 선초에 간행된 『고려사』와 『삼강행실도』라는 점도 이를 뒷받침해 준다. 즉 애정전기의 초현실적 사건 구성과 이데올로기적인 열녀 형상의 공존은 상호모순적이라기보다 허구와 이념 사이의 균형을 추구하고자 한 작자의 의도적 결과라고 볼 수 있는 것이다.

그런데 이처럼 환생을 담보로 해야 하는 열녀형 인물의 선택은 자연스럽게 서사적 전개에 일정한 한계를 지닐 수밖에 없었다.[62] 특히, 정유전쟁 이후 동아시아를 무대로 한 '포로 체험'의 서사[63]를 골격으로 하면

---

61 이 지점에서 『전등신화』의 「애경전」을 짚고 넘어가야 할 것 같다. 「애경전」의 주인공 애경 역시 정절의 위협에 처해 절사節死하는 인물로 그려진다. 하지만 그녀는 기생 신분으로 오랜 시간을 지내다가 남주인공과 결혼할 인물로 묘사된다. 이 점 우리의 애정전기와는 그 정서가 사뭇 다르다고 할 수 있으며 이에 그녀의 절사節死가 지닌 의미는 조금 다른 맥락에서 비교되어야 할 것으로 본다.

62 이혜순, 「열녀상의 전통과 변모」, 『진단학보』 85, 진단학회, 1998, 175면.

서도 그 결말은 확장된 '가족'의 완벽한 재회를 지향했던 「최척전」의 경우,[64] 『금오신화』의 최랑과 같은 열녀의 형상으로는 더 이상 진전된 서사를 이어 나갈 수 없게 된다.

이에 옥영은 전란의 피해자나 절사節死의 주체로 묘사되는 것을 넘어, 전란의 와중에도 '살아남았던 여성'으로서 새롭게 형상화된다. 옥영은 전기傳奇의 비좁은 공간 배경에서 빠져나와 험준한 현실과 마주쳐야 했고 심지어 그 고난을 끝까지 견뎌낸 인물로 재창조된 것이다. 한 가지 첨언할 것은 옥영의 정절에 대한 작가의 시선이다. 작가는 작품의 서두에서 기존의 애정전기와 차별되는 서사 전개를 보여주고 있는데, 차이의 핵심은 '야합野合의 서사'에 대한 거부이다.[65]

「최척전」의 서두에서 옥영은 전형적인 애정전기의 여주인공으로 등장한다. 남성에 대한 주체적인 애정 표현 그리고 이후 결코 변하지 않는 사랑은 '전기적 인간傳奇的 人間'들의 특징이며[66] 그녀 역시 마찬가지였다. 그러나 이러한 공통점 못지않게 만남의 과정에 대한 차별적 서사

63　일본군의 포로에 대한 집착은 특히 정유전쟁에서 극심한 양태로 나타났는데, 「최척전」에서 「주생전」이나 「위생전」과는 전혀 다른 차원의 서사가 가능했던 이유는 바로 정유전쟁의 포로 경험이 서사 구성의 요소로 편입된 탓이었다. "진중陣中에서 앞을 다투어 조선인 '포획'에 열중했을 뿐만 아니라, 더욱이 하인을 얻기 위해 전쟁이 재개되기를 열망하는 일본인 무장武將들의 모습은, 이 전쟁이 일명 '사람 사냥 전쟁'으로 불리던 이유를 적나라하게 말해 준다"는 언급은 이른바 '피로문학被虜文學' 혹은 '포로실기捕虜實記'라는 독특한 작품군作品群이 형성될 수 있었던 당대의 정황을 적확하게 짚어내고 있다. 요네타니 히토시[米谷均], 「사로잡힌 조선인들─전후 조선인 포로 송환에 대하여」, 『임진왜란 동아시아 삼국전쟁』, 휴머니스트, 2007, 87면.

64　「최척전」의 전반적인 창작 기반에 대해서는 장효현, 「최척전의 작품세계와 창작 기반」, 『한국 고전문학의 시각』, 고려대 출판부, 2010.

65　「최척전」과 열녀 담론의 관련성을 언급한 기존의 논의는 다음을 참조할 것. 엄태식, 「최척전의 창작 배경과 열녀 담론」, 『한국고전여성문학연구』 24, 한국고전여성문학회, 2012.

66　박희병, 「전기적 인간의 미적 특질」, 『한국전기소설의 미학』, 돌베개, 1997, 33~55면.

전개도 두드러지는데, 이는 옥영의 편지에서 구체적으로 확인해 볼 수 있다.

　　어제 글을 써 낭군에게 던진 것은 음탕한 마음에서 행한 일이 아닙니다. 다만 낭군의 의향을 알아보고 싶었던 것입니다. 제가 비록 보잘것없는 사람이지만 애초 거리에서 몸을 파는 부류는 아니니 어찌 사통할 마음이 있었겠습니까? 반드시 부모님께 고하고 마침내 정식으로 혼례를 올린다면 저는 정절과 신의를 지킬 것이니 감히 남편에 대한 공경을 게을리 하겠습니까? 시를 던지는 더러운 행실도 먼저 했고, 스스로 중매한 추한 일을 이미 범하였으며, 사사로이 편지를 주고받았으니 여성으로서의 정조를 잃고 말았지만, 이제 서로의 마음을 알게 되었으니 우리가 주고받은 편지를 남에게 함부로 전하지는 말아야 합니다. 지금 이후로는 반드시 매파를 통해 의논하도록 하시고, 제가 부정한 행실을 저질렀다는 조롱을 받지 않도록 해 주신다면 천만 다행이겠습니다.[67]

애정전기에서 흔하게 보이는 야합의 서사가 「최척전」에서는 옥영의

---

[67]　昨者投書, 非爲其海淫之意也. 欲試郎君之俯仰也. 妾雖無狀, 初非依市之徒, 寧有鑽穴之逃? 必告父母, 終成委禽之礼, 則貞信自守, 敢懈擧案之敬? 投詩先瀆, 已犯自媒之醜行, 欲往復私書, 尤失幽閑之貞操, 今旣肝膽相照, 不須書札浪傳. 自此以後, 必以媒妁相通, 而毋令妾重貽行露之譏, 千万幸甚. 「최척전」, 163~164면. 원문은 장효현 외, 『교감본 한국한문소설 – 전기소설』(보고사, 2007)에 수록된 「최척전」을 사용한다. 이하에서는 작품명과 해당 페이지만 표기한다. 참고로 위의 책에 수록된 원문은 "규장각본을 기준본으로 삼고 규장각본과 가장 유사한 고려대본을 통해 규장각본의 낙면을 보완하는 방식"(같은 책, 156면)을 통해 재구된 것으로, 현재는 「최척전」의 선본善本이라고 할 수 있다. 「최척전」의 이본계열과 선본善本에 대해서는 지연숙, 「최척전 이본의 두 계열과 선본」, 『고소설연구』 17, 한국고소설학회, 2004.

처신을 통해 원천적으로 차단된다. 기존 애정전기에서 남성의 마음을 읽어내기 위해 먼저 시를 건네는 '투시投詩'는 야합 이전의 지음知音을 인지하는 행위였으나, 「최척전」에서는 다만 만남을 시작하기 위한 하나의 모티프로 기능한다. 더욱이 옥영이 먼저 최척의 사람됨을 알아보고자 했던 것은 가장家長의 부재와 전란의 위기 속에서 의탁할 곳을 찾고자 했던 행위였다는 점에서, 기존 애정전기의 낭만적 만남과는 거리가 먼 현실적 맥락을 발견하게 된다.

이에 더해 작가는 포로가 되어 이국땅을 전전하게 된 옥영의 행보를 그리면서도 그녀가 결코 실절失節하지 않을 수 있도록 서사를 구성한다. 최척과 혼인한 옥영은 정유전쟁 때 왜노倭奴인 돈우頓于에게 남장男裝을 한 채로 붙잡혀 일본 나고야娘姑射[68]로 가게 되는데, 이후 전개되는 옥영의 행보를 통해 우리는 전란과 여성의 문제에 대해 절사節死 혹은 종사從死라는 '모범답안'을 즐겨 사용했던 애정전기의 문법[69]에 심각한 균열이 일어나고 있음을 목도하게 된다.

이때 옥영은 돈우에게 붙들렸는데, 돈우는 늙은 왜인으로 본래 살생을 하지 않았다. (…중략…) 돈우는 영특한 옥영을 아꼈으며, 붙들려 두려워하는 옥영에게 좋은 옷과 맛있는 음식을 주면서 옥영의 마음을 달래었다. 옥영은

---

68 '娘姑射'는 나고야의 음차인데 일본에 나고야라는 지명은 아이치愛知현의 나고야名古屋와 규슈지방의 나고야名護屋 두 곳이 있다. 작품의 맥락으로 볼 때, '娘姑射'는 임진전쟁 때 조선침략을 위한 사령부가 있던 곳이며 조선 및 중국과의 교통이 편리했던 가라쓰唐津 소재의 나고야名護屋로 보아야 할 것 같다.

69 「만복사저포기」의 경우에도 전란으로 희생된 여인이 등장하며, 이 여인 역시 정절을 지키기 위해 죽은 것으로 설정되어 있다. 이를 통해 볼 때, 「위경천전」에서 종군從軍한 남편의 부음을 듣고 곧바로 종사從死하는 소숙방의 형상에는 전대前代 애정전기의 여성 형상과 맞닿아 있는 면이 있다고 할 수 있다.

물에 빠져 죽으려고 두세 번 배에서 뛰어내리다가 문득 깨달은 바가 있었다. 어느 날 저녁, 옥영의 꿈에 장육금불이 나타나 말했다.

"나는 만복사의 부처이다. 삼가 죽지 말라. 후에 반드시 기쁜 일이 있을 것이다."

옥영은 깨어나 그 꿈을 생각하고는 전혀 희망이 없는 것은 아니리라고 여기고, 마침내 억지로 밥을 먹으며 죽지 않으려고 했다.[70]

전란의 소용돌이 속에서 가족이 뿔뿔이 흩어지는 이산을 경험하지만, 「최척전」의 옥영은 죽지 않았다. 또한 남장男裝을 한 채로 포로가 되었던 덕에 정절의 위협에서 자유로울 수 있었다. 작가는 기존의 애정전기가 보여 왔던 관습에서 일탈해 전란의 위기 상황 속에서도 여주인공을 정절의 위협과 죽음의 문제에서 모두 구출해 낸 것이다.

더욱이 이후 펼쳐지는 그녀의 광활한 행보—동아시아 삼국을 넘나드는 편력과 그 속에서 펼쳐지는 남편과의 상봉과 재이별—는 기존의 애정전기로서는 엄두도 내지 못할 시공간적 배경의 확대를 초래했는데, 이 과정에서도 그녀의 정절은 훼손되지 않았다는 설정이 중요하다. 옥영은 자결에 실패한 이후 계속해서 남자 행세를 하며 돈우를 따라 복건성과 절강성 일대를 오가며 장사를 한다. 그러던 중 안남에 갔다가 그곳에 와 있던 남편 최척과 극적으로 상봉하는데, 이 대목에서 작가는 돈우의 도움으로 그녀의 정절이 훼손되거나 위협받지 않았음을 분명히 알려주고 있다.

---

70 時, 玉英則見執於倭奴頓于. 頓于老倭, 本不殺生, (…中略…) 頓于愛玉英機警, 惟恐見逋, 給以華衣美食, 慰安其心. 玉英欲投水溺死, 再三出舡, 輒有所覺. 一夕, 丈六金佛夢玉英而告曰 : "我萬福佛也. 愼無死, 後必有喜." 玉英覺而詑其夢, 不能無萬一之翼, 遂强食不死(「최척전」, 180~181면).

두 사람이 마주 보고 통곡하자 그 소리를 듣는 사람도 모두 코끝이 찡했다. 학천(최척의 친구인 송우宋佑의 호號 — 인용자 주)이 돈우에게 부탁하기를 백금 3정을 주고 옥영을 데려가고 싶다고 하니 돈우는 화를 내며 말했다.

"내가 이 사람을 얻은 지가 올해로 4년입니다. 이 사람의 단정하고 성실한 모습을 좋아해 친형제처럼 여겼으며, 먹고 자며 떨어져 지낸 적이 없었지만, 이 사람이 여자인 줄은 결코 몰랐습니다. 이제 두 사람의 일을 직접 보니 천지 귀신도 오히려 감동할 바인데, 내 비록 어리석긴 하지만 목석은 아니니, 어찌 차마 이 사람의 몸값으로 밥벌이를 하겠습니까?"

(…중략…) 옥영이 두 손을 들어 올려 인사하고 말했다.

"주인어른의 보호로 죽지 않을 수 있었고 뜻밖에 남편까지 만나게 되었으니, 입은 은혜가 참으로 큽니다. 하물며 이렇게 선물까지 주시니 어떻게 은혜를 갚아야 할는지요?"[71]

이처럼 옥영은 4년의 포로생활에도 불구하고 여성임이 끝내 드러나지 않았다. 이와 같은 무리한 설정은[72] 작품의 현실성을 떨어뜨리는 요인이 되기도 하겠지만, 한편으로 「최척전」의 지향이 가족들의 '완벽한' 재회였음을 확연히 드러내 주는 설정이기도 하다.

옥영이 기존 애정전기의 여주인공들처럼 「표유매摽有梅」의 시구詩句를 이용해 최척에게 먼저 다가서긴 했지만 그녀들과 달리 야합에까지

---

71 二人相對痛哭, 聞者莫不酸鼻, 鶴川請於頓于, 欲以白金三錠買歸, 頓于怫然曰："我得此人, 四年于玆, 愛其端慤, 視同己出, 寢食未嘗小離, 而終不知其是婦人也. 今而目覩此事, 天地鬼神, 猶且感動, 我雖頑蠢, 異於木石, 何忍貨此而爲食乎?"(…中略…) 玉英擧手謝曰："賴主翁保護, 得不死, 幸遇良人, 受惠多矣. 矧此嘉貺, 何以報塞?"(「최척전」, 188~189면).

72 이러한 지적은 다음 논문에서 이미 제기된 바 있다. 엄태식, 「최척전의 창작 배경과 열녀담론」, 『한국고전여성문학연구』 24, 한국고전여성문학회, 2012, 112~114면.

이르지 않았던 것 역시 마찬가지 맥락이다. 다시 말해, 애정전기가 '남녀'의 만남과 이별의 문제를 서사화했던 것과 달리 「최척전」은 남녀가 만나 이루게 된 '가족'을 서사의 새로운 주체로 등장시키면서 여주인공의 정절이 더욱 철저하고 일관적으로 유지되는 서사를 구성할 수밖에 없었던 것이다.

전란으로 인한 가족의 이산과 그들의 완벽한 재회를 소설화하기 위해서는 여주인공의 정절이 상상적으로 요청될 수밖에 없었으며, 이에 기존 애정전기가 보여준 '남녀의 이합과 열녀'의 구도는 「최척전」에 와서 '가족의 이합과 옥영'의 구도로 대체된 것이다. 요컨대 옥영은 '열녀를 넘어선 열녀'로 형상화되었던 것이며, 이와 같은 여성 형상의 변화를 이끈 동력은 다름 아닌 '가족 주체'의 출현이었다고 하겠다.

한 가지 더 짚고 넘어갈 것은 기존 애정전기에 등장하는 여성들이 절사節死를 통해 하나의 주체로 형상화되었다면, 옥영은 오히려 '개인'으로서의 주체라기보다 '가족의 일원'이라는 정체성이 더욱 강하게 부여되고 있다는 점이다. 이러한 정황은 항주杭州에서의 정착생활 중 최척이 심하전투에 종군하게 되었을 때 명확히 드러난다. 항주에서 최척을 기다리던 옥영은 출정한 명나라 군사가 전멸했다는 소식을 듣고 죽음을 결심하지만, 꿈에 나타난 장육불의 예언 — 죽어서는 안 되며, 장차 기쁜 일이 있을 것이라는 예언 — 을 통해 깨달은 바가 있어, 고국으로 돌아갈 결심을 하고 다음과 같은 구체적 계획을 실행에 옮긴다.

옥영이 마음을 돌려 말했다.
"나는 마땅히 고국으로 돌아가야겠다. 만일 남편이 죽었다면 직접 창주로 가서 원혼을 불러 위로한 뒤 선산에 장사를 지내서 사막에서 굶주리며 떠도는 신세를 면하게 해 드려야 내 책임을 다하는 것이다. (…중략…) 너(둘째 아들 몽선夢仙─인용자 주)의 부친과 조부께서 모두 이역 땅에서 돌아가셨다면 선조의 묘를 누가 돌보겠는가? 친척들도 난리를 당해 어찌 모두 죽기야 했겠는가? 만일 친척이라도 만난다면 이 또한 다행일 것이다. 너는 배를 빌리고 양식을 준비해라! 여기서 조선은 뱃길로 겨우 이삼천 리이니, 천지가 도와 순풍을 만난다면 열흘 정도면 해안에 도착할 수 있을 것이다. 내 계획은 이미 결정되었다."[73]

(옥영은─인용자 주) 즉시 조선과 일본 양국 복색의 옷을 짓고, 매일 아들과 며느리에게 두 나라 말을 가르쳐 익히게 했다. 그리고 몽선을 타이르며 말했다.

"항해는 오로지 돛대와 노에 달려 있으니, 돛대는 촘촘히 기워야 하고 노는 견고해야 한다. 또 없어서는 안 될 것이 지남철이다. 내가 항해할 날짜를 정할 것이니 나의 뜻을 어겨서는 안 된다."[74]

이와 같은 옥영의 능동적 행위는 그녀가 애정전기의 범주를 넘어 기존의 여타 소설에서도 찾아볼 수 없었던 인물형임을 확연히 보여준다. 당대의 수다했던 포로 및 귀환 체험의 서사들과 가족의 재회에 대한 강

---

73 玉英幡然曰："我當求於本國, 苟死矣, 親往昌州境上, 招得旅魂, 葬於先壟之側, 免使長餒於沙漠之外, 則吾責塞矣. (…中略…) 汝父汝祖, 雖皆暴骨於異域, 而先祖丘墓, 誰復看護? 內外親屬, 亦豈盡歿於亂離? 苟得相見, 是亦一幸. 汝其雇舡春粮! 此去朝鮮, 水路僅二三千里, 天地顧佑, 倘得便風, 不滿旬朔, 當到彼岸, 吾計決矣"(「최척전」, 202~204면).

74 即裁縫鮮倭兩國服色, 日令子婦, 教習兩國譯音, 因戒夢仙曰："舡行專依於檣楫, 必須堅緻, 而尤不可無者, 指南鐵. 卜日開舡, 無違我志"(「최척전」, 205~206면).

렬한 욕망이 옥영과 같은 새로운 인물형이 창조될 수 있었던 역사적 토대가 되었을 것이다.

2) 여성과 가족 그리고 「최척전」의 '행복한 결말'

이상 살펴보았듯이 「최척전」은 기본적으로 애정전기의 서사 문법을 일정 부분 차용하면서도, '가족'이라는 새로운 주체를 서사 전개의 과정으로 흡수하는 과정 속에서, 특히 여성의 형상화 방식에 많은 변화를 초래했다. 더불어 전체적인 서사 전개의 맥락에서 일어난 가장 큰 변화는 무엇보다 작품의 결말을 통해 드러나고 있는데, 「최척전」에서 '행복한 결말'이라는 닫힌 결말을 적극적으로 구현하기 시작했다는 점은 주목을 요한다.

이러한 현상은 17세기 소설사의 전환 양상을 드러내는 하나의 표지임과 동시에 18세기 이후의 소설사 변환의 방향을 예비하고 있는 맹아萌芽로 그 의미에 대한 천착이 요구된다고 하겠는데, 이때 「최척전」의 '행복한 결말'이 가족의 재회에 대한 상상적 염원이었다는 점을 우선 고려할 필요가 있다. 이를 좀 더 구체적으로 살펴보기 위해 작자 조위한趙緯韓의 삶 중 전란과 관련된 이력들을 간략히 되짚어 보겠다.

1592년 26세의 나이로 임진란을 당한 조위한은 어머니를 모시고 연천, 토산 등지로 피란했다가 겨울에 남원으로 오는데 이때 첫 딸이 피난지에서 죽는다. 1594년에는 어머니 한씨가 그 후 1597년에는 부인 홍씨가 사망한다. 정유전쟁 시 제수인 고흥 류씨의 절사 소식을 듣는다. 1600년 진천 송씨와 재혼해 딸을 낳지만 1601년 딸이 곧 요사夭死한다.[75]

조위한은 전란의 와중에 그의 어머니와 부인은 물론 딸까지 잃는 고통을 겪는다. 하지만 조위한과 그의 가족이 겪었던 참화慘禍가 당대에 있어 결코 그들만의 특별한 경험이 아니었다는 사실이 더욱 중요하다. 다음의 기록을 보자.

> 선왕조先王朝의 계사·갑오년 사이에, 새로 왜구의 침략을 겪은 다음이어서, 무명 한 필 값이 쌀 두 되었으며, 말 한 필 값이 쌀 서너 말에 지나지 않았다. 굶주린 백성들은 백주에 사람을 무찔러 죽이고, 부자·부부가 서로 잡아먹는 지경에 이르렀다. 그 위에 전염병이 겹쳐서 길에는 죽은 사람이 서로 베개를 하였었으며, 수구문 밖에는 시체가 산더미처럼 쌓여 성보도 두어 길이나 더 높았으므로 승도僧徒를 불러다가 매장하는데 을미년에 가서 겨우 마치었다.[76]

이는 당시의 전란에 대한 짧지만 강렬한 보고서로, 현전하는 자료 중 이러한 기록들을 찾는 것은 결코 어려운 일이 아니다. 즉 조위한과 그의 가족이 겪은 고통은 특수성보다는 보편성이 더욱 강했던 것이라 하겠다.

그리고 이 지점에서 우리는 「최척전」의 창작 동인과 그 지향의 일단을 간취할 수 있다. 작자는 당대의 보편적 고난 — 전란으로 인한 가족

---

75 민영대, 『조위한의 삶과 문학』, 국학자료원, 2000, 103~104면 참조.
76 이수광, 남만성 역, 『지봉유설』 상, 을유문화사, 1994, 44~45면.

의 이산 — 을 소재로 취하되 현실에서는 성취되기 어려웠던 가족 간의 완벽한 재회를 그려냄으로써 전란에 대한 나름의 문학적 대응을 시도했던 것이다. 그렇다면 「최척전」의 결말은 어떻게 그려지고 있는가.

(옥영 일행이 — 인용자 주) 집 문 앞에 이르러 밖에서 보니, 최척이 버드나무 아래 앉아 손님을 맞고 있었다. 옥영이 가까이서 자세히 보니 바로 자기 남편이었다. 옥영 모자가 동시에 울음을 터뜨리니 최척도 비로소 자기 아내와 아들을 알고보고 큰 소리로 외쳤다.

"몽석 어미가 왔다! 천운인가 인력인가? 귀신인가 꿈인가?"

몽석이 이 말을 듣고 맨발로 엎어질 듯 나오니, 모자가 상봉하는 장면은 가히 알 수 있으리라. 서로 안고 방으로 들어가니, 병을 앓던 심씨는 딸이 왔다는 소식을 듣고는 놀라고 기가 막혀, 산 사람의 얼굴빛이 아니었다. 옥영이 심씨를 안고 간호하자 정신을 차린 후 곧 편안한 상태가 되었다. (…중략…) 옥영이 최척에게 말했다.

"우리에게 오늘이 있는 건 실로 장육불의 음덕 때문입니다. 듣자니 장육금불상이 모두 훼손되어 의지해 빌 곳이 없다고 합니다. 신령이 하늘에 계시어 우리를 죽지 않고 살게 하셨으니, 우리가 어찌 보답할 길을 생각지 않겠습니까?"

이에 공양할 물건을 갖추어 무너진 절에 가서 목욕재계하고 제사를 올렸다. 최척과 옥영은 위로 부모님을 봉양하고 아래로 아들과 며느리를 거두면서 남원 서문 밖의 옛집에서 살았다.[77]

---

77 到其門, 門外見陟力對客, 坐於柳樹之下, 近前熟視, 乃是其夫也, 母子一時號哭, 陟始知其妻與
    子, 一聲大號曰: "夢釋之母來矣! 此天耶人耶? 神耶夢耶?" 夢釋聞此, 跣足顚倒而出, 母子逢

최척 부부는 기존의 고통스런 기억들을 상쇄할 만큼의 '보상'을 받는다. 무엇보다 가장 큰 보상은 가족의 재회라고 할 수 있는데, 결국 옥영의 행보는 전란으로 인한 가족의 해체 위기를 새로운 여성 형상을 통해 상상적으로 극복해 내고자 했던 작가의 창작 의도를 고스란히 드러낸 것이라 하겠다.

그런데 「최척전」의 '행복한 결말'은 기존 애정전기의 문법에 비추어 볼 때 매우 파격적인 변화일 수밖에 없었고, 이에 「최척전」 연구는 텍스트 분석을 토대로 한 소설'사史'적 평가로 이어지곤 하였다. 예를 들어 「최척전」의 소설화 과정을 『어우야담於于野談』 소재 홍도설화紅桃說話와의 대비를 통해 살피고, 그 과정 속에서 「최척전」의 사적 위상을 규명하려는 연구가 있었다. "사실적 측면과 낭만적 측면이 확연히 드러나는 「최척전」의 구성 방식을 통해서 초기 소설에서 후기 소설로 넘어가는 소설사적 문맥"을 밝히고자 했던 것이다. 이 논의에 따르면 최척과 옥영의 결혼 과정은 "현실세계에 존재하는 세계관 및 삶의 갈등을 그대로 그림으로써 현실세계를 총체적으로 형상화하는 소설장르의 본질적 특징을 보여"주고 있으며, "소설에 형상화된 최척 일가의 재난을 중심으로 묘사된 민중의 고통"은 설화와는 변별되는 소설적 성취로 평가된다. 또한 텍스트의 후반부에서 "서사세계 전개의 추동력이 등장인물들의 적극적인 의지로부터 장육존불이라는 운명적인 힘으로 이동함으로써 서사세계는 낭만적인 구성을 취하"는데, "이러한 낭만적 구성은 현

場, 景光可知. 相扶入室, 沈氏於病淹之中, 聞其女來, 驚仆氣塞, 已無人色. 玉英抱救得蘇, 久而獲安. (⋯中略⋯) 玉英謂陟曰︰"吾等之得有今日, 寔賴丈六佛之陰隲, 而今聞金○, 亦皆毀滅, 無所憑禱, 而神靈之在天, 容有不泯者存, 吾等豈不知所以報乎?"乃供具, 詣廢寺, 潔齋修享. 陟與玉英, 上奉父母, 下育子婦, 居于府西舊家(「최척전」, 214~216면).

실적 고통을 초월적인 힘에 의해 극복하려는 민중의 운명론적 세계관에 바탕을 둔 것"으로 해석된다. 요컨대 「최척전」은 사실적 경향의 전반부와 운명론에 입각한 낭만적 구성을 취하고 있는 후반부가 결합된 텍스트이며, 이는 곧 "현실세계의 갈등을 비판적인 시각에서 바라보고 그것을 사실적인 시각으로 그린 비판적 사대부의 세계관과 현실세계의 질곡이 극복되기를 바라는 낭만적인 민중적 세계관이 접합된 결과"로서 향후 소설사 전개의 변화를 예비한 것이 된다.[78]

이에 반해 비슷한 시기에 제출된 또 다른 논의에서는 「최척전」이 "초기소설의 한계를 크게 극복"하면서 "우리 소설의 리얼리즘에 새로운 진전을 이룩했다"는 보다 적극적인 평가가 내려지기도 했다. 「최척전」은 "이 시기에 창작된 소설 중 가족의 이산과 재회의 문제를 본격적으로 다룬 작품"으로, 결연-이산-부분적 재회-재 이산-전체적 재회의 서사화 과정 속에서, 핍진한 묘사와 적극적인 여성상 그리고 작가의 비판적 현실인식 등을 두루 엿볼 수 있는 텍스트라는 것이다. 「최척전」의 이상과 같은 소설적 성취는 당대의 「주생전」이나 「홍길동전」의 한계를 넘어서는 것으로, "당대의 사회역사적 현실문제를 취급하면서도 영웅이 아니라 평범한 일반인이 겪었던 일을 그 한계는 있으되 대체로 사실주의적 형상화원칙에 따라 그렸으며, 남녀의 애정문제에서 시작하기는 하지만 그에 국한되지 않고 가족의 이산과 재회라는 문제로 관심을 확대함으로써 당시 우리 사회역사과정의 본질적 문제에로 인식을 제고시키고 있"었다고 본다. 또 후대 소설사와의 연관성에 대해서는 "「최척전」에

---

78 이상의 내용은 박일용, 「장르론적 관점에서 본 최척전의 특징과 소설사적 위상」, 『고전문학연구』 5, 한국고전문학회, 1990.

공존하던 두 가지 지향 중 초현실적 요소는 영웅소설 등의 국문장편소설에 확대 계승되었고, 사실주의적 서술태도는 야담계 한문단편이나 전계 한문단편에 발전적으로 계승되었다"고 평가했다. 「최척전」은 초현실적 요소와 사실주의적 요소를 통해 당대 전란에 대한 소설적 대응의 면모를 극적으로 보여주면서, 동시에 후대 소설사의 계맥系脈을 연계해주는 텍스트라는 것이 논의의 골자이다.[79]

　이상과 같은 두 견해는 그 사이에 일정한 차이가 감지되기도 하지만, 공통적으로 애정전기의 장르적 변환 양상, 즉 '행복한 결말'을 소설사적으로 어떻게 해석할 것인가의 문제의식을 내포하고 있다.

　다음으로 17세기 소설사의 전환과 전기소설의 향방에 대한 고찰 과정 속에서 「최척전」의 소설사적 의미를 조명한 논의가 있다. 이 논의에서는 17세기 전기소설의 변모에 대한 기존의 쟁점을 간명하게 소개한 후, 제3의 시각을 확보하기 위해 전기소설 특유의 서사 방식에 주목했다. 부연하자면, 전기소설의 특성으로서 "작자(話者)가 서사대상으로서의 '기이한 사건'에 대해 객관적·의사보고자적擬似報告者的 거리를 취하면서도 주관적·감정이입적 공감을 투사하는 양가적兩價的 태도"가

79 박희병, 「최척전—16, 7세기 동아시아의 전란과 가족이산」, 『한국고전소설작품론』, 집문당, 1990.
　　「최척전」에 대한 이와 같은 평가는 이후 '전기소설사'의 맥락에서 다음과 같이 재 강조되기도 한다. "소설사의 셋째 단계는 임란 이후의 시기이다. (…중략…) 소설사의 셋째 단계라고 해서 전기소설의 의의가 끝났다고 보이지는 않는다. 오히려 전기소설은 이 셋째 단계의 도래와 함께 새로운 활력과 생동감, 새로운 영역의 개척에 의한 자기갱신을 보여주고 있다. (…중략…) 셋째 단계에 이르러 전기소설은 현실적 지향을 강화시켜 간 것이다. (…중략…) 「최척전」은 약간의 환상적 요소가 내포되어 있기는 하나 전체적으로 보아 현실성의 강화를 뚜렷이 확인할 수 있다"(박희병, 「한국고전소설의 발생 및 발전단계를 둘러싼 몇몇 문제에 대하여」, 『관악어문연구』 17, 서울대 국어국문학과, 1992, 46~47면).

있음을 지적하면서, 이를 토대로 「최척전」과 전기소설 사이의 거리를 고찰한 것이다.

이에 따르면, 「최척전」은 전기소설의 일반적인 제재를 두루 갖추고 있으며 그것들을 전기소설 양식으로 서사화하고 있다. 그러나 「최척전」은 상술했던 전기소설의 특성, 즉 작자(話者)의 '기이奇異'에 대한 의사보고자적 거리 대신 전지적인 몰입이 강화되면서 '기이'의 성격 역시 가문소설이나 영웅소설에서 그러하듯이 윤리적 당위로 받아들여지게 된다는 것이다. 그리고 「최척전」의 행복한 결말은 상기한 전지적 몰입의 결과이자 대단원이며, 이는 전기소설적 서사 방식과는 큰 차이를 보인다는 것이다. 결론적으로 "「최척전」은 새로운 역사적 체험과 서사적 요구가 전기소설 양식의 틀 안에 수용되면서 나타나는 해체적이고 이행적인 양상을 보여주는 작품"이며, 나아가 "이 작품에 나타나는 변모의 양상이 바로 17세기 중후반 이후에 폭발적으로 출현하는 장편소설들에서 일반화되는 경향과 그 방향에 있어 일치"한다고 보고 있다.[80]

한편 「최척전」의 결말은 주제 해석의 다양성을 낳기도 하였다. 작품의 '행복한 결말'은 주로 전란으로 인한 가족의 이산과 재회라는 구성에 초점을 맞추어, '고난과 구원'[81] 혹은 '가족애家族愛'[82]의 차원에서 적지 않은 논의들이 있어 왔다. 나아가 최근에는 "인간애를 바탕으로 한

80　강상순, 「전기소설의 해체와 17세기 소설사적 전환의 성격」, 『어문논집』 36, 민족어문학회, 1997.

81　강진옥, 「최척전에 나타난 고난과 구원의 문제」, 『이화어문논집』 8, 이화여대 한국어문학연구소, 1986.

82　박희병, 「최척전－16, 7세기 동아시아의 전란과 가족이산」, 『한국고전소설작품론』, 집문당, 1990; 김문희, 「최척전의 가족 지향성 연구」, 『한국고전연구』 6집, 한국고전연구학회, 2000.

동아시아인의 연대"[83]라는 차원까지 논의가 확장되고 있다. 이렇듯 「최 척전」은 장르적 파격과 전란의 상흔에 대한 문학적 위안 혹은 대응이 라는 차원에서 그 위상이 더욱더 공고해져 가는 듯하다.

이와 같은 평가에 저자 역시 상당 부분 공감하면서도, 한편으로는 「최척전」이 암시하고 있는 무의식적 징후들도 함께 고려해야 할 것으 로 생각한다. 이때의 무의식적 징후란 다름 아닌 당대 가부장제의 확립 과 그에 따른 새로운 여성상의 요청에 관한 것인데, 이는 「최척전」에서 구현되고 있는 '행복'의 양상과 그를 위한 장르 변모를 통해 드러나고 있다고 판단된다.

17세기는 종법적 가부장제 질서가 자리 잡기 시작했던 시기이며, 국 문장편소설의 출현 역시 그와 같은 시대적 정황을 반영하는 문학적 현 상이다. 그런데 우리는 애정전기의 변형태인 「최척전」에서도 당대의 변화해 가던 가족제도의 편린들을 일정 부분 읽어낼 수 있다. 최척과 옥영의 결연 과정에서 드러난 반친영례半親迎禮의 모습과 자식들의 이 름에 사용한 항렬자行列字[84] 등이 그것인데, 이는 당대 가족제도의 변화 상이 작품의 문면을 통해 드러난 단적인 예이다.

이처럼 「최척전」은 '가족애'라는 항구적 가치를 드러낼 뿐만 아니라, 남성중심의 확장된 가족인 '가문'에 대한 열망 역시 그 이면에 함께 잠

---

83 김현양, 「최척전, '희망'과 '연대'의 서사」, 『한국고전소설사의 거점』, 보고사, 2007, 104 ~105면.

84 "부계혈연집단 형성의 또 하나의 중요한 지표는 가족보다 넓은 범위에 적용되는 항렬자行 列字 사용의 제도화를 들 수 있다. 이의 사용 자체가 부계친의 집단 내지 조직화를 의미하 기 때문이다"(최재석, 『한국 초기사회학과 가족의 연구』, 일지사, 2002, 223면). 「김영철 전」에서도 자식들의 이름에 항렬자를 사용하고 있는데, 이는 「하생기우전」에서 두 아들 의 이름을 적선과 여경으로 칭하고 있는 것과 좋은 대조를 이룬다.

재해 있는 텍스트라 할 수 있다. 이 점에서 「최척전」은 애정전기의 변모와 장편가문소설의 출현이라는 이질적인 현상의 공통분모를 지니고 있는 작품으로 규정할 수 있게 된다.[85]

그렇다면 우리는 이상의 논의를 기반으로 「최척전」의 '행복한 결말'을 '옥영'의 눈을 통해 다시 한 번 음미하면서 다음과 같은 질문을 던져 볼 수 있다. 옥영이 보여 준 비범한 적극성과 삶에 대한 의지가 자칫 전란 이후의 새로운 종법질서 정착을 위해 여성들에게 부과된 또 다른 질곡의 암시가 될 수 있는 것은 아닐까. 혹은 애정전기의 열녀들은 이제 '개인'이 아닌 '가족(門)'의 일원으로서 죽음마저도 유예해야 했던 것은 아닐까. 옥영은 어쩌면 '가족(門)'의 일원으로서만 그 정체성을 보장받게 된 시대상의 변화 속에서, 지난한 역경의 삶을 강요받았던 것은 아닐까.

물론 이러한 질문은 지나친 비약이겠지만 적어도 「최척전」을 통해 구현되는 '행복한 결말'에서 '행복'의 주체가 과연 누구인가라는 질문은 던져 볼 수 있을 것 같다. 옥영은 과연 행복했을까? 전란의 와중에 이역 땅을 누비며 뿔뿔이 흩어져 살아가던 가족들이 종국에는 한자리로 돌아와 함께 살게 되었으니 그녀의 행복은 지극히 당연한 것일 수 있다.[86] 하지만, 결코 간과해서는 안 되는 것은 우리가 「최척전」의 옥영

---

85 강상순은 가부장적 가문 이데올로기의 전사회적 파급이 전기소설의 토양이 되어 주었던 (체제 비판적인) 이데올로기적 맥락을 변모시키고, 새로운 서사양식, 즉 가부장적 윤리도덕의 승리를 구현하거나 자아의 남성적 가능성의 상상적 극대화를 추구하는 장편소설 양식의 부상을 가져오게 만들었다고 언급하면서 「최척전」이 그와 같은 상황을 증후적으로 보여 주는 작품이라고 평가한 바 있다. 강상순, 앞의 글.

86 「최척전」의 이본 중 천리대본의 경우, 옥영이 정렬부인이라는 명예를 얻고 관직을 얻은 자식들의 봉양을 받으며 수를 누리게 되었음을 부기해 놓으면서, '행복한 결말'을 보다 구체적으로 형상화하고 있다. "自官狀聞, 朝家以陟, 特資正憲大夫, 其妻玉英, 封貞烈夫人, 後二年辛酉, 釋禪兄弟, 俱登武科, 而釋官至湖南兵馬節度使, 禪官至海南縣監, 是時, 陟夫妻俱

을 통해 여성이라는 개인 주체가 '가족(門)'이라는 집단 주체 속으로 포섭되는 광경을 목도하게 된다는 점이다. 이렇게 본다면 옥영을 죽음의 위기에서 수차례 구해주었던 장육불의 음성 그 뒤편에는 여성들을 향한 남성들의 또 다른 훈육이 도사리고 있었을지도 모를 일이다.

이와 관련해 18세기 이후 문사들의 열녀에 대한 시각 변화를 분석한 다음의 논의는, 물론 「최척전」과의 시대적 상거는 존재한다 하더라도, 충분히 고려해 볼 가치가 있다고 생각한다.

> 역설적이기는 하지만 여성은 순절을 통해 개인보다는 부부, 부부보다는 가족이라는 관계의 질서 안에서만 파악되었던 그 존재 이유가 살아 있는 독립된 개체로서 가족보다는 부부 중심의 질서 속에 비중 있게 부각되었다는 점은 주목할 만한 것이다. 따라서 18세기 이후 문사들이 순절 여인의 '불효불자'를 비판한 이면에는 이러한 위험성을 감지하고 여성을 부부중심에서 다시 가족의 손으로 넘기려는 의도가 함축되어 있을 것이라는 점도 간과할 수 없다.[87]

「최척전」은 전란의 상흔에 대한 상상적 회복을 염원하는 텍스트라는 점에서 문학적 위안의 기능을 대변하는 교과서와 같은 작품이기도 하지만, 그 이면에는 가족의 완벽한 회복과 재건을 서사화하기 위해 더욱 보수적으로 형상화될 수밖에 없었던 여성상의 변화가 내재해 있었다.[88] 더

存, 多受榮養, 可稱事夫"(천리대본의 원문은 장효현 외, 앞의 책, 217면 각주 1436번).

87 이혜순, 「열녀전의 입전의식과 그 사상적 의의」, 한국고전여성문학회, 『조선시대의 열녀담론』, 월인, 2002, 24면.

88 앞서 살펴본 바 있는 옥영의 정절에 대한 강박적 서사 역시 이러한 맥락에서 해석할 수 있다. '포로로 잡혀갔다가 돌아온 여인'이기도 했던 옥영의 행보를 서사화하는 과정 속에서 작가는 당시 속환되어 돌아온 여인들에 대한 차가운 사회적 시선과 가계 계승이나

욱이 여성상 변화의 궁극적 지향이 결국 '가족(문)'이었다는 점은 좀 더 주의 깊게 살펴볼 필요가 있다. 비록 「최척전」 창작의 원래 의도와는 거리가 있다 하더라도, 「최척전」 이후 고소설사에서 등장하는 '가족 서사'의 지향이 '가족애家族愛' 차원과는 거리가 먼, 완강한 '가문의 서사'로 굴절되고 있었기 때문이다. 특히 이때 새롭게 부상하기 시작한 가문의식이란 결국 전례를 찾아볼 수 없었던 남성 / 장자 중심의 질서에 대한 훈육과 강조였음을 상기할 때, 우리는 「최척전」에서 암시되기 시작한 가족(문)의 회복과 번영을 위한 여성 주체의 소멸과 그 의미를 분명히 짚고 넘어가야 할 것이다. 「최척전」의 서사 전개와 그 '행복한 결말'은, 향후 전개되는 가문 서사의 지향을 염두에 둘 때, 가족과 가문을 위해 여성에게 강요된 고난에 대한 가문 / 남성 차원의 관념적 보상을 예견한 것일지도 모를 일이기 때문이다.

3. 애정전기의 변화와 전기계傳奇系 소설의 출현

이상에서 살펴보았듯이 임진전쟁은 주로 애정전기의 서사 맥락 속에

봉제사의 주체로 인정받기 어려웠던 그녀들의 처지를 충분히 고려했을 것이기 때문이다. 따라서 '정절을 훼손하지 않은 옥영'이 누차 강조되었던 것은 역으로 '돌아온 여인'들에 대한 당대의 비난이 얼마나 완강했던가를 드러내 준다고 할 수 있다. 포로로 끌려갔던 여인들의 귀환과 그를 둘러싼 당대의 여론 추이에 대해서는 다음을 참조할 것. 김문자, 「16~17세기 조일朝日 관계에 있어서의 피로인被虜人 귀환─특히 여성의 경우」, 『상명사학』 8 · 9합집, 상명사학회, 2003.

서 그 배경이나 기점으로 활용되고 있다. 주목할 지점은 전란과 애정서 사라는 공통점에도 불구하고 이 시기의 「주생전」과 「위생전」 특히 「최척전」의 경우 실체험으로서의 전란이 서사 구조의 근간을 이루었던 탓에 전대前代 애정전기의 흐름에서 일탈하는 경향을 띤다는 것이다. 하지만 각 텍스트에 반영된 전란의 의미와 맥락에는 적지 않은 차이가 존재하는데, 이 차이로 인해 17세기 애정전기의 변화는 다양한 지향을 드러내게 된다.

먼저 「주생전」의 경우 전란에 대한 낙관적 시선에 주목할 필요가 있다. 그간 임진전쟁의 배경화와 텍스트의 열린 결말에 주목해 비극적 정조나 여운의 미학 등이 강조된 바 있으나, 앞서 지적한 것처럼 전란을 바라보는 작자의 시선에는 곧 전쟁이 종식될 것이라는 희망이 자리하고 있었다. 「주생전」에서 전란의 폐해에 대한 관심이 거의 드러나지 않은 것도 전란 종식에 대한 작자의 낙관적 전망이 반영된 결과로 볼 수 있다. 따라서 주생의 애정담에 귀 기울이고 이를 서사화했던 동기 역시 주생의 이별을 전란이라는 운명적 횡포의 결과로 인식했기 때문이라기보다, 주생이 겪은 만남과 이별의 과정에 대한 인간적인, 보다 정확히 말한다면 남성적인 공감과 연민이 더 크게 작용했기 때문으로 판단된다. 요컨대 「주생전」에서의 임진전쟁은 이국異國 타자他者와의 교류가 작품 창작의 계기가 되었다는 점에서 '역사적 계기'인 동시에, 서사의 전개 과정에서는 남녀 간 애정의 장애물이라는 '탈역사적 화소'로 기능하고 있다는 점이 특징이다. 「주생전」이 애정전기의 전개 과정 속에서 「이생규장전」과 「최척전」의 중간쯤에 위치할 수 있는 이유 중 하나가 바로 이상과 같은 전란과 텍스트의 이중적 관련성 ― '역사적 계기'로서의 전란과 '탈역사적 화소'로서의 전란—때문이라고 할 수 있다.

　이에 반해 「위생전」에서의 임진전쟁은 남녀 간의 이별 나아가 남성의 죽음과 여성의 종사從死를 서사화하기 위한 계기로 활용된다. 이는 「주생전」의 결말에 대한 일종의 반동으로 해석할 수 있으며, 주인공의 죽음이라는 닫힌 결말을 통해 텍스트의 이념적 지향이 보다 확고해진다고 할 수 있다. 이러한 이념적 지향을 위해 작자는 충절忠節을 상징할 수 있는 공간적 배경을 적극 활용하는 한편 군자형의 주변 인물을 통해 서사 안에서 주인공의 야합에 대한 도덕적 균형추를 설정하기도 한다. 「주생전」에서 이별의 보편적 계기로서 기능했던 임진전쟁이 「위생전」으로 재차 수용되면서 여성의 종사從死를 소설화하기 위한 역사적 계기로 그려진 것인데, 이와 같은 변화는 임진전쟁 이후 여성의 종사從死와 순절殉節을 미화·찬양했던 각종 서사물들의 폭발적 증가[89]라는 시대상과 무관하지 않을 것이라는 점에서 전란과 소설의 관계가 보다 밀접한 역사적 맥락을 조성한 것으로 파악할 수 있다.

　「최척전」은 역사적 사건의 소설화가 장르의 문법 혹은 관습까지 파괴할 수 있음을 보여주는 극명한 사례이다. 애정전기의 장르 문법은 「최척전」에 와서 완전히 파괴되며 다만 양식mode의 형태로, 즉 텍스트 구성의 다기한 요소 중 '하나의 인자'로만 기능하게 된다. 장르 해체의 원인으로는 시공간적 배경의 극단적 확대가 자주 지목된 바 있지만, 그와 더불어 '가족'이라는 집단 주체가 애정전기의 장르 문법 속에 흡수된 것 역시 매우 중요한 요인 중 하나라고 판단된다.

---

[89]　강명관, 『열녀의 탄생―가부장제와 조선 여성의 잔혹한 역사』, 돌베개, 2009, 292~331면.

또한 '가족'을 서사의 주체로 내세우는 과정에서 기존 애정전기의 주체적 여성 형상에서 벗어나 가족 성원의 일부인 여성으로 형상화되면서 그에 따른 적지 않은 변화가 초래되었다. 작품의 '행복한 결말'은 기존 애정전기에서는 발견할 수 없었던 커다란 변화인데, 이는 가족이라는 새로운 주체의 등장 그리고 그 가족의 유지와 번영을 위해 종사從死까지 유예해야 했던 새로운 여성상의 출현으로 인해 가능한 것이었다. 결국 「최척전」은 임진·정유전쟁 이후의 역사적 시공간과 당대의 문제적 현실을 가장 직접적으로 소설에 차용하면서 장르의 해체와 발전을 동시에 보여 준 텍스트라고 할 수 있다.

이상과 같이 임진·정유 전쟁은 소설사의 맥락에 비춰보았을 때 애정전기의 변모와 발전을 촉발시킨 가장 직접적인 역사적 계기였다. 한 발 더 나아간다면, 저자는 전란으로 인해 변모된 17세기 애정전기와 전대前代의 애정전기를 장르적으로도 구별할 필요가 있다는 입장을 지니고 있는데, 이와 관련해 다음과 같은 견해를 피력한 바 있다.

소설의 형성에 있어 전기傳奇 역시 다른 서사 장르와 마찬가지로 "하나의" 인자因子로서 작용한 것임을 명확히 하기 위해 전기傳奇 장르를 닫힌 체계로 파악해야 한다는 것이다. 즉, 나말여초에 발원한 전기傳奇는 그 생명력을 면면히 이어오다가 15세기 『금오신화』에 이르러 장르의 미학을 최대치로 발현한 이후, 16세기에 들어 차츰 소멸의 단계를 거친 장르 체계로 파악하자는 것이다. 한편 16세기에 들어 전기를 비롯한 전대前代 제 장르의 영향 속에서 본격적인 소설이 탄생했다고 보는 것이 오히려 합당하다고 본다. 또한 이후 전기傳奇 장르는 장르로서의 존재는 소멸되었어도 특정 양식mode이 남아 이후, 소설이라는 새로운 장르의 확립과정에 영향을 준 것으로 파악할 수 있을 것이다. (…중략…) 물론 이러한 주장이 타당성을 획득하기 위해서는 풀어야 할 난제들이 산적해 있다. 우선 나말여초의 전기傳奇부터 16세기 『기재기이企齋記異』에 이르기까지 이 작품들을 전기傳奇라는 하나의 장르로 묶기 위한 이론적 토대가 필요할 것이다. 또한 전기傳奇라는 장르로 일괄해서 부르기 어려운 작품들을 어떤 장르에 귀속시켜야 할 것인가도 문제가 된다. 예를 들어 「최치원」과 「김현감호」 그리고 「조신」의 경우, 각각 전기傳奇와 문헌설화 그리고 연기緣起설화 등으로 대별할 수 있겠지만, 이에 대한 정치한 해석이 뒤따라야 함은 물론이다. (…중략…) 다만 이와 같은 맥락에서 17세기 이후의 이른바 "전기소설傳奇小說"은 "전기계傳奇系 소설"로 부르는 것이 합당하다고 본다.[90]

다소 장황하지만 17세기 애정전기와 관련된 이 글의 시각을 좀 더 구체적으로 드러내기 위해 인용하였다. 이 글의 주지가 17세기 소설사의 다채로운 성격을 해명하는 일인 만큼 17세기 애정전기에 대한 분석과 평가는 필수적으로 요청되는 작업일 텐데, 이에 대한 저자의 기본적인 시각은 위의 인용문과 크게 다르지 않다.

초기소설사의 주맥主脈을 형성해 왔던 전기傳奇는 초기에 주로 남녀의 이합을 다루던 장르였으나 『금오신화』에 이르러 이념표출이나 현실비판의 교술적 분야까지 영역이 확대된 바 있다. 그런데 16세기 이후 교술적 영역의 서사를 주로 몽유록이 담당하게 되면서 전기는 다시금 남녀의 이합을 다루는 장르로 회귀하게 된다.[91] 그러나 조선 중기에 일

---

90 졸고, 「최고운전의 초기소설사적 의의에 관한 연구」, 고려대 석사논문, 2006, 49~50면. 각주 95번.

련의 전쟁을 겪은 후 전란과 관련된 직·간접적인 견문과 경험을 서사화하는 과정 속에서 애정전기는 다시 한 번 커다란 변화를 겪게 되는 바, 이때의 변화양상은 우리가 이제까지 살펴본 바와 같이 16세기 전기가 보여 준 변화와도 질적으로 차이가 있었다. 당대의 전란 체험은 종래의 애정전기가 전기계傳奇系 소설로 나아갈 수 있었던 추동력을 제공해 준 것이다.

---

91 이혜순, 「전기소설의 전개」, 성오 소재영 교수 환력기념논총 간행위원회 편, 『고소설사의 제문제』, 집문당, 1993.

제3장

동아시아 중세 질서의 균열과
정체성의 모색

본 장에서는 심하전투를 주요 배경이나 서사의 기점으로 삼고 있는 「강로전姜虜傳」과 「김영철전金英哲傳」을 고찰한다. 임진전쟁의 경우 애정 전기의 문법 속에서 서사화되면서 주로 전란으로 인한 남녀의 만남과 이별 혹은 그의 확장판이라 할 수 있는 가족의 이산과 재회를 다루었던 데 반해, 심하전투의 경우 전계傳系 소설의 틀 속에서 '문제적 인물'을 집중적으로 조명하는 방식을 택하고 있다는 사실은 특기할 만하다.

심하전투는 동북아시아의 새로운 강자로 떠오르던 후금後金이 명明의 무순撫順을 공격하자, 명明의 파병 요청으로 조선이 참전하게 된 사건이었다. 이때 명나라가 조선의 파병을 독려하며 내세웠던 논리 중 하나가 바로 '재조지은再造之恩'이었다. 임진전쟁 시 명나라가 거의 망해 가던 조선을 구해 주었다는 재조지은의 논리는 조명朝明 관계를 기존의 군신君臣 관계를 넘어 부자父子 관계로 인식하게끔 하는 요인이 되었으며, 결국 열악한 국내 여건에도 불구하고 조선은 파병을 결정한다.

하지만 문제는 파병 결정의 주요한 논거였던 '재조지은'이 기실 당시 위정자들의 헤게모니 유지를 위한 이념적 구호였던 데 비해, 후금의 세력 확장은 이념 차원의 대응으로 해결할 수 없었던 현실적인 국제 정세의 변화였다는 점이다. 따라서 심하전투는 임진·정유전쟁과는 달리 중국 중심의 중세적 국제 질서에 대한 '이념적 옹호'와 새롭게 부상하고 있던 동북아 강자(후금後金)에 대한 '현실적 대처' 사이에서의 갈등 과정을 수반할 수밖에 없는 역사적 특수성을 내포하고 있었다.

강홍립은 심하전투 파병을 둘러싼 이상의 갈등 상황을 한 몸에 떠안았던 인물이다. 그리고 「강로전」은 이념과 현실 사이의 갈등 이후 표출되기 시작한 중세 질서의 균열에 대한 책임을 강홍립에게 전가시키기 위한 일환으로 창작·향유되었던 텍스트이다. 소설이 포착하고자 했던 심하전투의 상흔은 오랑캐에게 항복한 조선의 장수와 그에 따른 조선의 이념적 타격이었고, 그러한 관념적 상처를 회복하기 위한 방안으로 한 인물을 철저하게 오랑캐로 규정해 나갔던 것이다.

「강로전」이 주로 당파적 시각을 통해 한 인물을 폄훼하고 나아가 자신들의 헤게모니를 정당화하고자 했다면, 「김영철전」은 표류와 정착을 반복하는 한 개인과 그 실존의 문제를 부각함으로써 전계傳系 소설의 또 다른 지평을 개척하고 있다. 김영철은 심하전투 이후 만주와 명을 거쳐 조선으로 돌아올 때까지 오로지 생존과 귀국을 위해 분투하는 인물이다. 그는 어떤 이념적 지향이나 신의信義의 태도도 찾아볼 수 없는 철저히 현실적인 인물이다. 전란과 피로被擄 생활의 와중에 오직 생존과 귀향을 위해 몸부림쳤던 지극히 개인적인 인간을 17세기 소설이 담담하게 포착하고 있다는 사실은 주목을 요한다. 더욱이 세 나라에서 각각 가정을 꾸리면서 생활했던 김영철의 삶은 그 자체로 명明과 청淸 사이에서 방황할 수밖에 없었던 당대의 조선을 은유하고 있다는 점에서 매우 문제적이다.

1. 소설과 기억 그리고 헤게모니 —「강로전姜虜傳」

1) 항장降將 강홍립에 대한 평가와 「강로전」

「강로전」을 학계에 처음 소개했던 박희병은 텍스트의 안팎을 둘러싼 여러 문제를 종합적으로 고찰하면서 그 의의와 한계를 지적한 바 있다. 우선 양식적 특성으로 부정적 주인공의 설정에 주목하고 이를 17세기 후반 국문장편소설에 등장하는 악인형 인물들의 출현을 예비한 것으로 조심스럽게 추정하였다. 또한 전계 소설과 전기소설의 양식적 혼효가 간취됨을 지적하는 한편 그러한 양식적 혼효가 텍스트의 전체적 구성에 있어 과연 얼마나 성공적이었는가는 별도의 문제라고 하여 다소 회의적인 시각을 드러냈다.

문체의 경우 「강로전」에서 드러나는 전기적 필치傳奇的 筆致의 기능에 주목하면서 이야기의 흥미를 높이는 동시에 강홍립에게도 인간적 고뇌가 없지 않았다는 사실을 살짝 내비치는 효과를 거두고 있다고 하면서, 이러한 대목들이 전기적 필치가 흥미 위주의 통속화로 나아갈 수 있는 가능성을 시사하고 있는 것으로 분석하였다.

작가에 대해 논자는 권칙이 서얼 신분이었음을 강조하고 있는데, 이를 토대로 「강로전」의 이면에 문벌세족과 인재등용 그리고 조선의 국가적 현실 등에 대한 작가의 비판이 녹아 있다고 분석하면서 이를 주요한 의의 중 하나로 평가한 바 있다.

한편 역사적 사실과는 동떨어진 왜곡과 윤색 그리고 서사 전개에 있어서의 미숙한 점 등은 한계로 지적하면서 강홍립이 이념의 '희생양'이 되었다고 진단하였다. 이와 관련해 "역사적 진실을 기준으로 이 작품을 평가하는 것은 아무런 의미가 없"으며, "이 작품에서 중요한 것은 허구로서의 소설이 갖는 의미"를 따져보는 일이라고 강조하였다.[1]

이와는 다른 맥락에서 최웅권은 "한국소설이 중세기로부터 근현대로 발전하는 데 중요한 교량적 역할을 했다"고 높게 평가한 바 있는데, 이러한 평가의 핵심적 논거는 강홍립의 성격에 대한 재고찰을 통해 마련되었다. 그는 강홍립에 대해 부정적 인물로 한정해 논의를 진행해 왔던 것에 이의를 제기하면서 강홍립의 이중적 성격을 부각하고 그 의미를 분석하였다. 강홍립은 "용서받지 못할 죄를 범하면서도 또한 이에 회의를 느끼고 양심의 가책을 받는 이중성격의 소유자"이며, 작품 속에

---

1   박희병, 「17세기 초의 숭명배호론과 부정적 소설주인공의 등장」, 양포이상택교수 환력기념논총간행위원회, 『한국 고전소설과 서사문학』 상, 집문당, 1998.

첨입된 강홍립과 소씨녀의 애정담의 경우 "똑같은 '방랑인' 혹은 포로의 입장에서 고독하고 적막한 두 마음이 생사를 같이하는 감동적인 사랑"이라고 평가하고 있다. 결론적으로 "강홍립의 인물 형상 속에 비겁함, 어리석음, 불충불의不忠不義 등 부정적인 면과 함께 따뜻한 인간성과 같은 긍정적인 면도 있다는 것"이며, 이를 통해 볼 때 「강로전」은 기존의 도식화된 인물 형상에서 벗어나 이중성격을 가진 인물을 주인공으로 내세워 진실하고도 생생한 인물을 창조하는 데 성공한 텍스트라는 것이다.[2]

이후 조현우는 「강로전」 창작 당시 작가 권칙權侙이 처해 있던 상황을 보다 면밀히 들여다보면서 강홍립에 대한 작가의 양가적 시선 — 증오와 연민 — 의 의미를 분석하고자 하였다. 흥미로운 것은 이 논의 역시 권칙이 '서얼' 신분이었다는 점을 텍스트 분석의 단초로 활용하고 있다는 점인데, 논자가 강조한 대목은 다음과 같다.

심하전투에서 탈출해 온 권칙은 서얼 신분이자 '돌아온 자', 즉 실절失節한 자로서 다시는 관직에 진출할 수 없었던 상황이었지만, 1627년 이인거의 난을 처리하는 과정에서 소무원종공신昭武原從功臣 1등에 녹훈된 후 과거에 급제해 관직을 제수 받게 된다. 그런데 명나라에 대한 의리를 지키자고 주장했던 이인거를 토벌하는 과정에서 이미 실절한 자인 권칙이 녹훈되었다는 점이 새로운 쟁점으로 떠오른다. 이러한 모순적 상황은 곧바로 사간원의 탄핵과 권칙의 파면으로 이어졌고, 바로 이 지점에서 작가가 강홍립의 실절을 부각하면서 자신 역시 피해자라는

---

2   최웅권, 「崇懲抑里의 암울한 정감세계 — 한국고전한문소설 강로전에 대하여」, 『고소설연구』 24, 한국고소설학회, 2007.

사실을 주장하기 위해 「강로전」을 창작했다는 분석이 논의의 골자이다.

더불어 텍스트에 혼효되어 있는 전기적傳奇的 필치에 대해서는 "소씨녀와의 결연과 이별은 전란이라는 개인으로서 어찌할 수 없는 거대한 운명의 비극성을 상징하는 사건"이며, 이러한 사건을 삽입한 이유는 작가가 겪은 운명의 횡포에 대해 "강홍립 역시 그 희생자였다는 깨달음과 연민" 때문이라고 분석하였다. 또한 작품 말미에 노승을 이야기의 전달자로 설정한 것은 "운명의 횡포에 노출된 희생자에 대한 '연민'을 노승에게 전가하고, 작가 자신을 안전하게 강홍립에 대한 비판자로서 남아있을 수 있는 최선의 선택"이었다고 언급하고 있다.[3] 이처럼 그간 연구자들이 주로 주목했던 지점은 서얼이라는 작가의 신분, 양식적 혼효, 새로운 인물형의 출현, 소설사적 의의 등과 관련된 문제였다.

이에 반해 송하준은 텍스트의 창작을 작자의 기질적 특성이나 서얼 출신이라는 신분적 특수성에 주목한 해석에 의문을 제기하면서, 인조반정 이후 "집권한 지 얼마 되지 않은 서인들이 광해군대를 혼조昏朝로 규정하면서 그들의 도덕적 우위를 재확인하려는 의도"[4] 하에 강홍립을 철저하게 부정적인 인물로 묘파하고 있다고 지적한 바 있다.

이 작품에서 강홍립에 대한 형상화는 부정적인 이미지를 강화하는 삽화들을 중첩시키면서 이루어진다. 출정에 앞서 몸을 바쳐 나라의 은혜를 갚으라는 어머니의 간곡한 당부를 저버린 불효자인 데다, 조야의 신망을 얻어

---

3   조현우, 「강로전에 나타난 전쟁의 기억과 욕망의 서사」, 『민족문학사연구』 46, 민족문학사연구소, 2011.
4   송하준, 「조선 후기 역사소설의 변모양상과 주제의식」, 고려대 박사논문, 2004, 58면.

많은 군졸을 거느리고 출병하였음에도 일신의 안위만을 생각했고, 밀지가 있다는 핑계로 결전의 의지마저 보이지 않았으며, 위기에 처한 김응하를 구하지 않았고, 자신의 안전을 위해 김경서를 밀고하였으며, 반정 후 그의 가족들을 모두 주살했다는 한윤의 말에 속아서 후금군을 이끌고 쳐들어 왔다는 것 등 전혀 납득할 수 없는 논리로 자신의 잘못을 회피하는 비겁한 자로 그려지고 있다. 게다가 버젓이 여진 여인과 혼인하고서도 임금을 속이는 파렴치한 인물로까지 비하되고 있다.[5]

논자는 강홍립의 부정적 형상화가 시종일관 지속되고 있음을 지적하는 동시에, 『충렬록忠烈錄』 소재 「김장군전金將軍傳」과의 대비를 통해 "「강로전」은 이념적 여과장치에 의해 역사적 인물이 평가되어 한쪽에서는 영웅화되고, 다른 한쪽에서는 매도되는 과정을 잘 보여 주는 작품"[6]이라고 평가하였다.[7]

이러한 선행 연구를 참고하면서, 이 글에서는 「강로전」이 명·청 교체기의 분수령이 되었던 심하전투의 패배와 정묘전쟁의 발발에 대한 역사적 책임을 강홍립에게 전가하기 위한 목적으로 저술된 텍스트임을 다시 한 번 강조하고자 한다. 특히 논의 과정을 통해 그간 모순적이거나 양가적이라고 지적되었던 인물과 사건 형상화의 지점들이 기실 작자의 의도를 드러내기 위한 일관된 구성임을 지적할 것이다. 더불어

---

5   위의 글, 47~48면.
6   위의 글, 53면.
7   「강로전」에 대한 이와 같은 분석 시각에 저자 역시 상당 부분 공감한다. 다만 이 글에서는 최근의 「강로전」 연구가 다시금 강홍립의 이중적 성격이나 혹은 그에 대한 양가적 시선 등이 강조되고 있음을 문제로 제기하면서, 텍스트의 구체적 정황과 시대 배경에 대한 고찰을 통해 상술한 견해를 보완하는 방향으로 논의를 진행하고자 한다.

「강로전」의 사적史的 의의에 대해 소설의 양식사적 측면이 아니라 문화이데올로기의 확산이라는 사회·문화적 측면을 강조하고자 한다.

「강로전」은 1630년에 창작되었다. 정묘전쟁과 그에 따른 후금後金과의 화약和約으로 인조반정의 명분이 땅에 떨어진 상황 속에서, 당시 위정자들은 사태의 책임을 전가하고 그들의 정치적 명분을 유지하기 위해 강홍립을 관련 사건의 책임자로 지목하고 비판을 가했다.

그러나 당대의 정황을 조금이라도 살펴본다면 이러한 책임 전가의 부당성은 곧바로 드러난다. 복잡하게 얽혀 있던 당시의 국제 정세와 현실적인 역학관계의 변화를 염두에 두고 실행된 광해와 강홍립의 '현실적' 대처에 대해, 현실과는 동떨어진 '이념적' 규준만을 준거로 삼아 공격을 가한다는 것은 그 자체가 어불성설이며, 더욱이 거대한 역사적 책임을 오로지 한 개인에게 묻는다는 것도 있을 수 없는 노릇이기 때문이다.

그럼에도 불구하고 강홍립은 「강로전」의 주인공이 됨으로써 중세 질서의 균열과 관련된 모든 사태의 책임자라는 왜곡된 '기억'의 대상으로 전락했다. 그렇다면 어떠한 시대적 정황이 「강로전」의 창작을 촉발시킨 것일까. 이와 관련해 주목하는 지점은, 돌아온 자 그리고 실절失節한 자인 강홍립의 처리를 두고 인조와 신하들 사이에 벌어진, 다음과 같은 갈등이다.

> 양사가 아뢰기를,
> "저 적이 위협하여 화친하자는 것은, 모두 강홍립 등이 모주謀主가 되어 흉계를 이룬 것입니다. 그런데 조정에서는 모욕을 감수하고 또 호차를 끌어들여 행궁에서 친히 접견도 하려고 하니, 고금에 어찌 이러한 치욕이 있겠습

니까. 먼저 홍립 등을 참수하소서."

하니, 답하기를,

"묘당의 의논이 이미 결정되었다. 근거 없는 말은 역시 적실하지 않으니, 다시는 이와 같은 의논을 하지 말라."

하였다. 또 아뢰기를,

"홍립은 바로 오랑캐에게 항복한 반신叛臣인데 상께서 그에게 좌석을 권하고 접견하였으니 국가의 수욕이 이보다 더할 수 없습니다. 더구나 듣건대 호차가 상과 예를 대등하게 하고자 하여 머뭇거리고 오지 않자 전하께서 오히려 뜻을 굽혀 접견하시고자 한다고 하니, 신들은 서로 돌아보면서 놀라 심담이 모두 찢어졌습니다. 전하께서는 당당한 천승의 높은 신분으로 개돼지와 더불어 차마 주객의 예를 행하실 수 있겠습니까. 이와 같이 하기를 그치지 않으면 마침내 차마 말 못 할 지경에 이르고 말 터이니, 하늘에 계신 조종의 영령과 천하 후세의 사람들이 전하를 어떻게 여기겠습니까. 군신 상하가 배수진을 치고 한번 싸워 함께 사직을 위해 죽어야지, 어찌 차마 우리 전하로 하여금 저 오랑캐의 차인에게 치욕을 감수하게 할 수 있겠습니까. 호차를 접견하겠다는 명을 환수하소서."

하니, 답하기를,

"강홍립이 오랫동안 오랑캐에게 있다가 국가를 위하여 나왔으니 정상이 용서해 줄 만한 점이 있는데, 지금 심지어 반신으로까지 지목하니 또한 억울하지 않겠는가? 이 뒤로 이와 같은 말을 하지 말라."

하였다.[8]

---

8   『인조실록』 5년 2월 10일.

이는 정묘전쟁 직후 강홍립의 처리 문제에 대한 군신君臣 간의 시각차를 극명하게 드러내 주는 역사의 현장이다. 인조는 강홍립에 대해 양사와는 다른 평가를 내리고 있으며 그를 두둔하기까지 한다. 물론 군신 간의 대립이야 역사 속에서 빈번하게 일어날 수 있는 일이지만, 강홍립의 처리에 대한 향방은 향후 국가운영의 이념적 성격을 확인시켜 주는 상징적 의미가 강했던 만큼 결코 단순한 대립으로 치부할 수 없다. 신하들에게 강홍립의 처리 문제는 곧 반정反正의 정당성과 대명의리對明義理와 관련된 국가의 이념적 기강의 향배를 함축하고 있는 중차대한 문제였기 때문이다.

따라서 후금後金과의 화친이 인조반정을 지지했던 많은 신료들에게 '반정反正의 정당성'을 스스로 허물어뜨리는 과오로 인식될 소지가 컸을 것[9]임이 자명하다고 할 때, 정묘년의 화친 이후 신료들이 택할 수 있었던 가장 확실한 그리고 가시적인 명분 회복의 방법은 사태의 주모자로 인식된 강홍립을 철저하게 처단하는 것이었다고 하겠다. 그러나 왕은 '실절자失節者이자 반신叛臣'인 강홍립을 끝까지 두둔하는데, 신하의 입장에서 보자면 왕의 이러한 비호는 반정의 명분을 임금 스스로 무너뜨리고 있는 상황 그 자체였다고 할 수 있다.

그런데 "묘당廟堂의 의논이 이미 결정되었다"[10]는 대목에 다시금 주

---

9   한명기, 『정묘・병자전쟁과 동아시아』, 푸른역사, 2009, 65면.

10   이는 강홍립과 박난영에 대해 절개를 잃지 않았다고 판단한 비변사의 다음과 같은 논의를 말한다(비국이 아뢰기를, "박입朴雴 등이 '호장들이 다 우리나라에서 문관을 차송할 것을 바란다'고 하지만, 이미 사람을 보내 우호를 통하였으니 문관과 무관을 구별할 것이 뭐 있겠습니까. 담략이 있고 사리를 아는 관원 한 사람을 택하여 국서를 휴대시켜 보내야 합니다. 그리고 강홍립姜弘立과 박난영朴蘭英 등은 적에게 함몰당한 지 10년이 되도록 신하의 절개를 잃지 않았으며 지금은 또 화친하는 일을 강력히 주장하고 있으니, 종국宗國을

목한다면, 이 문제를 둘러싸고 신하들 사이에서도 결코 단일한 목소리를 내고 있었던 것이 아님을 알 수 있다. 즉 강홍립은 한편에서는 적에게 포로가 된 지 10여 년이 되도록 절의를 잃지 않은 존재로,[11] 다른 한편에서는 실절失節한 패장敗將이자 후금의 조선 침략을 도운 반적叛賊으로 상반되게 평가되고 있었던 것이다.[12]

이러한 당대의 정황은 한 인물에 대한 역사적 평가가 진실의 문제이기 이전에 담론 간의 충돌이자 그 승패의 결과물일 수 있다는 사실을 암시한다. 이러한 맥락 속에서 우리는 「강로전」이 강홍립을 반적叛賊으로 규정한 여러 텍스트들[13]의 의도를 한층 강화하고자 하는 목적으로 저술된 텍스트임을 추론해 볼 수 있다.

2) '강로姜虜'의 서사적 완성 과정과 당파적黨派的 헤게모니

"강姜 씨는 조선의 번성한 성씨요, 노虜는 오랑캐를 이른다(姜, 東國之

잊지 아니한 그들의 마음을 이에 의거하여 알 수 있습니다. 화친에 대한 일이 완성되면 스스로 살아서 돌아오게 될 것입니다. 지금 그 아들이 가는 편에 전의 허물을 없는 것으로 하고 정중한 상으로 대접하겠다는 뜻으로 밀유하소서" 하니, 따랐다. 『인조실록』 5년 2월 1일).

11 비록 후대의 기록이긴 하지만 『성호사설』에서도 강홍립에 대한 비판적 시각과는 사뭇 다른 평가가 존재했음을 알 수 있다. 이에 대해서는 송하준, 앞의 글, 53~55면 참조.

12 최근 이민환의 「책중일록」과 권칙의 「강로전」에서 각기 다르게 형상화된 강홍립의 모습과 그 의미에 주목한 연구가 있었다. 박양리, 「강홍립에 대한 문학적 형상화 양상 연구-「책중일록」과 「강로전」를 중심으로」, 『한국문학논총』 58, 한국문학회, 2011.

13 이는 송시열宋時烈의 「삼학사전三學士傳」과 그의 제자인 이재李縡의 「삼학사전三學士傳」 그리고 『양호거의록兩湖擧義錄』 소재 「강로입구기사姜虜入寇記事」 등을 통해 확인할 수 있다. 한명기, 앞의 책, 39~42면 참조.

大姓, 虜, 戎虜之謂也)"[14]라는 역설적인 문장으로 「강로전」은 시작된다. 이는 일차적으로 강홍립을 오랑캐로 규정하며 비난하는 것이지만, 가문 전체에 대한 매도로도 읽힐 수 있는 대목이다. 이후 작자는 강홍립 가계家系의 내력을 상기시키면서 그의 집안이 대대로 명망 있는 가문이었음을 강조하는데, 이는 앞으로 서술될 강홍립의 항복과 그 밖의 파렴치한 행위들과 대비되면서 강홍립에 대한 비판적 형상화가 정당성을 확보할 수 있게 해주는 기반이 된다. 강홍립의 항복과 실절失節은 그가 명문거족의 일원이었다는 점 때문에 더욱 부정적으로 형상화될 수 있었던 것인데, 출정出征에 앞서 노모老母가 아들에게 했던 당부는 상술한 정황을 한층 극적으로 강조한다.

같은 해 8월, 조선의 군대가 서쪽 변경으로 출동하였다. 이에, 홍립은 모친 정씨에게 하직 인사를 올렸다. 이때 여든이 넘은 정씨는 눈물을 머금고 대문 밖에 나와 팔을 깨물며 작별하였다.

"내가 너의 집안 며느리가 되었을 때 선세는 나라의 은혜를 입을 만큼 명망이 있었고, 너의 부자에 이르러서는 많은 녹봉을 받고 영화로운 자리를 마주하였으니, 영화와 총애가 극에 달했다. (…중략…) 지금 막중한 직임을 부여받았으니 마땅히 보답해야 할 처지이거늘, 만일 이름값을 못하면 나라를 저버리는 것만 아니라 집안의 명성까지도 무너지게 된다. (…중략…) 송동래가 한 '군신 간의 의리는 중하고, 부자간의 은혜가 가볍다'는 말이야말로 정년 따를 것이로다! 떠나라, 홍립아! 이것으로 영원한 이별인 게로구나."[15]

---

14   이하에서는 동사잡록본 「강로전」을 대본으로 삼아 논의를 진행한다. 원문과 번역은 다음의 책을 따랐다. 이하에서 원문은 작품명과 해당 페이지만 표기한다. 신해진, 『권칙과 한문소설』, 보고사, 2008, 159면.

서두의 이 장면은 서사를 일관하고 있는 강홍립의 부정적 형상화와 맞물리면서 그를 불충不忠할 뿐 아니라 불효한 인간으로까지 그려낸다. 작품 말미에는 부모의 묘소를 찾아가려는 강홍립을 그의 숙부 강인이 질책하는 장면이 배치되는데, 이러한 구성은 '노모의 당부'와 호응하면서 강홍립의 부정적 면모를 한층 강화한다.

> 인륜을 배반하고 선조를 욕되게 한 너는 오랑캐에게 항복하여 포로가 되었으면서 무슨 낯으로 다시 부모의 묘소에 가려고 하느냐? 형수께서는 일개 부녀자였지만, 너와 작별할 때에 한 말이 무엇이었더냐? 네가 옛 글을 읽었으면 더욱 의리를 잘 알 것이니, 어찌 네 어머니께서 저승에서도 눈을 감지 못하고 있음을 생각지 않는단 말이냐?[16]

한편 그의 불충不忠에 대한 비판은 '밀지密旨'라는 소재의 활용 그리고 다른 등장인물과의 대비를 통해 부각하는 방식으로 진행된다. 먼저 밀지의 지속적 언급은 '오랑캐'와의 전투를 회피하는 강홍립의 태도를 더욱 미심쩍은 것으로 만드는 동시에, 그러한 사태의 최종 책임자로서 광해군에 대한 비판으로까지 자연스레 연결될 수 있는 역할을 담당한다. 강홍립은 전쟁터에 나간 이후 단 한 번도 적극적인 결전의 태도를 보이지 않아 조선의 '모든 장졸들'과 명나라 장수들에게 공분을 사고

---

15   是年八月, 出師西下. 弘立辭其母鄭氏. 鄭氏時年八十餘, 揮涕出門, 囓臂以別, 曰 : "吾爲乃家婦, 聞先世之受國恩, 逮至汝父子, 食厚祿, 對華筵, 榮寵極矣. (……中略……) 今者受莫大之任, 當可效之地, 卽有不稱, 非但負國, 便頹家聲. (……中略……) 宋東萊之言曰 : '君臣義重, 父子恩輕.' 去矣弘立! 從此永訣"(「강로전」, 161~162면).

16   "汝背彛倫, 玷辱祖先, 爲降嵠於蠻夷, 以何面目, 復上父母之丘壟乎? 嫂氏, 一婦人也, 臨別時, 其言如何? 汝讀古書, 尤知義理, 獨不念慈親之目不暝於泉下爺?"(「강로전」, 193~194면).

있는 것으로 묘사되는데, 이때마다 등장하는 것이 바로 밀지이다.

실제로 광해군의 밀지가 존재했는지의 여부는 확언할 수 없지만,[17] 확실한 것은 「강로전」에서 밀지를 강조하면 할수록 강홍립은 물론이고 그러한 행위를 조장한 광해군까지 비난의 대상으로 규정된다는 사실이다.[18] 작자는 밀지의 존재를 기정사실화한 후, 그것을 매개로 강홍립과 광해군을 암묵적으로 연결하면서 양자에 대한 명분론적 비난이 힘을 얻을 수 있도록 서사를 조직한 것이다.

또한 「강로전」에서는 다수의 주변 인물을 적극 활용해 강홍립에 대한 부정적 형상화를 심화한다. 충忠의 화신으로 그려지고 있는 김응하와의 선명한 대비를 통해 강홍립의 불충不忠은 한층 더 부각되며, 조선의 왕이 되겠다는 역심逆心을 품게 되는 과정 또한 한윤이라는 주변 인물의 개입으로 개연성을 높여가고 있다.

---

17 송하준은 『광해군일기』와 여타 야사 기록을 논거로 밀지가 실재 존재한 것으로 전제하면서, 이에 비해 작품 속에서는 밀지의 존재 자체를 부정하는 듯한 태도를 보인다고 분석했다. 그로 인해 강홍립을 있지도 않은 밀지를 핑계 삼아 자신의 안전을 도모하는 한심한 인간으로 만들 수 있는 효과를 거두었다고 본 것이다. 그러나 "광해군이 미리 항복하도록 밀명을 내렸다는 기사는 『광해군일기』의 중초본에는 보이지 않다가 정본의 단계에 부가된 것이다. 따라서 이 기사는 『광해군일기』의 편찬자가 광해군의 명明에 대한 배신을 일부러 강조하기 위해 삽입되었다고 볼 수 있다"는 견해가 더욱 합당한 설명인 것으로 판단된다(송하준, 앞의 글, 49면; 기시모토 미오·미야지마 히로시, 김현영·문순실 역, 『조선과 중국 근세 오백년을 가다』, 역사비평사, 2003, 231면).

18 그런데 「강로전」의 창작 당시 강홍립을 둘러싼 문제에 대한 인조의 시각이 광해군과 별다른 차이가 없었음을 상기할 때, 강홍립의 부정적 형상화 그 이면에는 폐위된 광해군은 물론이고 당대 인조에 대한 불만까지도 녹아 있던 것이라 판단된다. 전란의 와중에 현실론과 명분론 사이에서 군신 간의 견해차가 심해졌다고 하겠는데, 그러한 균열의 조짐 속에서 소설이 신료들의 입장을 대변해 주는 장르로 활용되고 있다는 사실은 특기할 만하다. 이러한 역사적 정황은 혼암昏闇한 군주와 그로 인한 나라의 위기를 구하는 영웅들의 활약상을 그리고 있는 후대 영웅군담소설과 일정한 맥이 닿아 있다고 판단되는데, 이에 대해서는 다른 지면을 통해 구체적인 논의를 진행해 보고자 한다.

그런데 「강로전」의 주변 인물 중 익명의 장수와 군사들 그리고 소씨
녀의 등장 역시 위와 같은 작가적 의도의 일환으로 해석할 여지가 있다.
먼저 강홍립과 함께 참전했던 장수와 군졸들의 목소리를 들어 보자.

민환이 놀라 물었다.

"밀지라고 말씀하셨는데, 무슨 일에 관련된 것입니까? 상세히 듣고 싶습
니다."

홍립이 말하였다.

"때가 되면 볼 수 있을 것이니, 긴 말일랑 필요 없네."

민환은 감히 되묻지 못하였다. 하지만 이 말을 들은 진중의 장졸들은 모두
머리카락이 관을 추켜올릴 정도로 성내며 말하였다.

"우리들은 나라의 두터운 은혜를 받아 몸을 사리지 않고 적과 싸우려는
마당에 주장이란 자는 오만하게도 무턱대고 밀지만을 핑계하고 있으니, 군
사를 일으켜 적을 정벌하라는 밀지는 있을지언정 도대체 싸우지 말라는 밀
지가 있을 수 있단 말인가?"[19]

홍립은 도독의 재촉을 받고 부지런히 행군하여 마가채에 도착하니, 그제
야 오랑캐 기병이 나타났다 숨었다 하다가 본모습을 나타내는 것을 보았다.
이에 병사들 모두가 오랑캐를 공격하려고 하자, 홍립이 명령하였다. (…중
략…) "만일 함부로 한 명의 오랑캐라도 해치는 자가 있으면 죽음을 면치 못
할 것이다."

---

19 民寏驚問曰 : "所謂密旨, 爲何事耶? 願得詳聞." 弘立曰 : "臨機可見, 毋用多談." 民寏不敢再
   問. 幕中壯士聞者, 皆怒髮衝冠, 曰 : "吾等受國厚恩, 忘身赴敵, 而主將驕蹇, 妄稱密旨, 安有興
   兵征敵而有密旨不戰者乎?"(「강로전」, 163~164면).

그제서야 모든 장수들이 놀라 얼굴빛이 하얘지면서 말하였다.

"주장의 의중을 이제야 알만 하도다. 그렇지만 적을 만나도 죽이지 말라니, 장차 어찌해야 할고?"

그러나 오직 좌영군 김응하만이 명령에 불응하여 말하였다.

"싸움 중에는 임금의 명령이라도 오히려 받아들이지 않을 수 있거늘, 적과 마주쳤는데도 칼을 거두라는 명령은 나는 아직 듣지 못했소이다."

(…중략…) 중군과 우영군은 여전히 그들(명나라 군대와 우리 좌영군-인용자 주)을 뒤따라 다니며 관망만 할 뿐이었다. 그러자 좌영군의 군사들은 모두 분통을 터트리며 말하였다.

"장창을 너희들은 대체 어디에다 쓰려고 하느냐?"[20]

20리를 행군하여 부거지면에 도착하였다. (…중략…) 오랑캐의 대규모 군대가 곧장 좌영으로 달려들자, 응하가 군사들을 격려하며 오랑캐들을 맞아 혈전을 벌이는 것이 보였다. 마치 위세의 진동함은 곤양성이 공격당하던 날과 같았고, 공로의 기이함은 손권이 화공전을 할 때와 같았다. (…중략…) 우리 좌영의 군사력이 부족하여 진영의 최전방이 이미 무너지니 칼에 베이고 창에 찔려 죽을 수밖에 없었지만 어느 한 사람 흩어져 달아나는 자가 없었고, 어느 한 사람 헛되이 죽은 자가 없었다.[21]

---

20 弘立爲天將所迫, 黽勉行軍, 到馬家寨, 始見胡騎出沒見形. 士卒皆欲擊之, 弘立令曰: (…中略…) "如有妄殺一虜者, 償命." 諸將失色曰: "主將之意已可不受, 臨敵斂刃, 吾未聞也." (…中略…) 中·右營則隨行觀望而已. 士卒, 皆憤曰: "長槍, 安用汝爲?"(『강로전』, 167~168면).

21 行二十里, 到富車地面, (…中略…) 又見胡兵大隊, 直犯左營, 應河激勵士卒, 血戰當之, 正是 '威動昆陽霆擊之, 奇功孫子火攻時.' (…中略…) 我軍力乏, 陣脚已亂, 猶突刃觸鋒, 無人散走者, 無人空死者(『강로전』, 169면).

명분론자들에게 심하전투는 '재조지은'에 대한 마땅한 보답이며, 중화주의라는 중세질서에 대한 도전이라는 점에서 반드시 싸워 이겨야 하는 전투였을 것이다. 그러나 강홍립은 오랑캐에게 항복했고, 그의 항복을 둘러싼 평가에 있어 논란이 있었음을 우리는 앞서 살펴본 바 있다. 이러한 논란에 대해 「강로전」의 작자는 텍스트 속에 다양한 주변 인물들을 동원하여 지속적으로 강홍립을 매도하는 방식으로 강홍립을 폄훼한다. 또한 작자는 밀지를 빌미로 전혀 싸우지 않으려고 했던 그의 행위를 여러 장졸들의 입을 통해 지속적으로 비판함으로써 그의 항복이 심하전투 당시 조선군의 주전론적主戰論的 분위기에도 위배된 것임을 강조한다.

그러나 「강로전」에서 묘사되는 장졸들의 투지는 기실 허구에 가깝다. 실제의 역사를 보자면 조선군은 심하에 이르기까지 추운 날씨와 굶주림으로 인해 심한 고통을 겪었으며, 특히 부차富車 지방(부거지면富車地面)에서 명군明軍이 섬멸된 이후에는 전의戰意를 완전히 상실[22]했기 때문이다.

그런데 장졸들의 투지가 허구였는가의 여부보다 더 중요한 것은, 작자가 '장졸들의 목소리'를 이용해 창작 의도를 드러내고 있다는 사실이다. 이러한 구성은 '내포독자Implied reader' 즉 "서사 자체가 의도하고 있는 수용자"[23]의 층위를 암시한다는 점에서 흥미로운 분석의 대상이기 때문이다.

---

[22] 김종원, 「호란 전의 정세」, 국사편찬위원회 편, 『한국사 29 - 조선 중기의 외침과 그 대응』, 탐구당, 2003, 231~233면.
[23] H. 포터 애벗, 우찬제 외역, 『서사학 강의 - 이야기에 대한 모든 것』, 문학과지성사, 2010, 446면.

이러한 관점에서 보자면, 「강로전」에서 곧잘 등장하는 '모든 장졸'이란 주체는 전투에 임하는 강홍립의 태도와 대극적인 입장에 서 있는 인물들로, 작자는 이들의 목소리를 통해 자신이 의도한 텍스트의 지향을 강조하는 동시에 독자가 텍스트의 이념적 지향에 적극적으로 찬동할 수 있는 내적 맥락을 조성하고 있는 것이다. 그리고 이는 역으로 「강로전」에서 드러나는 지향과 평가가 시대적 당위의 차원이라기보다 사태와 인물에 대한 경쟁적 담론 중 하나라는 사실을 반증하는 것이기도 하다. 더불어 「강로전」이 보여준 '내포독자의 부상'은 역사적 쟁점에 대한 담론의 경쟁 속에서 당파적 승리를 위한 서사적 장치로 소설이 활용되기 시작한 하나의 표지로 해석할 수 있다.

다음으로 소씨蘇氏를 살펴보자. 그녀는 누르하치의 주선으로 강홍립과 결연을 맺으며 등장하는 인물이다. 소씨의 등장에 대해 강홍립의 부정적 형상화와는 전혀 무관하다거나[24] 혹은 강홍립을 향한 작자의 양가적 시선을 간취할 수 있는 화소라는 평가[25]가 있었다. 또한 강홍립과 소씨의 만남을 형상화한 대목에서 '전기적傳奇的 필치'가 활용되었다는 지적도 있었다.[26]

그런데 「강로전」에 그려진 강홍립과 소씨의 관계에서 눈여겨 볼 것

---

24 최웅권은 강홍립과 옥면공주(=소씨녀)의 애정에 대해 "똑같은 '방랑인' 혹은 포로의 입장에서 고독하고 적막한 두 마음이 생사를 같이하는 감동적인 사랑으로 그려냈다"고 하면서 "주인공 강홍립의 군인 형상은 부인할 수 있어도 그의 사랑에 대한 진지한 추구만은 부정할 수 없다"고 평가하였다(최웅권, 「숭욕억리(崇慾抑理)의 암울한 정감세계 – 한국고전한문소설 강로전에 대하여」, 『고소설연구』 24, 한국고소설학회, 2007, 132면).
25 조현우, 「강로전에 나타난 전쟁의 기억과 욕망의 서사」, 『민족문학사연구』 46, 민족문학사연구소, 2011, 75~80면.
26 박희병, 「17세기 초의 숭명배호론과 부정적 소설주인공의 등장」, 양포이상택교수 환력기념논총간행위원회, 『한국 고전소설과 서사문학』 상, 집문당, 1998, 53~56면.

은, 전傳의 창작과정 속에 애정서사가 삽입되었다거나 전기傳奇의 문법을 일정하게 답습하고 있다는 장르적 특성만큼, 서사 전개의 맥락에서 이들의 애정이 어떤 방식으로 형상화되고 또 활용되고 있느냐의 문제일 것이다.

소씨녀는 눈물을 머금고 말하였다.

"첩은 못나고 허약한 몸으로 문 앞의 길조차 모르고 살다가, 하루아침에 오랑캐에게 내몰려서 요하를 건너게 되었습니다. 첩은 그때 생명을 보전할 생각이 없었건만, 하늘이 도움에 아름다운 두 사람이 부부의 인연을 맺게 되어, 오랑캐에게 욕을 당하는 것은 면하게 되었습니다. 이제 군자의 첩으로 받들게 되니, 있어야 할 곳을 얻었습니다! 있어야 할 곳을 얻었습니다! 더구나 어르신께서는 크고 넓은 집에 금이 쌓여 있고 높은 벼슬자리에까지 계시니, 결혼하여 함께 늙을 수만 있다면 첩에게는 영광이옵니다. 바라건대, 어르신께서는 오늘 하신 말씀을 잊지 말아 주십시오. 천첩은 일평생 다할 때까지 정절을 결코 저버리지 않겠습니다."

(…중략…) 홍립은 소씨녀와 매일 저녁마다 마주 앉아 술을 마시고는 흥게 겨워 노래를 부르며 말했다.

"이미 누르하치의 환대를 받고 있는 데다 또 아름다운 여자까지 배필로 얻었도다. 세상에서 이 둘을 겸하기 어려운 것을 나는 하루아침에 얻었으니, 인생을 재미있게 즐길 따름이어라. 어찌하여 꼭 고국으로 돌아가야 한단 말인가?"

이때부터 고국으로 돌아갈 생각은 아예 사라졌다.[27]

강홍립과 소씨의 사랑은 전기傳奇의 그릇에 비전기적非傳奇的 애정, 곧 지극히 세속적인 애정의 행태를 담아 놓은 형국이다.[28] 소씨와 같이 상대를 사랑하는 이유가 넓은 집과 넉넉한 재산, 높은 관직임을 드러내 놓고 이야기하는 경우란 이전까지의 애정전기에서 찾아보기 어려운 경우이다. 더욱이 이들의 사랑은 '밤낮으로 술에 취해 노래를 부르는' 그야말로 향락적인 것으로, 기존 전기의 지음知音 추구적 애정과는 현격한 거리가 있다.

그런데 작자는 이와 같은 두 사람의 애정관계를 강홍립의 부정적 형상화를 강화하기 위해 활용하고 있다는 점에서, 소씨의 등장도 「강로전」의 주제 형성에 소용되는 여타의 화소들과 흡사한 성격이라 하겠다. 부연하자면, 작자는 '역사적 사실'이었던 강홍립과 한족漢族 여인과의 결연[29]을, 후금後金에서 강홍립이 누렸던 향락과 사치를 강조하는 '상상적 화소'로 변용했던 것이라 할 수 있다.

또한 조선에 돌아온 강홍립이 '오랑캐 땅'인 후금後金으로 돌아가고

---

27 女含淚而言曰: "伶俜弱質, 不識門前之路, 一朝被驅, 渡遼河之水. 妾於此時, 無意生全, 天與
    其便, 兩美相合, 免窮廬之羞辱, 奉君子之巾櫛, 得其所哉! 得其所哉! 況見老爺, 廣廈金積, 高
    官顧足, 委質偕老, 妾有光耀. 顧老爺毋忘今日之言, 賤妾不敢負終身之義." (…中略…) 弘立
    與女, 日夕對酒, 酣歌暢飮曰: "旣結滿住之歡, 又得佳婦之配, 世所難兼者, 吾一朝有之, 人生
    行樂耳. 何必故國爲哉?" 自是東歸之念頓釋矣(「강로전」, 181면).

28 소설 창작에 있어 권칙이 「주생전」의 작가인 숙부 권필의 영향을 받았으리라는 점은 어렵
    지 않게 짐작할 수 있는데, 중요한 것은 그 영향력이 '애정전기의 세속화世俗化' 양상으로
    구체화되고 있다는 점이다.

29 개성 유수開城留守가 치계하였다. "강홍립과 박난영이 거느리고 있던 한인漢人이 이미 본
    부本府에 도착하였습니다. 그 중 두 여인이 말하기를 '요동 지휘사遼東指揮使 동기공佟奇功
    의 딸로서 오랑캐에게 포로가 되었었는데 언니는 강홍립에게, 동생은 박난영에게 시집갔
    으므로 나오게 된 것이다. 만약 이 나라에 거주할 수 없다면 우리를 보내준 국한國汗의
    뜻이 마침내 허사로 돌아갈 것이니 어찌 한번 죽는 것을 아끼겠는가' 하기에, 여기에 머물
    수 없는 뜻으로 재삼 말해 주었더니 말하기를 '할 수 없다면 모진毛鎭에 보내더라도 명대
    로 따르겠다' 하였습니다(『인조실록』 5년 6월 18일).

자 하면서, 한윤韓潤에게 소씨를 부탁하는 아래의 장면은 그녀의 존재 이유를 한층 명확하게 알려준다.

> 마침내 홍립은 오랑캐 장수에게 주선을 부탁하여 임금이 머무는 곳(행재소)을 왕복하면서 '사이좋게 지내기'로 약속을 맺게 하고 오랑캐 군대가 물러나도록 힘썼다. (…중략…) 한윤이 좌우에 비취구슬을 장식한 나이 어린 아름다운 자, 가무에 능한 자, 음률에 밝은 자 등을 함께 거두어 나란히 두고 있는 것을 보면서, 그가 오랑캐 땅으로 돌아가서 스스로 즐기려는 계획을 갖고 있는 것으로 여기고는, 마음으로 몹시 부러워하며 한윤에게 말하였다.
>
> "당초에 조선으로 넘어오던 날, 부녀자를 얻게 되면 똑같이 나누기로 약속하였었다. 내가 비록 잠시 조선에 머물러 있지만 결국에는 서쪽(후금)으로 돌아갈 것이다. 지금 그곳에는 나의 첩이 홀로 근심스럽게 기운 없이 지내고 있으니, 네가 가진 것의 절반을 나누어 그녀에게 준다면, 한편으로는 홀로 있는 외로움에 대한 상대가 될 수 있을 것이요, 다른 한편으로는 내가 돌아오기를 기다릴 수 있을 것이다. 지난날의 약속을 조금도 틀림없이 꼭 지켜, 너는 나를 저버리지 말라!"[30]

강홍립에게 소씨는 후금에서의 화려했던 생활을 상기시키는 존재로 다시 등장한다. 상황이 이렇다면 강홍립과 소씨의 애정담이 과연 기존의 견해처럼 강홍립의 인간적인 면모에 대한 연민이나 동정의 산물이

---

[30] 遂周旋胡將, 往復行在, 定和好, 捲退胡兵, (…中略…) 及見韓潤左右, 珠翠成行, 年少貌美者, 能歌舞者, 曉音律者, 俱收幷畜, 以爲歸胡地自娛之計, 心甚歆羨, 謂潤曰: "當初東渡之日, 所得婦女, 約與均分. 吾雖暫留, 終當西笑. 卽今蘇女, 單居悄悄, 爾可分半興之, 一以爲幽獨之伴, 一以待爲吾之歸. 舊約丁寧, 爾無負我!"(「강로전」, 192면).

었는지 다시 한 번 따져 보아야 할 것이다.

작품 말미에 강홍립을 찾아 조선으로 왔던 소씨가 그를 만나지 못해 서신書信을 전달하는 장면 역시 두 사람의 애정담을 첨입해 작자가 강조하고자 하는 바가 무엇이었던가를 다시 한 번 알려 준다.

첩은 깊은 규방에서 양육되어 어린 나이에 여인이 지켜야 할 정절을 배웠습니다. 그러나 팔자가 사납고 불행하여 창졸간에 어르신과 헤어지는 변고를 당하니, 풀들이 누렇게 변한 들판을 지나다가 왕소군의 무덤 청총 앞에서 눈물을 다 쏟았습니다. 어르신께서 가까스로 살아계신다 하여도 서로 만나기를 기약할 수가 없습니다. 고국을 떠나야만 했던 우리 두 사람의 마음은 철석같이 하나가 되기로 천지자연에 맹세를 하였었죠. (…중략…) 어르신의 한 마디 약속은 단단한 쇠와 같으며, 첩의 충정은 돌처럼 흔들림이 없습니다. 봉수로 만든 술을 대접하기도 어렵고, 꿈에서의 만남조차도 점점 드물어 갑니다. 땅이 늙어가고 하늘이 거칠어가듯 속절없이 시간이 흘러 제 모습은 홀로 외로이 초췌해지기만 합니다. 오직 마땅히 넋은 산의 뼈대를 따르고, 피는 상수의 반죽이 될 것입니다. 황천에 가지 않고서는 서로 만나볼 기약이 없을 것 같습니다. 서신을 봉하면서 목이 메어 글로 저의 마음을 다 전하지 못합니다.

홍립은 읽기를 마치자, 눈물이 비 오듯 쏟아지며 거의 미친 듯이 울부짖고 소씨가 있는 곳으로 달려가고자 뛰쳐 일어서니, 가동이 만류하였다. 홍립이 말하였다.

"내가 임금님 앞에서 십 년 동안 홀아비로 지낸 것으로 대답했으니, 온 세상 사람들이 나를 무어라고 말할 것인가? 필시 임금을 속인 죄는 중죄를 받을 것이다. 하물며 저 편지에는 죽어서라도 만나자고 했는데, 내가 어찌 인간 세상에서 뻔뻔한 얼굴로 세력가들의 뭇 비난을 받을 것이며, 저승으로 가려는 외로운 영혼을 저버리겠는가? 맹세코 저승으로 따라가리라.[31]

소씨의 편지는 애정전기의 그것과 내용과 형식에 있어 매우 흡사하며 곡진한 감정을 잘 드러내고 있다. 그런데 그녀의 편지가 애절하면 할수록 독자는 두 사람의 이별에 연민을 느꼈다기보다 오히려 오랑캐 땅에서 반적牧賊 강홍립과 안락한 삶을 영위했던 그녀에 대한 반감이 더욱 커졌을지도 모를 일이다. 소씨녀가 강홍립과의 '행복했던 한때'나 둘 사이의 '신의'를 강조할수록, 역설적으로 이들의 이별에 대한 독자들의 냉소 역시 함께 고조될 수 있다는 것이다. 일반적인 독자들에게 악인형 인물의 애정 실패담은 연민이나 공감의 대상이라기보다 오히려 인과응보의 결과물로 받아들여질 개연성이 높기 때문이다.

또한 편지를 받은 후 강홍립이 보여준 반응과 태도 역시 기존의 애정담과는 거리가 있다. 여인의 편지를 읽은 강홍립의 반응에서, 우리가 사랑과 애정이 존재의 이유 그 자체였던 애정전기의 주인공들을 발견하기란 거의 불가능하다. 강홍립이 소씨를 다시 만나고자 했던 이유는 무엇

---

31 妾養在深閨, 早學婦貞, 薄命險釁, 遭難蒼黃, 行過黃沙, 淚盡青塚. 不料老爺, 萬死相逢. 離邦去土, 二人懷抱, 誓海盟山, 一約金石. (…中略…) 丈夫心節, 一寸金剛, 兒女衷腹, 匪石可轉, 鳳髓難合, 蝶夢稀到, 地老天荒, 形單影隻. 惟當魂隨山骨, 血斑湘竹, 不及黃泉, 無相見期. 臨縅嗚咽, 書不盡意.
弘立讀罷, 淚下如雨, 幾欲狂叫躍起, 而爲家僮所阻, 乃曰: "吾於上前, 對以十年鰈居之意, 擧世之人, 謂我何如? 必將重貽欺君之罪也. 況彼書中, 死以爲期, 吾何强顏人世, 受薰天之群嘲, 負入地之孤魂也! 誓將下從泉壤"(「강로전」, 196~197면).

보다 임금을 속인 죗값을 모면하고 '세상 사람들의 조롱'을 피하기 위해서였기 때문이다. 그리고 그러한 모면과 회피가 불가능하다면 죽음을 택하겠다는 것이 소씨의 '절절한' 편지에 대한 강홍립의 반응이었다.

이처럼 강홍립과 소씨의 애정담은 오랑캐 땅에서 강홍립이 누렸던 향락적인 생활을 강조하는 소재로 활용된다. 그리고 작자는 애정의 파탄 국면에서까지 강홍립이 보여준 신의 없는 모습을 강조함으로써, 그를 불효하고 불충하며 불신한 존재로 철저하게 폄훼하는 데 성공하게 된다. 이제 마지막으로 그의 임종이 어떻게 형상화되는지를 살펴보자.

마침내 식음을 전폐하더니 병들어 누운 지 열흘 만에 일어나지 않았다. 임종 시에 그는 어린 종에게 말하였다.

"나는 일찍 과거에 급제하여 청현직을 업신여기드시 두루 역임하였건만, 늘그막에 기구하여 세상 사람들이 가련하게 여기는 바가 되었다. 착한 사람에게는 복을 내리고 음란한 자에게는 화를 내리는 것은 하늘의 이치이다. 한평생 한 일이 다 기억나지는 않지만, 유독 생각나는 것은 젊은 시절에 의기가 날카롭고 탁월하여 대각에 출입하면서 누가 나를 조금만 언짢게 해도 반드시 그 자를 해친 것이 한 둘이 아니었다는 것이다. 하늘이 이 때문에 나에게 이런 나쁜 업보를 내리는 것인가? 저 높고 높은 곳에서 상제께서 혁혁히 굽어보시니, 사람은 속여도 하늘은 속일 수가 없구나."

말을 마치자 눈가에 눈물이 그렁그렁하더니 돌연 죽었다.[32]

---

32 遂却食臥病, 浹日不起. 臨終語其僮僕曰 : "吾早登科第, 歷歇淸顯, 晚節崎嶇, 爲世所悲. 福善禍淫, 天之道也. 平生化爲, 難可追記, 而獨念, 年少卓銳, 出入臺閣, 以睚眦傷害人者, 非一. 天其以是, 施此惡報耶? 高高上帝, 赫赫下臨, 人可欺也, 天不可誣也." 言訖, 凝淚滿眶, 溘然而沒(「강로전」, 197~198면).

죽음의 문턱에 이른 강홍립은 자신의 과오를 되새겨 본다. 「강로전」에서 그는 패장敗將이고 반적叛賊이었지만 작품의 말미에 그가 반추하는 자신의 과오는 젊은 시절 양사의 일원으로 남을 해코지한 일뿐이다. 말하자면 강홍립은 죽음에 이르기 직전까지도 '엉뚱한 반성'만을 했던 셈이다.

그간 이에 대한 해석에서 중요한 부대 상황으로 주목됐던 것은 작자 권칙이 사간원의 탄핵을 받은 직후 「강로전」을 지었다는 사실이었다. 이와 관련해 박희병은 강홍립의 참회가 작가 권칙을 탄핵한 간관에 대한 타매唾罵일 수 있다는 추측을 제기한 바 있다.[33] 이와 달리 송하준은 작품 속 강홍립의 발언이 그가 실제로 "사헌부 장령으로서 정여립의 옥사와 관련해서 정철·성혼에게 죄를 묻도록 한 것을 말"하며, "강홍립이 굳이 자신의 젊은 날의 과오를 비참한 말년과 연결시키는 발언을 하도록 한 것은 강홍립을 부정적으로 형상화하는 중요한 요인으로 작용했음을 암시한다"고 지적하였다. 즉 인조반정을 주도했던 인물들에 대해 젊은 날의 강홍립이 해코지를 했으며, 이러한 사실들이 반정反正 후 「강로전」 창작의 동인이 되었다는 설명이다.[34]

그런데 저자는 이 대목의 해석을 위해 조선으로 귀환한 강홍립에게 쏟아졌던 양사의 비난에 먼저 주목할 필요가 있다고 생각한다.

> 양사가 아뢰기를,
>
> "저 적이 위협하여 화친하자는 것은, 모두 강홍립 등이 모주謀主가 되어

33　박희병, 앞의 글, 64면.
34　송하준, 앞의 글, 55~56면.

흉계를 이룬 것입니다. 그런데 조정에서는 모욕을 감수하고 또 호차를 끌어들여 행궁에서 친히 접견도 하려고 하니, 고금에 어찌 이러한 치욕이 있겠습니까. 먼저 홍립 등을 참수하소서."[35]

사간 윤황이 이귀를 직시하면서 아뢰기를,

"군부로 하여금 개돼지 같은 차인에게 절하게 하고자 하니, 이귀의 마음을 신은 참으로 모르겠습니다. 유해는 참수할 수 없지만, 홍립은 적의 모주謀主인데 어찌 살아서 돌아가게 할 수 있겠습니까."[36]

지평 조경超絅이 상소하기를, (…중략…)

강홍립姜弘立은 오랑캐에게 항복한 몸으로 주벌을 면치 못할 죄인데, 오늘날에 와서 적을 이끌고 우리나라를 침범하여 인민을 살륙하였는가 하면 오랑캐가 화친을 협박할 때에는 자신이 먼저 들어와서 적의 기세를 과장하였으니 그의 마음은 오랑캐를 위한 것이고 우리나라를 위한 것이 아니었습니다. 지금 세부득이 그를 죽일 수 없다 하더라도 도리어 녹을 대주니 이것은 불충不忠을 아랫사람들에게 권장하는 것입니다. 윤황尹煌이 논핵한 것이야말로 일월처럼 빛난다고 할 수 있습니다. 그런데 전조銓曹에서 갑자기 서장관書狀官으로 의망擬望하였으니 이는 사신의 임무를 중하게 여겨서입니까. 아니면 성상의 뜻을 받들어 따라서 그런 것입니까? 신은 눈물을 흘립니다."

하였는데, 상이 답하지 않았다.[37]

---

35 『인조실록』 5년 2월 10일.
36 『인조실록』 5년 2월 10일.
37 『인조실록』 5년 4월 25일.

이상의 실록 기록을 참조한다면, 강홍립이 자신의 말로에 대해 '하늘의 앙갚음'이라 말한 것은 젊은 날 자신이 행했던 정치적 극언들이 조선으로 돌아온 자신에게 쏟아지고 있었던 당대의 상황을 염두에 둔 작자의 의도적 설정이라고 판단된다.

죽기 전 쏟아냈던 참회의 말 속에서, 강홍립은 작품 속에 그려진 자신의 패악한 행위 — 예를 들어 정묘년에 조선의 백성들을 무참히 죽이고 약탈할 것을 지시한 것 — 에 대해서는 일말의 뉘우침도 없으며 심지어 그런 사건들을 전혀 기억하지 못하는 것처럼 묘사되고 있음에 주목해 보자. 작자는 이를 통해 참회에 숨겨진 강홍립의 '의도적 망각'을 부각하면서 그의 후안무치함을 강조하는 한편 당시의 거센 그리고 '정당한' 비판 여론이 그를 죽음에 이르게 했다는 뉘앙스를 조성하고자 했던 것으로 보인다. "지금도 홍립의 무덤 앞을 지나는 사람들은 그 무덤을 가리키며 '강추의 묘'라 말한다고 한다(至今過者, 指爲姜魏墳云)"[38]는 부기 附記는 강홍립의 죽음과 「강로전」 창작의 정당성을 다시 한 번 강조하고 있는 셈이다.

강홍립은 그의 사후에, 「강로전」의 창작과 향유 과정에서 심하전투의 패장이자 정묘전쟁의 주모자로서 새롭고 또 강렬하게 기억된다. 이처럼 소설이 강력하고 직접적인 정치적 의도 속에서 활용되고 있다는 사실은 이 시기 몽유록의 서사적 지향과 일정한 교집합을 형성한다. 그리고 이러한 교집합은 병자전쟁 이후 영웅군담소설의 출현과 함께 더욱 확장되면서 17세기 서사문학사의 특징적 국면을 조성한다는 점에서 주목을 요한다.

---

38 「강로전」, 198면.

전傳이 당대에 용인된 공동의 질서와 가치를 추인追認하는 서사[39]였다면, 전계傳系 소설 「강로전」은 '당파적 가치'를 '보편적 가치'로 분식하기 위해 '소설적 구성 방식'을 적극적으로 활용하였다. 내포독자를 노골적으로 드러내거나 애정전기를 속화俗化시키는 방식을 통해 「강로전」은 '강 오랑캐姜虜'라는 역설적인 주체를 탄생시키고, 나아가 그에게 역사적 책임을 전가하는 데 성공했다고 할 수 있다.

이렇듯 역사적 평가나 이념을 둘러싼 담론 간의 충돌 과정 속에서 특정한 이해 집단의 헤게모니를 정당화하고 또 강화하기 위한 방편으로 소설이 활용되고 있다는 점에서 이 시기 전계傳系 소설의 새로운 지향을 확인할 수 있다. 또한 애정전기와의 장르 혼효를 통해 텍스트가 지향했던 정치적 목적을 보다 효과적으로 달성하려 했다는 점에서 우리는 애정전기의 패러디나 나아가 부정적 인물에 대한 풍자적 서사의 단초까지도 엿볼 수 있게 된다.[40]

---

39 전傳의 가치 구현 방식에 대해서는 박희병, 「한국한문학에 있어 전과 소설의 관계양상」, 『한국한문학연구』 12, 한국한문학회, 1989.

40 『임진록』 소재 강홍립과 김응서의 일본원정실패담 역시 이러한 맥락에서 조명해 볼 여지가 있다. 『임진록』에서 강홍립은 신인神人의 계시를 무시한 나머지 모든 군사를 잃게 되는 무능한 장수로 묘사된다. 또한 그는 왜적들을 만나 두려움에 떨거나 왜왕의 미인계에 훼절한 후 끝까지 왜왕을 배반하지 않는 등 시종일관 부정적으로 형상화된다. 이에 비해 김응서는 절의를 지키는 장수로 대비되면서 강홍립의 악행을 강조하는 역할을 담당한다. 『임진록』에서 강홍립에 대한 비판 나아가 조롱의 시선이 감지되는데, 이와 같은 부정적 이미지는 「강로전」을 통해 증폭·확산되었을 개연성이 매우 높다고 하겠다. 특히 왜왕의 미인계에 훼절하는 강홍립의 모습은 「강로전」에서 그려진 강홍립과 소씨녀의 사랑이 당대의 향유자들에게 어떤 의미로 받아들여졌는가를 알려주는 하나의 단서가 될 수 있다.

2. 조선의 딜레마와 '김영철'이라는 알레고리

—「김영철전金英哲傳」

1) 끝나지 않은 전쟁 – 시공간적 배경 설정의 의미

「김영철전」[41]은 평안도 영유현의 김영철이라는 인물이 심하전투에 참전하면서부터 겪게 되는 표류의 역정을 거대한 공간과 시간 축을 활용해 서사화한 작품이다. 「최척전」에서는 대단원을 위한 부자父子 상봉의 계기로, 「강로전」에서는 '강로姜虜'라는 상상적 반적叛賊을 형상화하기 위한 역사적 사건으로 활용되었던 심하전투가 「김영철전」에서는 당대 동아시아 국제질서의 붕괴와 그에 따른 거대한 혼돈의 기점起點으로 설정되고 있다. 이처럼 「김영철전」에서의 전란은 우리가 앞서 살펴보았던 애정전기나 전계傳系 소설 속의 전란과는 전혀 다른 시각에서 그 역사적 의미가 포착되고 있다는 점을 특기해 둘 필요가 있다.

학계에 처음 알려질 때 그 '사실주의적 성취'가 높은 평가를 받았던 「김영철전」[42]은 이후 지속적인 이본異本 발굴에 힘입어[43] 초기 연구의

---

[41] 「김영철전」의 이본 중 박재연본을 중심으로 논의를 진행할 것이다. 교점 및 주해본을 제공해 주신 양승민 선생님과 역주한 자료를 제공해 주신 엄태식 선생님께 감사드린다. 이하에서는 박재연본이 아닌 경우에만 원문 옆에 별도의 출처를 표기한다.

[42] 박희병, 「17세기 동아시아의 전란과 민중의 삶 – 김영철전의 분석」, 최원식 외, 『한국근대문학사의 쟁점』, 창작과비평사, 1990.

[43] 권혁래, 「나손본 김철전의 사실성과 여성적 시각의 면모」, 『고전문학연구』 15, 한국고전문학회, 1999; 양승민·박재연, 「원작 계열 김영철전의 발견과 그 자료적 가치」, 『고소설연구』 18, 한국고소설학회, 2004; 서인석, 「국문본 김영텰뎐의 이본적 위상과 특징」, 『국어국문학』 157, 국어국문학회, 2011.

사실주의 논쟁[44]에서 벗어나 점차 다양한 각도에서 텍스트 분석이 이루어지게 되었다. 「김영철전」은 동아시아 전란 체험과 그 소설화 양상의 일환으로 주목되거나,[45] 포로소설의 관점에서 접근이 이루어지기도 했고,[46] 갈래와 독법에 대한 논의[47]도 이루어지는 등 연구 시각의 다변화를 통해 새로운 부면들이 조망되었던 것이다.

그런데 이러한 흐름 속에서도 「김영철전」을 정면에서 다룬 논의에서 단연 부각된 문제는 바로 작가의식이라고 할 수 있다.[48] 작가의식에 대한 논의들은 연구자에 따라 약간의 시각차가 존재하지만, 대체로 「김영철전」의 작가가 현실에 대해 강한 비판의식을 지니고 있었다는 사실은 공감하고 있는 듯하다. 연구자들의 이목을 집중시켰던 부분은 특히 조선에 귀환한 후 김영철이 겪게 되는 신산辛酸한 삶의 형상화였

---

44 정출헌, 「고전소설에서의 현실주의 논의 검토-15세기 금오신화에서 18세기 초 김영철전까지」, 『고전소설사의 구도와 시각』, 소명출판, 1999.

45 이민희, 「전쟁 소재 역사소설에서의 만남과 이산의 주체와 타자-최척전, 김영철전, 강로전을 중심으로」, 『국문학연구』 17, 국문학회, 2008; 이민희, 「기억과 망각의 서사로서의 만주 배경 17세기 전쟁 소재 역사소설 읽기-최척전, 강로전, 김영철전을 중심으로」, 『만주연구』 11, 만주학회, 2011; 권혁래, 「17세기 동아시아 전란의 소설적 수용양상-김영철전에 그려진 부부애의 성격을 중심으로」, 『고소설연구』 26, 한국고소설학회, 2008; 최원오, 「17세기 서사문학에 나타난 월경의 양상과 초국적 공간의 출현」, 『고전문학연구』 36, 한국고전문학회, 2009; 정환국, 「전근대 동아시아 전란, 그리고 변경인」, 『민족문학사연구』 44, 민족문학사연구소, 2010.

46 김진규, 「김영철전의 포로소설적 성격」, 『새얼어문논집』 13, 새얼어문학회, 2000.

47 이승수, 「김영철전의 갈래와 독법-홍세태의 작품을 중심으로」, 『정신문화연구』 30권 2호, 한국학중앙연구원, 2007.

48 박희병, 「17세기 동아시아의 전란과 민중의 삶-김영철전의 분석」, 최원식 외, 『한국근대문학사의 쟁점』, 창작과비평사, 1990; 권혁래, 「나손본 김철전의 사실성과 여성적 시각의 면모」, 『고전문학연구』 15, 한국고전문학회, 1999; 권혁래, 「김영철전의 작가와 작가의식」, 『고소설연구』 22, 한국고소설학회, 2006; 양승민, 「김영철전의 형상화 방식과 그 작가의식」, 『국어국문학』 138, 국어국문학회, 2004; 엄태식, 「김영철전의 서사적 특징과 서술 시각」, 『한국고전연구』 24, 한국고전연구학회, 2011.

는데, 이러한 형상화는 그 자체로 「김영철전」의 확연한 성취임에 이론의 여지가 없다.

당대의 독자이자 동시에 개작자改作者이기도 했던 홍세태가 이미 지적했듯이, 김영철은 장렬한 의지로 중국의 처자를 버리고 고국으로 돌아온 자이며, 가도椵島의 전투에서 사지를 넘나들며 힘써 노력했던 "천하충지지사天下忠志之士"였지만, 이후 각종 부세의 독촉에 시달리다 결국 성지기로서 곤궁하고 억울하게 노년을 보내다 죽어 갔으며, 이는 비판 받아 마땅한 문제적 현실이었던 것이다.[49] 연구자들 역시 이러한 부면에 주목하고 김영철의 삶 속에서 당대 민중들의 고초를 읽어냈던 것이며, 이것이 곧 「김영철전」의 작가의식에 대한 해명 나아가 텍스트의 전반적인 해석 및 평가와 등치되어 왔다고 할 수 있다.

저자 역시 「김영철전」을 통해 당대의 부조리한 삶에 대한 작자의 비판적 시선을 간취해 내는 일은 가능하고 또 필요하다고 생각한다. 하지만 그와 같은 분석이 곧 「김영철전」의 작가의식 혹은 주제의식의 전모를 드러낸 것은 아니라고 판단한다. 김영철을 전란의 횡포에 고통 받았던 민중의 기표로만 받아들이기에는 텍스트 안에서 여전히 해명되어야 할 정황들이 다수 존재하며, 상술한 분석의 시각에서는 「김영철전」에서 채택한 역사적 사건으로서의 전란들이 그 특수성보다 보편성이 강조되면서 텍스트의 당대적 의미가 사상될 위험성마저 있다고 생각하기 때문이다. 따라서 「김영철전」의 분석에 있어 우선적으로 고려해야 할

---

[49] 外史氏曰, 英哲從征陷虜, 逃入中國. 有妻子, 皆棄去不顧, 卒能返故國, 何其志之烈也! 其事亦可謂奇矣. 及椵島之役, 出入死地, 勤勞至甚, 其功可紀. 曾無尺寸之賞, 而縣令索馬價, 戶曹又督南草銀, 使之老爲守城卒, 困窮抑欝而死, 此何以勸天下忠志之士也? 余悲其事迹湮沒不顯於世, 故爲此傳, 以示後人, 使知東國有金英哲云(『유하집柳下集』권9, 「김영철전」).

사안은 텍스트에 수용된 전란들의 '시대적 특수성'이며, 이를 토대로 김영철의 표류 역정이 지니는 의미를 역추적하는 일이 긴요한 작업이라 하겠다.

「김영철전」에 수용된 전란의 가장 중요한 특수성은 바로 해당 전란으로 인해 조선의 '국가적 정체성'에 커다란 혼란이 야기되었다는 점이다. 「김영철전」의 주요한 배경인 심하전투 이래의 정묘전쟁과 병자전쟁 그리고 가도전투 등을 겪으면서, 조선은 명의 중화주의와 청의 제국주의 사이에서 심각한 정체성의 혼란을 겪게 된다. 조선은 겉으로는 청淸을 '아버지의 나라'로 섬기면서 내심으로는 '조선이 곧 중화'라는 '모순적矛盾的 정체성'을 지닌 채로 존속해 갔던 것이다. 단적으로 말하다면, 작자는 그와 같은 조선의 정체성 혼란과 그 여파를 전란으로 인한 개인의 표류 역정과 그 과정에서 형성된 '혼종적混種的 주체 김영철'이라는 알레고리를 통해 드러내고자 했던 것이며, 이 지점이 바로 여타 소설 속의 전란과 「김영철전」의 그것이 근본적인 차이를 지니는 지점이라 할 수 있다.

이하에서는 「김영철전」의 서사 중 '주인공의 표류—결연을 통한 일시적 안정—재 표류'의 순환구조에 주목하면서, 그와 같은 서사의 의미를 앞서 언급했듯이, 당대의 문제적 역사상에 비추어 분석해 보고자 한다.

2) 동아시아 국제 질서의 붕괴와 혼종적混種的 주체의 탄생

영유현령의 병사 조발로 심하전투에 참전하게 된 김영철은 전장으로 떠나기에 앞서 조부와 부친에게 다음과 같이 말한다.

영철은 종조부 영화와 함께 종군하게 되었다. 출발할 때 영철의 조부 영개가 그의 아우 영화에게 말했다.

"슬프고 가슴 아프다! 이제 내 아우와 내 손자가 함께 사지로 가는구나. 나에게 손자라고는 한 점 혈육 영철이뿐인데 만약 살아 돌아오지 못한다면 우리 조상의 제사는 끊어질 것이다."

부자와 형제가 크게 소리 내어 울며 이별하는데, 영철이 슬픔을 누르고 눈물을 거두며 조부와 부친에게 아뢰었다.

"지나치게 걱정하시어 마음을 상하게 하시지는 마십시오. 적중의 형세를 다 아는 자들이 모두 말하기를 적들을 쓸어 버릴 기회가 여기 있다고 합니다. 단번에 싸워 이겨 개가를 부르며 돌아오매, 일가 노소가 멀리까지 나와 소자를 마중해 주시면 할아버지와 손자가 군진 앞에서 붙들어 주고 이끌며 집에 도착하여 술잔을 나누면서 서로 축하할 것이니, 어찌 즐겁지 않겠습니까? 설령 불행히 일이 크게 그르쳐 전장에서 죽는다 해도 이는 본디 신자의 직분 안에 있는 일이니 염려하실 것은 없습니다. 만약 죽지 않는다면 원수의 조정에서 포로가 되지 않고 기회를 틈타 몸을 빼내 고향으로 도망쳐 돌아와 조부와 부모의 슬하에서 효도를 다하리니, 부디 보중하시기 바랍니다."

이때 북쪽 오랑캐의 병력은 아직 강성하지 않았으므로 종군하는 군사와 떠나보내는 사람 가운데 깊이 염려하는 이도 있었고 호언장담하는 이도 있었다. 영철은 나이가 젊은 장사였기 때문에 그 말이 이와 같았던 것이다.[50]

50　臨發, 英哲祖父永愷, 謂其弟永華曰：“悲哉, 痛哉! 今吾弟與吾孫, 同往死地. 孫於吾者, 惟英哲一塊肉而已, 若不得生還, 吾先人之祀, 絶矣.” 父子・兄弟, 大哭而訣. 英哲乃抒悲收淚, 告於其

조부가 걱정하는 것은 하나뿐인 손자가 전장에 나가 돌아오지 못할 경우 조상의 제사가 끊어지게 되리라는 점이다. 유일한 혈육인 영철의 생사는 곧바로 조상의 제사 계승 문제와 연결되며, 이는 실로 한 가계家系의 존폐를 결정짓는 중대 사안인 것이다. 이에 대해 혈기왕성했던 영철은 "적중의 형세를 다 아는 자들이 모두 말하기를 적들을 쓸어 버릴 기회가 여기 있다"는 말을 전하면서 반드시 살아 돌아올 것을 약속한다.

흥미로운 부분은 '죽지 않는다면 도망쳐 와 효도를 다하겠다'는 영철의 발언이다. 「김영철전」은 전란의 정황을 주요한 서사 구도로 설정하면서도, '충忠'이나 '절의節義'와 같은 국가·사회적 이념보다 도주를 해서라도 반드시 '생존'해서 가족 구성원으로서의 직분을 다하겠노라는 개인적 다짐을 드러내고 있기 때문이다. 이후 그의 다짐은 마치 예언처럼 실현되는데, 영철은 자신의 말처럼 '죽지 않고' '도망치며 생존하다가' 끝내 조선으로 돌아와 둘도 없는 '효자'로 사람들에게 기억된다.

문제는 그의 표류와 부침이 이런 식의 한 줄 요약으로는 결코 담아낼 수 없는 무수한 곡절들을 수반하고 있다는 점이다. 더욱이 이때의 곡절이란 대부분 그의 생존과 안정에 대한 갈구 혹은 수구초심首丘初心의 본능에서 연유한 것으로, 이러한 감정은 기실 자연스러운 인간 본능의 발로라고 할 수 있지만, 김영철의 본능적 욕구가 전란이라는 특수하고 극단적인 정황 속에서 오히려 커다란 혼란과 딜레마를 생산해 내는 계기

祖及父曰: "願勿過慮而傷懷. 備諳賊中形勢者, 皆言: '掃蕩之期在此.' 一舉戰勝之後, 凱歌歸來, 一家老少, 遠迎少子, 則祖孫於陣前扶携, 到家酌酒相賀, 豈不樂乎? 設令不幸, 事機大誤, 一死沙場, 自是臣子職分內事, 不須爲念. 而若或不死, 則誓不作譬庭之俘虜, 當乘機脫身, 逃歸故鄕, 盡孝於祖父及父母膝下, 唯願千萬保重保重." 時北胡兵力, 猶不强盛, 從軍之士, 送行之人, 或有深慮者, 或有大談者, 英哲蓋年少壯士, 其言亦如此矣.

가 된다는 점에 문제의 핵심이 자리하고 있다. 그의 역정 속에서 우리
는 이와 같은 문제적 상황과 곧바로 대면하게 된다.

만주가 대로하여 아군을 집결시켜 놓고 의복이 화려하고 용모가 수려한
자들을 제외시킨 뒤 이렇게 말하였다.

"이들이 바로 조선의 이른바 양반 장관으로, 모두 나에게는 쓸모가 없다."

곧이어 동문 밖으로 내몰아 다 죽여 버렸다. 영화가 먼저 죽임을 당하고
영철도 곧이어 죽게 되었다. 호장 가운데 아라나라는 이름을 가진 이가 영철
을 눈여겨보더니 영철의 손을 잡고 만주 앞으로 나아가 아뢰었다.

"이 사람은 나이가 매우 젊어 장관은 아닌 듯합니다. 또 그 생김새가 전사한
제 아우와 꼭 닮아서 매우 가련합니다. 죽을죄를 용서해 주시기 바랍니다."

만주가 말하였다.

"네 아우가 전장에서 죽어 내 심히 불쌍히 여겼다. 이 사람의 나이와 모습
이 네 아우와 흡사하므로 너를 위해 용서해 줄 것이니 네가 가정으로 삼아
길러라."

또 항복한 한인 다섯 명으로 그의 전공을 포상하였다.[51]

강홍립의 항복 이후 만주滿主는 항복한 아군들 중에 양반들만 골라
처형한다. 이 와중에 영철의 조부는 죽고 영철 역시 죽을 위기에 처한

---

[51] 滿注大怒, 集我軍, 除出衣服華美容貌秀朗者曰："此輩乃朝鮮所謂兩班將官, 終不爲我用." 乃
驅出東門外, 盡殺之. 永華先被誅, 英哲將就死矣. 胡將有阿羅那名者, 熟視之, 執英哲之手, 詣
滿注前, 而告之曰："此人年甚少, 似非將官, 且其儀形, 與吾戰亡弟酷似, 殊甚可憐, 願貸其死."
滿注曰："汝弟死於戰, 我甚憐之. 此人年貌, 恰似汝弟, 爲汝赦之, 汝其畜爲家丁." 又以漢人降
者五人, 賞其戰功.

다. 그러나 호장胡將 아라나阿羅那와의 인연으로 목숨을 부지하게 된 영철은 호장에게 매우 후한 대접까지 받는다. 그럼에도 영철은 조부와의 약속을 지키기 위해 두 차례나 도주를 감행하는데, 결국 모두 실패한 후 아라나와 다음과 같은 대화를 나눈다.

아라나가 영철을 꾸짖어 말했다.

"지난해 너는 죽어 마땅했으나, 네 모습이 죽은 아우와 같음을 애석히 여겼기에 주장께 청하여 너의 죽을죄를 용서토록 한 것이다. 게다가 후히 길러 주고 정성껏 대접한 일이 만자와 다름이 있거늘, 네가 이제 다시 도망친 까닭은 무엇이냐? 만약 개전의 정을 보이지 않는다면 법에 따라 죽게 되어도 내 감히 구해줄 수 없다."

영철이 사례하여 말했다.

"고향을 생각하고 부모를 그리워함은 인지상정입니다. 하물며 저는 동국에 있을 때 장가도 들지 못해 부모를 봉양할 사람도 없고, 타국을 떠돌아다니며 이 한 몸 기댈 곳조차 없습니다. 비록 요행히 목숨은 온전하나, 무슨 즐거움이 있겠습니까? 삶과 죽음은 사람으로서 면할 수 없는 것입니다. 그래서 만 번 죽어 마땅할 죄를 범하고 다시 살려 주신 은혜를 잊어버려, 주인을 배신하고 도망친 것이 벌써 두 번째에 이르렀습니다. 그 사정을 돌아보건대 어찌 가련하지 않을 수 있겠습니까?"[52]

---

52 阿羅那叱英哲曰：“去年汝當死也, 我愛汝貌猶亡弟, 請於主將, 貸你之死, 仍厚養款待, 與蠻子有異, 汝今再亡, 何也? 若不悛, 則於法當死, 吾不敢更救矣.” 英哲謝曰：“思鄉貫, 慕父母, 乃人之常情也. 況我在東國, 未及娶妻, 無可奉養父母者, 流落他國, 一身無依, 雖幸生全, 何樂之有? 有生有死, 人所不免. 是以, 犯萬死之罪, 忘再生之恩, 背主人而亡者, 已至再矣. 顧其情事, 豈不可憐乎?”

두 번의 도주와 연이은 실패 이후 영철은 이처럼 심경의 변화를 일으킨다. 그는 고향과 부모에 대한 그리움이 '인지상정'이라고 말하면서도, 그와 같은 본능적 그리움과 타국에서 겪는 개인적인 고립 상황을 상기시키면서 스스로가 가련한 존재라고 호소한다.

이에 아라나는 죽은 아우의 아내를 영철에게 시집보내고 둘 사이에서 득북과 득건 두 아들이 태어난다. 중요한 것은 영철이 이러한 과정을 겪으면서 '후금後金과 만주족의 일원'이라는 새로운 정체성을 획득하게 된다는 점이다. 호장胡將의 동생과 꼭 닮은 외모 덕에 목숨을 부지할 수 있었던 영철은 조부와의 약속을 지키기 위해 조선으로 탈출을 감행했지만, 탈출 가능성이 사라지자 호지胡地에서의 결연을 통해 일신의 안정을 도모하는 방향으로 계획을 바꾸었고, 두 아들까지 낳으면서 '그들의 일원'으로 살아가게 된 것이다. 그러나 다음 대화는 이러한 안정이 그리 오래가지 못할 것임을 암시하고 있다.

이해 영철은 아들을 낳아 이름을 득북이라 하였으며, 계해년에 또 아들을 낳아 이름을 득건이라 하였다. 그 아내가 영철에게 말하였다.

"당신은 조선 사람이고 저는 여진 사람입니다. 애초 다른 나라 남녀로서 요행히 방을 같이 쓰는 부부가 되어 이 두 아들을 낳아 경사가 한 집에 흘러넘치니 하늘이 맺어준 인연이 아니라면 어찌 여기까지 올 수 있었겠습니까? 그러나 들건대 당신의 부모님이 동국에 계시다 하니, 나를 버리고 귀국할 마음을 가지고 있지는 않으십니까?"

영철이 말하였다.

"전일에 두 번이나 도망갔던 일이 부모님을 그리워하는 마음에서 나온 것이기는 하나, 빨리 장가들고 싶어서 그랬던 것이기도 하오. 이제 주인의 두터운 은혜를 입어 죽음을 면했을 뿐 아니라, 그대를 나에게 시집보내어 함께한 뒤로 오래지 않아 연이어 두 아들을 낳았으니 이 또한 천명이오. 내 어찌감히 천명을 어기고 은혜를 저버리겠소?"

아내가 말하였다.

"우리나라 사람들은 고려인들을 졸렬하고 교활하다고 여기고 있는데, 당신 말을 어떻게 믿을 수 있겠어요?"

이렇게 질책하기도 하고 희롱하기도 하니, 영철 또한 웃기만 하고 대답하지 않았다.[53]

한 가정을 꾸리게 되었지만 영철의 부인은 그가 조선으로 달아나지 않을까 내심 불안해한다. 이에 영철은 이전의 탈출 시도는 부모에 대한 그리움과 아내를 얻고자 하는 마음에서 그랬던 것이며, 이제는 자신을 살려준 '두터운 은혜'와 두 아들을 갖게 한 '천명'을 저버릴 수 없다고 에두르고 있다.

하지만 "고려인들을 졸렬하고 교활하다고 여기는" 만주인들의 말을 새삼 확인시켜 주듯이, 영철은 다시 한 번 탈출을 준비한다.

전유년이 문득 한숨을 쉬며 말했다.

---

[53] 是年, 英哲生子, 名曰得北, 癸亥又生子, 名曰得建. 其妻謂英哲曰 : "君卽朝鮮之人, 妾是女眞之人. 初以異國之男女, 幸爲同室之夫婦, 生此二子, 慶溢一家, 若非天緣, 焉能至斯? 然聞君之父母, 在於東國云, 得非有棄我歸國之心乎?" 英哲曰 : "前日之再度亡歸, 雖出於戀父母, 而亦欲及時娶妻之計也. 今蒙主人之厚恩, 不惟免死, 且以汝妻我, 會合未久, 連生兩子, 此亦天也. 吾豈敢違天而負恩哉?" 其妻曰 : "我國之人, 以高麗之人爲拙狡, 君言何可信也?" 或呵之, 或戲之, 英哲亦笑而不答.

"이 밤 달빛이 응당 우리 고향에도 비치겠지요. 부모와 처자들은 이 달빛을 보며 전장에서의 존몰을 염려하고 세월이 흘러감을 슬퍼할 것이니, 달빛을 바라보며 마음 상함이 우리의 애끊는 마음과 같을 것이오. 생각이 이에 미치니 통곡하고 눈물을 흘려도 부족하다 하겠소."

이에 앉아 있던 사람들이 모두 목 놓아 길게 통곡했다. 유년이 또 말했다.

"영철이는 부모님이 비록 동국에 계시지만 이 땅에 이미 처자식이 있으니 고향을 생각하는 마음이 분명 우리 여덟 사람과는 다를 것이야."

영철이 탄식하며 말했다.

"선생의 말씀은 잘못되었습니다. 고향을 생각하는 마음은 금수조차 가지고 있는데, 제가 사람으로서 어찌 처자식에 얽매여 어버이를 생각하는 마음이 당신들과 간격이 있을 수 있겠습니까? 만약 살아서 고국에 돌아가 부모님을 한 번만이라도 뵐 수 있다면 비록 죽게 되더라도 산 것과 같을 것입니다. 제가 두 번 달아났음에도 불구하고 죽지 않은 것은 운이 좋았을 따름이니, 만약 또 도망쳤다가 붙잡힌다면 결코 살아날 수가 없기 때문에 감히 엄두를 못 내는 것입니다."

유년이 말하였다.

"아! 심양이 함락된 후로 육로가 막혔으므로 동국의 조공은 필시 바닷길을 거쳐 등주에 정박했다가 황성에 도달할 것일세. 그대가 만약 우리의 계획을 따라 함께 도망쳐 등주에 다다른다면, 산천으로 가는 길은 비록 막혀 있을지라도 뱃길로는 통할 수 있으니, 돌아가 부모님을 뵙는 일은 손바닥 뒤집듯 쉬울 것일세."[54]

---

54 田有年輒長歎曰: "今夜之月, 亦應同照於吾輩故鄕, 父母妻子想又, 念沙場之存沒, 悲歲月之流邁, 向月傷心, 亦如我輩之斷腸矣. 思之至此, 可謂痛哭流涕而不足." 於是, 座中皆失聲長慟.

김영철과 함께 포로생활을 하던 명인明人 전유년은 영철에게 이미 처자식까지 있으니 고향에 대한 그리움이 자신과는 다를 것이라 말한다. 전유년의 눈에도 영철의 일상이 피로인被擄人으로서의 고단한 삶이라기보다 한 가정을 이룬 안정된 삶으로 비쳐졌던 것이다. 하지만 영철은 고향을 그리워하는 마음인 '회토지심懷土之心'은 금수禽獸도 지닌 것이며, 탈출을 시도하지 않는 가장 큰 이유는 더 이상 목숨을 담보할 수 없는 상황 때문임을 강조한다.

이상의 대화에서 우리는 영철에게 가장 중요한 문제는 '생존' 자체이며, 이에 비해 가족과 안정 그리고 고향과 부모를 그리워하는 일은 모두 차선의 가치를 지닌다는 사실을 알 수 있다. 그를 움직이는 것은 철저한 '현실론' 그 이상도 이하도 아닌 것이다. 때문에 영철은 탈출을 모의하는 전유년 일행의 말에 잠시 갈등하다가, 목전에서 또 다시 생존의 위협이 닥쳐올 수 있음을 직감하고 그들의 탈출에 동참하기로 결정한다.

영철이 말하였다.

"당신들 여덟 명은 하늘 신령의 보살핌을 받아 고향으로 돌아간즉 부모님을 뵙고 처자식과 만날 수 있지만, 저는 천만다행으로 등주에 도달한다 해도 멀리 고국을 바라보매 아득히 바닷물만 출렁거리리니 무엇 때문에 해 지는

有年又曰: "英哲, 其父母雖在於東國, 此地旣有妻子, 思鄕之心, 必與我輩八人, 異矣." 英哲歎息曰: "君言誤矣. 懷土之心, 禽獸猶有, 吾是人也, 豈有眷係於妻子, 而思親之心, 與君輩有間乎? 若得生還故國, 一見父母, 則雖死猶生矣. 第我再逃而不死, 幸者也, 若又亡去而見捕, 則決無可生之理, 以此不敢生意矣." 有年曰: "嗟乎! 自瀋陽陷沒之後, 陸路阻絶, 東國朝貢, 必由海道, 泊于登州, 達于皇城. 君若從吾計, 與之偕亡, 至于登州, 則山川雖隔, 舟楫可通, 歸見父母, 易如反掌矣."

동네에 몸을 맡기겠습니까? 차라리 여기 머물러 처자식을 보살피며 살다가 늙는 게 낫습니다."

유년이 말하였다.

"그대 말이 맞네. 하지만 내 반드시 그대를 위해 계책을 세워 작은 정성을 표하겠네. 그대가 만약 우리들과 함께 중토로 돌아가 등주에 도착한즉, 내게 두 누이동생이 있으니 큰 누이동생은 나이가 벌써 열여덟이고 작은 누이동생은 이제 열여섯인데 모두 자색이 있고 바느질도 잘한다네. 이제 그대와 함께 우리 집으로 돌아갔을 때 큰 누이동생이 아직 남을 따르지 않았다면 큰 누이동생으로 그대를 섬기도록 할 것이요, 만약 이미 비녀를 꽂았다면 둘째 누이동생을 그대에게 시집보낼 것이야. 만약 두 누이동생 모두 이미 다른 사람에게 시집갔다면, 그대는 잠시 우리 집에 머무르며 조선의 왕래하는 배를 기다렸다가 곧바로 긴 돛을 달고 조선으로 잘 돌아간즉 부모님도 뵐 수 있고 성명도 온전할 것이니, 이를 오랑캐에게 포로가 되어 초목과 함께 썩어가는 것과 비교한다면 영욕과 고락이 과연 어떠하겠는가? 이 두 가지 계책 가운데 하나를 쓸 수 있으니, 그대의 뜻은 어떠한가? 그대가 만일 믿지 못하겠다면, 저 밝은 달이 하늘에 있네."

여러 사람들이 모두 말하였다.

"전 백총께서 이런 마음을 갖고 계신다면, 두 분이 달을 향하여 술잔을 나누며 맹세의 말씀을 하셔야 합니다."

영철이 문득 아내가 이별할 때 했던 말을 생각하니, 실로 마음에 차마 할 수 없는 바가 있었으나, 다시 묵묵히 생각해 보았다.

'내가 만약 유년의 말을 따르지 않는다면 저 여덟 사람은 반드시 나를 죽여 입을 막을 것이니, 개죽음 당해 봐야 좋을 게 없다.'

마침내 뜻을 결정하고 응낙하니 유년이 크게 기뻐하였다.[55]

　전유년의 설득과 이에 따른 영철의 심리 변화가 매우 사실적으로 그려지고 있는 대목이다. 이 대목에서 작자는 '생존'을 최우선시하는 영철의 심리와 언행을 구체적으로 묘사함으로써, 그의 두 번째 표류가 불가항력적인 사건이었음을 강조한다.[56] 또한 작자는 전유년의 설득 과정 중에 유년의 누이동생을 영철에게 시집보낼 수도 있다는 가능성을 열어둠으로써 이후 서사 전개의 방향을 암시하기도 한다. '만주 가족의 일원'으로서 비교적 안정된 삶을 살아가던 김영철은 명明으로의 탈출을 통해 또 한 번의 정체성 변화를 겪게 되는 것이다.

　전씨의 친족과 마을 사람들이 날마다 술과 안주를 들고 와 유년을 위로하고 영철에게 거주와 나이, 그리고 부모와 처자의 유무를 물었다. 영철은 이

55　英哲曰 : "君輩八人, 若賴天之靈, 得歸故國, 則父母可見, 妻子可逢. 我則雖得萬一之幸, 達于登州, 一望故國, 滄波萬里, 何能致身於桑榆之郷乎? 反不如淹留於此, 守妻子而終老矣." 有年曰 : "君言, 是矣. 然吾當爲君畫策, 以表一寸之誠矣. 君若與吾輩, 同歸中土, 得到登州, 則吾有兩妹, 長妹年已十八, 季妹年今十六, 俱有姿色, 且工針線. 今與君同歸吾家, 長妹若未及從人, 使長妹事君, 若已上笄, 當使次妹歸於君. 若兩妹俱適人, 君可姑留於吾家, 待得朝鮮往來之船, 直掛長帆, 好歸朝鮮, 則父母可見, 性命可全, 與其作學於夷虜, 同腐草木, 榮辱苦樂, 果何如哉? 此兩策中, 可保其一者, 君意何如? 君如不信, 明月在天." 諸人皆曰 : "田百揔苟有此心, 兩人酌酒對月, 以成矢言可也." 英哲忽思其妻臨別之語, 實有所不忍於心, 而又黙念曰 : '我若不從有年之言, 則彼八人者, 必殺我而滅口, 徒死無益也.' 遂決意而諾之. 有年大喜.

56　김영철이 목숨에 위협을 느껴 전유년 일행의 탈출에 동참하게 되는 이 대목에 대해 "탈출을 감행하게 된 실질적인 이유(누이동생을 아내로 삼게 하겠다는 전유년의 약속—인용자 주)에 대한 자기기만이자 합리화"라는 분석이 있었다. 하지만 매우 구체적으로 탈출계획을 언급하면서 이에 동참하기를 바랐던 전유년 일행에게 만일 영철이 거부 의사를 밝혔다면, 그들의 모의가 누설될 것을 염려하여 자신에게 화를 입힐 수도 있으리라는 영철의 추론은 정황상 충분한 타당성을 지닌 것으로 판단된다(엄태식, 「김영철전의 서사적 특징과 서술 시각」, 『한국고전연구』 24, 한국고전연구학회, 2011, 537면).

미 유년과 여러 해를 같이 살았을 뿐만 아니라 영원위에서 머무른 것도 반년이나 되었으므로, 중국어에 능통하여 응대함에 있어서 틀리는 일이 없었으니, 그 말을 듣는 사람들이 공경하고 사랑하여 술잔을 잡고 마시기를 권하며 은근한 정을 더욱 극진히 하였다.

영철이 유년의 두 누이동생을 보니, 큰 누이동생은 다른 사람에게 시집가고 작은 누이동생은 아직 혼인을 하지 않았다. 영철은 내심 스스로 위안이 되고 기쁘기도 하여 그녀의 행동거지와 용모를 몰래 엿보았으나, 그 처자와 부모는 그 사실을 알지 못하였다. 유년의 부모는 영철을 자식같이 대했고 두 누이동생은 영철을 오라비같이 대우했으므로, 영철은 안팎으로 거리낄 게 없었던 것이다. 하루는 영철이 유년에게 말하였다.

"당신들은 다 고향으로 돌아와 위로는 부모님의 기뻐하시는 마음을 받들고 아래로는 처자식의 즐거워함이 있는데, 나는 홀로 남의 나라를 떠돌아다니며, 고향 산천은 까마득하여 소식은 기댈 데 없고 큰 바다는 아득하여 배는 통하기 어려우니, 죽고 살며 슬프고 즐거울 때 서로 물어볼 친척도 끊어지고 굶주리고 추위에 떨며 병이 위중할 때 서로 의지할 처자도 없습니다. 아, 전형! 나는 어찌해야 됩니까?"[57]

우여곡절 끝에 탈출에 성공한 김영철과 전유년 일행은 마침내 등주

---

[57] 田氏親族及隣里之人, 日携酒饌, 來慰有年, 仍問英哲居住及年歲, 父母·妻子之有無. 英哲旣與有年, 累歲同住, 且留於寧遠衛者, 亦半年, 能通華語, 故應對不差. 聞者莫不敬愛, 持盃勸飮, 益致殷勤之情. 英哲見有年之兩妹, 其長已適人, 其季未及笄矣. 英哲心自慰喜, 密伺其擧止容顏, 而其妻子及父母, 莫知之也. 有年父母視英哲如子, 兩妹待英哲如兄, 英哲內外無間焉. 一日, 英哲謂有年曰: "君輩皆歸故土, 上而承父母之歡, 下而有妻子之樂, 而我獨流落於異國, 家山杳杳, 消息莫凭, 大海茫茫, 舟楫難通, 死生哀樂, 旣絶親戚之相問, 飢寒疾病, 又無妻孥之相依. 嗟哉, 田兄! 我何爲哉?"

에 도착한다. 이곳에서도 영철은 등주의 대족大族이었던 전유년의 도움과 중국 조정이 그에게 하사한 은자銀子 백 냥으로, 다시금 '이국異國에서의 안정된 삶'을 누릴 수 있게 된다. 이제 애초의 계획대로 조선 사신의 배를 기다렸다가 귀국하기만 하면 「김영철전」의 모든 서사는 대단원으로 마감될 수 있을 듯하다.

그런데 작자는 또 한 번의 결혼을 통해 김영철을 중국에 묶어 둔다. 전유년의 작은 누이동생을 몰래 훔쳐보기까지 하는 그의 시선은 영철에게 과연 고향과 부모를 그리워하는 마음이 남아 있기는 한 것일까라는 의구심마저 들게 한다. 김영철이 기회를 틈타 전유년에게 자신의 외로운 처지를 하소연하는 대목에서 그와 같은 의심은 더욱 커진다. 영철은 '굶주림과 추위 혹은 위중한 병'과 같은 위기 상황을 운운하고 있지만, 이는 당시 영철이 처해 있던 상황과 무관한 일들이었다. 결국 영철은 자신의 바람대로 등주에서 새로운 여인을 만나 또 다른 가족을 이룬다.

이에 가산과 여러 기구들을 갖추어 유년의 말대로 하였다. 그렇게 한 후에 유년은 마을의 중장년층 사람들을 청하여 그들로 하여금 영철을 위하여 혼사를 주관하고 폐백을 보내게 하였으나, 그래도 누이가 따르지 않을까 걱정하여 혼수며 화장 도구 등 여러 물품들이 큰누이의 혼인 때보다 낫도록 신경을 썼다. 또 납폐할 돈으로 금수·주옥·보배를 많이 사서 그 찬란한 빛이 마을에 넘쳐흐르니, 부모와 친척들이 다 기뻐하고 그 누이 또한 부끄러워하는 빛이 조금은 풀어지게 되었다. 때마침 본관이 유년을 불러들여 영철의 취처 여부를 물으니, 유년이 전후시말을 갖추어 관에 보고하였다. 현관이 매우 칭찬하며 말했다.

"마땅히 이 뜻으로 조정에 아뢰리라."

친영하는 날, 원근의 친척과 이웃의 구경하는 사람들이 모두 말하였다.

"이는 참으로 월하노인이 맺어준 인연이요 하늘이 정하신 배필이다. 그렇지 않고서야 천리만리 밖의 두 나라 사람이 어찌 혼인할 리가 있겠는가?"[58]

전유년의 누이동생과 결혼하기 위한 영철의 준비 과정이 매우 현실적으로 그려지고 있는 대목이다. 그는 집과 노비를 마련하고 의복이나 폐물도 넉넉히 갖추는 등 결혼에 필요한 구체적인 준비를 실행한다.[59] 그녀의 용모와 행동거지를 몰래 엿보며 결연을 소망했던 영철은 이제 부모와 고향 따위는 안중에도 없다는 듯 모든 노력을 기울여 그녀와의 결혼에 성공한다. 그러나 두 번째 결혼 후에도, 만주족 여성과의 첫 결혼 생활에서처럼, 그가 '의심받는 자'라는 사실에는 변함이 없다.

이날 밤 전씨가 영철에게 말하였다.

"당신은 동국에 있고 저는 중원에 살다가 오늘 부부가 될 줄 애초에 생각이나 할 수 있었겠습니까? 하지만 당신은 동쪽에 부모님이 계시고 북쪽에는 처자가 있습니다. 사람이란, 부모님을 돌보지 않으면 자식의 직분을 폐하는 것이고, 처자를 버리면 사람의 도리를 끊는 것입니다. 당신은 어찌하여 부모

58 　於是, 辦得家産諸具, 一如有年之言, 然後有年請鄕黨中長者, 使之爲英哲主婚送幣, 而猶恐其妹之不從. 婚需粧奩諸物, 務勝於其長妹婚時. 又以納幣之金, 多買錦繡·珠玉·寶貝, 燦爛之色, 溢於里巷, 父母·親戚皆喜之, 其妹亦少弛羞愧之色矣. 適會本官招致有年, 問英哲娶妻與否, 有年具前後顚末, 以告於官. 縣官極稱之曰 : "當以此意, 奏聞于朝廷." 親迎之日, 遠近親戚及隣里觀者, 皆曰 : "此眞月老之緣, 天定之配. 不然, 千萬里外兩國之人, 豈有成親之理乎?"

59 　有年謂英哲曰 : "(…中略…) 先以百金, 買家舍奴婢及器皿等物, 又以百金, 盛備衣服幣物, 則鄕里必稱譽傾慕, 小妹亦不愧爲君之妻矣. 未知君意如何?" 英哲曰 : "君言良然矣."

님을 생각지 않으며 처자를 돌보지 않으십니까?"

영철이 말했다.

"내가 부모님과 이별한 지 벌써 20년이 되어, 이승에서 다시 만날 가망은 이미 끊어졌소. 그리고 이미 오랑캐 땅을 버리고 부모의 나라에 들어왔으니, 처자를 사랑하는 정은 이미 마음 밖에 두었소. 하물며 새 사람을 대하여 어찌 옛 일을 생각하겠소?"

전씨가 말하였다.

"이 말씀은 저를 속이려고 하신 게 분명합니다. 나를 낳고 길러 주신 이는 부모님이니, 그 은정은 사람으로서 잊을 수가 없습니다. 처첩으로 말할 것 같으면, 중매를 넣어 통하고 예폐를 갖추어 부를진대 천하의 여자 가운데 어디선들 구하지 못하겠습니까? 당신께서 처자를 버린 것은 아마 마지못해 한 일일 것입니다. 당신께 부모를 생각하는 마음이 있은즉 어느 날엔들 부모님을 잊을 수 있겠습니까? 다른 날에 만일 고향에 갈 길이 있으면 저를 버리기를 반드시 흙을 버리듯이 하실 것입니다. 만약 그렇다면 이 한 몸이 어찌 가련하지 않겠습니까? 제가 만약 한번 죽기로 작정했다면 부모님이라 해도 제 뜻을 빼앗을 수 없었을 것입니다."

영철이 사례하며 말했다.

"이제 우리 두 사람이 요행히 기이한 인연으로 만났으니, 백년해로하여 자식을 낳고 손자를 기름이 진정 마음속의 지극한 바람인데, 그대는 어찌 이런 말을 꺼내시오?"

전씨가 옷깃을 여미고 대답하였다.

"정말 이와 같다면 저로서는 다행입니다."[60]

만주의 첫 번째 부인은 '고려인들의 교활함'을 이유로 들어 남편이 된 영철을 의심한 바 있었다. 그런데 두 번째 부인 역시 영철이 조선인이며, 고향에 돌아가 만나야 할 부모가 있고, 특히 이미 한 번 처자식을 매몰차게 버린 전력이 있는 사람이라는 이유로 그에 대한 의심을 거두지 못하고 있다. 이에 대해 영철은 "오랑캐 땅을 버리고 부모의 나라에 들어왔으니, 처자를 사랑하는 정은 이미 마음 밖에 두었"다는 구차한 변명을 늘어놓을 뿐이다.

이렇듯 불안한 출발에도 불구하고 두 사람 사이에서 다시 두 아들이 태어나고 집안 살림 역시 풍족해지는 등 영철은 이제 '만주인의 일원'에서 명실공히 '명나라 백성의 일원'으로 전화轉化된 듯 보인다. 하지만 작자는 표류와 정착의 과정 속에서 정체성의 변화를 겪어 온 영철에게 마지막 귀환을 준비시킨다.

이해 10월, 우리나라의 진하사가 등주의 해구에 도착하여 정박했는데, 영철이 살고 있는 집에서 겨우 10여 리 되는 곳이었다. 이에 영철이 해문으로 달려가 우리나라 도선주를 보니 바로 영유현 부가포의 이연생이었다. 본래 같은 고향 사람으로 정의가 평소에 두터웠다. (…중략…) 사신 또한 그 사정

---

60 是夜, 田氏謂英哲曰:"君在東國, 妾住中原, 今日之得爲夫婦, 豈始慮之所及哉? 然君東有父母, 北有妻子, 夫人遺其父母, 則人職癈矣, 棄其妻子, 則人道絶矣. 君如之何不懸懸於父母, 不眷眷於妻子也?"英哲曰:"我離違父母, 已十年矣, 此生重逢, 已不可望. 且已棄夷狄之地, 而入于父母之邦, 妻子慈愛之情, 已置於方寸之外矣. 況對新人, 豈念舊事?"田氏曰:"此言, 果瞞我也. 生我育我者, 父母也, 其恩其情, 人不可忘也. 至於妻妾, 苟能使媒妁通之, 禮幣聘之, 天下女子, 何處不求乎? 君之棄妻子者, 蓋出於不得已也. 君若有思父母之心, 則何日可忘也? 異時如有歸國之路, 則棄妾必如棄土矣. 若然則惟妾一身, 豈不可憐乎? 妾苟以一死自誓, 則雖父母, 亦不能奪志也."英哲謝曰:"今吾兩人, 幸得奇遇, 百年偕老, 生子育孫, 固中心之至願, 君何以出此言也?"田氏斂祉而對曰:"苟若是, 妾之幸也."

을 참담히 여겨 이렇게 물었다.

"네가 과연 고향을 생각하는 마음이 있느냐? 우리가 조선으로 돌아갈 때 너를 몰래 태워 가고자 하는데 네 뜻은 어떠하냐?"

영철이 머리를 조아리고 사례하며 말했다.

"오랑캐 소굴에서 이곳으로 도망쳐 온 것은 본디 고향에 돌아가고자 했기 때문입니다. 소인이 비록 감히 청할 수는 없으나, 진실로 바라는 바입니다."

사신이 말하였다.

"그렇다면 너는 집으로 돌아가 처자에게 '부모님과 친척들이 다 난중에 돌아가셔서 한 명도 살아남은 자가 없다'라고 말하여 이 땅의 사람들이 네가 동쪽으로 돌아갈 뜻이 없는 줄로 알게 하여라. 그렇게 한 뒤에야 너는 돌아갈 수 있을 것이다."

영철이 삼가 사례하여 말했다.

"가르침을 삼가 받들겠습니다."**61**

조선 진하사進賀使의 등주 도착과 동향同鄉 이연생과의 조우는 김영철의 "사향지심思鄉之心"을 걷잡을 수 없이 증폭시킨다. 특히 이연생으로 부터 조부와 모친이 살아 계심을 확인**62**한 영철은 꿈에서 깨어난 듯 귀

61 　年十月, 我國陳賀使, 到泊於登州海口, 距英哲家, 才十餘里矣. 於是, 英哲走往海門, 見我國都船主者, 卽永柔縣 富家浦 李連生也. 本以同鄉之人, 情誼素厚. (…中略…) 乃問曰: "汝果有思鄉之心乎? 我還歸之時, 潛欲載去, 汝意何如?" 英哲叩頭謝曰: "自虜中逃還於此者, 本欲歸故鄉. 小的雖不敢請, 固所願也." 使臣曰: "然則汝歸家, 言於妻子曰: '父母親屬, 皆死於亂中, 無一人生存者.' 使此地之人, 知汝無東歸之意, 然後汝可得歸矣." 英哲拜謝曰: "謹奉下教矣."

62 　英哲問家中消息, 連生曰: "嗟乎, 尙忍言哉! 丁卯之亂, 君之父親, 死於安州. 及賊還, 家人求其屍而不得, 君之祖父, 傷痛不已曰: '英哲不還, 汝寬又歿, 老病一身, 不死何爲?' 盡賣田土, 享神供佛, 日夜祈祝曰: '英哲若不死, 願降冥佑, 俾還故土, 皇天后土, 若有所知, 倘或哀我而悶我矣.' 未幾, 家業盡蕩, 無路資活, 往依於姪子二龍之家. 君之母親, 亦還歸于疎草里本家, 托身

국에 대한 강한 열망을 다시 한 번 드러낸다. '부모의 나라'에서 누리게
된 안정과 풍요로움도 이제 그에게는 또 다시 떨치고 일어나야 하는 하
나의 '과정'으로 재정의되고 있는 것이다. 그럼에도 귀국을 결심하고
또 실행하기까지 영철의 심경에 갈등이 없을 수는 없었다. 처자와 혈육
에 대한 영철의 애정이 전란의 특수한 상황과 맞물리면서 결코 양립할
수 없는 딜레마적 상황을 조성한 탓이다.

　　이날 밤 아내와 함께 촛불을 밝히고 마주 앉아 평생 마음속으로 생각한
　　일들을 함께 토로하다가 속으로 헤아려 생각했다.
　　'내가 만약 처자를 그리워하여 마침내 이 땅에 머무른다면, 돌아가신 아
　　버님의 유해를 거둘 사람이 없을 것이고 늙으신 어머님도 기댈 곳이 없게
　　되리니 이것이 내 영원히 잊을 수 없는 지극한 슬픔이 되리라. 만약 처자를
　　버리고 돌아간다면 부부의 정과 부자의 은혜는 이로부터 영원히 끊어질 것
　　이니, 이 또한 인정에 있어서 차마 말할 수조차 없는 짓이다.'
　　두 마음이 얽히고설키어 얼음과 숯불이 서로 싸우듯, 떠날지 머무를지 결
　　정하지 못하고 정신이 황홀하여 눈물이 고여 절로 눈에 가득하였다.[63]

　처자와 부모, "인정人情"과 "영원히 잊을 수 없는 지극한 슬픔終天之至痛"
사이에서 영철은 극심한 갈등을 겪는다. 그가 겪던 갈등의 깊이는 그가
이국인異國人으로 동화되어 갔던 그 깊이와 정확히 일치한다. 그의 갈등

於兄弟. 君之家事, 尚忍言哉!"
63　是夜, 與其妻明燭對坐, 共吐百年心事, 仍自商量曰: '吾若眷戀妻子, 終留此地, 則亡親遺骸,
　　無人可收, 老母一身, 無處可托, 此吾終天之至痛. 若棄妻子而歸, 則夫婦之情・父子之恩, 從
　　此永絶, 此亦人情之所不忍言者.' 兩心纏繞, 氷炭交戰, 去留未決, 神思慌惚, 凝淚自然滿眶.

은, 이제 명인明人도 조선인朝鮮人도 아니거나 혹은 명인明人이면서 조선인朝鮮人인, 그의 혼란한 정체성 그 자체이다.[64]

영철은 이러한 혼란과 괴로움 속에서도 결국 조선행을 택한다. 마침내 조선으로 돌아온 그는 조부와 모친을 상봉하고, 심지어 '효자'라는 명분에 힘입어 조선에서도 새로운 가정을 꾸릴 수 있게 된다. 그런데 만일 서사가 여기서 끝났다면 우리는 「김영철전」을 통해 '한 남자의 기이한 인생 역정'을 대리 경험한 것에 만족하고 말아야 했을 것이다.

하지만 작자는 돌아온 김영철을 또 다시 종군從軍하도록 설정한다. 이러한 설정은 당대의 역사적 현실 그 자체의 반영이었고, 그러한 현실을 바라보는 작자의 시선이 드러나는 귀착점이라는 점에서 특별한 주목을 요한다.

영철의 조선 귀환과 그 이후의 종군 과정에서 특기할 것은 작자가 선택한 전란의 성격이다. 작자는 「김영철전」에서 '호란胡亂'의 발발로 익숙해져 있는 정묘년이나 병자년을 전란과는 전혀 무관한 시기로 다룬다. 전자는 아들 득달得達을 낳은 해로 간단하게 처리되고 있으며,[65] 후자는 영철의 조부가 임종할 때 '영철 덕분에 죽어도 유감이 없다'는 유언을 남기던 해로 기록[66]하고 있는 것이다.

작자는 오히려 병자전쟁 이후, 즉 조선이 굴욕적인 패배를 당한 후 청의 압력에 못 이겨 명군과의 전투를 위해 참전했던 일련의 정황[67]을

---

64 이러한 정황은 「최척전」이 전란으로 인한 가족의 이산과 재회라는 동일한 서사 구조 속에서 더욱이 중국인과의 결연이라는 동일한 소재를 다룸에 있어 '확장된 가족'의 '행복한 결말'이라는 환상적인 회복을 회구했던 것과 좋은 대조를 이룬다.

65 丁卯生子, 名曰得達.

66 丙子, 英哲祖父病終. 臨終, 謂英哲曰 : "我當垂死之年, 無子無孫, 零丁踽踽, 幾不得自保矣. 神明助佑, 與汝相見, 汝復娶佳婦而生佳兒, 吾死無餘憾矣."

주요한 서사 골격으로 활용하고 있다. 다시 말해 작자는 '조선군朝鮮軍이 청淸나라의 군사로서 명明을 공격해야 했지만, 부모의 나라인 명을 차마 공격할 수는 없었던' 역사적 혼돈 상황을 소설 속으로 끌어들이고 있는 것이다.

　　정축년 이후로 청병은 날로 더욱 중원을 넘보며 침공하지 않는 해가 없었다. 청주는 우리나라에서 징병하였는데, 우리나라에서는 임경업을 상장으로 삼고 이완을 부장으로 삼아 수군 5천 명을 거느리고 가서 청병을 도왔다. 임경업은 영철이 화이의 어음에 능통하다는 말을 듣고 불러와 만나보고는 크게 기뻐하여 바로 데리고 갔다. 아군은 4월에 배를 타고 떠나 6월에 가주위에 도착했다. 세 나라의 전함이 바다 가운데 늘어서 있으면서 양쪽에서 서로 바라보았다.

　　어느 날 밤, 임경업은 영철과 장관 이수남으로 하여금 작은 배를 타고 중국 진중으로 가서 주장을 만나보게 하고 다음과 같이 약속하였다.

　　「내일 전투에서 아군은 총에서 탄환을 제거할 테니 중국 병사들은 화살에서 살촉을 뽑으십시오. 서로 싸울 때 아군은 거짓으로 패하여 항복함으로써 작은 나라가 천조를 배신하지 않았다는 뜻을 표하겠습니다.」

　　천장은 크게 기뻐하며 답서를 써 주고, 백금 30냥과 청포 30필을 두 사람에게 각각 상으로 주었다.[68]

---

[67]　조선에 대한 청의 파병 압력은 삼전도의 항복 과정에서부터 시작되어 기승을 부리다가 청의 북경 입성을 고비로 크게 수그러드는데, 1637~1644년 동안 청은 조선에 모두 여섯 차례 이상 병력을 요구했다. 계승범, 『조선시대 해외파병과 한중관계』, 푸른역사, 2009, 222면. 이러한 청의 참전 요구 중 「김영철전」에서 다루고 있는 사건은 1637년의 가도假島 공격과 1641년 금주錦州 공략이다.

[68]　自丁丑以後, 淸兵日益覬覦中原, 無歲不侵, 淸主乃徵兵於我國, 我國以林慶業爲上將, 以李浣

신사년 조정에서는 다시 청주의 징병으로 인해 유림을 상장으로 삼고 영유현령 전단을 좌영장으로 삼았다. 유림은 대군을 거느리고 가서 안주에 주둔하였다. 유림이 명을 전하여 영철을 부르니, 영철은 다시 유림의 군대를 따라가게 되었다.

청주는 금주위를 누차 공격하였으나 빼앗지 못했다. 그래서 기필코 금주위를 취하고자 몸소 대군을 거느리고 갔으며, 팔고산으로 하여금 각기 철기를 거느리고 밤낮으로 금주위를 공격하게 했다. 금주위가 포위를 당한 지 오래되매 서로 이기기도 하고 지기도 했지만, 군수물자가 바닥나 위태롭기가 조석지간에 있었다. 전후 금주의 전투에서 영남의 군사로서 첨방군이었던 자들이 다 이 전투에 나왔다가, 이렇게 창언하였다.

"황명의 은혜는 저버릴 수 없다. 오늘 전투에서 아군은 마땅히 화살에서 살촉을 뽑고 총에서 탄환을 제거하여 임진년 재조의 큰 은혜를 표창해야 할 것이다!"

여러 군사들이 일제히 응하였다.

"예."

이에 교전할 때 총과 화살을 난사하였으나, 천병 가운데 한 명도 맞아서 넘어지는 자가 없었다. 호인들이 이를 의심하여 호병 두 명을 시켜 아군 한 명을 감금케 하였다. 이에 어쩔 수 없이 총에 탄환을 넣고 화살에 살촉을 달아 쏘아대니, 천병 중에 활시위를 당길 때마다 쓰러지고 탄환에 맞아 넘어진

爲副將, 領水軍五千, 往助淸兵. 林慶業聞英哲能解華夷語音, 召見大悅, 仍帶去. 我軍四月發船, 六月至嘉州衛. 三國戰艦, 列於海中, 而彼此皆相望矣. 一日夜, 林慶業遣英哲及將官李秀男, 乘小船, 往中國陣中, 見主將, 相約曰:「明日之戰, 我軍去丸於銃, 中國之兵, 拔鏃於箭. 與之爭戰, 我軍爲佯敗而降, 以表小邦不背天朝之義.」天將大喜, 答書. 以白金三十兩 · 靑布三十疋, 各賞二人.

자가 매우 많았다. 천병이 물러나 성 안으로 들어가 성 위에 한 장 청기를 세우고 조선 장졸들에게 소리 높여 이야기했다.

"신종황제의 덕택이 너희 나라 인민에게 두루 미쳤거늘, 차마 아군을 향해 총과 화살을 쏘느냐?"

이 말을 듣자, 우리나라 장졸들이 기운을 잃고 참담해하였으며, 영남의 군사들은 소리 내 우는 지경에 이르렀다.[69]

청淸의 위력에 굴복해 어쩔 수 없이 참전해야 했던 조선군은 '촉 없는 화살'과 '탄환 없는 총'으로 자신들의 정체성에 대한 딜레마를 해결하고자 한다. 명明의 '재조지은再造之恩'에 힘입어 국가를 재건할 수 있었던 17세기의 조선은 이미 스스로의 힘으로 온전한 정체성을 유지하기에는 역부족인 상태였다. 조선의 유지를 위해 명은 반드시 필요한 존재였고, 명의 몰락은 곧 조선의 정체성 상실에 다름 아니었던 위기 상황 속에서, 청나라의 병사로 참전해야 했던 조선군의 대안이란 '싸우되 싸우지 않는' 것뿐이었다.

명에 대한 의리와 청의 현실적 위력威力이라는 극단적 선택지 앞에 선 조선은 결국 깊은 이념적 공황 상태에 빠질 수밖에 없었다. 17세기

---

69 辛巳, 朝廷又因淸主徵兵, 以柳琳爲上將, 以永柔令田檀爲左營將, 領大軍屯於安州. 柳琳傳令召英哲, 英哲又從柳琳之軍. 淸主頻攻錦州衛, 不得拔, 必欲取之, 自領大兵而行, 使八高山各率鐵騎, 日夜攻錦州衛. 錦州衛被圍旣久, 互有勝負, 而軍資旣盡, 危在朝夕矣. 前後錦州之役, 嶺南軍士, 以添防軍, 偕赴是役者, 倡言曰: "皇明之恩, 不可負. 今日之戰, 我軍固當矢拔其簇, 銃其去丸, 以表壬辰再造之鴻恩, 可乎!" 諸軍齊應曰: "諾." 乃戰交鋒, 銃矢亂發, 天兵無一中仆者. 胡人疑之, 乃使胡兵二人, 監押我軍一人, 不得已, 銃納они丸矢存簇, 以放以射, 天兵應弦而倒, 中丸而仆者, 甚衆. 天兵退入城中, 竪一面大靑旗於城上, 高聲呼朝鮮將士, 而告之曰: "神宗皇帝之德澤, 普洽於爾國人民, 而忍向我軍發此銃矢乎?" 及聞此言, 我國將士, 無不喪氣慘悵, 而嶺軍至有發聲號泣矣.

중반의 조선은 명과 청 사이에서 하나의 '혼종적混種的 주체'[70]로 표류했던 것이며, 이러한 정황을 가장 극명하게 보여주는 대목이 다름 아닌 1637~1644년 사이에 빈번했던 청의 조선 병력 징집이었던 것이다.

김영철의 혼종성과 17세기 조선의 혼종성은 바로 이 부분에서 겹쳐진다. 청인淸人과 명인明人 그리고 조선인朝鮮人의 정체성 사이에서 방황하던 김영철의 형상화는 17세기 중반 청나라의 신하이자 명나라의 신하이기도 했던 조선의 모호한 정체성 그 자체를 상징한다.

그런데 이와 관련해 한 가지 더 특기할 것은 그러한 '혼종성'을 바라보는 작자의 시선이다. 작자는 텍스트를 통해 '김영철(조선)은 과연 누구인가?'라는 질문을 던져 놓은 후, 놀랍게도 '오랑캐의 왕'인 '청주淸主'의 입을 통해 그 해답을 제시하는 구성을 취한다.

청주가 남쪽으로 중원을 바라보더니 한참 후 이렇게 말했다.

"영철은 본래 조선 사람으로 내 백성이 된 것이 6년이고 중원의 백성이 된 것이 6년이며 이제 다시 조선의 백성이 되었다. 조선의 사람은 곧 내 백성이다. 전에 죽음을 무릅쓰고 도망간 사람이 오늘 양국의 통사가 되어 와서 나를 알현하니, 이는 우연이 아닐 것이다. 또 그 맏아들이 지금 나의 군중에 있고 작은아들이 나의 건주에 있으니, 이 영철 부자는 모두 나의 적자들이다. 저 중원 고을의 두 아들들 또한 내 백성이 되지 못하겠는가? 이로써 말한다면 내가 천하를 얻을 날이 멀지 않았도다. 이 사람을 어찌 처벌할 수 있겠는가?"[71]

---

70 '혼종적 주체'란 17세기 중반 복잡하게 얽혀 있던 동북아시아의 국제 정세 속에서 개인적·국가적 정체성의 혼돈을 경험해야 했던 김영철과 당시의 조선을 보다 효과적으로 지칭하기 위한 저자의 조어造語이다.

71 淸主南望中原, 良久乃言曰: "英哲本以朝鮮之人, 爲我民者六年, 爲中原民者又六年, 今復爲

조선인이자 만주인이고 또 명인明人이었던 김영철의 혼란한 정체성
은, 그 모든 땅을 움켜쥐게 된 청주淸主의 입장에서 보자면, 매우 상징
적인 '제국인帝國人'으로서의 정체성으로 재규정된다. 더불어 각지에서
꾸려졌던 영철의 가족 구성원은 모두 청주의 적자赤子가 된다.

작자는 정체성에 대한 '이념적 혼란'들이 물리적이고 현실적인 청나
라의 위세와 그로 인해 재편된 국제 질서 속에서는 기실 '심각한 문제'
가 아닐 수 있다는 사실을 담담하게 그러나 강렬하게 전달해 주고 있
다.[72] 이러한 맥락에 비춰 본다면 영철의 힘겨운 노년 생활 역시 단순히
현실에 대한 비판이기 이전에 쇠락해진 조선에 대한 알레고리로 독해
할 수 있다.

3. 중세질서의 균열과 전계傳系 소설의 새로운 주체들

임진·정유 전쟁이 전기계傳奇系 소설을 통해 남녀 혹은 가족 이합의
계기로 그려졌던 데 반해 심하전투 이후 명明의 몰락을 전후했던 역사

朝鮮之民. 朝鮮之人, 卽我民也. 昔者冒死逃歸之人, 今日能爲兩國通事, 來現於我, 此非偶非
也. 且渠之長子, 方在我軍中, 小子在我建州, 此英哲父子, 皆爲我赤子也. 彼中州兩子, 亦不得
爲我民乎? 以此言之, 則我之得天下, 不遠矣. 此人何可罪也?"

[72] 상술한 청주의 발언 바로 앞에 작자는 1641년 금주 전투에서 몰살된 명군에 대해 서술하
고 있다. 역사에 비춰 볼 때, 이는 단순한 한 번의 패배가 아니라 곧바로 이어질 '명明의
몰락'을 강하게 암시하는 화소로 판단되는데, 이러한 화소 뒤에 청주의 제국주의적 발언
을 삽입함으로써 당시 새롭게 형성되고 있던 국제질서를 더욱 강조한 것으로 보인다.

적 혼돈기의 사건들은 주로 전계 소설을 통해 포착되고 있었다. 이때의 혼돈은 특히 17세기 중반 조선의 국가적 정체성과 관련되어 있다는 점에 그 특수성이 있다.

명明과 후금後金(청淸) 사이에서 이념과 현실의 문제 모두에 대해 명확한 입장을 내세울 수 없었던 조선의 상황은 딜레마 그 자체였다고 할 수 있다. 「강로전」과 「김영철전」에는 공히 이상과 같은 조선 중기의 이념적·국가적 정체성의 혼란상이 직·간접적으로 반영되어 있다. 그러나 각 텍스트에서 주목한 문제적 현실의 구체적 층위와 그에 대한 대안의 방향은 대극적일 정도로 달랐다고 할 수 있다.

먼저 「강로전」은 제명에서도 알 수 있듯이 강홍립을 '오랑캐'라는 의미의 '강로姜虜'로 규정하고 그에게 심하전투 패배의 책임을 전가하기 위해 창작·향유된 텍스트이다. 인조반정의 주체들이 정묘전쟁 이후 자신들의 정치적 헤게모니를 다시금 공고히 하고자 심하전투의 패배와 대명의리를 훼손한 역사적 책임을 광해군과 결탁한 강홍립에게 오로지하고자 했던 것이다.

강홍립에 대한 평가가 엇갈리고 있던 역사적 정황 속에서, 작자는 「강로전」을 통해 그를 철저하게 무능한 장수이자 반적叛賊으로 형상화함으로써 강홍립 평가의 담론 경쟁에서 우위를 확보하고자 했던 것으로 판단된다. 이러한 의도를 보다 명확히 하기 위해 작가는 내포독자를 염두에 두면서, 익명의 장졸들의 목소리를 활용하는 한편 충신으로 형상화된 김응하 등과의 대비를 통해 강홍립의 부정적 면모를 부각시킨다.

한편 강홍립의 부정적 형상화를 위해 애정전기의 양식을 활용하기도 하는데, 애정 주체로서의 강홍립과 소씨의 형상이 일정 부분 희화화되고 있다는 점은 애정서사의 향후 변모 양상에 대한 하나의 단초를 제공한다. 그들의 애정은 '오랑캐의 땅'에서 강홍립이 안락을 추구하는 하나의 과정으로 그려지고 있으며, 이에 애정전기의 필체에도 불구하고 기존의 애정전기와 달리 세속적 애정을 담아냄으로써 장르 관습과 내용 사이에 부조화가 발생하게 된다.

「강로전」은 주전론主戰論에 대한 이념적 우위와 당파적 헤게모니의 유지를 위해 다양한 허구적 구성과 애정전기의 필체를 동원해 강홍립을 '오랑캐'로 매도하는 과정 속에서 17세기 소설사 변환의 또 다른 측면을 형성해 나간 텍스트이다.

이에 반해 「김영철전」은 전란과 표류의 과정 속에서 겪게 되는 이국인異國人과의 결연 과정을 통해, 개인 정체성의 문제를 알레고리 삼아 당대 조선의 정체성을 문제 삼고 있는 텍스트이다. 포로가 되어 시작하게 된 김영철의 기나긴 표류 생활 중 가장 특징적인 부분은 그가 만주와 명明 그리고 조선에서 각각의 '가정'을 꾸렸다는 점이다. 비록 그의 귀환에 대한 평가가 텍스트 내에서는 '효'라는 가치로 분식粉飾되어 있지만,[73] 작가의 의도는 결코 그의 효성을 전달하려는 것이 아니라 세 나라에서 세 가정을 꾸렸던 김영철의 행보를 통해 기실 그가 어디에도 완전하게 소속될 수 없는 '철저한 주변인'이라는 사실을 강조하고자 함이었다. 더불어 그와 같은 김영철의 형상이 당대 조선의 처지를 은유하고 있었다는 것은 앞서 지적한 바 있다. 포로 생활의 와중에 자신의 정체

---

[73]　應元曰 : "人情, 孰不眷係於美妻愛子, 而君能棄之, 如快去眼中之物, 終不弛愛父母之心, 背建棄登, 一蹴歸家, 追服父喪, 以盡其哀, 奉其祖父及偏母, 克盡誠孝於養生送死之際, 非天下之達孝, 能若是乎?"英哲曰 : "不敢當, 不敢當矣."

성을 상실할 수밖에 없었던 김영철은 결국 중세질서의 균열과 현실적 위력 앞에서 국가적 정체성을 상실했던 조선 그 자체였던 것이다.

이처럼 두 텍스트는 그 지향에서 매우 선명한 차이를 보임에도 불구하고 모두 일종의 혼종적 주체를 주인공으로 내세우고 있다는 공통점을 지닌다. 강홍립은 조선인이자 '오랑캐'였으며, 김영철은 만주인이자 명인明人이고 조선인이었다. 이들은 모두 '반-이국인半-異國人'의 정체성을 지닌 존재들로 소설 속에 포착되고 있는데, 이러한 혼종적 주체의 출현이야말로 이 시기의 역사적 특수성이 곧바로 소설사적 특수성으로 이어지던 정황을 대변하는 현상이라 하겠다.

제4장

전복된 질서와
영웅서사의 출현

본 장에서는 병자전쟁을 배경으로 삼고 있는 「박씨전」과 「임경업전」을 영웅군담소설[1]의 출현이라는 관점에서 고찰해 보고자 한다. 병자전쟁의 가장 큰 특징은 조선의 굴욕적인 패배가 명징하게 가시화되었다는 점이다. 삼전도에서 청 태종에게 행한 인조의 삼궤구고두례三跪九叩頭禮는 조선이 '오랑캐'에게 패했음을 알려준 가장 극명한 상징이다. 또한 이 전쟁은 단순한 승패 여부를 떠나 중국 중심의 중세 동아시아 질서가 균열을 넘어 전복顛覆에 이르는 기점이 되었다는 점에서 더 큰 의미를 지닌다. 전쟁의 결과 청과 조선의 관계는 '형제관계'에서 '군신관계'로 변화됐으며, 이후 채 10년도 되지 않아 명은 완전히 몰락하게 된

---

1 영웅군담소설이란 용어를 택한 이유에 대해서는 영웅소설과 군담소설 그리고 영웅군담소설의 개념과 추이를 분석한 다음 논의를 참조할 것. 김현양, 「영웅군담소설의 연구사적 조망」, 성현경교수추모논총간행위원회 편, 『한국 고소설 연구의 쟁점과 전망』, 보고사, 2011, 53~84면.

다. 명나라와 한족漢族 중심의 중세적 중화질서가 종말을 고한 것이다.

「박씨전」과 「임경업전」은 이상과 같은 병자전쟁을 배경으로 삼으면서 굴욕적인 국가적 패배를 상상적으로 설욕하기 위해 창작된 텍스트이다. 특기할 것은 결코 되돌릴 수 없는 역사적 패배를 소설적 상상력으로 대응하는 과정에서 필연적으로 '상상적 주체'들이 동원될 수밖에 없었다는 점이다. 박씨는 이인적異人的 여성영웅으로서 설화적 상상력이 동원되어 탄생한 인물이라면, 소설 속의 임경업 역시 역사나 설화가 기억하고 있던 임경업의 형상과는 다른 '호명된 영웅'[2]으로서 일종의 상상적 인물이라고 할 수 있다. 그리고 이와 같은 인물들의 활약상이 영웅군담소설의 틀에서 펼쳐지고 있는바, 영웅군담소설 출현의 역사적 기반 중 하나에는 병자전쟁의 패배와 그로 인한 중세 질서의 전복이라는 시대상이 자리하고 있음을 알 수 있다.

요컨대, 병자전쟁은 임진전쟁이나 심하전투와 같이 전쟁의 종식 이후 기존 질서의 회복을 희구할 수 있는 성질의 전쟁이 아니었으며, 따라서 이 전쟁에 대한 위안과 회복은 오로지 상상적 차원에서만 가능했다. 이러한 역사적 특수성이 반영된 결과, 상상적 주체들의 활약이 서사 전개의 핵심을 이루는 영웅군담소설의 본격적 전개가 가능했다고 본다.

2　이때의 '호명'이란 개념은 알튀세르의 이데올로기 이론에서 파생된 용어이다. 국가장치라는 절대적 주체의 '호명'에 의해 개인이 주체로 구성된다는 것이 핵심적인 요지라고 할 수 있는데, 이와 같은 용어 사용의 맥락이 「임경업전」의 임경업에 대해서 완전히 일치하는 것은 물론 아니지만, 임경업의 사후에 그가 대명의리론의 화신이자 국가적 영웅으로서 소설 속의 상상적 주체로 호명된다는 점에 착안해 이 용어를 좀 더 넓은 맥락에서 활용하고자 한다. '호명'의 개념에 대해서는 루이 알튀세르, 이진수 역, 『이데올로기와 이데올로기적 국가 기구』, 백의, 1991, 참조.

한편 이 글에서 강조하고자 하는 또 하나의 지점은 영웅군담소설의 창작과 향유를 둘러싼 당대의 정치사적 맥락이다. 우리는 앞서 전계 소설 「강로전」을 통해 한 인물에 대한 역사적 책임의 전가를 목도한 바 있는데, 이렇듯 소설 속에 잠재해 있는 정치적 의도는 「박씨전」과 「임경업전」에 등장하는 김자점에 대한 비난의 시선을 통해 다시 한 번 확인할 수 있다. 나아가 이와 같은 정치적 도구로서의 소설이라는 특성은 '조선 중기 소설사'의 한 맥락을 형성하고 있다는 점에서 새롭게 조명해 볼 필요가 있다.

1. 여성영웅의 출현과 텍스트의 중층적 지향—「박씨전」

1) 역사적 전쟁영웅의 소멸과 허구적 여성영웅의 출현

우선 본 절에서는 그간 「박씨전朴氏傳」 연구가 주로 반청反淸 의식의 추출이나 여성의식의 강조에 있었음을 비판적으로 고찰한 후 새로운 해석의 기반을 마련하고자 한다. 이를 위해 아래의 두 가지 문제를 집중적으로 살펴보겠다.

첫째, 병자전쟁에 대한 상상적 설욕의 주체로서 왜 '여성'이 설정되었는가의 문제이다. 「박씨전」은 병자전쟁의 상흔에 대한 문학적 대항이라는 측면에서 그리고 무엇보다 그와 같은 대항의 주체가 허구적 여성영웅[3]으로 설정되어 있다는 점에서 일찍부터 많은 조명을 받아왔다. 특히 후자와 관련된, 즉 '여성영웅' 박씨의 출현에 대한 관심은 매우 각별한 것이어서, 그 소종래所從來를 해명하기 위한 일련의 노력들이 「박씨전」 연구사의 주요한 흐름을 형성할 정도였다.[4] 이러한 현상은 주인공 박씨 부인이 여성영웅소설의 남상적濫觴的 특성을 지닌다는 점, 역사적 사건을 배경으로 실존 인물들과 함께 호흡하고 있다는 점에 착안한 결과였다.

이를 좀 더 구체적으로 살펴본다면, 「박씨전」의 형성 혹은 박씨라는 새로운 인물형의 출현에 대한 동인 고찰은 크게 세 가지 방향에서 시도되어 왔다. 먼저 김태준은 실존 인물 이시백李時白의 등장에 특별한 관심을 기울이면서, 박씨의 형상 역시 실존 여성 인물의 소설적 변환으로 추정하는 한편 여타 구비설화의 영향력에 대한 추론도 함께 언급하였다.[5] 이는 「박씨전」 서사의 한 축인 사실성史實性 — 배경으로서의 병자

---

3 기존의 많은 연구에서 주인공 박씨를 여성영웅으로서 전제 혹은 규정한 후 논의를 진행해왔다. 하지만 박씨는 꽤나 다층적이고 심지어 유동적인 캐릭터이다. 「박씨전」은 여성영웅소설 외에도 다양한 장르로서 규정된 바 있는데, 이러한 현상은 박씨의 중층적인 성격 중 어떤 부면을 강조하느냐에 따른 결과였다. 즉 「박씨전」은 일반적인 장르 구획으로는 포획하기 어려운 텍스트이며, 이러한 특성의 상당 부분은 바로 박씨의 다층적이고 유동적인 성격에 기인한다. 때문에 「박씨전」 연구는 주인공 박씨의 유동적 성격을 전제한 후 논의를 진행할 필요가 있다. 다만 본고에서는 논의의 편의를 위해 일단 '여성영웅'이라는 용어를 사용하고자 한다.

4 최근 「박씨전」 연구사에 대한 종합적인 검토가 두 차례 행해진 바 있다. 이후에서는 본고의 흐름과 관련성이 깊은 논의들을 중심으로 서술해 나가도록 하겠다. 「박씨전」 연구사는 다음 논문을 참고할 것. 곽정식, 「박씨전 연구의 현황과 과제」, 『문화전통논집』 8집, 경성대 한국학연구소, 2000; 신선희, 「박씨전 연구사」, 우쾌제 외, 『고소설연구사』, 월인, 2002.

5 김태준, 박희병 교주, 『증보 조선소설사』, 한길사, 1990, 104~107면. 물론 『조선소설사』 이후의 초기 연구에서도 「박씨전」의 형성 배경을 고찰했던 논저들이 없었던 것은 아니지만, 그 내용을 살펴보면 김태준의 견해를 답습하는 수준에서 크게 벗어나지 못하고 있다.

전쟁이나 이시백을 비롯한 실존 인물들의 등장—에 착안하여 텍스트 형성의 배경 역시 역사적 요소들을 통해 추론해 본 것일 텐데, 「박씨전」에 대한 본격적인 연구가 아니었던 탓에 구체적인 관련 양상을 해명하지 못하였다.[6]

이후 「박씨전」의 형성과정에 대한 고찰은 이른바 근원설화의 탐색에 보다 집중하는 양상을 띤다. 그간 「박씨전」의 형성 연원으로 지목된 근원설화의 종류와 수는 매우 다양한데,[7] 실사實史—이괄의 난—와 관련된 설화[8]부터 불교설화[9]를 비롯해 각종 우부현녀형愚夫賢女型 설화들이 다수의 연구자에 의해 거론된 바 있다.[10] 한편 「박씨전」의 형성 배경과 직접적인 관련성은 낮지만, 넓게 보아 군담소설 혹은 영웅소설의 형성 배경으로 중국소설 「설인귀전」의 영향력이 강조되기도 하였다.[11] 이처럼 「박씨전」의 출현 동인은 그간 실사實史와 설화 그리고 중국소설에 이르기까지 폭넓은 방향을 통해 직간접적인 모색이 이루어져 왔다.

---

6 또 이와는 조금 다른 맥락이지만, 실존했던 비범한 현부賢婦들의 기록을 통해 여성영웅의 출현 동인을 해명하고자 한 논의도 있다. 강봉근, 「여성영웅소설의 출현 동인 일고찰」, 『소석 이기우선생 화갑기념논총』, 1986.

7 「박씨전」의 근원설화로 지목된 설화의 편수가 「춘향전」의 그것보다도 많다는 사실은 「박씨전」의 형성과정에 대한 관심의 폭과 깊이를 단적으로 드러내 준다. 박성순, 「병자전쟁 관련 서사문학에 나타난 전쟁과 그 의미」, 동국대 석사논문, 1996, 75면.

8 장덕순, 「병자호란을 전후한 전쟁소설」, 『인문과학』 3, 연세대, 1959.

9 사재동, 「박씨전의 형성 과정」, 『장암 지헌영선생 고희기념논총』, 형설출판사, 1980; 경일남, 「박씨전의 불교적 성격」, 『어문연구』 14집, 충남대 어문연구회, 1985.

10 대표적인 논의는 다음과 같다. 김기현, 「박씨전 연구」, 고려대 석사논문, 1964; 이석래, 「고대소설에 미친 야담의 영향」, 『성곡논총』 3집, 성곡문화재단, 1972; 김장동, 「박씨전 논고」, 『한양어문연구』 3집, 한양어문연구회, 1985; 여세주, 「박씨전의 구조와 후반부의 연원 고찰」, 『영남어문학』 13집, 영남어문학회, 1986; 김대숙, 「우부현녀설화와 박씨전」, 『한국설화문학연구』, 집문당, 1994.

11 서대석, 「이조번안소설고—설인귀전을 중심하여」, 『국어국문학』 52권, 국어국문학회, 1971; 성현경, 「여걸소설과 설인귀전—그 저작연대와 수입연대·수용과 변용」, 『국어국문학』 62·63권, 국어국문학회, 1973.

그런데 문제는 텍스트의 형성과정 혹은 여성영웅의 출현동인을 해명하기 위한 연구들이 다양한 방향성에도 불구하고 그 논리적 기반은 동일했다는 점이다. 즉 기존의 연구 방법론을 살펴보면, 전대前代의 문헌이나 설화 속에서 「박씨전」을 구성하는 특정 요소나 화소들과 유사한 지점들을 찾아낸 후, 그 영향력을 지적함으로써 텍스트 출현에 대한 해명을 갈음하고 있었던 것이다. 물론 이와 같은 접근을 통해 우리가 여성영웅 박씨의 출현이 문학사적으로 결코 평지돌출적인 현상이 아니었음을 확인할 수는 있지만, 「박씨전」이 아닌 텍스트에서 「박씨전」과 흡사한 요소들을 지적하는 일이 곧바로 「박씨전」의 출현 '동인'을 해명하는 일과 동일시될 수 있는가는 회의적이다.

따라서 이 문제의 해명을 위해 우리는 「박씨전」을 구성하는 다중다양한 문학적 원천들이 존재했음을 전제하면서, 그와 같은 맹아적 요소들이 '왜' 「박씨전」이라는 구체적인 서사물로 발아했는가라는 질문을 한 번 더 던져볼 필요가 있다. 다시 말해 전란의 위기에 대한 상상적 대응의 주체로서 왜 '여성'영웅이 요청되었는가라는 질문이 필요하다는 것이다. 물론 이에 대해 여성 독자를 의식한 결과라거나 진보한 여성의식의 산물이라고 평가할 수 있고 또 이미 그렇게 평가되어 왔다.

하지만 이러한 평가에 앞서 우리는 박씨의 영웅적 활약의 범위가 지극히 제한되어 있으며 또한 간접적인 방식으로 드러나고 있음을 염두에 두어야 한다. 그리고 영웅성 발현의 제한성과 간접성에 대해 「박씨전」이 지니는 여성의식의 한계가 아니라 오히려 여성과 영웅 사이에 존재하고 있던 박씨의 특수성과 그에 따른 서사적 균형의 추구라는 관점에서 접근할 필요가 있다.

둘째, 「박씨전」에 은폐되어 있는 정치성의 독해에 관한 문제이다. 우리는 「박씨전」이 전란의 상흔에 대해 상상적 설욕과 위안을 효과적으로 수행하고 있음을 잘 알고 있다. 전란의 상흔을 상상의 차원에서나마 여성의 힘으로 타개한다는 구성은 그 자체로 고소설사에서 각별한 의미를 지닐 수밖에 없다. 실제로 많은 연구자들이 「박씨전」의 위와 같은 특징을 구체적으로 분석함으로써 텍스트의 위상과 의의를 공고히 해 왔다.

그런데 기존의 견해들이 주로 '상상되고 기억된, 가시적可視的 요소들'에 관심을 기울였다는 점 그리고 그와 같은 시각의 연구들이 점차 누적되어 감에 따라 연구 시각의 편향성이 점차 가중되고 있다는 점은 문제적인 상황이라고 판단된다. 따라서 새로운 시각으로 텍스트를 분석하기 위해서는, 텍스트에 드러난 사태나 사건에 대한 해석과 더불어 텍스트 아래에서 '억압되고 망각된, 비가시적非可視的 요소들'에 대한 고려와 분석 역시 필수적으로 병행되어야 할 것이다. 이에 이하에서는 「박씨전」이 전란의 상흔에 대해 상상적 설욕과 위안을 도모한 텍스트인 동시에 매우 정치적인 텍스트라는 시각에서 논의를 진행할 것이다. 그리고 이러한 특성을 「박씨전」의 중층적 지향이라 명명하고자 한다.

이와 관련해 특별히 착목할 국면은 「박씨전」 연구에서 강조되어 왔던 '반청의식反淸意識'의 실체이다. 「박씨전」의 반청의식은 주로 병자전쟁의 결과로 파생된 민족 / 민중 감정으로 해석되어 왔다. 하지만 이는 이민족의 침략에 대한 민족 감정의 표출이라기보다 오히려 당대의 위정자들이 확산시키고자 했던 일종의 문화이데올로기[12]적 담론으로 판단된다. 다시 말해 「박씨전」은 '아래로부터의' 반청의식 고조로 인해 창작된 텍스트라기보다, 잠복되어 있던 반청감정을 고조하고, 그를 통해 '대명의리론對明義理論'이라는 정치적 모토의 정당성을 확보하고, 나아가 그것을 확산시키고자 했던 '위로부터의' 저작이라는 것이다.

앞서 언급했듯이 병자전쟁이 임진전쟁과 근본적으로 다른 전쟁이었다면, 그 차이의 핵심은 병자전쟁이 '명징하고도 굴욕적인 패배'였다는 사실이다. 그리고 돌이킬 수 없는 역사적 패배를 상상적인 차원에서나마 설욕雪辱하고자 할 때, 비범한 상상적 영웅의 출현은 필수적인 요소가 된다.

흥미로운 것은 「박씨전」에서 상상적 설욕을 위한 주체로 허구적인 여성을 설정하고 있다는 사실이다. 기존 소설에서 찾아볼 수 없었던 상상적 여성영웅의 출현. 우리는 이러한 현상을 어떻게 설명할 수 있을까. 기존의 견해대로 당대 여성의식이 진일보한 결과일까. 아니라면 당대 민중층의 염원을 구현하고 있는 인물이 박씨인 것일까. 이에 대한 해명을 위해서, 즉 왜 '여성'영웅을 등장시켰는가에 답하기 위해서, 우리는 먼저 실존했던 전쟁영웅을 바라보던 '권력의 양가적 시선'을 고찰할 필요가 있다.

전란은 개인은 말할 필요도 없거니와 국가적 차원에 있어서도 가장

---

12 '문화이데올로기'라는 용어는 주희의 도통론道統論이 지니고 있는 특성, 즉 모든 문화의 의의를 유교적 궁극 이념인 '도道'의 실현 여부에 의해 판단·비판하는 문화적 정체성 의식을 의미한다. 주희의 도통론적 문화론은 유교적 진리道의 바탕 위에서 모든 사상적·종교적 이단異端을 제거해야 하는 문화적 소임에 대한 자각과 함께 그에 대한 실질적인 비판을 축으로 전개되는 특성을 띠며, 이는 곧 중국의 위기를 극복하고자 하는 문화적 전략으로 제시된 것이었다. 이 글에서는 '도통론'이란 용어의 외연을 확장하여, 중화주의의 이념적 재건을 위해 위정자들이 소설을 활용했던 정황을 '문화이데올로기'로 명명한 후 관련 텍스트를 분석하고자 한다. '문화이데올로기'의 구체적인 전개 과정에 대해서는 다음을 참조할 것. 이용주, 『주희의 문화이데올로기』, 이학사, 2003.

심각한 위기 상황 중 하나이다. 때문에 전란의 와중에 혁혁한 전공戰功을 세우거나 자신을 희생하면서까지 맡겨진 직분에 충실했던 인물들에게 정당한 보상을 해주는 것은 당연하고도 필수적인 국가적 처우이다.

그런데 조선 중기의 역사를 살펴보면 국가로 대변되는 기득권층과 전쟁영웅들의 관계가 그리 순탄치만은 않았음을 쉽게 확인할 수 있다. 오늘날 성웅聖雄이라 칭송되는 이순신李舜臣이지만 부침을 거듭하던 그의 전란 중 이력을 상기해 보는 것만으로도, 우리는 국가와 영웅 사이에 꽤나 심각한 알력이 존재했음을 간파할 수 있다.

더욱 심각한 문제는 전공자戰功者들에 대한 보상은 고사하고 오히려 그들을 둘러싼 각종 모해와 무고가 빈번했다는 사실이다. 왕을 포함해 기득권을 지닌 위정자들은 전란의 위기가 조금이라도 소강상태에 접어들 경우, 전공戰功이 뛰어나거나 신망이 두터운 인물들에 대한 의구심을 숨기지 않고 드러내곤 하였다. 나라를 위기에서 구해낸 그들의 비범한 능력이 자칫 혼란한 정세를 틈타 자신들의 정치적 입지를 무너뜨리는-심지어 왕조를 교체하고자 하는-힘으로 돌변하지 않을까라는 두려움이 늘 존재했기 때문일 것이다. 반드시 필요하지만 또한 두려운 존재들. 영웅을 바라보는 기득권자들의 양가적 시선은 바로 그것이었다. 우리는 '이몽학李夢鶴의 난'에 연루되었던 의병장 김덕령金德齡의 사례를 통해 권력자들의 '양가적 시선'의 실체를 확인해 볼 수 있다.

이몽학은 임진전쟁의 와중인 1596년 7월 충청도 홍산에서 백성을 편안히 하고 나라를 안정시키겠다는 명분을 내걸고 난을 일으킨다. 초기에는 많은 백성들의 호응을 얻었으나 홍주성 전투에서의 퇴각을 기점으로 결국 부하의 손에 이몽학이 죽게 되자 이 모반 사건은 종료된다. 그런데 이 사건에 김덕령이 연루되었다. 도원수 권율의 명령을 받고 이몽학의 반군을 진압하기 위해 충청도로 올라오던 김덕령은 중간에 반군이 이미 평정되었다는 소식을 듣고 자신의 진으로 돌아갔는데, 이후 명확하지 않은 이유로 체포령이 내려져 서울로 압송된다. 이후 선조의 친국親鞫이 행해졌고 결국 김덕령은 역모에 대한 뚜렷한 증거도 없이 고문 끝에 숨을 거둔다. 임진전쟁 기간 동안 의병장으로 혁혁한 공을 세웠던 김덕령은 전쟁이 종료되기도 전에 역모자라는 혐의를 받고 생을 마감했던 것이다.

김덕령의 죽음과 관련해 특기할 만한 것은, "국가가 차츰 편안해지는데 장수 하나쯤 무슨 대수입니까. 즉시 처형하여 후환을 없애야 합니다"[13]라는 당시 정언正言 김택룡金澤龍의 발언이다. 여기서 그가 말했던 '후환'이란 구체적으로 무엇일까. 아마도 또 다른 모반의 가능성을 애초에 잘라버리자는 뜻이었을 텐데, 그만큼 위정자들에게 의병장 김덕령은 전쟁의 위기를 극복해 줄 절실한 존재이면서 다른 한편으로는 언제든 모반의 중심에 설 수 있는 위협적인 존재였다고 하겠다. 그리고 김덕령을 위협적인 인물로 만든 요인이 다름 아닌 김덕령에 대한 두터운 신망이었음을 우리는 아래의 사료를 통해 확인할 수 있다.

남도南道의 군민軍民들은 항상 그에게 기대고 그를 소중하게 여겼는데 억울하게 죽게 되자 소문을 들은 자 모두 원통하게 여기고 가슴 아파 하였다. 그때부터 남쪽 사민士民들은 덕령의 일을 경계하여 용력勇力이 있는 자는 모

---

13 『선조수정실록』 29년 8월 1일.

두 숨어 버리고 다시는 의병을 일으키지 않았다. (…중략…) 덕령의 매부 이인경李寅卿도 담략과 용기가 있고 술수術數를 알았는데 무과를 거쳐 왜적 토벌에 공을 세웠지만 덕령이 화를 입게 되자 이를 경계하여 벼슬이 변방 군수에 이르렀을 때 즉시 병을 칭탁하여 사임하고는 생을 마칠 때까지 감히 큰 장령將領이 될 생각을 하지 않았다. 사람들은 그가 은둔한 채 쓰이지 않음으로써 수명대로 살 수 있었다는 것을 알았다.[14]

기득권자들이 두려워했던 것은 김덕령의 용력勇力보다 오히려 "남도의 군민들은 항상 그에게 기대고 그를 소중하게 여겼"다는 사실일 것이다. 권력의 지속은 권력에 대한 동의를 수반할 때만 가능한 것인바, 전란의 와중에 실추될 대로 실추된 국가권력의 위상을 모를 리 없는 위정자들의 입장에서는 자신들보다 훨씬 강한 헤게모니를 쥐게 된 김덕령을 두렵게 여기지 않을 수 없었을 것이다. 결국 김덕령은 자신이 지켜내고자 했던 국가의 손에 처형당한 비운의 인물로 기억된다.

그리고 약 한 세대 후 발생한 병자전쟁의 여진餘震 속에서 또 다시 비극적 영웅이 탄생한다. '오랑캐'에 항복한 국왕 탓에 국시國是로 내세웠던 대명의리론이 무색해져 가는 암담한 상황 속에서, 의연히 대명의리론의 신념으로 일관했던 임경업林慶業이 바로 그 주인공이다. 그리고 그의 죽음을 재촉한 사건 역시, 김덕령의 경우와 유사하게, 심기원 모반 사건으로 지칭되는 역모 사건이었다.

중세 동아시아 역사의 가장 극적인 격변기를 온몸으로 관통했던 임경업이었기에 그에 대한 평가가 물론 단일할 수 없다. 소설 속 그의 영

---

14 『선조수정실록』 29년 8월 1일.

웅상이 기실 민초들의 기억과는 거리가 있는, 왕실과 사대부 집권층이 선양하고자 했던 이미지의 구현이었음을 주장한 논의[15]를 참조한다면, 특히 '임경업＝전쟁영웅'이라는 통설적 전제에 대해서는 보다 섬세한 고찰이 요구된다.[16] 그럼에도 다음과 같은 실록의 기록을 통해 임경업이 영웅들의 출현을 갈망할 수밖에 없었던 민초들에게 어떤 이미지의 인물로 자리매김되고 있었는가를 추측해 볼 수 있다.

> 이때 잡혀 오는 적도들이 줄을 이었는데, 모두가 김이나 매는 농사꾼들로서 아무것도 모르는 자들이었다. 잡혀와 국청에서 신문을 받을 때에도 혹 형벌을 받기도 전에 사실을 자복自服하는가 하면 스스로 말하기를 "실제로 적도를 따른 일은 없으나 임경업林慶業이 군사를 모으고 있다는 전갈만은 참여해 들었다"고 하기도 하였는데, 이는 대체로 역모에 참여해 들었다는 말이 승복承服하는 것이 되는 줄을 몰랐기 때문이었다. 수레에 실려 나가면서도 사형장으로 가는 것인 줄을 몰라 옥졸에게 "내가 어느 지역으로 귀양가는가"라고 하기도 하여 듣는 자가 가엾게 여겼다.[17]

이는 인조 24년(1646)에 발생했던 안익신安益信 모반 사건의 관련 기사이다. 이 사건은 두 해 전에 발생한 심기원 모반 사건을 계승하려는 의도 하에 진행되었는데, 흥미로운 점은 모반의 주모자들이 이 사건과는 직접적인 관련이 없던 임경업을 통해 여러 민초들을 규합하려 했다

---

15 박경남, 「임경업 영웅상의 실체와 그 의미」, 『고전문학연구』 23집, 고전문학연구학회, 2003, 207~238면.
16 이에 대해서는 절을 달리해서 살펴볼 것이다.
17 『인조실록』 24년 4월 4일.

는 사실이다. 임경업이야말로 "병자전쟁으로 야기된 반청反淸 의식과 병자전쟁을 계기로 더욱 추락한 조정의 권위에 대한 반감을 한데 묶기에 가장 적합한 상징적 인물"[18]이었기 때문이다.

어찌 되었든 김덕령과 임경업의 죽음은 전란이라는 특수 상황이 빚어 낸 충신과 역신逆臣의 불안한 경계, 그 사이에서 발생한 사건이었다. 권력을 쥔 자들은 자신의 존립을 위해 어쩔 수 없이 영웅들의 활약에 기대면서도, 영웅들의 힘과 신망이 자신들의 헤게모니를 침범할 정도로 성장할 경우 자신을 위해 복무했던 영웅들을 죽음으로 몰아넣곤 했던 것이다.

우리는 이상과 같은 역사적 정황, 다시 말해 기층민들의 여망을 한 몸에 받았던 영웅적 인물들이 권력과의 갈등 속에서 사라져 갔던 현실 속에서, 그에 대한 일종의 트라우마가 생성되었을 가능성[19]을 충분히 상정해 볼 수 있다. 그리고 「박씨전」의 여성영웅 출현은 바로 이 지점에서 다시금 음미해 볼 수 있는 사안이라고 판단된다. 병자전쟁에 대한 상상적 설욕과 위안을 추구했던 「박씨전」에는 권력과의 힘겨루기에서 상대적으로 자유로울 수 있는 '여성'을 주인공으로 내세움으로써 현실과 상상 사이의 균형을 추구하고자 했던 의도가 있던 것은 아닐까.

물론 역사가 아닌 소설 속에서 굳이 권력과 영웅 사이의 불편한 관계를 고려할 필요가 있을까라는 반문도 가능하다. 하지만 권력과 영웅 사이의 불편한 관계는 비단 역사 속의 실제 사건에만 존재하는 것이 아니

---

18 김우철, 「인조 24년(1646) 안익신 모반 사건과 그 의미」, 『한국사학보』 33호, 고려사학회, 2008, 271면.
19 「아기장수 설화」 역시 이러한 역사적 정황과 그 기억을 반영하고 있는 하나의 문학적 사례로 독해할 수 있을 것이다.

며 우리의 초기소설사 속에서도 그 영향력을 행사하고 있었다.

먼저 「홍길동전」을 떠올려 보자. 「홍길동전」이 보여준 '행복한 결말'을 고려한다면 길동의 삶과 영웅들의 사라짐 사이에는 별다른 연관성이 없어 보일 수도 있다. 그러나 왕이 될 기상을 지니고 태어났던 홍길동의 삶이 대단원으로 막을 내리기 위해서는 상상의 땅인 율도국의 설정이 필수적이었음을 간과해서는 안 된다. 다시 말해, 국가 권력의 차원으로 통제가 불가능했던 인물은, 그것이 비록 소설 속 상황이더라도, '조선의 내부'에서 결코 공존할 수 없는 존재로 그려지고 있었던 것이다.

「최고운전」도 마찬가지이다. 중국 황제의 위압을 신이한 능력을 통해 극복했던 최고운은 국가적 위기를 해결한 영웅이었음에도 불구하고, 자국 왕의 분노를 산 나머지 결국 가야산으로 은거하고 만다. 소설 속 최고운의 '부지소종不知所終'은 권력과의 갈등을 겪었던 영웅들의 또 다른 존재방식이었다.

「박씨전」은 이상에서 살펴본 바와 같이 역사적 영웅들은 물론이거니와 소설 속 영웅들조차도 결국 사라지거나 혹은 현실에서 일탈할 수밖에 없었던 당대의 시대적·소설사적 정황 속에서 '여성'영웅의 출현을 통해 영웅서사의 새로운 활로를 모색했던 텍스트라고 할 수 있다. 따라서 「박씨전」을 본격적으로 분석하기에 앞서, 이 텍스트가 여성영웅을 주인공으로 삼아 문제적 현실에 상상적으로 대응하는 한편 영웅과의 공존을 도모하고자 했다는 점을 함께 고려할 필요가 있다.[20]

---

20 「박씨전」의 여성영웅 출현동인에 대한 이상의 추론이 여타의 여성영웅소설 일반에 적용될 수 있는 것은 물론 아니다. 어쩌면 이와 같은 동인의 추론은 「박씨전」에만 국한되는 것일 수 있다. 이는 논의의 한계일 수도 있지만 역으로 「박씨전」이라는 텍스트의 독특한 출현 기반을 드러내 주는 요소가 될 수도 있을 것이다. 여타의 영웅군담소설 중 여성이

2) '여성영웅'과 소설적 위무慰撫 사이의 균형점

여러 문헌을 통해 확인할 수 있는 이인異人들의 특성은 탈속적脫俗的 /
초세적超世的 성향으로 요약된다. 그들은 비범한 능력을 지니고 있지만
자신의 능력을 전란과 같은 문제적 현실을 극복하는 데 직접적으로 활
용하는 일은 흔치 않다. 전란에 대한 이인들의 능력은 주로 예지력의
형태로 구체화되는데, 병란兵亂이 일어날 것을 미리 알고 경계한다든가
전란을 피해 은거하는 경우가 많다.

『해동이적海東異蹟』에 등장하는 남사고南師古나 『순오지旬五志』에서 정
경세鄭經世가 만났다는 노인 등은 모두 임진전쟁을 예언한 이인들이었
으며, 임진전쟁의 와중에 이상향을 찾아 떠난 「장생전蔣生傳」의 주인공
역시 비슷한 부류의 인물이다. 요컨대 대다수의 이인들은 탈속적이고
초세적인 경향이 강한 반면 현실의 문제를 적극적으로 극복하는 주체
는 아니라는 특성이 있다.

그런데 「박씨전」의 경우, 박씨 역시 영웅이기에 앞서 이인으로서의
면모가 다분하다는 점을 상기할 필요가 있다. 그녀는 이인이자 선인仙人
이라 할 박 처사의 딸로 설정되어 있는데, 그녀의 능력이 앞서 간략히 살
펴본 이인의 범주나 경향을 벗어나기 위해서는, 즉 문제적 현실을 타개
할 수 있는 구체적 힘으로 발휘되기 위해서는, 그녀를 '속세'의 인물로
변화시키는 일이 급선무가 될 수밖에 없다. 그리고 그 변화를 위해 설정
된 서사적 계기가 바로 속인俗人 이시백李時白과의 혼인이었다.

주인공으로 설정된 또 다른 텍스트군群에 대해서는 별도의 논의가 필요할 것이지만, 이
글의 범위를 넘어서는 내용이므로 본격적인 논의는 미루어 두기로 한다.

일일은 외당에 홀로 앉았더니, 어떠한 사람이 갈건야복으로 찾거늘, 상공이 자세히 보니, 그 사람의 의복은 비록 남루하나 용모와 거동은 비범한 사람이더라. 급히 일어나 공손히 예하고 좌정 후에 성명을 물으니, 그 사람이 대답하기를 "나는 금강산의 박처사입니다. 상공의 높으신 덕을 듣고, 한 번 뵈옵기를 원하여 왔나이다" 하거늘, 상공이 단정히 예좌하며 사례하기를 "존객은 선관이요, 나는 진세간 더러운 사람이라. 선범이 현수한데, 오늘날 말씀이 분수에 지나오니 도리어 황공하나이다" 하고 주찬을 성비하며 극진히 대접하니[21]

이시백의 부친 이득춘은 한눈에 박 처사의 비범함을 간파한 후, 일면식도 없던 그를 극진히 대접한다. 박 처사의 등장은 자신의 딸을 이시백과 혼인시키기 위함이었는데, 두 사람의 혼인은 이득춘의 적극적인 승낙에 힘입어 성사된다. 그런데 이시백과 박씨의 혼인 성사는 이야기 전개의 단초를 마련하고 있다는 점에서도 중요하지만, 그 이면을 살펴본다면 '속인과 이인 간의 결합'이라는 측면에서 특히 주목을 요한다.

그렇다면 두 사람의 결합이 지니는 의미는 무엇일까. 앞서 언급했듯이 이인들—특히 전란의 상황과 관련되어 있던 인물들—의 일반적인 이적異蹟으로는 전란의 상흔에 대한 상상적 극복을 적극적으로 꾀할 수 없었던 탓에 「박씨전」에서는 박씨와 속인의 혼인이라는 서사적 전략을 통해 그녀의 능력을 발휘할 수 있는 시공간적 배경을 확보했던 것으로 보인다. 더욱이 상상력을 통해 위무하고자 했던 상흔의 진원지가 다름

---

21 김기현 역주, 『박씨전 / 임장군전 / 배시황전』, 고대민족문화연구소, 1995, 141면. 이하에서는 소제목과 인용한 면수만을 밝히기로 한다.

아닌 병자전쟁이었던바, 그 전쟁과 관련된 실존 인물 이시백으로 등장시킴으로써 본격적으로 역사와 허구의 교직交織을 위한 발판을 마련하고 있다.

그런데 속인과 이인 간의 결합은 결코 손쉬운 일이 아니다. 질적으로 전혀 다른 주체들의 만남과 혼인은 일정한 진통을 수반할 수밖에 없다. 이런 맥락에서 박씨의 추모醜貌는 그 과정상의 어려움에 관한 일종의 은유로 해석할 수 있다.

> 상공이 신부를 데리고 길을 떠나, 날이 저물매 여관에 들어가, 신랑과 신부를 데리고 한 방에 들어가니, 신부 무릎께를 벗고 앉을새, 그 용모를 보니 형용이 흉측하여 보기가 염려로운지라. 얽기는 고석古石 같고 붉은 중에, 입과 코가 한 데 닿고, 눈은 달팽이 구멍 같고 치불거지고, 입은 크기가 두 주먹을 넣어도 오히려 넉넉하며, 이마는 메뚜기 이마 같고, 머리털은 짧고 심히 부하니, 그 형용을 차마 보지 못하겠더라.[22]

과장을 넘어 비현실에 가까울 정도로 추한 외모 탓에, 박씨는 혼인 이후에도 이씨 집안의 일원으로 대접받지 못한다. 박씨는 속인과의 혼인을 통해 속세로 편입했지만, 여전히 내부의 타자로서만 존재할 수 있었던 것이다. 이렇게 볼 때, 해학적으로까지 비춰지는 그녀의 '추모醜貌'는 '속세에 머무는 이인'이라는 역설적 상황의 어려움 혹은 '이인이라는 이질성 자체'를 상징한다고 볼 수 있는 것이다.

그런데 만일 가족의 일원으로 인정받지 못하여 속인들과 함께 머무

---

22 「박씨전」, 151면.

를 수 없다면, 박씨 역시 다른 이인이나 그녀의 아버지 박 처사처럼 결국에는 어디로든 사라졌을 것이다. 하지만 그녀는 '탈갑脫甲'을 통해 '추모醜貌'의 질곡에서 벗어난다.

> 일일은 처사가 그 딸을 불러, "네 이제는 액운厄運이 진盡하였으니 허물을 고치라" 하니, 박씨가 대답하고 피화당으로 들어가니, 시아버지도 그 말을 알지 못하고 고이히 여기더라. (…중략…) 이날 밤에 박씨가 목욕하고 뜰에 내려서 하늘을 향하여 축수祝手하고 방에 들어가 자더라. 이튿날 평명平明에 일어나 계화를 불러, "내 간밤에 허물을 벗었으니, 대감께 여쭈어 옥함玉函을 짜 주옵서 하라" 할 제, 계화가 보니 추비한 아씨가 허물을 벗고 옥 같은 얼굴이며 달 같은 태도 사람을 놀래며 향기가 방안에 가득한지라. 계화가 도리어 정신을 진정하여, 보고 또다시 보니 그 아름답고 고운 태도는 옛날 서시西施와 양귀비楊貴妃라도 미치지 못하겠더라.[23]

「박씨전」에서 가장 극적인 부분 중 하나가 박씨가 추모醜貌를 벗어내는 탈갑脫甲 대목이다. 하룻밤 사이에 둘도 없던 추모에서 절세의 미인으로 변한다는 설정 자체가 흥미롭기도 하거니와, 이러한 변신을 통해 소설 속 박씨의 위상이 급변하게 된다는 점도 그렇다. 서사 전개를 따라가 본다면, 박씨는 이인에서 영웅으로 그리고 종국에는 현부賢婦의 형상으로 그려지고 있는데,[24] 이러한 변모를 추동하는 서사적 동력이

---

23   「박씨전」, 175면.
24   「박씨전」에 대한 해석은 그 편폭이 매우 큰 편인데, 그 원인은 무엇보다 박씨의 다층적 형상―이인, 영웅, 현부賢婦―에 있다. 박씨의 형상 중 어떤 면모를 강조하느냐에 따라 「박씨전」의 전체적 해석이 크게 달라졌던 것이다. 하지만 박씨의 형상은 고정적이지 않

바로 탈갑에서 비롯되고 있다.

때문에 박씨의 추모와 탈갑에 대해 그간 다양한 견해들이 제출된 것은 자연스러운 결과였다. 박씨의 변신은 입무절차入巫節次의 완성,[25] 여성성女性性의 획득,[26] 민중적 영웅에서 귀족적 영웅으로의 신분 변화[27] 등으로 다양하게 해석된 바 있으며, 그녀의 추모醜貌는 조선조 남성 지식인 이시백의 허위의식을 드러내는 소설적 기제로 평가되기도 하였다.[28]

그런데 저자의 문제의식을 통해 본다면, 탈갑 과정과 박씨의 변신이지니는 가장 큰 의미는 '이인과 속인의 공존'을 가능케 한 계기를 마련했다는 점이다. 더불어 공존의 궁극적 지향이 병자전쟁의 상흔을 위무하는 것임을 고려한다면, 그녀의 변신은 '이인-여성'을 '여성-영웅'으로 전환시키기 위한 서사적 장치였다고 하겠다. 탈갑을 통해 그녀는 내부의 타자에서 내부의 주체가 될 수 있었으며,[29] 나아가 영웅으로서의역할을 수행한 후에도 죽음이나 사라짐의 그늘에서 벗어나 '공존할 수

으며, 따라서 「박씨전」의 해석에 있어 박씨의 성격을 어느 한 가지 측면으로 재단하기보다 형상의 변모 자체를 염두에 두면서 그러한 변모의 의미를 고찰하는 작업이 필요하다고 본다.

25　이인숙, 「박씨전과 무교사상」, 『국제어문』 2집, 국제어문학회, 1981, 70면.

26　장경남, 「병자호란의 문학적 형상화 연구-여성 수난을 중심으로」, 『어문연구』 31권 3호, 한국어문교육연구회, 2003, 210면.

27　정상진, 「인물중심으로 본 박씨전의 구조와 그 의미」, 『한국문학논총』 8 · 9집, 한국문학회, 1986, 41면.

28　조혜란, 「여성, 전쟁, 기억 그리고 박씨전」, 『한국고전여성문학연구』 9, 한국고전여성문학회, 2004, 297면.

29　탈갑 이전의 박씨는 뛰어난 능력에도 불구하고 오로지 시아버지 이득춘에게만 인정받는존재이다. 결혼 이후에도 이 씨 가족의 일원으로 동화되지 못했던 것이다. 박씨는 탈갑이후에야 비로소 남편과 시어머니, 주변 사람들에게 인정받는 존재가 될 수 있었으며, 나아가 국가적 영웅이자 현부로서의 위상을 획득할 수 있게 된다.

있는 영웅'이 될 수 있었다.

　이제 박씨의 영웅적 활약상과 그 의미를 살펴보자. 「박씨전」의 다기
한 해석 가능성에도 불구하고, 이 텍스트가 병자전쟁에 대한 국지적 설
욕을 도모하고 있다는 점은 확실하다. 이때 굳이 '국지적局地的'이라는
관형사를 붙인 이유는 「박씨전」이 병자전쟁의 패배 그 자체를 부정한 것
은 아니며, 설욕의 장소 역시 지극히 제한된 공간으로 한정되어 있기 때
문이다. 신이한 능력을 지니고 있던 박씨는 그러나 철저히 피화당避禍堂
이라는 제한된 공간 안에서만 자신의 능력을 발휘하고 있을 뿐이다.

　　마지못하여 호장들이 투구를 벗고 창을 버려, 피화당 앞에 나아가 꿇어
　애걸하기를, "오늘날 이미 화친을 받았으니, 왕대비는 아니 모셔 갈 것이니,
　박 부인 덕택에 살려주옵소서" 하고 만단애걸萬端哀乞하거늘, 박씨 주렴珠簾 안
　에서 꾸짖기를, "너희들을 씨없이 죽일 것이로되, 천시天時를 생각하고 십분
　용서하거니와, 너희놈이 본디 간사하여 범람汎濫한 죄를 지었으나, 이번은
　아는 일이 있어 살려 보내나니 조심하여 들어가며, 우리 세자 · 대군을 부디
　태평히 모셔 가라. 만일 그렇지 아니하면 내 오랑캐를 씨도 없이 멸하리라"
　하더라. 호장들이 백배 사례하고, 용골대 아뢰되, "황공하오나 소장小將의 아
　우 머리를 주옵시면, 덕택이 태산 같을까 바라나이다." 박씨가 웃으며 일변
　꾸짖기를, "그리는 못하리로다. 옛날 조양자趙襄子는 지백知伯의 머리를 칠하
　여 술잔을 만들어 진양성晉陽城의 분함을 씻어 천추만세에 유전하였으니, 이
　제 우리는 너의 아우 머리를 칠하여 강화성江華城의 분함을 씻으리라" 하니,
　용골대가 이 말을 듣고 아무리 대성통곡한들 어찌 하리오.[30]

이 대목을 접한 당시의 독자들 역시 병자전쟁의 가장 큰 상처였던 "강화성江華城의 분함"을 어느 정도 해소할 수 있었을 것이다. 이인異人 박씨는 속인 이시백과의 혼인을 통해 속세로 내려온 후 추모醜貌의 질곡을 견뎌내고, 마침내 병자전쟁의 상흔을 위무하는 존재가 된다.

그럼에도 박씨의 영웅성이 발현되는 장소인 피화당의 폐쇄성이나 제한성에 관해서는 해석의 여지가 남는다. 공간적 제약은 영웅성 발현의 제약과 맞닿아 있기 때문이다. 다만 이러한 제한성을 「박씨전」의 한계로 손쉽게 치부할 것은 아니며,[31] 오히려 그로 인해 박씨가 전란의 상흔을 치유해 줄 수 있는 주체가 될 수 있었음을 눈여겨 볼 필요가 있다.[32]

앞서 언급했듯이 「박씨전」은 비범한 능력을 통해 패전敗戰의 처참한 기억에 대항하면서도, 권력의 헤게모니와 충돌하지 않으면서 공존할 수 있는 상상적 영웅을 등장시키기 위해, '신이神異한 여성' 박씨를 주인공으로 내세웠던 것이다. 이러한 맥락 속에서 피화당은 여성영웅의 활약을 펼쳐 보이는 데 제한적이지만 매우 효과적인 공간이었다고 할 수 있다.

그녀의 활약이 비록 제한된 공간에서 펼쳐진 것이라 하더라도, 창작

30　「박씨전」, 213~215면.
31　박씨의 활약이 이시백을 통해 간접적으로 구현되고 있다는 점 그리고 피화당이라는 가정 내적 범위에 한정되고 있다는 점을 「박씨전」의 여성의식이 지닌 일정한 한계라고 지적한 논의가 있다. 곽정식, 「박씨전에 나타난 여성의식의 성격과 한계」, 『국어국문학』 126, 국어국문학회, 2000, 142~143면.
32　이 글의 맥락과 조금 다르긴 하지만, 「박씨전」에서 구현되고 있는 여성의식과 독자층의 성격을 토대로 이 작품의 '규방소설'적 성격을 강조한 장효현의 논의나, "여성 독자들의 욕구를 여성영웅의 활약을 통해 충족시키면서 동시에 단속을 할 필요가 있었을 것"이라는 장경남의 견해 모두 박씨의 제한적 활약상이 지니는 의미를 당대의 수용 맥락을 염두에 두면서 분석한 예라 할 수 있다(장효현, 「박씨전의 제 특성과 형성 배경」, 『한국고전소설사연구』, 고려대 출판부, 2002, 201면; 장경남, 앞의 글, 214면).

의 의도에 충실히 부합하고 있다는 사실은 다음과 같은 왕의 치사^{致辭}에서 확인할 수 있다.

> 이때 상이 박씨의 말을 듣지 아니함을 백 번 뉘우쳐 하사, 탄식하며, "슬프다, 박부인의 말대로 하였으면 오늘날 어찌 이 지경을 당하였으며, 만일 박부인이 남자 되었다면 어찌 호적을 두려워하리오. 이제 박씨는 적수단신^{赤手單身}으로 집안에 있어 호적을 승전하며 호장을 꿇리고, 조선 정기^{精氣}를 생생케 하니, 이는 고금에 없는 바라" 하시고, 무수히 탄복하시며 절충부인^{折衝夫人}을 봉하시고 만금을 상사하시며, 조서를 내려 '박씨 자손을 벼슬 주고 천추만대에 유전하라' 하사, 궁녀를 박씨께 보내어 말하기를, "오호라, 과인이 밝지 못하여 박부인의 위국지충^{爲國之忠}을 몰라보고 불의의 이 환난을 당하니, 누구를 원망하리오. 황천이 명감^{明鑑}하사, 박부인 충절 덕행으로 유자유손^{有子有孫}하여 세세유전^{世世遺傳}하라" 하였거늘, 박씨가 전지를 받자와 사배^{四拜}하고 천은^{天恩}을 축사하더라.[33]

박씨는 여성의 몸으로 조선의 정기를 살려내는, 고금에 없던 업적을 이루어 냈다. 그녀는 앞서 살펴보았던 역사 속 영웅들과 달리 업적에 상응하는 보상을 받기도 한다. 이러한 설정이 원활할 수 있었던 것은 박씨가 '여성' 영웅이었기 때문이며, 나아가 이를 통해 영웅의 존재 방식에 변화가 일어나기 시작했음을 엿볼 수 있다. 만일 왕의 말처럼 "박부인이 남자 되었다면" 그 역시 홍길동이나 최고운처럼 외부의 세계로

---

[33] 「박씨전」, 215~217면.

떠나거나 혹은 권력과의 마찰 속에서 사라져 버렸을지도 모를 일이기 때문이다.

박씨의 상상적 활약에 독자들은 적지 않은 쾌감을 느꼈을 것이다. 박씨의 능력이 최고조로 발휘되는 대목은 용율대를 효수하고 이후 용골대와 호장胡將에게 사죄를 받아 내는 부분이다. 그럼에도 왕은 결국 '오랑캐'에게 항복할 수밖에 없었고, 호장들은 "장안 물색物色을 거두어 발행"하게 된다. 국지적인 설욕雪辱의 장면이 독자들에게 위안을 제공하기도 했겠지만, 병자전쟁의 참상은 「박씨전」에서도 피해갈 수 없는 역사적 비극으로 설정된 것이다.

그렇다면 상상적 차원에서조차 완전히 씻어낼 수 없는 상흔을 남긴 병자전쟁은 왜 발생한 것인가. 더 정확히 말하자면 「박씨전」에서는 병자전쟁의 발발 원인을 어떻게 그려내고 있는가.

박씨는 피화당에서 천기를 본 후 호적이 북방이 아닌 동해수를 건너 들어올 것임을 알게 된다. 이에 남편 이시백에게 임경업을 내직으로 불러 군사를 조발早發해 막으라고 조언한다. 이시백이 임금에게 그 사실을 알리자 원두표元斗杓가 그 견해에 동조한다. 하지만 이때 반대 의견을 지니고 등장하는 인물이 있으니 그가 바로 김자점金自點이다.

좌의정 원두표가 "북방 오랑캐는 본디 간계奸計가 많사오니 분명 그러하올 듯하오니, 박부인 말씀대로 하여보사이다" 하니, 김자점이 발연변색勃然變色하고 "제신諸臣의 말이 그르오이다. 북적이 경업에게 여러 번 패한바 되었사오니 기병할 수 없사옵고, 설사 기병하여 온다 하여도 북으로 올 수밖에 없사오니, 만일 임경업을 패초하였다가 호적이 의주를 쳐 항성降城하면 그 세를 당치 못하며, 국가흥망이 경각에 있을지니, 어찌 요망한 계집의 말을 듣고 북방을 비우고 동을 막으리까. 이는 나라를 망할 말이니 어찌 지혜 있다 하오리까." 상이 가라사대, "박부인은 신인이라 신명 지감이 있어 여러 번 신기함이 있으니, 그 말대로 하고자 하노라." 김자점이 또 아뢰되, "시방 시화년풍 태평성대에 무슨 병란이 있으리까. 박씨는 요망한 계집이어늘, 전하 어찌 요망한 말을 침혹하시면, 국가대사를 아이 희롱같이 하시나이까" 하니, 만조백관이 김자점의 말이 그른 줄 알되, 아무 말도 못하더라.[34]

이렇듯 「박씨전」에서는 병자전쟁 발생의 모든 책임을 김자점이라는 한 개인에게 수렴시킨다. 「강로전」의 강홍립이 그러했듯이, '공공公共의 적'[35]이 등장한 것이다.

물론 실제 역사를 살펴보더라도 당시 도원수였던 김자점은 강화도 검찰사 김경징金慶徵과 함께 병자전쟁과 관련해 가장 무거운 책임을 져야 할 인물임에 확실하다. "김자점은 청군이 침략했다는 최초 보고를 무시하고 그들과의 접전을 회피하여 청군 기마대가 서울을 유린하게끔 방조했고, 김경징은 강화도 방어의 책임을 방기하여, 피난했던 사서인士庶人 전체가 포로가 되게 만들었"[36]던 장본인이기 때문이다.

---

34 「박씨전」, 201면.
35 김자점은 「박씨전」에서 병자전쟁 발생의 책임자로 묘사되고 있으며, 「임경업전」에서는 임경업을 사적私的으로 처단한 후 결국 임경업의 자손들에게 잔인하게 살해되는 인물로 그려진다. 또한 『필동록必東錄』에 수록되어 있는 이위보李渭輔(1694~?)의 「하생몽유록何生夢遊錄」에서는 '삼흉三兇'의 한 사람으로 등장하는데, 여기에서 그는 신헐申歇(독보獨步)·마주홍馬弘周 등과 함께 지옥에 있다가 소환되어 다시 한 번 치죄治罪를 당하는 인물로 형상화된다. 이처럼 김자점은 허구적 서사문학 속에서 지속적으로 '공공의 적'으로서 낙인찍히고 있는데, 「박씨전」의 해석에 있어서도 이와 같은 '김자점 담론'을 염두에 둘 필요가 있다.

하지만 전쟁 발발이라는 거대한 역사적 사건의 원인을 전적으로 한 개인의 책임으로 몰고 간다는 것은 상식적으로 납득하기 어렵다. 그럼에도 불구하고 김자점이 병자전쟁과 관련하여 '공공의 적'이 될 수 있었던 이유는 무엇일까.[37] 더불어 그를 전란 발생의 전적인 원인으로 지목하는 서사를 통해 얻을 수 있었던 효과는 무엇이었을까. 이러한 질문에 답하기 위해, 병자전쟁을 둘러싼 역사적 사실들 중 특히 이시백과 김자점의 관계에 우선 주목해 보고자 한다.

「박씨전」은 병자전쟁이라는 역사적 사건을 다루면서 동시에 당대의 실존 인물들도 등장시키고 있다. 앞서 예문을 통해 확인했듯이 박씨의 남편인 이시백과 원두표 그리고 김자점 등이 바로 그들이다. 그런데 소설 속에서 갈등관계에 놓여 있던 인물은 이시백과 김자점이다. 물론 이들의 갈등이 매우 첨예하거나 직접적인 것으로 그려지지는 않았는데, 그 이유는 이들의 갈등이 기실 박씨와 김자점의 갈등이며 박씨의 견해를 이시백이 대리하고 있는 상황이기에 이시백과 김자점의 갈등이 노골적으로 드러날 수 있는 여지가 충분치 않았기 때문이다.

그럼에도 작자는 왜 굳이 박씨와 김자점의 갈등을 이시백과 김자점의 갈등으로 표현한 것일까. 이러한 질문이 가능한 이유는 무엇보다 소설 속에서 반목하는 듯이 설정된 두 사람의 관계가 역사적 실정에 들어맞지 않기 때문이다. 다시 말해 「박씨전」에서의 이시백과 김자점의 대

---

36 한명기, 『정묘·병자전쟁과 동아시아』, 푸른역사, 2009, 414면.
37 김경징의 경우, 개국공신인 김류의 외아들이라는 이유로 인조의 비호를 받았음에도 불구하고 결국은 사사賜死되었다. 김경징이 사사되었다는 사실은 소설의 차원에서 그가 공공의 적으로 묘사되지 않았던 것과 관련이 있다고 본다. 이는 인조仁祖와의 유착 속에서 자신의 정치권력을 강화해 가다 인조의 사후에 결국 역모죄로 처단된 김자점의 경우와 좋은 대비가 되기 때문이다.

립 구도는 역사적 실상과 거리가 있는 허구적 설정인 것이다.[38] 따라서 「박씨전」의 작자가 두 사람의 대립 구도를 허구적으로 설정한 것에는 나름의 의도가 있었다고 보아야 한다. 그렇다면 그 의도란 구체적으로 무엇이었을까.

김자점이 강한 정치권력을 획득하게 된 계기는 '심기원 모반 사건'이 었다. 그는 "심기원을 처단하는 데 큰 역할을 한 것을 계기로 확고한 권력을 장악하고 인조 24년 3월 이후 영의정으로서 동왕 27년에 인조가 서거할 때까지 최고의 권력을 누린다."[39] 그런데 문제는 김자점의 정치권력을 담보해 주던 인조의 서거 이후, 그가 기댈 곳이 전혀 없었다는 점이다.

반정의 공을 인정받아 1등 공신에 녹훈된 그였지만 문과 출신이 아니었던 탓에 정치의 일선에 나서지 못했고, 병자전쟁 이후 당시 조야朝野의 주류를 이루고 있던 반청론자反淸論者들과의 제휴 역시 생각할 수도 없는 상황이었다. 이에 그가 택한 생존법은 궁중에 유착해 왕의 총애를 받으며 현상을 유지하는 것이었는데, 이러한 그의 행태가 당시 사류들이 가장 경계하던 '척신정치戚臣政治'의 전형이었다는 데에 문제의 본질이 놓여 있었다.

---

38 실제에 있어 이시백과 김자점은 모두 유생의 신분으로 반정에 참여해 반정공신反正功臣이되었다는 출신 성분상의 공분모 외에도 두 집안은 겹사돈 관계였으며, 나아가 이시백은 정치적 사건과 관련해 김자점을 비호했다는 이유로 원두표에게 비난을 받기도 했다. 김세봉, 「효종초 김자점 옥사에 대한 일연구」, 『사학지』 34, 단국사학회, 2001; 김용흠, 「조선 후기 역모 사건과 변통론의 위상—김자점 역모 사건을 중심으로」, 『사회와 역사』 70, 한국사회사학회, 2006 참조.
39 오수창, 「인조대 정치세력의 동향」, 이태진 편, 『조선시대 정치사의 재조명』(개정판), 태학사, 2003, 158면.

결국 사류나 관인들 사이에서 별다른 정치적 기반이 없었던 김자점은 인조의 서거 이후 의리론자들의 공격 대상으로 지목되고 나아가 '친청파親淸派' 또는 '공공의 적'으로 낙인찍힐 수 있었던 가장 좋은 조건을 구비한 인물이 되고 만다.

이에 비해 이시백은 난중에 처신을 신중히 하여 인조의 신임을 얻었을 뿐 아니라 일반 사류들과도 무리 없는 관계를 유지하였다. 특기할 것은 그가 반청反淸정책의 상징적 의미를 지닌 남한산성 재건작업을 담당한 인물이라는 점이다. 이러한 활동에 따른 반청 이미지의 획득은 이후 이시백의 정치적 여정에도 적지 않은 영향력을 행사하였을 것이다.[40]

정리하자면 「박씨전」의 작자가 역사적 사실과 어긋남에도 불구하고 텍스트 안에서 이시백과 김자점의 대립 구도를 설정한 것은, 그들이 지니고 있던 반청파反淸派와 친청파親淸派의 이미지를 대비적으로 활용하기 위한 것이라 할 수 있다.

이러한 정황을 염두에 두면서 다시 「박씨전」으로 돌아와 보면, 청나라 혹은 오랑캐에 대한 설욕의 주체였던 '박씨의 남편'을 '이시백'으로 설정한 이유 역시 어느 정도 짐작할 수 있다. 물론 소설 속 이시백은 박씨의 탈갑 이전에 그녀의 진면모를 몰라보는 무지한 남성으로 그려지고 있지만, 이러한 설정이 곧바로 이시백을 무능하고 속물적인 남성으로 그려 보이고자 하는 작자의 의도는 아니라고 본다. 오히려 중요한 것은 박씨의 추모를 견뎌내지 못했던 이시백의 형상이 아니라, 이시백을 등장시킴으로써 그 대척점에 있는 김자점의 무능과 전횡을 더욱 부

---

40 이시백과 김자점의 정치 활동 내용은 위의 글, 97~164면을 참조했음.

각시키고자 하는 의도라고 판단된다.

나아가 소설 속의 대립 구도가 상술한 현실 정치의 맥락 — 이시백과 김자점이 각각 지니고 있던 반청파와 친청파의 이미지 — 을 반영한 것이라면, 이를 통해 우리는 「박씨전」이 제공하고 있는 위안과 위무의 효용을 넘어 은폐된 정치적 전략을 읽어내야 할 것이다. 「박씨전」은 여성 영웅의 출현을 통해 독자의 기대와 흥미를 충족시키는 한편 반청反淸이데올로기를 확산시키고 더불어 전란의 책임 소재를 특정한 개인에게 수렴시켜 그를 '공공의 적'으로 형상화함으로써, 정작 전란의 책임을 지고 있는 다른 많은 위정자들 — 왕을 포함해서 — 을 망각하게 만드는 정치적 효과를 발휘하고 있기 때문이다. 상황이 이렇다면 「박씨전」의 유행과 높은 인기는 텍스트를 통해 형성·확장된 문화이데올로기의 측면과 반드시 함께 논의되어야 할 것이다.

2. 전향轉向된 기억의 차용과 복수의 서사 — 「임경업전」

1) '호명呼名'된 영웅, 임경업

연구 초기에 「임경업전」은 역사적 실존 인물과 사건을 소재로 한 소설이라는 측면에서 주목을 받았다.[41] 특히 강렬한 민족 / 민중의식을 드러내는 텍스트로 높게 평가되었는데, 주제의식으로 거론되었던 요소

들은 대체로 숭명배청崇明排淸 의식, 민족의식 회복, 충신의 형상화, 김자점에 대한 증오 등이었다.[42]

한편, 위와 같은 일반론이 주류를 형성하는 가운데 비교적 이른 시기부터 「임경업전」에 대한 새로운 견해들도 간헐적으로 제출되고 있었다. 예를 들어, 최초로 본격적인 작품론을 개진한 윤영옥은 텍스트의 구성이 경업과 호왕, 경업과 자점의 투쟁이란 이중 구성을 취하고 있다고 분석하면서, 주제의식 또한 배청숭명 사상만이 아니라, 자점의 등장과 경업의 피살은 당파적派黨的인 시대·사회상을 표현한 것이고 충군애민하는 임경업의 형상은 당대의 부패한 관료들에 대한 비판의 의미라고 지적한 바 있다.[43] 또한 이윤석은 일반적인 영웅소설과 달리 비극적인 결말을 보이고 있음에 주목하고, 「임경업전」이 비극적인 인간의 운명을 드러내고 있는 작품이라고 분석하였다.[44]

이후 이복규는 「임경업전」에 대한 종합적인 고찰을 진행하였다. 그는 36종의 이본을 분류·분석하여 모두 다섯 계통으로 정리한 후, 경판 27장본을 최선본最先本으로 규정하였다. 그리고 이러한 작업을 토대로 「임경업전」의 주제와 관련해 새로운 견해를 제시했는데, 형성 과정,

---

41 「임경업전」에 대한 전반적인 연구사 점검은 다음 논문의 도움을 받았다. 장경남, 「임경업전 연구사」, 우쾌제 외, 『고소설연구사』, 월인, 2002.

42 장덕순, 「병자전쟁을 전후한 전쟁소설」, 『인문과학』 3, 연세대, 1959; 김기현, 『교주 임장군전』, 예그린 출판부, 1975; 소재영, 「박씨전과 임경업전」, 『임병양란과 문학의식』, 한국연구원, 1980; 서대석, 「임경업전과 병자전쟁」, 『군담소설의 구조와 배경』, 이화여대 출판부, 1985; 임성래, 「영웅소설의 출현동인 연구」, 『배달말』 20, 배달말학회, 1995.

43 윤영옥, 「임경업전 연구」, 『국어국문학연구』 15, 영남대 국어국문학회, 1973(다음 총서에 재수록 됨. 간행위원회 편, 『정여윤영옥박사학술총서 06—고전산문연구논문 편』, 민속원, 2011, 50~70면).

44 이윤석, 『임경업전 연구』, 정음사, 1985.

작품의 갈등 양상, 작품의 서술 태도, 독자의 수용 등과 같은 측면에서 각각의 주제를 추출한 후, 「임경업전」의 '공통주제'를 '영웅의 좌절에 대한 안타까움'이라고 파악하였다.[45]

상술한 논의들이 초기 연구를 기반으로 각 연구자들의 견해를 세련화·종합화했던 것이라면, 이러한 논의들과 커다란 시각차를 드러내는 연구도 없지 않았다. 먼저 김장동은 병자전쟁을 명분론이 가져온 국치國恥로, 임경업을 배청숭명이라는 명분론의 신봉자로 규정한 후, 「임경업전」이 현실적 패배에 대해 명분론에 매달려 자위하고 천의사상天意思想으로 카타르시스해서 자기 보상적 주제를 추구한다고 분석하였다.[46]

최근 박경남은 소설과 설화 그리고 실록實錄에 형상화된 임경업의 형상에 많은 차이가 있음에 주목하고, 그 차이를 분석하여 소설에서 드러나는 반청/반김자점의 정서가 기실 민중들의 소망과 의식에 기인한 것이 아니라 오히려 사대부들의 의식 및 의도와 깊은 관련이 있을 것이라는 분석을 내놓아 주목된다.[47] 이에 따르면 설화에 등장하는 임경업은 대명의리나 반청의식, 혹은 정적政敵 김자점에 대한 증오감과 같은 정치적 색채를 띠기보다 조기를 잡아주고 식수를 마련해 주는 등 생업과 관련된 영웅이자 수호신으로 묘사된다. 즉 소설 속 임경업의 영웅적 활약상 그리고 김자점과의 갈등관계와는 매우 거리가 먼 이미지로 점철되어 있는 것이다. 이러한 결과를 바탕으로 논자는 숙종 대 집권 관료들이 국가 통합 이데올로기로인 존주대의와 숭명배청을 강조하는 상

---

45   이복규, 『임경업전 연구』, 집문당, 1993.
46   김장동, 『조선조 역사소설연구』, 이우출판사, 1986.
47   박경남, 「임경업 영웅상의 실체와 그 의미」, 『고전문학연구』 23, 한국고전문학회, 2003.

황 속에서 임경업이 국가적인 영웅으로 재탄생할 수 있는 계기가 마련되었을 것으로 파악하였다.

이후 송하준은 노론의 정치적 지향과 작품의 창작 및 향유를 좀 더 적극적으로 매개하면서, 「임경업전」에는 지배계층의 현실에 대한 인식, 정체성 확립 노력과 함께 임경업을 그들의 영웅으로 받아들인 민중들의 의식도 잘 드러나 있다고 분석하였다.[48]

이렇듯 「임경업전」에서 형상화되고 있는 영웅적 면모에 대해서는 민중 / 민족의식의 발로나 지배층의 이념 전파의 수단과 같이 상반된 견해가 길항하고 있는 셈이다. 저자는 기본적으로 후자의 견해를 지지하는 입장이다. 하지만 텍스트의 이해를 보다 심화하기 위해 몇 가지 더 짚고 넘어가야 할 문제가 있다고 생각하는데, '가달'의 존재와 호왕의 행위에 대한 해석 그리고 결말에 드러나는 복수의 서사와 그 사적史的 의미 등이 그것이다. 이하에서는 이러한 문제들을 차례대로 살펴보면서 「임경업전」의 의미를 재 고찰하도록 하겠다.

「임경업전」은 여타의 역사 소재 소설들이 그러하듯이 사실과 허구를 엇섞는 방식으로 서사를 진행해 나간다. 임경업의 형상화에도 사실史實과 역사적 정황에 기반을 둔 묘사와 전적으로 허구적인 화소가 적절히 배합되어 있는데, 덕장德將으로 그려진 그의 모습은 당대 기층민들의 평판을 수렴한 결과로 판단된다.

삼 년 만에 백마강 만호를 하여 임소에 도임한 후로 백성을 사랑하여 농

---

[48] 송하준, 「조선 후기 역사소설의 변모양상과 주제의식」, 고려대 박사논문, 2004, 62~77면.

업을 권하며 무예를 가르치니, 이로부터 백마강 선치하는 소문이 조정에 미쳤더라. (…중략…) 상이 즉시 경업으로 천마산성 중군을 제수하시니, 경업이 유지를 받잡고 진졸을 호궤할새, 모든 토졸이 각각 주찬을 갖추어 드리는지라.[49]

일일은 중군이 친히 돌을 지고 군사 중에 섞여올새 역군 등이 쉬거늘, 중군이 또한 쉬더니 역군이 이르되,

"우리 그만 쉬고 어서 가자. 중군이 알새라."

하거늘, 중군이 소왈,

"임 중군도 쉬니 관계하랴?"

한대, 역군 등이 그 소리를 듣고 일시에 놀라 돌아보며 하는 말이,

"더욱 감격하니, 어서 가자. 바삐 가자."

하거늘, 중군이 그 말을 듣고,

"더 쉬어 가자."

한즉 역군 등이 일시에 일어나 가니라. 차후로 이렇듯 진심하매 불일성지하여 일 년 만에 필역하되, 한 곳도 허수함이 없는지라.[50]

임경업은 백성을 아끼는 관리이자 신망이 두터운 인물로 묘사되어 있는데, 임경업의 이러한 면모는 설화나 실록 등의 자료에서 확인할 수 있다. 흥미로운 것은 그가 백성들의 신망을 받았다는 사실이 대부분 모

---

49 경판 27장본 「님장군전」을 대본으로 하되 다음 책의 현대역을 따른다. 이복규, 『임경업전』, 시인사, 1998, 19면. 이하에서는 제목과 면수만 표기한다.
50 「임장군전」, 23면.

반 사건의 관련 기록을 통해 남아 있다는 점이다.[51] 그럼에도 소설 속 임경업은 모반 사건의 기억은 모두 소거된 채 다만 백성들과 매우 친밀한 존재로 부각되어 있을 뿐이다. 지적해 둘 것은 텍스트의 이러한 정황이 결말에서 드러나는 김자점에 의한 죽음과 신원伸寃 그리고 복수의 서사를 준비하기 위한 포석이라는 점이다. 다시 말해, 「임경업전」은 임경업에 대한 당대 기층민들의 높은 여망을 창작 의도에 맞추어 적극적으로 활용하고자 한 것이다.

한편, 텍스트에 삽입된 허구적 화소는 크게 네 가지인데,[52] 한결같이 그의 영웅적 면모를 드러내기 위해 활용되고 있다. 「임경업전」에서 실존 인물 임경업과 역사적 사건인 병자전쟁 및 가도椵島 공략 등의 요소가 서사의 축을 형성함에도 불구하고, 정작 그의 영웅성을 드러내는 요소들은 전적으로 허구라는 사실은 주목을 요한다. 소설 속 임경업의 형상 중 특히 그 영웅성이 발현되는 대목은 설화의 기억이나 역사의 기록과는 모두 차이가 있는 것으로, 이러한 정황을 종합해 본다면 소설 속 '임경업의 영웅성'은 기실 「임경업전」의 의도를 극대화하기 위한 '소설적 장치'라고 할 수 있다. 따라서 소설 속 임경업의 형상을 영웅성의 발현이라는 측면에서만 접근할 것이 아니라 영웅성의 발현을 통해 작자가 지향하고자 했던 의도 역시 함께 고려하면서 텍스트 분석에 임할 필요가 있다.

---

51 『인조실록』, 『추안급국안』 등에서 산견되는 백성들의 임경업에 대한 시선은 김우철, 「인조 24년(1646) 안익신 모반 사건과 그 의미」, 『한국사학보』 33호, 고려사학회, 2008 참조.

52 ① 명에 사신으로 갔다가 호국의 요청으로 가달을 쳐서 항복받고 돌아옴 ② 병자전쟁 전, 의주부윤으로 부임해 국경을 침범하는 호국 군대를 격파함 ③ 병자전쟁 때 호병이 의주를 피해 한양을 침범하고, 회군하는 길에 임경업에게 격퇴됨 ④ 호왕에게 의연한 모습을 보여 볼모로 붙잡혀 있던 세자와 대군을 돌려보내게 함(박경남, 앞의 글, 220면).

이와 관련해 임경업이 처음으로 영웅적 활약을 펼쳐 보이는 대상이
바로 '가달'이라는 '허구적 존재'라는 점에 주목할 필요가 있다.

호국이 강남에 조공하더니, 가달이 강성하여 호국을 침범하거늘, 호왕이
강남에 사신을 보내어 구원병을 청하니, 황제 호국에 보낼 장수를 가릴새,
접반사 황자명이 경업의 위인이 비상함을 주달한대, 황제 들으시고 즉시 경
업을 명초하사 (…중략…) 상이 대희하사 상방참마검을 주시며 왈,
"제장 중에 군령을 어긴 자가 있거든 선참후계하라"
하시고, 경업을 배하여 도총병마대원수를 삼으시고, 조선 사신을 상사하시
니라.[53]

이시백과 함께 동지사로 남경에 간 임경업은 그곳에서 도총병마대원
수가 되어 가달과의 전투를 위해 전장으로 향하게 되는데, 이 대목은 꽤
나 중층적인 의미망을 형성하고 있다. 임경업의 영웅성이 부각되기 시
작하는 계기이자, 전장으로 떠나기 전 "보천지하 막비왕토요 솔토지민
이 막비왕신이라 하니 어찌 죽기를 사양"하겠느냐는 그의 말처럼, 임경
업이 중세질서의 대행자이자 수호자로 각인되는 계기이기 때문이다. 그
리고 바로 이 대목에서 '상상의 적대자'인 '가달'이 등장한다.

이와 관련해 가달은 공식 역사 어디에도 존재하지 않으며 순수하게
소설 속에서 창작된 허구적 존재이자, 복잡한 국제 정세와 정치적 관계
속에서 그다지 두각을 나타내지 못했던 임경업의 영웅성을 부각시키기

---

[53] 「임장군전」, 25면.

에 적합한 인물이라는 분석이 있었다.[54] 이에 더해 저자는 「임경업전」의 창작 시점[55]을 고려할 때 가달에 대한 좀 더 적극적인 해석이 필요하다고 생각한다. 즉 가달이 허구적 존재라는 사실보다 중요한 것은 텍스트의 맥락 속에서 그들이 '오랑캐의 오랑캐'라는 위상으로 등장하고 있다는 사실이다.

> "나는 조선국 장수 임경업이러니, 대국에 사신으로 왔다가 청병대장으로 왔거니와, 너희 아직 무지한 말을 말고 승부를 결하라"
>
> 하니, 가달이 대로 왈,
>
> "너보다 십 배나 더한 장수가 오히려 죽으며 항복하였거든, 무명 소장이 감히 큰 말을 하느냐?" (…중략…)
>
> 가달이 죽채의 죽음을 보고, 감히 싸울 마음이 없어, 패잔군을 거느려 달아나거늘, 경업이 대군을 몰아 따르니, 가달이 능히 대적지 못하여 사로잡힌 바가 된지라. 경업이 돌아와 장대에 높이 앉고 가달을 원문 밖에 밀어내어 참하라 하니, 가달이 혼비백산하여 울며 살기를 빌거늘, 경업이 꾸짖어 왈,
>
> "네 어찌 감히 무고히 기병하여 인국을 침범하느냐?"
>
> 가달이 꿇어 왈,
>
> "장군은 소장의 잔명을 빌리시면 다시는 두 마음을 두지 아니하리이다"
>
> 하거늘, 경업이 군사를 분부하여, 맨 것을 끄르고 경계 왈,

---

54 이재영, 「역사소설에 나타난 기억 구성 방식 연구─임경업전을 중심으로」, 『어문론총』 45, 한국문학언어학회, 2006, 471면.

55 「임경업전」의 형성 시기에 대해서는 논자에 따라 1646~1800년에 걸쳐 있을 정도로 견해차가 큰 편이다. 저자는 임경업의 신원과 복관復官이 이루어진 숙종 23년(1697)에서 그리 멀지 않은 시기에 창작되었을 것으로 보는 입장이다. 형성 시기에 대한 다양한 논의는 장경남, 「임경업전 연구사」, 우쾌제 외, 『고소설연구사』, 월인, 2002, 332~341면.

"인명을 아껴 용서하나니, 차후는 이심을 먹지 말라"

하니, 가달이 머리를 조아려 사례하고, 쥐 숨 듯 본국으로 돌아가니, 호국 장졸이 임 장군의 관후한 덕을 못내 칭송하더라.[56]

우리는 '오랑캐의 오랑캐'를 무찌른 임경업의 모습에서, 청淸의 파병 요구로 참전해 러시아 군인들을 퇴각시켰던 이른바 '나선정벌羅禪征伐'의 기억을 떠올리게 된다. 물론 나선정벌은 청의 강압적인 파병 요구에 의한 마지못한 참전이었고, 때문에 그 전쟁에서 승리를 거둔 후에도 장수들은 결코 기뻐하지 못했지만,[57] 「임경업전」과의 관련성을 고려할 때 천착할 지점은 나선정벌에 대한 기억이 점차 자의적인 방향으로 변화하고 있었다는 사실이다.

다시 말해, 청에 의한 강압으로 '청의 오랑캐'와 대전對戰해야 했던 불편한 기억은 숙종 대에 이르러 "청이 주도한 사업에 조선이 마지못해 수동적으로 참여한 것이 아니라, 처음부터 조선이 조선의 필요에 의해 일으킨 사업으로 둔갑되었으며, 그것은 '북벌의 시대'를 마무리하는 데 지극히 가시적인 성과물로 포장되어 새로운 기억으로 되살아났던 것이다."[58] 요컨대, "병자전쟁 이후 조선인들에게 가장 깊은 상처가 되었던 두 가지, 곧 ① 오랑캐에게 굴복한 수치심과 ② 현실적으로 북벌을 도저히 이룰 수 없었던 자괴감을 동시에 해결할 수 있는 좋은 소재를 나선정벌이 제공했던 것이다."[59]

---

56 「임장군전」, 29~31면.
57 신유申瀏, 『통상신공실기統相申公實紀』 권1 「시詩」, 「북정주개야술회北征奏凱夜述懷」, "萬里成功世所稀, 客心何事復長唏 今行自異瀋河役, 却羨金公死未歸"(원문은 한국정신문화연구원, 『국역 북정일기』 소재 부록 영인본 19면).
58 계승범, 『조선시대 해외파병과 한중관계』, 푸른역사, 2009, 273면.

저자는 이상과 같은 역사적 정황, 즉 나선정벌의 경험이 이후 조선의 자기합리화를 위해 전향轉向된 기억[60]을 낳았다는 사실과 '가달'의 등장과 그로 인한 임경업의 영웅성 획득이라는 「임경업전」의 서사적 국면 조성이 상당 부분 관련되어 있으리라고 추론하고 있다. 가달은 단순히 임경업의 영웅성을 부각하기 위해 등장한 허구적인 존재만이 아니라, '또 다른 오랑캐'에게 거둔 역사적 승리의 기억이 「임경업전」의 창작 과정에 포개지면서 출현하게 된 존재일 수 있다는 것이다.

더욱이 「임경업전」의 서사 내에서라면 청병請兵의 주체를 청이 아닌 중원 황제로 자연스럽게 설정할 수 있기에, 가달과의 전투 화소를 통해 임경업의 영웅성은 물론이고 중세질서의 대행자이자 수행자로서의 이미지를 동시에 부각시킴으로써 종국에는 그가 존주대의尊周大義의 화신으로 기억될 수 있는 서사적 기반을 마련했던 것으로 판단된다.

이처럼 '가달'은 소설 속 임경업의 영웅성이 보다 효과적으로 창출될 수 있도록, 당대에 회자되던 나선정벌의 기억을 차용해 탄생한 상상적 주체라는 점을 주목할 필요가 있다.

이후 임경업은 두 차례 더 조선을 침범한 호병胡兵을 격파함으로써 다시금 그 영웅성을 드러낸다. 하지만 그가 온전히 무공武功만으로 자

---

59 위의 책, 275면.
60 '전향'된 기억이란 轉向의 사전적 의미, 곧 "종래의 사상이나 이념을 바꾸어서 그와 배치되는 사상이나 이념으로 돌"린다는 의미를 그대로 사용한 용어이다. 임경업의 영웅성을 극적으로 드러내기 위한 허구적 장치가 다름 아닌 '가달'과의 전투인데, 이러한 허구적 구성의 역사적 기반을 이 글에서는 '나선정벌의 기억'에서 찾아보고자 했다. 청나라의 무력 때문에 어쩔 수 없이 나서야 했던 전쟁의 기억이 후대로 오면서 출전出戰에 대한 정치적 외압의 맥락은 모두 망각된 채 오로지 오랑캐에 대한 승리만이 기억되었던 것인데, 이와 같은 전향된 기억이 「임경업전」의 창작에도 일정한 영향력을 행사했으리라는 것이 저자의 판단이다.

신의 영웅성을 완성하는 존재가 아니라는 점 역시 짚고 넘어가야 한다. 그가 지닌 또 다른 역량, 바꿔 말해 임경업을 통해 드러내고자 했던 또 다른 가치는 호왕胡王과의 갈등 과정에서 드러난다. 다음은 독보의 간계로 호왕 앞에 잡혀온 임경업의 모습이다.

경업이 소리질러 왈,

"내 나라를 위하여 원수를 갚고자 하거늘, 너의 간계로 우리 임금을 겁박하고 세자와 대군을 잡아가니 그 통분함을 어찌 참으리요? (…중략…) 네 이제 몹쓸 마음을 먹어 나를 해하려 하기로, 잡혀오다가 중로에서 도망하여 남경으로 들어가 동심하여 북경을 쳐 네 머리를 베어 종묘에 제하고 세자와 대군을 모셔 오려 하더니, 불의에 이 지경을 당하니 이는 천지망아라 어찌 죽기를 아끼리요? 속히 죽여 나의 충의를 나타내라." (…중략…) 호왕이 대로하여 무사를 명하여,

"내어 베어라"

하니 경업이 대질 왈,

"내 명은 하늘에 있거니와 네 머리는 십보지내에 있느니라"

하고 안색을 불변하여 무사를 보며,

"바삐 죽이라"

하니 호왕이 경업의 강직함을 보고 탄복하여 맨 것을 끄르고 손을 이끌어 올려 앉히고 왈,

"장군이 내게는 역신이나 조선에는 충신이라. 내 어찌 충절을 해하리요? 장군의 원대로 하리라. 즉시 세자와 대군을 놓아 보내라"

하니라.[61]

명분이 현실을 압도하는 장면이다. 또한 호왕과의 갈등은 임경업에게 위기가 아니라 충절忠節을 부각하는 계기로 작동하고 있다. 임경업의 충절에 대한 강조는 천하절색인 호왕의 딸을 임경업에게 시집보내려 하자 조강지처가 있음을 이유로 들어 수차례 거절하는 대목에서 다시 한 번 드러난다.

임경업의 이러한 모습은 소씨와 향락에 젖어 살아가던 강홍립과 극명한 대조를 이루며, 일신의 안정과 사향지심思鄕之心 사이에서 방황하다 결국 두 번이나 이국땅에서의 안주를 택했던 김영철과도 대비되는 모습이다. 전란의 상흔이 아물어 갈 때쯤, 이처럼 소설은 이상적이고 이념적인 인간형을 주조해 냄으로써 새로운 소설사적 국면을 조성하기 시작했다.

2) 복수의 서사와 망각의 정치학

한편, 임경업과 호왕의 화해는 결말 부분에 자리하고 있는 김자점과의 갈등을 더욱 두드러지게 한다. 전공戰功을 통해 그리고 명분과 절의를 통해 완벽한 영웅으로 거듭난 임경업은 그러나 김자점에 의해 허망하게 죽는 것으로 서사가 진행된다.

자점이 반심을 품은 지 오래다가 절도에 안치하매 더욱 앙앙하여 불제지

61　「임장군전」, 71~73면.

심이 나타나거늘, 우의정 이시백이 자점의 소위를 상달한대 상이 대경하사 금부도사를 보내사 잡아다가 엄형 국문 후에 가두었더니, 이날 밤에 일몽을 얻으시니 경업이 나아와 주왈,

"흉적 자점이 소신을 박살하고 찬역할 꾀를 품어 거의 일이 되어가오니 바삐 죽이소서"

하고 울며 가거늘, 상이 놀라 깨달으시니 경업이 앞에 있는 듯한지라. 슬픔을 이기지 못하시더니, 날이 밝으매 자점을 올려 엄형 국문하시니, 자점이 복초하여 전후 역심을 품은 일과 경업을 모해한 일을 개개 승복하거늘, 상이 대로하사,

"자점의 삼족을 다 내어 저자 거리에 능지처참하라"

하시고,

"그 동류를 다 논죄하라"

하시며 경업의 자식 등을 불러 하교 왈,

"여부가 자결한 줄로 알았더니, 여부가 꿈에 와 이르기를 자점의 해를 입어 죽었다 하기로 흉적을 내어 주나니, 너희는 임의로 보수하라"

하시니 그 자식들이 백배 사은하고 나와 대성통곡 왈,

"이놈 자점아, 너와 무슨 불공대천지수로 만리타국에 가 명을 겨우 보전하여 세자대군을 모셔와 국사에 진충갈력하거늘, 네 이렇듯 참소하여 모함하느냐?"

하고 장군의 영위를 배설하고, 비수를 들어 자점의 배를 갈라 오장을 끊고 간을 내어 놓고 축문지어 임공 영위에 고하고, 다시 칼을 들어 흉적을 점점이 저미며 썹으며, 흉적의 남은 시신을 장안 백성 등이 점점이 저미고 깎아 맛보며 뼈를 돌로 짓바수어 꾸짖더라.[62]

결말에서 꿈을 통해 자신의 원억함을 호소할 수밖에 없었던 임경업의 모습은 천기를 보지 못해 결국 실패할 수밖에 없었다는 임경업 관련 설화와 밀접하게 맞닿아 있음이 확실하다. 그리고 그의 죽음에 대한 안타까움이 클수록 김자점에 대한 반감과 증오 역시 증폭되는 것은 당연한 이치이다.

특기할 것은 「임경업전」이 김자점에 대한 분노와 증오를 극단적인 복수의 서사로 형상화하고 있다는 점이다. 임경업 선양의 이데올로기적 영향력이 점차 약화되는 역사적 추세 속에서 「임경업전」의 파급력과 관심도가 갈수록 떨어질 수밖에 없었다는 지적도 있었지만,[63] 그러한 지적과는 시각을 달리해 「임경업전」의 결말에서 드러나는 복수의 서사와 그 소설사적 파급력을 짚어보는 것도 유용한 일일 것이다.

현재 남아 있는 여러 편의 후기는 상기한 작업을 위한 구체적 자료를 제공해 준다. 「임경업전」의 이본 중 후기後記를 보유하고 있는 것은 모두 12종이며 후기의 편수는 도합 21편이나 되는데, 이는 다른 텍스트에서는 유례를 찾아보기 어려울 정도로 풍부한 양이다.[64] 그렇다면 「임경업전」이 보여 준 복수의 서사가 수용사적 맥락에서 어떠한 파급력을 지니고 있었는지 후기의 내용을 통해 좀 더 구체적으로 살펴보자.[65]

① 내가 일찍이 「임경업전」을 읽었더니, 생각에 그 기상이 보이는 것만

---

62 「임장군전」, 89~91면.
63 박경남, 「임경업 영웅상의 실체와 그 의미」, 『고전문학연구』 23, 한국고전문학회, 2003, 231면.
64 이복규, 『임경업전 연구』, 집문당, 1993, 214면.
65 이하에서 인용하고 있는 「임경업전」 후기의 출처는 위의 책, 214~226면. 일부 번역의 오류는 바로잡은 후 각주를 달았다.

같았다. 몸은 비록 간신한테 죽음을 당하였으나, 그 용략과 충렬의 위풍은 지금까지도 늠름하여 생생한 기운이 사람으로 하여금 발분케 한다. 저 김자점이란 자는 만 번 죽어도 아깝지 않은 자이다. 내가 이 붓도끼로 영원히 **그 뼈를 죽이겠다**[余嘗讀林將軍傳 想見其氣像 身雖死於權奸 而其勇略忠烈之風 至今凜凜 猶生氣令人奮之 而彼自點可謂萬死無惜者也 余以筆鉞 誅其骨於千載之下].(강조-인용자. 이하 동일)

【한문필사 사재동 30장본】

② 용기는 호황을 겁주어 굴하지 않았고, 지혜는 미색이나 재화를 멀리해 음란하지 않았다. 그 충성은 짐승 같은 오랑캐마저 감동되어 대군을 돌아오게 하였고, 의리는 천자까지 움직여 자신의 몸을 보전하였다. 그 무릎을 꿇리려 하였으나 꿇리지 못하였고, 목숨을 앗으려 하였으나 죽이지 못하였다. 오랑캐가 능히 천하는 복속시켰으나 장군만은 어쩔 수가 없었다. (이러니 이런 인물은) 고금 천하에 장군 한 사람뿐이다. 그런데도 벌과 전갈 같은 역적에게 죽어갔으니, 하늘의 뜻이로다. 조정의 진퇴는 인력으로 어쩌지 못하는가 보다. (…中略…) 이제 이 전(임장군전)을 보니, 김자점의 가죽을 벗겨 깔고 잘 수 없음이 분하기만 하다.[66] [勇劫胡皇而不挫 智遠色貨而無淫 忠感犬羊而還大君 義動萬乘而全一軀 欲屈其膝而不得屈 欲殺其命而不敢殺 胡能服天下而無奈將軍何也 古今天下將軍一人而已 而不免見殺於蜂蠆之一逆臣 天也 朝廷

---

66 위의 책에서는 "憤不得寢處自點之皮焉"에 대해 "김자점이 놈의 살갗을 처단하지 못하는 게 분격스럽기만 하다"라고 번역해 놓았는데, 이는 『춘추좌전春秋左傳』「공양襄公 21년」 "그 고기를 먹고 그 가죽을 깔고 자는 것과 같다食其肉而寢處其皮矣"는 말에서 유래한 것으로, 원수를 금수禽獸에 비유하여 그의 살을 베어 씹어 먹고 그의 가죽을 벗겨 깔고 잘 수 없음을 한스럽게 여기는 것을 가리킨다.

之進退 人不可愼哉 (…中略…) 今見此傳 而憤不得寢處自點之皮焉]

【한문필사 영남대 33장본】

③ ᄒ날 무여ᄒ고 구신이 슬허ᄒ 제의 숨족과 제의 부모 쳐乙 장안 만민이 일시의 쌔乙 가라먹근 딕문乙 보면 니 머리 가려운 딕 극년 거버다 더 시연ᄒ도다 오호 익지라 이 칙乙 되여 보니 쇠가 쇠乙 먹고 살리 슬乙 먹년단 말리 이예 비한 말리로다 김자졈이란 놈은 무삼 혐의로 만고츙신 쳔고명즁乙 제 임의로 국권乙 쥐여 부모국의 고굉지신乙 쥭겨씨니 그 딕문 보난 스름이 뉘 안이 졀통이 여기리요 조션은 도모지 간사국이라 웃지 안이ᄒ요 김ᄌ졈이란 놈이 제가 경업乙 쥬기면 지가 즁구할 아라씨나 제 웃지 즁구ᄒ리요

오호라 ᄂ도 일리 읍서 납월의 이 칙얼 등서ᄒᆯ졔 경업이 ᄌ졈의 흉게예 쌔져 쥭은 딕문의 이르러ᄂ 엇지 분ᄒ고 불상ᄒ던지 분얼 이긔지 못ᄒ여 헛 주먹질도 ᄒ고 불상ᄒ 맘이 칭양 읍서 눈물리 압헐 가리오니 이 칙 보다가 살린ᄒ여단 말리 올코 그 ᄌ손이 쓰시 읍시미 올토다

【국문필사 사재동 35장본】

각종 후기後記를 통해 확인할 수 있듯이, 「임경업전」은 임경업에 대한 찬양과 김자점에 대한 증오의 여론을 형성하는 데 성공한 텍스트라고 할 수 있다.[67] 더불어 「임경업전」에서 시작된 복수의 표출 방식이 이

67　이러한 맥락에서, 김자점이 임경업을 처형하는 대목에 이르러 낭독자를 칼로 베어 죽였다던 이른바 '담배 가게 살인 사건'의 의미 역시 재해석의 여지가 발생한다. 이 사건은 주로 낭독자를 통한 소설 향유와 향유층의 확대라는 관점에서 주목되어 왔지만, 시각을 달리한다면 「임경업전」이 뚜렷한 선악구도를 통해 김자점을 철저한 악인으로 형상화하

후 「유충렬전」과 같은 통속적 영웅군담소설에서도 하나의 화소로 사용[68]된다는 사실에 주목해야 한다. 안타고니스트에 대한 처형과 신체 분해 그리고 그것을 나누어 먹는 극단적인 복수의 서사는 「임경업전」의 의도와는 무관하게 이후 조선 후기의 통속적 영웅군담소설에 원용되면서 새로운 서사적 기능을 담당하게 된 것이다.

이처럼 「임경업전」은 '위정자의 소설 활용'을 가장 극명하게 보여 주는 사례이기도 하다. 조선 중기에 소설(몽유록 등 허구적 서사를 포함해서)에 대한 창작과 향유가 비약적으로 증가할 수 있었던 소인素因 중 하나는 다름 아닌 위정자들의 소설 활용에 대한 새로운 각성이었던바, 특히 전란을 소재로 삼은 일련의 소설 중 '정치적 도구로서의 소설'이라는 그들의 의도를 정점에서 드러내고 있는 텍스트가 바로 「임경업전」이라 하겠다. 더불어 「임경업전」은 '복수의 서사'를 결말에 배치함으로써 조선 후기 통속적 영웅군담소설의 주요한 화소를 제공하고 있다는 점에서 그 사적 史的인 의미 역시 간과할 수 없다.

는 데 성공한 텍스트라는 점을 방증하는 자료가 될 수도 있다. 「임경업전」은 영웅과 간신이라는 명백한 선악구도를 택하는 한편 결국 간신에 의한 영웅의 죽음을 그려냄으로써 독자의 몰입과 공분公憤을 자아내고, 이를 통해 궁극적으로 나라의 위기가 김자점이라는 간신에 의해 조장되었다는 '망각의 정치학'을 구사하는 데 성공하고 있다. 사건의 기록은 심노숭, 김영진 역, 『눈물이란 무엇인가』, 태학사, 2001, 159~160면.

68　한담을 능지처참하여 사지를 나누어 놓으니, 장안의 온 백성들이 벌떼같이 달려들어 갈갈이 찢어 올려놓고, 간도 내어 씹어 보고 살도 베어 먹어 보며 유원수의 높은 덕을 수없이 칭송하더라(최삼룡 외역, 『유충렬전 / 최고운전』, 고려대 민족문화연구소, 1996, 171면).

3. 영웅군담소설 출현의 역사적 기반과 정치적 맥락

이상에서 상상된 영웅들을 통해 병자전쟁의 패전에 대한 위무慰撫와 설욕을 지향했던 「박씨전」과 「임경업전」을 살펴보았다. 상상적 복수만이 가능했던 병자전쟁의 특수성으로 인해 두 텍스트 모두 역사와 허구가 공존하면서 서사가 진행되는 특성을 띠게 되었다. 이때의 역사란 역사적 사건과 인물의 등장을 의미하며 허구란 주로 주인공들의 영웅적 행위로 구체화된다. 이 글에서 주목하고자 했던 부분은 특히 영웅의 출현이라는 새로운 소설사적 전개 과정의 역사적 맥락과 그 정치적 함의였다.

먼저 「박씨전」 분석의 전제로서 상상적 여성영웅 출현의 역사적 계기를 '영웅들의 소멸'에 대한 반동이라는 관점에서 살펴보았다. 이때의 영웅이란 당대의 역사적 영웅과 소설 속 영웅을 모두 지칭하는 것으로, 이들의 공통점은 권력과의 알력 속에서 사라지거나 혹은 현실에서 일탈하는 모습을 보였다는 점이다. 저자는 「박씨전」이 병자전쟁에 대한 상상적 설욕을 도모하는 과정에서 영웅과 권력 사이의 알력과 그로 인한 영웅들의 소멸에 주목했으며, 그 결과 '여성'영웅을 내세움으로써 영웅적 활약 후에도 사라지거나 죽음에 이르지 않고 독자들과 함께 공존할 수 있는 새로운 영웅상을 창출하고자 했던 것으로 추론해 보았다. 또한 「박씨전」은 역사적 실상과는 달리 이시백과 김자점의 대립 구도를 설정하고 있는데, 이는 반청파와 친청파의 대립을 상징하는 것으로 해석하였다. 특히 김자점에게 병자전쟁의 모든 책임을 전가하는 서사 전개는 역사 속에서 친청파로 각인되어 있던 김자점을 병자전쟁의 책임자로 기억되도록 하는 정치적 함의를 내포하고 있음을 지적하였다.

「임경업전」은 임경업의 영웅성을 극대화함으로써 그를 존주대의를 실현한 역사적 인물로 재기억될 수 있도록 형상화하고 있다. 「임경업전」의 창작에는 명의 몰락 이후 조선이 곧 중화라는 조선중화주의의 확산과 그에 따른 임경업에 대한 신원伸冤과 재평가의 시대적 정황이 주요한 역사적 토대가 되었다고 본다. 짚고 넘어갈 것은 임경업의 영웅성이 유독 소설이라는 장르 안에서만 부각되는 현상인데, 이는 임경업에 대한 설화나 역사의 기억과도 구별된다는 점에서 주목할 필요가 있다. 다시 말해 「임경업전」은 설화가 기억하고 있던 임경업의 민초적民草的 면모를 포섭하는 가운데 영웅적인 무공武功과 신의로운 인간상의 이미지를 중첩시킴으로써, 임경업을 이상적이고 이념적인 인간형으로 재탄생시킨다. 한 발 더 나아가 텍스트의 결말에서 완벽한 영웅이었던 임경업이 김자점이라는 간신에 의해 허무하게 죽음을 당하는 것으로 묘사함으로써 임경업에 대한 애도의 감정과 그를 죽인 김자점에 대한 극도의 분노를 조장한다. 「임경업전」은 김자점에 대한 엽기적인 복수의 서사로 마무리되는데, 이는 영웅의 죽음에 대한 독자들의 공분公憤을 해소하는 동시에 당대의 역사적 책임 역시 김자점의 죽음과 함께 산화酸化시키는 망각의 정치학을 수행한다.

이처럼 병자전쟁의 회복될 수 없었던 상처는 상상적 영웅들의 활약을 통해서만 그 위안을 마련할 수 있었으며, 이러한 정황이 영웅군담소설 출현의 역사적 계기가 되었다고 할 수 있다. 더불어 이 시기의 영웅군담소설이 후대의 통속성과는 대별되는 강한 정치성을 내포하고 있었다는 점 역시 함께 기억해야 할 것이다.

제5장

조선 중기의 전란과
17세기 소설사의 성격

1. 조선 '중기中期'의 시대 구분과 17세기 소설사

  본 장에서는 이상의 분석 결과를 토대로 17세기 소설'사史'에 관한 그간의 분석과 평가를 되짚어보고 나름의 견해를 제시하고자 한다. 이 글에서 17세기 소설사의 성격을 재고찰하고자 한 이유는, 그간 진행되어 온 17세기 소설(사) 연구가 주로 조선 '후기'의 면모를 드러내고자 하는 시각적 편향에서 자유롭지 못했다고 판단했기 때문이다. 특히 전란의 소설화에 대한 연구는 임진·병자전쟁을 분수령으로 삼아 조선을 전·후기로 이분하는 시대구분론과 공명共鳴하면서 '17세기 소설사= 조선 후기 소설사'라는 도식을 확고히 했던 대표적 연구 분야라고 할 수 있다.

문제는 여기서의 조선 '후기'가 단순히 산술적인 시간적 좌표가 아니라 일종의 합법칙적 역사 전개를 전제한 시간 개념이라는 점이다. 이러한 관점에서 강조되는 조선 '후기'의 면모는 봉건적 신분질서의 해체, 농업생산력의 비약적 발전, 실학의 대두, 민중의식의 성장 등과 같은 '근대성近代性의 맹아萌芽'였음은 주지의 사실이다. 조선 후기 소설(사) 연구 역시 텍스트 분석을 통해 상술한 조선 '후기'의 면모를 확인하는 데 상당한 노력을 경주하였으며, 이 점은 17세기 소설사 연구의 주된 흐름에서도 결코 예외가 아니었다. 고소설사에서의 조선 '후기'는 우리가 흔히 내재적 발전론이라고 불러 온 발전적 역사 전개의 법칙이 적용되는 시·공간으로 상정되곤 하였으며,[1] 나아가 이와 같은 사관史觀은 17세기의 소설 분석이나 그 사적史的 위상 부여에 있어 하나의 확고한 전제로 작동해 온 것이 사실이다.

물론 이러한 시대구분론이나 방법론으로서의 내발론 자체가 문제라는 것은 결코 아니다. 오히려 그것들을 토대로 고소설 연구가 그 깊이와 폭을 심화해 왔음은 명백한 사실이다. 다만 당대의 텍스트가 지니는 의미나 위상이 일차적으로 당대의 시대적·역사적 맥락 속에서 고찰되어야 한다는 전제는 쉽사리 부정될 수 없다.

그렇다면 17세기는 과연 조선 '후기'인가, 조선 '중기'인가. 질문을 더 적절하게 바꾸어 본다면 17세기 소설(사)에 대해 온전히 조선 '후기'의 맥락에서 분석·평가하는 주류적 시각은 과연 온당한 것인가. 저자

---

1   이에 관련된 구체적인 분석은 졸고, 「고소설 연구의 민족 / 민중 / 근대성 지향에 대한 비판적 성찰—내재적 발전론과의 상관관계를 중심으로」, 『민족문학사연구』 48, 민족문학사연구소, 2012.

가 강조하고 싶은 것은 그간의 17세기 소설(사) 연구는 '본격적인 소설 시대'나 '조선 후기 소설사'의 발전적 성격에 부합하는 측면만을 일방적으로 강조해 온 경향이 없지 않다는 점이다. 하지만 이 글에서 살펴본 바에 따른다면 17세기 소설사의 지형에는 반드시 16세기와의 관련성 속에서 논의해야 하는 부분도 존재한다. 즉 17세기는 조선 중기와 후기의 과도기적 성격을 띠고 있으며, 이러한 특성은 소설사의 전개 과정에서도 고스란히 드러난다. 그럼에도 '17세기=조선 후기'의 관점이 소설 연구에서 확고한 전제로 자리 잡혀 있던 까닭에 '16세기와의 연속성'은 간과되어 왔을 뿐이다.

그런데 조선의 시대구분에 있어 '조선 중기론'의 설정은 사실 그다지 새로운 논의가 아니다. 사학계에서는 일찍부터 그 필요성이 꾸준히 제기되어 왔으며, 조선 중기론을 중심으로 주목할 만한 성과들이 다수 제출되기도 했다. 그러나 유독 고전문학 연구에서는 단편적인 언급[2] 외에 구체적인 시대구분론으로 기능하지 못하고 있다. 이러한 현상은 앞서 언급했던바, 고소설 연구가 특히 조선 후기의 텍스트 분석을 통해 내재적 발전의 역사상을 찾는 데 무게중심을 두어 왔다는 점, 그리고 17세기 소설의 면모가 16세기보다 18세기 이후의 그것과 더욱 넓은 외양적 교집합을 형성하고 있다는 사실에 기인한다. 예컨대 17세기에 출현한 '국문소설'은 의심할 바 없이 18세기 이후 고소설사의 주류를 형성했으며, 이에 17세기를 조선 후기 소설사의 기점으로 파악하는 것은 매우 당연한 귀결이었다.

---

2 이에 대해서는 고미숙의 다음 논의와 그에 대한 강명관과 이형대의 토론문을 참조할 것. 고미숙, 「고전문학사 시대구분에 관한 몇 가지 제언」, 토지문화재단 편, 『한국문학사 어떻게 쓸 것인가』, 한길사, 2001, 119~152면.

그러나 조선시대 소설사에 관한 일반적 시대구분, 즉 15~16세기를 전기前期로 17~19세기를 후기後期로 파악하는 시각이 소설사를 넘어 보다 거시적인 맥락의 역사적 성격과 전적으로 부합하는 것인지 짚어 볼 필요가 있다. 17세기 소설은 '외양적 측면' — 표기문자, 분량, 서사의 구성 방식 등 — 에서 보자면 의심할 바 없이 16세기보다 18세기에 더 가깝지만, 과연 그 '역사적 성격'에 있어서도 같은 결론을 내릴 수 있을 것인가가 문제의 핵심이다.

이 문제에 대해 저자는 17세기 소설사가 그 외양적 특징은 18세기에 접해 있지만, 소설을 둘러싼 담론의 '이념적 지형' 차원에서는 16세기와 더욱 밀접한 관련을 맺고 있으며, 바로 이 부분이 조선 '중기'의 맥락에서 17세기 소설사를 조망해야 하는 이유라고 본다. 다시 말해, 16세기 이래 점차 고조되었던 위정자爲政者 혹은 상층 남성들의 '허구적 서사'에 대한 관심이, 소설을 활용한 여성과 기층민의 '교화와 훈육'에 대한 관심으로 확장되면서 조선 '중기'의 소설 발달을 이끈 근본적인 동력이 되었으리라는 것이다.

이러한 입장에서 본다면 조선 중기의 전란은 상술한 소설사의 변화를 더욱 촉발시킨 계기로서 그 의미를 재음미해 볼 수 있다. 전란은 봉건적 질서의 해체와 그로 인한 조선 후기의 도래를 유발한 사건이라기보다 '유교적 변환의 완성'으로 일컬어지는 '조선 중기의 역사적 전환'을 촉진시킨 계기로 해석하는 것이 더욱 온당하다는 것이다. 이런 맥락에서 조선 중기 소설사의 특징, 즉 소설이 '위정자들의 도구'로 활용되기 시작했다는 점에 다시 한 번 주목한다면, 이는 소설에 대한 위정자들의 급격한 인식 변화를 의미하며 동시에 조선 후기 소설사의 역동성과는 구별되는 조선 중기 소설사의 '이데올로기적 특수성'으로 해석될 수 있다.

그렇다면 유교적 글쓰기의 맥락에서 불온한 글쓰기 혹은 기껏해야 기양技癢의 소산으로 취급되던 소설이 본격적인 유교화의 진행 과정 속에서 그 가치가 재평가될 수 있었던 원인은 무엇인가. 이는 그 어떤 장르보다 강력했던 소설의 감응·확산력을 간파하고 그 힘을 재빨리 훈육과 이념 전파의 도구로 활용하고자 했던 상층 남성들의 현실적 요구 때문일 것이다. 우리가 성리학의 시대 혹은 계몽의 시대라고도 부르는 16세기에 소설 발달의 기반이 형성될 수 있었던 기저에는 '도구로서의 소설'이라는 새로운 소설관이 자리하고 있었던 것이며, 이는 또한 소설사적으로 16세기와 17세기를 매개해 주는 '문제적 연속성'[3]을 형성하고 있다는 점에서 주목을 요한다. 이에 대한 구체적 논의에 앞서 16세기 소설사의 변화 양상 중 주목해야 할 국면들을 간략히 살펴본 후, 2장에서 4장까지의 텍스트 분석 결과를 토대로 관련 논의를 이어가도록 하겠다.

---

3   문학사의 전개에 있어 텍스트 상에 드러난 가시적可視的 연속성과 구분되는 문제적 연속성의 개념에 대해서는 김흥규, 『한국문학의 이해』, 민음사, 1986, 198~205면.

2. 16세기 소설사─결말 구조의 변화와 교화소설의 출현[4]

    16세기 소설이 보여준 다양한 변화 양상 중 먼저 결말 구조의 변화를 살펴보자. 『금오신화金鰲新話』 이후 우리의 서사문학사는 16세기를 거치면서 본격적인 전개 과정에 들어선다. 그런데 이때의 '본격적'이라는 용어가 의미를 획득하기 위해서는, 소설의 향유 과정에 더 많은 '독자 대중'이 포함되어야 함을 강조할 필요가 있다. 그 이유는 우리의 초기 소설사를 장식한 전기傳奇 장르가, 『금오신화』의 경우를 통해 알 수 있듯이, 그 특유의 고답성과 폐쇄성으로 인해 접근의 제한성이 매우 강했기 때문이다. 우리 고소설사의 초기 지형이 중국의 그것과는 근본적으로 달랐다고 한다면 그 차이는 창작 주체의 독자에 대한 고려에서부터 찾을 수 있을 텐데, 핵심은 소설 창작의 주체가 애초에 텍스트에 접속할 수 있는 역량을 지닌 소수의 독자만을 염두에 두고 있었다는 점이다. 『금오신화』로 대변되는 초기 소설에 대해 "추상적·내면적 자아의 추구, 즉 우언적 입언立言이 중핵을 차지한다는 점에서 개인주의 소설이자 심리소설로 평가"[5]한 견해는 위에서 언급한 초기 소설사의 특징적 국면을 잘 드러내고 있다.

    한편 이러한 초기 소설사의 정황이 조선적 문언文言소설의 전통을 이

---

4   본 절은 저자의 다음 논문 중 제2장에 해당하는 내용을 일부 수정해 실은 것임을 밝혀 둔다. 졸고, 「'행복한 결말'의 출현과 17세기 소설사 전환의 일 양상」, 『고전과 해석』 10, 고전문학한문학연구학회, 2011.

5   양승민, 「17세기 전기소설의 통속화 경향과 그 소설사적 의미」, 고려대 박사논문, 2003, 184면.

룬다는 점이 지적되기도 했는데, "명대 중국의 문인창작은 대중적 문예의 성황을 배경으로 성립한 때문에 통속적인 권선징악을 강하게 의식했던 데 반해서 조선의 문인창작은 작가의 정신적 지향이 순수하게 표현"⁶되었다고 본 것이다. 이러한 견해 역시 통속성과는 별도의 차원에서 형성됐던 우리 초기 소설사의 특징적 지형을 적확하게 지적한 것이라 하겠다.

빼어난 문예미와 도저到底한 주제의식을 겸한 『금오신화』가 우리 고소설사의 백미임에는 분명하겠지만, 상층 문학 특유의 고답성과 폐쇄성으로 인해 보다 다양한 계층의 독자와 접속될 수 있는 계기가 차단된 것 역시 부정할 수 없는 사실이다. 결국 작가는 문제적 현실에 대한 자신의 소회를 우의寓意하기 위해 '불온한 장르'인 소설을 활용하면서 지음知音에 가까운 소수의 독자만을 상정했다고 볼 수 있다. 상황이 이렇다면, "금오산에 들어가 글을 지어 석실에 감추어 두고 말하기를, '후세에 반드시 나를 알아줄 사람이 있을 것이다.'入金鰲山, 著書藏石室曰 : 後世必有知쑹者"⁷라는 작가의 언명은, 소설 창작에 대한 겸양이나 수사적 표현만이 아니라 작자와 소설 그리고 독자의 관계망을 드러내고 있는 직접화법일 수도 있다. 요컨대, 15세기 조선의 소설은 '독자'의 소설이라기보다 '작가'의 소설에 가까웠던 것이다.

15세기의 '작가' 중심 소설관은 16세기로 접어들면서 변화하기 시작한다. 변화의 방향을 암시하는 표지는 '행복한 결말'의 등장인데, 우

---

6   임형택, 「『화영집』을 통해 본 16, 7세기 한중소설사―'권선징악'의 서사구조」, 『한국고전문학회 제227차 정례학술발표회 논문집』, 2003.8, 58면.
7   김안로金安老, 『희락당고希樂堂稿』 권8 「잡저雜著」 「용천담적기龍泉談寂記」

리는 「하생기우전何生奇遇傳」을 통해 그 구체적 양상을 확인할 수 있다. 주인공의 죽음이나 '부지소종不知所終'의 결말을 즐겨 사용하던 전기傳奇가 16세기로 오면서 '행복한 결말'을 도입했다는 사실은 서사 구조의 변화만을 의미하는 것이 아니라 소설이 더 '확장된 독자층'을 염두에 두기 시작했음을 알려준다. "독자는 자신의 예상이 실현되었을 때, 작품의 결말 부분에서 더 이상 갈등을 일으키는 요소가 남아 있지 않고 앞으로도 없을 것이라고 확신할 때 심리적 안정을 느끼"[8]게 되며, 이것이 곧 소설을 대하는 일반적인 독자들의 기대 심리라 할 수 있기 때문이다. 장르 관습을 일탈해 '행복한 결말'의 구조를 보여준 「하생기우전」은 그런 의미에서 '애정전기의 통속화'를 일찌감치 보여준 텍스트이다.[9]

더욱이 「천군전天君傳」이나 「오륜전전五倫全傳」에서 보듯이, 16세기의 소설은 흥미 추구 외에도 성리학적 이념의 전수나 대중 교화에 이르기까지 다양한 방면에 걸쳐 활용되었는데, 흥미로운 것은 세 작품 모두 '행복한 결말'의 구조를 차용하고 있다는 점이다. 이처럼 16세기 소설사는 '행복한 결말'의 구조가 적극적으로 활용된 결과 15세기와는 질적으로 다른 지형이 형성되고 있었다.

그런데 이 지점에서, 이러한 변화의 주요한 배경에 당대 위정자爲政者들과 소설 사이의 '타협'이 자리하고 있었음을 상기할 필요가 있다. 위정자들은 소설의 감응력과 그 독자층을 염두에 두면서 다양한 목적 달성을 위한 도구로 소설을 활용하기 시작했으며, 그러한 새로운 움직임

---

8   엄기영, 『16세기 한문소설 연구』, 월인, 2009, 178면.
9   「하생기우전」의 소설사적 의의를 상술한 맥락에서 평가한 견해는 위의 책, 166~179면 참조.

이 16세기 소설사 변화의 맥락과 밀접하게 연관되어 있었기 때문이다. 「오륜전전」은 위와 같은 소설사적 정황을 단적으로 보여 준다. 이하에서는 「오륜전전」이 소설을 활용한 훈육과 이념 전파의 남상濫觴이라는 점에 주목하면서 관련 논의를 이어가도록 하겠다.

독자층의 확대와 '행복한 결말'의 출현은 매우 밀접한 관련을 맺고 있는 현상인데, 다수의 소설 향유자들이 하나의 서사물에 대한 독서(혹은 청취)를 통해 얻고자 한 것은 비극적 문예미라기보다 허구적 갈등이 빚어낸 긴장감과 그것의 해소를 경험하면서 얻게 되는 흥미와 심리적 안정이라고 할 수 있기 때문이다. 그리고 이와 같은 독자층의 수요 확산이 상업성의 논리와 맞물리면 곧바로 대량의 통속소설들이 쏟아져 나오게 될 것임은 자명하다. 하지만 조선의 초기 소설사의 경우 사정이 다르다. 표기문자 전환에 힘입은 소설 독자층의 저변 확대가 곧바로 상업성의 논리와 연결되지는 않았으며, 오히려 '소설을 통한 계몽과 교화'라는 조선의 독특한 문화적 현상을 야기했기 때문이다.

이런 관점에서 다시금 살펴보아야 할 것이 바로 「오륜전전」이다. 「오륜전전」은 교화와 흥미가 어떻게 접점을 이루어 가는가를 보여주는 초기 텍스트라는 점에서 그 의의가 매우 크다. 또한 「오륜전전」의 번안과 보급[10]은 당대 위정자들의 소설을 대하는 태도에 근본적인 변화가 시작되었음을 알리는 중요한 사건이기도 하다. 우선 널리 알려져 있는 자료이긴 하지만 논의의 흐름을 위해 낙서거사洛西居士 이항李沆(1474~1533)의 서문에서 「오륜전전」 탄생의 배경을 다시 한 번 확인해 보자.

---

10 「오륜전전」의 원문 및 종합적 고찰은 윤주필, 『윤리의 서사화』, 국학자료원, 2004 참조.

그러나 그 받은 성품이야 고금의 차이가 없으니 만약 그 밝은 곳을 인하여 개도하고 그 좋아하는 바를 취하여 권유한다면 오상의 가르침이 세상에서 다시 밝아지지 않겠는가? 내가 보건대 여항의 무식한 사람들이 언자諺字를 배워 노인들이 해주는 이야기를 베껴 밤낮으로 이야기를 하는데 이석단과 취취의 이야기 같은 것들은 음설망탄淫藝妄誕하여 실로 취하여 보기에 부족하다. 오로지 오륜전 형제의 이야기만이 아들이 되어 능히 효를 행하고 신하가 되어 능히 충을 행하며 부부 사이에는 예가 있고 형제 사이에는 깊이 따르며 또한 붕우와 더불어 믿음이 있으니 은혜로움이 있게 된다. 그것을 읽으면 사람으로 하여금 늠연측달凜然惻怛케 하니 어찌 본연의 성품에 느끼는 바가 있어서가 아니겠는가.[11]

서문에서 우리는 널리 알려진 바대로 '표기문자의 전환과 소설의 저변 확대'[12]라는 시대상의 변모를 확인할 수 있다. 여기에서 한 발 더 들어가 본다면 소설을 대하는 위정자들의 태도가 변화하기 시작했다는 것 그리고 변화의 지향이 소설을 통한 교화와 감계, 즉 일종의 '계몽'이었다는 사실 역시 간취할 수 있다. 「설공찬전」 파동이 보여준 위정자들의 원칙론적인 '소설배격론'[13]은 이제 현실적인 차원에서 일정한 타협

---

11 然, 其所受之性, 則固未嘗有古今之異, 若因其所明而開導之, 就其所好而勸誘之, 則五常之教, 豈不復明於世乎? 余觀閭巷無識之人, 習傳諺字, 謄書古老相傳之語, 日夜談論. 如李石端翠翠之 說, 淫藝妄誕, 固不足取觀 獨五倫全兄弟事, 爲子而克孝, 爲臣而克忠, 夫與婦有禮, 兄與弟甚順, 又能與朋友信而有恩. 讀之令人凜然惻怛, 豈非本然之性, 有所感歟!(위의 책, 196~197면).
12 표기문자의 전환과 그에 따른 소설 향유 양상 변화와 그 의미에 대해서는 다음 논문을 참고할 것. 정출헌, 「17세기 국문소설과 한문소설의 대비적 위상」, 『고전소설사의 구도와 시각』, 소명출판, 1999; 정출헌, 「표기문자 전환에 따른 16~17세기 소설 미학의 변이 양상」, 민족문학사연구소 고전소설사연구반, 『묻혀진 문학사의 복원』, 소명출판, 2007, 163~198면.

과 변화를 피해 갈 수 없었던 것이다. 그리고 이때의 '타협'이란 교화의 도구로써 소설을 '활용'한다는 것일 텐데, 여기에서 우리는 그러한 '활용'을 보다 원활하게 만든 서사 내적 요인들을 더 살펴볼 필요가 있다. 「오륜전전」은 과잉된 혹은 지나치게 직설적인 주제 전달로 인해 독자의 '읽는 맛'을 상당 부분 훼손시키고 있긴 하지만, 구체적인 갈등 상황의 조성과 그것의 해결을 통해 '독자'에게 한 발 더 다가서려는 노력을 게을리하지 않고 있다는 점이 강조될 필요가 있기 때문이다.

「오륜전전」의 서사를 따라가 보면 거기에는 무고誣告로 인한 위기 상황의 조성, 직언直言과 좌천, 적괴賊魁들의 겁탈 위협과 여인의 자결, 전쟁과 피로被擄 후의 정황, 천녀天女의 현몽現夢, 최종적으로 보이는 관작의 수여 등과 같이 이후의 소설에서 서사적 흥미를 고취하는 화소들이 다소 구비되어 있다. 뿐만 아니라 신이한 약을 복용한 후 개안開眼하는 대목이나 신선이 되어 세상을 떠나는 선거仙去 모티프도 함께 살펴볼 수 있는 등 기존의 소설과는 전혀 다른 서사 세계가 구축되어 있다. 이처럼 「오륜전전」은 적대자의 형상화, 악인惡人의 등장 및 그에 따른 갈등과 해결의 과정을 통해 '행복한 결말'에 이르는 최초의 번안 소설로 정의할 수 있는 것이다. 매우 고리타분한 이야기로 받아들여지기 쉬운 '오륜전·오륜비 형제의 이야기'가 사람들의 관심을 꽤나 받을 수 있었던 데에는 상술한 바와 같은 흥미로운 화소들의 역할이 컸다고 하겠다.

그럼에도 '흥미 추구'의 면에서 「오륜전전」의 서사적 한계가 없는 것은 아니다. 말하자면 '권선勸善'은 있으나 '징악懲惡'은 없는 형국이다.

---

13 물론 「설공찬전」을 둘러싼 조정朝廷의 파동은 단순한 '소설 배격'을 넘어 당파적 이해 관계의 부산물이기도 하다. 하지만 그와 같은 극단적 배격이 가능했던 배경에는 소설에 대한 공격이 당연시되는 사회적 분위기가 자리하고 있음도 간과할 수 없다.

실제로 작품 속의 거의 모든 갈등은 한 인물이 충효忠孝에 바탕을 둔 진
정眞情을 표시하면 갈등의 대상자가 그 정황에 감복해 갈등이 종결되는
것으로 그려진다. 악인형惡人型 인물까지도 주인공의 선한 마음에 감복
해 자신의 본연지성을 회복하는 형상이다.

여기서 한 가지 지적할 것은 「오륜전전」에 드러난 교화의 방식, 즉
인간의 선한 본성에 호소하고 감화를 촉발시켜 사회질서를 바로잡고자
했던 시도가 당대 성리학자들이 주장했던 대민 교화 정책의 색채와 매
우 흡사하다는 점이다. 「오륜전전」의 번안과 전파에 노력을 기울였던
위정자들은 여항인들을 법률로 다스리기 이전에 그들의 본연지성本然之性
이 소설을 통해 발아하기를 바랐으며, 궁극적으로 오륜五倫이 하나의
생활윤리로 자리 잡기를 희구했던 것으로 보인다.

이와 관련해 「오륜가五倫歌」의 작가이기도 한 주세붕周世鵬이 풍기군
수로 부임했을 때 피치자에 대한 교화 정책을 어떤 방식으로 실천했는
지 알려 주는 사료를 살펴보는 것도 도움이 될 것이다.

전에 형으로서 아우를 송사하여 그 재물을 빼앗으려는 백성이 있었는데,
주세붕이 그 백성을 시켜 제 아우를 업고 종일 뜰을 돌게 하되, 게을러지면
독촉하고 않으면 꾸짖었다. 몹시 지치게 되었을 때에 그 백성을 불러 묻기를
'너는 이 아우가 어려서 업어 기를 때에도 다투어 빼앗을 생각을 가졌었느
냐?' 하니, 그 백성이 크게 깨달아 부끄럽게 여기고 물러갔다. 또 생원生員
이극온李克溫이 제 아우를 송사하여 다툰 일이 있었는데, 주세붕이 흰 종이
한 폭에 왼면에는 이理자를 쓰고 오른면에는 욕欲자를 써서 이극온에게 주고
찬찬히 타이르기를 '네가 곧거든 이 자 아래에 이름을 적고 너에게 욕심이

있었거든 욕 자 아래에 적으라' 하니, 이극온이 붓을 잡고 낯을 붉히며 머뭇
거리고 결단하지 못하였다. 그러자 주세붕이 소리를 돋우어 '너는 생원인데
어찌 이와 욕을 분별할 줄 모르겠느냐, 빨리 적으라.' 하니, 이극온이 곧 욕
자 아래에 적고서 간다는 말도 없이 달아났다. 주세붕이 5년 동안 벼슬을 살
았는데, 정사를 행하는 것이 이와 같았다. 처음에는 사람들이 다 헐뜯고 비
웃었으나, 성신誠信이 점점 젖어 들어서 오래되자 교화되니, 전일 헐뜯고 비
웃던 자들이 다 감복하였다.[14]

 형제간의 송사에 대한 주세붕의 처결은 객관적인 법 적용이 아니라
법 이전의 형제애를 강조하는 방향으로 진행된다. 이처럼 법보다 본연
지성(형제애)을 강조하는 위정자의 모습은 「오륜전전」에도 그대로 등장
하는데, 이는 「오륜전전」의 서발序跋에서 누차 강조하고 있는 풍속의
교화가 주세붕이 지향했던 교화의 성격과 동질적인 것임을 의미한다.

3. '조선 중기 소설사'의 제언

 이상에서 살펴보았듯이 16세기 소설사의 변화는 위정자들의 소설에
대한 인식 변화에 힘입은 바가 크다. 위정자들의 소설관 변화는 이념과

---

14 『중종실록』 36년 5월 22일.

사상의 전파 혹은 대민對民 교화를 위한 소설의 적극적 활용 양상으로 구현具現되었다. 그리고 16세기의 이와 같은 소설사적 정황은 17세기에도 전란 이후의 급변하는 시대상 속에서 지속·심화된다. 결국 조선 중기를 거치면서 '도구로서의 소설'이라는 새로운 소설관이 고소설사 전개의 주요한 인식론적 기반으로 자리 잡게 되었고, 이러한 소설관의 지속과 확장은 16~17세기 소설사 전개의 맥락에서 일종의 '문제적 연속성'이 형성되는 토대를 제공했다. 이하에서는 2장부터 4장까지의 텍스트 해석을 종합해 봄으로써 16~17세기를 중심으로 한 '조선 중기 소설사'의 특징적 면모를 부각해 보고자 한다.

먼저 전기계 소설의 경우 「위생전」이 보여준 이념적 선회[15]를 지적할 수 있다. 「위생전」은 '동정호'를 주요 배경으로 설정해 이비二妃와 굴원에 대한 기억을 환기하고 충절忠節의 분위기를 고조시킨다. 또한 기존 애정전기에 등장하지 않았던 '강개지사형慷慨之士型 인물'을 보조 인물로 설정해 주인공의 야합野合을 도덕적으로 질타하기도 한다. 무엇보다 눈에 띄는 것은 위생의 죽음에 연이어 소숙방의 종사從死를 그려내고 있다는 점인데, 이는 임진전쟁 이후 폭발적으로 증가했던 열녀 담론이 「위생전」 창작에 영향을 끼친 탓으로 판단된다. 그리고 소숙방의 종사從死는 작품 서두에서 언급했던 이비二妃의 순사殉死와 자연스럽게 겹쳐지는데, 이는 소숙방의 죽음에 대한 작가의 이념적 찬사를 은연중에 드러내는 구성이다. 이처럼 「위생전」은 「주생전」을 모태로 창작되었음에도 불구하고, 「주생전」이 보여준 남녀 간 애정에 대한 긍정적 시

---

15 '이념적 선회'란 「주생전」과의 비교·대조 과정을 전제로 한 표현이다.

선에서 벗어나 여성의 순사殉死나 종사從死를 텍스트의 미덕이 되도록 재구성함으로써 「열녀전」류가 보여준 '여성 교화'의 면모를 지니게 된다. 이것이 「위생전」이 보여 주는 '이념적 선회'이며, 소설과 교화의 새로운 관련 양상 중 하나이다.

「최척전」은 전란의 와중에 헤어진 부부가 동아시아 삼국을 전전하다가 종국에는 확장된 가족으로 완벽하게 재회한다는 내용을 그리고 있다. 현실적으로 불가능에 가까운 「최척전」의 이러한 서사는, 역으로 가족 이산離散이라는 전란의 상흔을 극복하기 위해 문학적 상상력이 요청되던 절박한 시대 상황을 알려주기도 한다. 더 적극적으로 평가하자면, 「최척전」의 상상력은 전쟁의 피해자였던 당대의 작가와 독자 모두에게 위안과 치유의 가능성을 제시해 주었다고 할 수 있다.

그런데 작품의 '완벽한 대단원大團圓'을 구현하기 위해 여성 주인공에게 또 다른 책무가 부여되고 있었다는 사실 역시 간과해서는 안 된다. 「최척전」의 옥영은 기존 애정전기의 여성 주인공과 달리 '정절貞節'의 사수死守를 넘어 '생존'을 위해 분투하는데, 그녀의 고난이 '가족'이라는 '집단 주체'의 지속과 번영을 위한 과정이었다는 점에 문제의 핵심이 있다. 정절의 훼손을 목숨과 맞바꾸곤 했던 기존 애정전기의 여주인공들이 스스로의 죽음을 선택할 수 있었다는 측면에서 오히려 주체적이었다면, 옥영은 '가족'을 위해 죽음까지도 유예해야만 했다는 점에서 여성의 주체적 면모가 오히려 훼손됐다고 볼 수도 있기 때문이다. 따라서 우리는 「최척전」의 문학적 위안의 기능과 함께 텍스트에서 암시되기 시작한 가족(문)의 회복과 번영을 위한 여성 주체의 소멸 징후역시 함께 눈여겨 보아야 한다.

이처럼 옥영의 행보가 보여준바 애정전기 여주인공의 성격 변화는 가부장제적 질서의 확립과 그에 따른 여성의 지위 변화라는 17세기의 시대상을 '징후적' 차원에서 함축하고 있다. 개인 주체에서 가족 주체로 포섭된 여성들은 전쟁의 여파가 가라앉을 때쯤, 가족과 가문의 안정과 번영을 위해 희생을 감내해야 하는 주체로 자리매김되며, 17세기 '가정(문)소설'은 이러한 변화를 극적으로 보여 주는 새로운 장르이다.

17세기 전계 소설과 영웅군담소설의 경우 이념적·정치적 목적을 내포하고 있는 경우가 특히 두드러졌다. 「강로전」은 '강오랑캐姜虜'라는 역설적인 주체를 탄생시키고 나아가 그에게 역사적 책임을 전가하기 위한 텍스트이다. 인조반정의 주체들이 정묘전쟁 이후 자신들의 정치적 헤게모니를 다시금 공고히 하기 위해 패전에 대한 역사적 책임을 강홍립에게 전가하고자 했던 것이다. 강홍립에 대한 평가가 엇갈리고 있던 시대적 정황 속에서, 작가는 「강로전」을 통해 그를 철저하게 무능한 장수이자 반적叛賊으로 형상화함으로써 담론 경쟁의 우위를 확보하고자 했던 것으로 판단된다. 이렇듯 역사적 평가나 이념을 둘러싼 담론 간의 충돌 과정 속에서 특정한 이해 집단의 헤게모니를 정당화하고 또 강화하기 위한 방편으로 소설이 활용되었다는 점에서, 「강로전」은 '도구로서의 소설'이라는 개념이 17세기에도 강하게 지속되고 있었다는 사실을 잘 드러내 준다.

「박씨전」은 '여성영웅'을 출현시켜 독자의 기대와 흥미를 충족시키는 동시에 반청反淸이데올로기를 확산시키고자 하는 의도가 내재된 텍스트이다. 특히 김자점 개인에게 병자전쟁의 모든 책임을 전가하는 서사 전개는, 역사 속에서 친청파로 각인되어 있던 김자점을 병자전쟁의 유일한 책임자로 기억되도록 하려는 정치적 함의를 내포하고 있다. 「박씨전」은 병자전쟁의 와중에 강화도에서 무참히 죽어간 여성들을 상상적 차원에서 위무하는 한편 김자점을 '공공의 적'으로 형상화함으로써 많은 위정자들의 정치적 책임을 망각하게 만드는 효과를 동시에 거두고 있다.

「임경업전」은 설화가 기억하고 있던 임경업의 민초적民草的 면모를 포섭하는 가운데 영웅적인 무공武功과 신의로운 인간상의 이미지를 중첩함으로써 임경업을 이상적이고 이념적인 인간형으로 형상화한다. 중요한 지점은 설화나 역사 속의 임경업과 소설 속의 임경업은 그 형상이 매우 다르며, 특히 영웅적 면모를 지닌 임경업의 형상은 소설을 통해서만 구현된다는 점이다. 이를 통해 볼 때 소설 속 임경업의 영웅적 형상은 조선중화주의의 확산 과정 속에서 그를 대명의리론의 화신으로 재규정해 나가던 시대적 추세의 산물로 규정할 수 있다. 결국 소설 속 임경업의 영웅상은 위정자들의 정치적 의도 하에 창조된 허구적 산물이라 하겠다.

여기에 더해 텍스트의 결말에서 완벽한 영웅이었던 임경업이 김자점이라는 간신에 의해 허무하게 죽음을 당하는 것으로 묘사함으로써 임경업에 대한 애도의 감정과 그를 죽인 김자점에 대한 극도의 분노를 동시에 조장한다. 김자점에 대한 엽기적인 복수의 서사로 마무리되는 「임경업전」은 영웅의 죽음에 대한 독자들의 공분公憤을 해소하는 동시에 당대의 역사적 책임 역시 김자점의 죽음과 함께 산화酸化시키는 망각의 정치학을 수행한다. 이렇듯 「임경업전」 역시 '위정자의 소설 활용'을 명징하게 보여 주는 사례이다.

이상에서 살펴보았듯이, 16세기에 발아한 소설의 이념적·정치적 도구화 현상은 17세기에 들어 전란의 상황과 맞물려 더욱 다채롭게 전개되고 있었다. 조선 중기 전란의 소설화 양상은 전란이라는 시대상이 반영된 '17세기' 소설사의 특수성 혹은 독자성으로 해석할 수도 있겠지만, 작품 분석을 통해 확인되듯이 다양한 텍스트의 창작과 향유의 기저에는 '도구로서의 소설'이라는 문제적 연속성이 자리하고 있음을 알 수 있다.

따라서 17세기 소설사의 성격 규정 역시 조선 '후기'소설사의 맥락이나 17세기의 독자성만을 강조하는 시각에서 벗어나, 16세기와의 연관성 속에서 17세기 소설사를 조감하는 입각점을 마련하고, 나아가 이 시기 소설사를 '조선 중기 소설사'로 새롭게 범주화할 수 있을 것이다.

제6장

조선 중기의 전쟁과
17세기 소설사의 국면

1부는 그간 17세기 소설사가 주로 조선 '후기' 소설사의 일환으로 다루어져 오면서 각 텍스트의 성격과 위상에 대한 평가 역시 '소설발달사'적 측면만 편향적으로 강조되어 왔다는 저자 나름의 진단에서 출발했다. 그리고 그러한 연구사적 관성에서 탈피하기 위한 방안으로 조선 중기 전란의 소설화 양상에 주목하고 그에 대한 사적史的 추이를 고찰하는 방식을 통해 17세기 소설사를 재조명해 보았다. 나아가 텍스트 분석 결과를 토대로 17세기 소설사의 또 다른 일면인 조선 '중기'적 면모를 부각하고, '조선 중기 소설사'의 가능성을 주장하였다.

물론 고소설사의 외양적 측면만을 놓고 본다면 17세기는 분명 18세기 이후의 그것과 더욱 흡사하다. 하지만 저자가 보다 주목한 부면은 16~17세기 소설 담당층의 이념적 성향이 지닌 공통점이었으며, 이를 문제적 연속성의 차원에서 접근해 보고자 한 것이다. 이러한 가설을 세울 수 있었던 것은 사학계의 시대구분론에 힘입은 바 큰데, 사학계에서 꽤 오래 전부터 제기되어왔던 '조선 중기론'의 시대구분이 고소설사의 맥락과도 충분한 공분모를 형성하고 있다고 판단했다.

사족층의 발달과 자기 분화 그리고 그들의 대민對民 지배구조의 확립 과정으로 요약될 수 있는 조선 '중기'의 특수성은 이 시기 소설사의 성격을 재조명하는 데 있어서도 중요한 단서를 제공해 주었다. 이른바 '임병양란'을 분수령으로 삼는 이분법적 시대구분은 자연스럽게 이 시기의 텍스트 분석을 통해 조선 후기의 발전적 면모 나아가 근대적 맹아들을 간취해 내기 위한 노력들을 요구하게 되는바, 이러한 정황이 반드시 부정적이라고 할 수는 없지만 텍스트 분석에 있어 일정한 편향을 야기한 것만은 확실하다고 하겠다. 17세기 소설(사) 연구에서, 소외된 지식인으로서의 작가와 그러한 작가의 분신으로 여겨지는 주인공 그리고 민중들의 염원을 반영한 것으로 해석된 영웅상 등이 각별한 평가를 받아 왔던 것은 상술한 정황과 무관하지 않다. 뿐만 아니라 텍스트의 사실성 혹은 현실주의적 성취가 각광을 받았던 맥락 역시 크게 다르지 않다.

저자는 이상과 같은 연구사적 흐름에 문제를 제기하는 한편 17세기 소설사의 성격을 재조명하기 위해 전란을 소재로 한 당대의 소설 분석을 연구의 중추로 설정하였다. 이는 전란이라는 소재가 다양한 하위 장르에 포함되어 있는 정황을 고려할 때 기존의 장르별 연구의 맹점을 어느 정도 극복할 수 있으리라는 기대와 17세기에 발생한 일련의 전란이 조선 '중기'의 특수성을 형성하는 데 가장 직접적인 역사적 사건이라는 판단 때문이었다. 그리고 이러한 전제 하에 되도록 시대적 맥락을 고려하고 텍스트 자체의 문맥을 좇으면서 그 의미와 지향을 분석하고자 노력하였다. 그 결과를 요약해 본다면 다음과 같다.

2장에서는 임진전쟁을 다루고 있는 전기계 소설을 분석하였다.

「주생전」은 임진전쟁이 곧 끝날 것이라는 희망적 판단을 전제로 우연히 만난 명군明軍 서기와의 문예교류를 통해 듣게 된 사랑과 이별 이야기에 공감하고 연민하는 과정 속에서 창작된 텍스트이다. 이때의 공감과 연민이란 타자임에도 불구하고 모두가 공히 전란의 피해자라는 사실과 함께 호기롭던 한 젊은이가 연이은 이별로 인해 차츰 변모하게 되고 나아가 병약한 존재가 되어 간다는 사실에 대한 위안의 성격이 짙다.

「위생전」은 「주생전」에 대한 일종의 반동적 텍스트로서 전란과 남녀관계를 이념적 방향으로 선회하도록 서사를 구성하고 있다. 「위생전」은 작품의 서두에서 동정호라는 배경을 통해 이비二妃와 굴원에 대한 기억을 환기함으로써 충절의 분위기를 자아낸다. 또한 애정전기에서는 찾아보기 어려운 강개지사형慷慨之士型 인물을 주변 인물로 등장시켜 주인공의 야합에 대한 도덕적 질타를 가하기도 한다. 특히 소숙방의 종사從死는 텍스트의 서두에서 언급하고 있는 이비의 순사殉死와 동일시된다고 할 수 있는데, 따라서 작품 말미의 후지後識 곧 "이야기를 들은 처나라 사람들이 다투어 이 일을 기록했다"는 것은 「위생전」의 방점이 위생의 죽음과 연이은 소숙방의 절사節死에 놓여 있음을 강조하고자 한 것이다. 텍스트의 이와 같은 이념적 선회는 임진전쟁 이후 폭발적으로 증가했던 열녀 담론이 창작 과정에 영향을 끼쳤기 때문으로 판단된다.

3장에서는 심하전투를 기점으로 삼고 있는 전계傳系 소설을 분석하였다. 「강로전」은 정묘전쟁과 그에 따른 후금後金과의 화약和約으로 인해 인조반정의 명분이 땅에 떨어진 상황 속에서, 당시 위정자들이 사태의 책임을 전가하고 자신들의 정치적 명분을 유지하기 위해 강홍립을 관련 사건의 책임자로 지목하고 비판을 가할 목적으로 창작·향유된 텍스트이다. 소설이 포착하고자 했던 심하전투의 상흔은 오랑캐에게 항복한 조선의 장수와 그에 따른 이념적 타격이었고, 그러한 관념적 상처를 회복하기 위한 방안으로써 한 인물을 철저하게 오랑캐로 규정해 나갔던 것이다. 더불어 「강로전」을 통해 드러나는 '내포독자의 부상'은 이 시기 소설이 역사적 쟁점에 대한 담론의 경쟁 속에서 당파적 승리를 위한 하나의 서사적 장치로 활용되기 시작했던 정황을 알려 주는 표지이기도 하다.

「김영철전」은 중세질서의 균열과 붕괴 속에서 혼란을 겪을 수밖에 없었던 개인적·국가적 정체성의 문제를 다루고 있는 텍스트이다. 「김영철전」에 수용된 전란의 가장 중요한 특수성은 해당 전란으로 인해 조선의 국가적 정체성이 커다란 혼란을 겪게 되었다는 점이다. 주요한 배경인 심하전투 이래의 정묘전쟁과 병자전쟁 그리고 가도전투 등을 겪으며 조선은 명의 중화주의와 청의 제국주의 사이에서 심각한 정체성의 혼란을 겪게 된다. 결국 조선은 밖으로는 청나라를 '아버지의 나라'로 섬기면서 내심으로는 '조선이 곧 중화'라는 '혼종적混種的 정체성'을 지닌 채로 존속되어 갔던 것이다. 「김영철전」은 그와 같은 조선의 정체성 혼란과 그 여파를 '김영철의 표류 역정'이라는 알레고리를 통해 드러내고자 했다.

4장에서는 병자전쟁을 배경으로 삼고 있는 영웅군담소설을 분석하였다.

「박씨전」은 병자전쟁에 대한 상상적 설욕을 도모하는 과정에서 영웅과 권력 사이의 알력과 그로 인한 영웅들의 소멸에 주목했으며, 그 결과 '여성'영웅을 내세우게 되었다. '여성'영웅은 영웅적 활약 후에도 당대의 역사나 소설 속 영웅들처럼 사라지거나 죽음에 이르지 않고 독자들과 공존할 수 있었기 때문이다. 한편 「박씨전」은 역사적 실상과는 달리 이시백과 김자점의 대립 구도를 설정하고 있는데, 이는 결국 반청파와 친청파의 대립을 상징하는 것으로 해석할 수 있다. 특히 김자점에게 병자전쟁의 모든 책임을 전가하는 서사 전개는 역사 속에서 친청파로 각인되어 있던 김자점을 병자전쟁의 책임자로 기억되도록 하는 정치적 함의를 내포하고 있다.

「임경업전」은 임경업의 영웅성을 극대화함으로써 그를 존주대의를 실현한 역사적 인물로 재기억될 수 있도록 형상화하고 있다. 「임경업전」의 창작에는 명의 몰락 이후 조선이 곧 중화라는 조선중화주의 의식의 확산과 그에 따른 임경업에 대한 신원과 재평가의 시대적 정황이 주요한 역사적 토대가 되었다. 「임경업전」은 설화가 기억하고 있던 임경업의 민초적 면모를 포섭하는 가운데 영웅적인 무공武功과 신의로운 인간상의 이미지를 중첩함으로써 임경업을 이상적이고 이념적인 인간형으로 형상화한다. 그리고 텍스트의 결말을 통해 완벽한 영웅이었던 임경업이 김자점이라는 간신에 의해 허무하게 죽음을 당하는 것으로 묘사함으로써 임경업에 대한 애도의 감정과 함께 그를 죽인 김자점에 대한 극도의 분노를 조장한다. 「임경업전」은 김자점에 대한 엽기적인 복수의 서사로 마무리되는데, 이는 영웅의 죽음에 대한 독자들의 공분을 해소하는 동시에 당대의 역사적 책임 역시 김자점의 죽음과 함께 산화시키는 망각의 정치학을 수행한다.

물론 17세기 소설사 나아가 '조선 중기 소설사'가 이상과 같은 전란의 소설화 양상에 관한 분석만으로 해명되거나 정의될 수 없음은 분명하다. 더욱이 이 글은 전란 관련 소설은 물론 여타 관련 서사문학의 일부만을 다루고 있다는 점에서 근본적인 한계를 지니고 있다. 이에 대한 보완은 추후의 과제로 남겨 둔다.

전쟁의 기억과
서사의 향방들

제1장

김자점金自點 담론의 추이와 소설적 악인 형상화의 정치적 역학

1. 고소설과 악인형 인물

악인형 인물의 출현과 확산은 고소설사의 전개 과정에서 매우 주목할 만한 현상 중 하나이다. 종래 전기傳奇 장르의 주요 서사축이 남녀의 이합구조나 혹은 그 확장형이었던 데 반해 악인형 인물의 출현을 통해 '이합구도'와 대별되는 '대결구도'가 형성되면서,[1] 고소설사의 전개 과정에서 주요한 변곡점이 형성된 것이다. 이에 「운영전」의 특이나 「홍길동전」의 적대자들이 재조명되는가 하면, 17세기 국문장편소설에 등장하는 다양한 악인형 보조 인물과 함께 특히 악녀나 요첩妖妾의 형상

---

[1] 고소설사의 흐름에 있어 이합구조에서 대결구도로의 전환에 주목한 연구로는 정환국, 「17세기 소설에서 '악인'의 등장과 대결구도」, 『한문학보』18, 우리한문학회, 2008.

에 대한 다양한 시각의 연구들이[2] 꾸준히 이어져 왔다.

그런데 이 문제와 관련해 본고에서 보다 주목하고자 하는 지점은 허구적 인물이 아니라 역사 속의 실존 인물이 악인 혹은 적대자의 형상으로 등장하는 서사들이다. 우리는 특히 강홍립과 김자점의 예를 통해 실존 인물의 악인적 형상화에 관한 구체적 접근을 시도해 볼 수 있겠는데, 이들 중 강홍립은 이미 '부정적 주인공의 출현'이라는 새로운 사적 조류로서 주목된 바 있지만,[3] 김자점에 대해서는 부분적인 언급들만이 존재했을 뿐 '악인형 인물(의 출현)'이라는 측면에서 진행된 연구는 아직 없다고 할 수 있다.

이런 상황에는 김자점에 대한 역사적 평가와 소설 속의 형상화 사이에서 별다른 괴리나 왜곡을 발견하지 못했던 이유가 가장 크게 작용한 것 같다. 다시 말해 병자전쟁 발발의 책임자나 임경업의 원억한 죽음에 대한 주모자主謀者로서 악인의 전형으로 묘사되는 김자점의 '소설적' 형상화는 그에 대한 '역사적' 평가와 거의 일치하는 것으로 인식되어 왔다는 것이다.[4] 이에 소설 속 김자점의 악행 역시 '사실'의 재현으로 받아들

---

2 특히 많은 주목을 받은 텍스트는 「사씨남정기」라고 할 수 있다. 김현양, 「사씨남정기와 욕망의 문제」, 『고전문학연구』 12, 한국고전문학회, 1997; 신재홍, 「사씨남정기의 선악 구도」, 『한국문학연구』 2, 고려대 민족문화연구원 한국문학연구소, 2001; 강상순, 「사씨남정기의 적대와 희생의 논리」, 『고소설연구』 12, 한국고소설학회, 2001; 조현우, 「사씨남정기의 악녀 형상과 그 소설사적 의미」, 『한국고전여성문학연구』 13, 한국고전여성문학회, 2006.

3 박희병, 「17세기 초의 숭명배호론과 부정적 소설주인공의 등장」, 양포이상택교수 환력기념논총간행위원회, 『한국 고전소설과 서사문학』 상, 집문당, 1998.

4 김자점을 친청파親淸派로 규정하거나 소현세자 독살 혹은 강빈 옥사 등과 같은 정치적 음모의 주체로 단정하는 견해는 사학계에서도 하나의 주류를 형성해 왔는데, 최근 이에 대한 반론이 제기된 바 있어 주목된다. 이에 대해서는 김용흠, 「조선 후기 역모 사건과 변통론의 위상−김자점 역모 사건을 중심으로」, 『사회와 역사』 70, 한국사회사학회, 2006 참조.

여겼을 뿐 특별한 고찰의 대상이 되지 못했으며, 이는 궁극적으로 해당 텍스트의 해석 시각을 고착화하는 결과까지 초래했다고 판단된다.[5]

특히 고소설과 관련해 김자점을 철저한 악인형 인물로 설정하게 만든 '임경업 살해 사건'의 경우, 그와 같은 설정이 얼마만큼의 진실을 담고 있는가에 대해서는 반드시 별도의 고찰이 요구된다. 왜냐하면 '영웅의 살해자'라는 김자점의 혐의는 '사실事實'이라기보다 '영웅의 죽음'을 미화하고 또 조작함으로써 자신들의 헤게모니를 공고히 하고자 했던 주체들이 빚어낸 하나의 '담론'으로 판단되기 때문이다. 요컨대 본고의 목적은 역사나 소설 모두에서 ─ 심지어 오늘날까지도 ─ '영웅(＝임경업) 살해'라는 혐의를 통해 악인형 인물의 대표자가 된 김자점의 형상에 의문을 제기하고, 그에 대한 혐의가 '루머'에서 '사실'로 전환되는 과정에 개입된 정치적 역학관계를 밝힘으로써, 악인형 인물이 고소설에 출현하게 되는 하나의 역사적 조건을 파악해 보고자 하는 것이다. 이는 결국 정치 일선에서의 당파적·이념적 길항 관계가 소설사에 있어 '악인형 인물의 출현'을 배태한 하나의 기반이 되었음을 증명할 수 있는 흥미로운 착목의 지점이라 생각한다.

5　이러한 정황은 소설 「임경업전」의 의미를 실전實傳 「임경업전」과의 비교·고찰 속에서 간취해 내고자 했던 초기 연구에서 뚜렷하게 드러난다. 사실과 소설의 거리에 주목한 이 연구에서 김자점이 친청파라거나 혹은 임경업의 살해자라는 담론은 명징한 '사실'의 영역에서 다루어진다. 하지만 이는 '실전實傳의 기록＝사실史實'이라는 전제에 입각한 견해로서, 본고의 시각과는 근본적인 차이가 있다. 요컨대 본고의 핵심적인 문제 제기는 '실전實傳'을 통한 '루머의 사실화 과정'이며, 바로 그 과정을 통해 김자점이 소설 속에서 악인의 전형으로 묘사될 수 있었던 근원적인 동력이 마련되었으리라는 것이다. 그리고 이러한 과정을 염두에 둔 해석이 소설 「임경업전」에 대한 보다 온당한 접근을 가능하게 하리라 판단된다. 「임경업전」에 관한 소설과 실전의 거리 및 그 의미에 대해서는 서대석, 「임경업전과 병자호란」, 『군담소설의 구조와 배경』, 이화여대 출판부, 1985.

이상과 같은 문제의식을 바탕으로 이하 다음의 순서에 따라 논의를 진행하고자 한다. 2절에서는 김자점에 대한 당대의 비판 양상과 그 추이를 살펴보겠다. 이를 통해 김자점을 둘러싼 비판의 양상과 그 지향이 결코 고정되어 있던 것이 아니며 시대적 정황 속에서 점차 변모해 갔음을 밝히고자 한다. 3절에서는 송시열로 대변되는 산림 계열 의리론자들의 전傳이 김자점의 소설적 형상화에 결정적 역할을 담당했음을 추론해 보고자 한다. 4절에서는 소설 텍스트에 등장하는 김자점의 구체적 형상을 살펴보고, 2~3절의 논의를 토대로 기존의 시각과는 다른 방향에서 그 의미를 독해해 볼 것이다.

2. '루머'에서 '사실'로의 전환 —악명惡名의 고착화 과정

1) 김자점에 대한 비판의 양상과 추이

김자점金自點(1588~1651)의 정치 행보는 그와 매우 밀접한 관계였던 인조와 떼어놓고 생각하기 어렵다. 김자점은 인조반정의 1등 공신에 녹훈되면서 정계에서 두각을 나타내기 시작한 인물이다. 병자전쟁 시 도원수로서의 책무를 다하지 않았던 탓에 잠시 유배되기도 했지만, 척화파 신료들을 배척하고 자신의 뜻에 영합할 수 있는 인물들을 중용함으로써 정국을 운영해 나가고자 했던 인조의 의중에 힘입어 김류 등과 함께 정계에 복귀하게 된다.[6] 더욱이 정계 복귀 이후 김자점은 인조의 보다 두터운 신뢰 속에서 병조판서와 우의정을 거쳐 영의정의 자리까지 올라 권력의 정점에 서게 된다.

결국 김자점의 정치적 영달은 대명의리론을 내세워 출사를 기피했던 산림 계열의 정치권 이탈 현상과, 병자전쟁 후 더욱 거세지고 있던 청국의 압력과 감시 하에서 자신의 왕권을 유지·강화하기 위해 보다 쉽게 활용할 수 있는 신하가 필요했던 인조의 정황이 맞물리면서 이뤄진 결과였다고 할 수 있다. 더욱이 일개 유생 신분으로 오직 '반정反正의 공功'을 통해 권력을 쥐게 된 김자점에게, 인조는 권력의 유일하고 절대적인 원천일 수밖에 없었을 것이다.

그러나 효종이 즉위하면서 김자점을 둘러싼 정치권의 분위기는 급변한다. 일종의 쇄신국면으로 접어든 것인데, 효종 즉위 바로 다음날 대신들이 산림의 등용을 계청啓請한 사실과 더불어 인조 때부터 부름을 받았으나 거의 응하지 않던 산림들이 효종 초의 부름에는 적극적으로 조정에 진출하는 모습[7] 등에서 급변하고 있던 당시의 상황을 충분히 짐작할 수 있다.

그리고 국정 쇄신을 위한 첫 조치로서 김자점에 대한 의리론자들의 탄핵이 이루어졌던 것은 당연한 수순이었다. 고명대신顧命大臣이기도 했던 김자점의 탄핵에 대해 처음에는 부정적인 견해를 보였던 효종도[8]

---

6 병자전쟁 이후 인조의 반정공신 중용에 대해서는 한명기, 『정묘·병자호란과 동아시아』, 푸른역사, 2009, 200~206면.

7 김세봉, 「효종초 김자점 옥사에 대한 일연구」, 『사학지』 34, 단국대 사학회, 2001, 122면.

8 "아, 내가 보위寶位를 이은 지 겨우 한 달이 지났는데 선조先朝의 대신을 탄핵하는 소장疏章이 갑자기 이에 이른 것은 오로지 나의 성효誠孝가 미덥지 못한 소치이다. 더구나 지금 재궁梓宮이 빈전殯殿에 계시므로 당시 훈신勳臣들을 대우하시던 정의를 생각하매 나도 모

신료들의 지속적인 요청에 따라 김자점을 광양에 유배시키고, 이후 김자점은 결국 모든 권력을 잃게 된다.

그런데 김자점의 탄핵 상황과 관련해 눈여겨보아야 할 대목은 탄핵 당시 그에게 가해졌던 비판의 '내용들'이다. 친청파親清派의 거두로, 간신의 전형으로 또 병자전쟁 발발의 궁극적 책임자로 기억되고 있는 김자점의 형상과 그에 대한 당대의 정치적 비판 사이에는 일정한 거리가 존재하기 때문이다. 탄핵 상황과 관련된 몇 개의 기사를 살펴보면 다음과 같다.

> 집의 김홍욱金弘郁, 장령 이석李晳이 인피하기를, "영의정 김자점은 원훈 대신元勳大臣으로 선조先朝의 지우知遇를 입어 총애가 비할 데 없었으니 힘과 충성을 다해 보답하기를 생각해야 마땅한데도 공의公義의 중함을 생각지 않고 오로지 사리사욕만을 꾀해 저택의 크고 화려함이 참람하게도 공궁公宮에 비길 만하며, 전장田庄이 온 나라 안에 널려 있고 뇌물이 그 문으로 폭주하며, 대단한 권세로 조정을 유린하여 관원들을 마치 노예처럼 꾸짖고 모욕합니다. 국가를 저버리고 거리낌 없이 방자한 그의 짓거리를 사람들이 모두 좋지 않은 눈으로 보고 있는데도 오히려 존귀한 수상首相의 자리를 차지하고 앉아 맑고 깨끗한 정치에 누를 끼치고 있으니 여정輿情이 분해하며 침을 뱉지 않는 이가 없습니다."[9] (강조-인용자. 이하 동일)

르게 눈물이 흐르는데 경들은 어찌하여 선조 때 시비를 논변論辨하지 않고 오늘에서야 발론發論하며 경들 몇 사람의 소견이 수일 전보다 얼마나 노성老成해 졌길래 갑자기 수일 뒤에 이 논변을 하는가. 내가 영상을 주석柱石처럼 의지하고 정이 골육 같으므로 결코 윤허하여 따를 수 없으니 속히 정지하고 번거롭게 굴지 말라"(『효종실록』 즉위년 6월 22일).

9   『효종실록』 즉위년 6월 16일.

양사가 (대사헌 조경, 집의 심대부, 장령 장응일張應一, 지평 조복양·이경휘, 사간 조빈, 헌납 유계, 정언 심세정·권대운) 합계合啓하기를, "영의정 김자점은 본래 보잘것없는 작은 인물로서 외람되이 정승의 자리에 있으면서 은택을 입은 지가 여러 해 되었는데, 그 공훈과 존귀함을 믿고서 사치와 방자를 멋대로 하였고, 꾀하는 바는 부시婦寺의 충성에 불과하고 즐기고 힘쓰는 바는 오로지 토목土木의 정교함 뿐이었으며, 심지어 상방尙方의 직조織組까지도 극도로 사치스럽게 하기를 힘썼으니 선왕께서 위임하신 뜻을 저버린 죄 진실로 큽니다. 더구나 사치와 화려함이 극에 달한 넓은 저택을 세우고 기름진 전지가 팔방에 널려 있고 종들을 풀어 교만 방자한 짓을 하게 하는 등 많은 불의를 행하였으니, 이는 바로 한漢나라 때의 전분田蚡입니다. 선왕의 뒤를 이어 즉위하신 처음을 당하여 사방의 백성들이 귀를 기울여 듣고 목을 늘이어 바라보면서 상위象魏에 헌장憲章이 선포되고 어진 이를 구하여 정승을 삼기를 생각지 않는 자가 없는데 어찌 용렬하고 하찮은 사람으로 하여금 여전히 수상의 자리에 있으면서 기강을 의논하고 치도를 논하게 해서야 되겠습니까. 인심이 답답해하고 공실公室이 신장되지 못하는 것이 어떠하겠습니까.[10]

부교리 조복양趙復陽이 상소하기를, "김자점金自點의 저택이 크고 화려하며 전원田園이 사방에 두루 널렸다는 것은 온 나라 사람이 다 알고 있는 사실입니다. 새로운 정치를 하는 처음에 탐욕스럽고 더러운 정승을 물리쳐 무너진 기강을 엄숙히 하고 사방의 이목을 새롭게 하는 것은 바로 세상의 공론이니,"[11]

---

10 『효종실록』 즉위년 6월 22일.
11 『효종실록』 즉위년 7월 13일.

이상의 사료를 통해 우리는 김자점 탄핵 당시의 논거가 다분히 '개인 비리'의 차원에 집중되어 있음을 알 수 있다. 즉 김자점에 대한 비판과 비난이 고개를 들 무렵 그가 저지른 '악행惡行'으로 지목된 사안들은 사리사욕, 저택의 화려함, 뇌물 수수, 사치와 방자 등 한결같이 개인적·도덕적 차원의 문제였던 것이다. 물론 이러한 비판들이 김자점의 부정적 면모를 부각시키고 나아가 그를 정치적으로 제거하는 데 충분한 명분을 제공한 것은 분명하지만, 문제는 우리가 기억하고 있는 '절대 악인'으로서의 김자점과는 뚜렷한 거리가 있다는 점이다.

이와 같은 상황이 조성된 까닭은 무엇보다 그의 친청 행보나 정치적 과실을 대명의리론과 같은 이념적 차원에서 공격할 경우, 그 불똥이 선왕 인조에게까지 튈 수 있다는 정황이 고려되었기 때문일 것이다. 김자점에 대한 비판의 논거가 의리론과 같이 강한 이념성을 띤다면 그 비판의 최종 귀착점이 김자점을 최측근 신하로 활용했던 인조의 정치 행보에까지 연결될 수밖에 없다고 할 때, 그러한 부담감을 최소화하면서도 김자점을 수상의 자리에서 구축驅逐하기 위한 최선의 방안으로서 개인 비리에 대한 비판을 선택했을 수 있다.

하지만 우리의 논의와 관련해 특기할 것은 이때까지만 하더라도 그의 악행에 대한 나열에서 임경업의 죽음과 관련된 어떠한 언급도 찾아볼 수 없다는 점이다. 이는 김자점과 임경업의 죽음을 연결시킬 확실한 고리가 없었다는 의미일 수도 있지만, 달리 본다면 당시의 의리론자들이 '임경업의 죽음'을 자신들의 이데올로기를 보급·강화하기 위한 소재로 아직 '활용'하고 있지 않았던 정황을 드러내 주는 것이기도 하다. 바꿔 말하면 효종 즉위년을 전후한 시기까지의 김자점은 청산해야 할 공신·훈구 중심 정치의 대변자였을지언정 적어도 병자전쟁 발발의 책임자나 영웅의 살해자라는 혐의에서는 자유로웠다는 것이다.

하지만 이후 김자점에 대한 비판의 방향과 수위는 정치적 역학에 의해 점차 변모하기 시작한다. 특히 국가의 안위와 관련된 '루머'의 주인공으로 김자점이 차츰 거론되기 시작하고 있다는 사실은 주목을 요한다.

> 이때에 뜬소문이 파다하였는데, 모두가 김자점 부자가 우리나라의 일을 청나라에 누설한 것으로 의심하였다. 상도 의심하여 그의 자식 김연金鍊과 김식金鉽 등을 외직外職으로 내보내 그들과 내통하는 길을 단절시키고자 하였다. 경여가 아뢰기를, "자점이 어찌 죄가 없겠습니까마는 요즘 의심하는 것은 증거가 없으니 처리하기가 어렵습니다." 상이 이르기를, "의심하는 것이 아니라 보전시키려고 하는 것이다" 하였다.[12]

이는 효종 즉위 후 청국이 파견했던 조제사弔祭使에 답하기 위해 조선의 사은사謝恩使 일행이 청국에 갔을 때의 일을 논하고 있는 대목이다. 당시 청국에서는 김상헌·김집과 같은 척화파 산림계열 인사들의 출사 그리고 김자점의 탄핵 사실을 인지하고 있었는데, 이에 대해 김자점이 조선 정계의 변화를 청나라에 누설한 것이 아닌가 하는 소문이 퍼지고 있었던 것이다.[13]

그러나 이러한 의심은 이경여李敬興의 말처럼 "증거가 없"는 것이었

---

12 『효종실록』 1년 3월 4일.
13 김자점에 대한 이와 같은 의혹은 이후 이회보李回寶(1594~1669)가 상소를 통해 언급하면서 다시 한 번 실록 기사에 등장한다. 이에 대해서는 『효종실록』 1년 10월 27일; 『석병집石屛集』 권4 「삼소三疏」 참조.

고, 실제로 청의 조문사^{弔問使} 일행이 조선에 왔을 때도 "김자점은 우리가 듣기로는 선왕 때부터 공이 많아 중임을 맡았다고 하였는데, 이제 내쫓겼다 하므로 그 이유를 묻고자 하였습니다. 그러나 이제 와서 보니 불의한 일을 많이 하여 죄를 얻었다고 하기 때문에 묻지 않았습니다"¹⁴ 라고 한 데서 알 수 있듯이, 당시 만연해 있던 김자점과 청국의 결탁설은 그저 하나의 '루머'였을 뿐이었다.

하지만 그것이 '루머'였다 하더라도 이상에서 살펴보았듯이 개인 비리에 대한 공격에서 시작된 김자점 비판이 이후 청나라와의 내통이라는 혐의로 점차 그 범주가 확장되고 있었다는 것만은 엄연한 사실이다. 한편 김자점에 대한 비판은 아래의 기사와 같이 전혀 엉뚱한 방향으로 옮아가기도 했다.

상이 옥당의 강관^{講官}을 야대^{夜對}하여 『심경^{心經}』을 강독하였다. 강독이 끝난 뒤에 시독관^{侍讀官} 김좌명^{金佐明}이 나아가 아뢰기를, "요즈음 조정의 논의가 극도로 분열되고 있는데 이 또한 하나의 변고입니다. 김자점^{金自點}의 위인은 본디 조금도 볼 만한 것은 없는데 다만 훈구^{勳舊} 대신으로 여러 해 동안 정권을 잡았기 때문에 비록 권력을 탐하고 위세를 좋아하는 자가 아니더라도 또한 그에게 붙어 의탁한 무리가 있는 것은 당연한 일입니다. 그러나 식견이 있는 사람은 그가 정권을 잡은 때에도 모두 그를 비열하게 여겼습니다. 더구나 이제는 이미 찬출되었는데 어느 누가 자점을 위하여 다시 연연한 마음이 있겠습니까. **요즈음 재변이 거듭 발생하고 시사가 어려운 것으로 인하여 제 스스**

---

14 『효종실록』 1년 3월 16일.

로 나라를 걱정한다고 하는 자들은 모두 김자점에게 의심을 두고 있으나 그 마음
이 반드시 공심에서 나왔다고 할 수는 없습니다."[15]

고딕체 부분의 원문은 "近因災異疊出, 時事叵捏, 自以爲憂國者, 無不致
疑於此人"인데, 이를 통해 우리는 "우국자憂國者"들이 당시 빈번했던 재
이나 불안한 시사에 대한 원인 제공자로서 김자점을 지목하기 시작했다
는 사실을 확인할 수 있다. 특히 이때의 "재이災異"가 소빙기로도 분류되
는 17세기에 빈번히 발생했던 일련의 자연재해들을 가리키는 것[16]이라
면, 이제 김자점은 정치적 비판을 넘어 자연적 재앙을 몰고 오는 시대적
원인으로까지 치부되고 있었던 것이다.

이후 비판의 수위가 한층 더 격렬해지는 계기는 다름 아닌 역모였다.
이 사건을 계기로 김자점에게는 역신逆臣 혹은 적신賊臣 이라는 또 하나
의 꼬리표가 붙게 된다. 더욱이 그가 역모라는 가장 극악한 범죄 행위
로 처형된 정황은 이후 김자점과 관련된 기존의 루머성 비난이 차츰
'사실'로 굳어질 수 있는 시대적 기반을 조성했던 것으로 판단된다.

그런데 우리는 이 대목에서 반정공신이자 고명대신이었던 김자점이
역모라는 극단적인 선택에까지 내몰린 정황을 조금 더 살펴볼 필요가
있다.

김식이 형신을 받고는 즉시 승복하였는데, 그 공사에 이르기를, "제가 변

---

15   『효종실록』 2년 정월 11일.
16   소빙기 시대의 빈번했던 자연재해에 대해서는 이태진, 「장기적인 자연재해와 전란의 피
      해」, 『한국사 30 ─ 조선 중기의 정치와 경제』, 국사편찬위원회, 2003 참조.

사기 · 안철安澈 · 이효성李孝性 · 이순성李循性 등과 역모하여, 원두표元斗杓와 산인山人 **송준길宋浚吉 · 송시열宋時烈**을 죽이고자 하였습니다. 경인년 3월에 거사하기로 기약하였었는데, 마침 저희 부자가 일시에 각자 흩어졌기 때문에 끝내 일으키지 못하였습니다. 저의 아비와 형인 김련金鍊도 모두 이 사실을 알고 있습니다. 대개 산인山人들이 저의 아비를 죄에 얽어 넣었으므로 제가 화가 나서 이런 짓을 한 것입니다."[17]

아들 김식의 증언에서 확인할 수 있듯이 김자점이 역모라는 극단적 행위를 자행한 까닭은 다름 아닌 산림 세력들의 탄핵과 그로 인한 실권失權이었다. 즉 김자점 역모 사건은 그 시각을 달리해 바라볼 경우, "인조의 정치적 현실주의에 대한 반발로서 산림 계열 의리론자들이 김자점에 대한 정치 공세를 강화하는 가운데 발생한 사건"[18]으로 규정할 수 있는 것이다. 결국 김자점은 청의 현실적인 위압이 강고해지던 당시 내면적으로 대명의리론을 강화해 가던 산림 세력들의 정치적 표적이 되었던 것이고, 결국 역모라는 상황에까지 내몰리게 된 일종의 '정치적 희생양'이기도 한 것이다. 강조할 것은 김자점의 사후에 산림 세력의 대표자인 송준길이 그를 강빈옥사의 주모자로 '확정'하고 있다는 사실인데, 이는 김자점의 '악명'이 차츰 특정 당파의 이데올로기 강화와 헤게모니 장악을 위해 부회 · 소용되고 있었음을 보여준다는 점[19]에서 주목을 요하는 대목이다.

17 『효종실록』 2년 12월 13일.
18 김용흠, 앞의 글, 253면.
19 효종은 강빈옥사에 대해 조귀인과 김자점에게 혐의를 두는 것이 옳지 않다고 분명히 밝힌 바 있으나, 현종 대에 가면 송준길이 강빈옥사의 주모자로서 김자점을 '확정'해 언급하고 있다. 『효종실록』 3년 4월 26일; 『현종실록』 10년 1월 5일.

2) 존주론의 확산과 「임장군경업전」

앞 절에서 간략히 살펴보았듯이 김자점에 대한 당대의 비판 양상은 개인적·도덕적 차원에서 시작해 점차 국가적 위기 심지어 자연적 재앙의 원인 제공자 등에 이르기까지 매우 다양하고 강경한 방향으로 변모하고 있었다. 하지만 특기할 것은 효종·현종대까지의 실록 자료에서는 김자점이 임경업의 살해자이며 따라서 비난받아 마땅한 인물이라는 언급을 결코 찾아볼 수 없다는 점이다. 다만 우리는 아래의 기사를 통해 숙종대 이후 임경업의 살해자로 김자점이 지목될 수 있었던 정황적 단초를 엿볼 수 있을 뿐이다.

> 상이 이르기를, "네가 만일 흉모[凶謀]에 참여하지 않았고 마포에 도착하였을 때 서로 만난 사람이 없었다면, 기원의 무리가 어떻게 너의 승선[乘船] 날짜를 알았겠느냐?" 하니, 경업이 아뢰기를, "신이 배를 타는 날 무금[無金]의 처[妻]에게 말하기를 '사또에게 바로 아뢰기는 어려울지라도 선달[先達]에게 내가 들어간다는 뜻을 말하면 사또가 알게 될 것이다.'고 말했습니다" 하였다. 이는 대체로 경업이 일찍이 편비[褊裨]로 김자점의 막하[幕下]에 따라다녔던 까닭에 자점을 사또라고 한 것인데, 선달은 바로 자점의 아들 김식[金鉽]이었다. 경업의 첩 매환[梅環]은 바로 자점의 계집종이었는데, 이른바 무금은 매환의 남동생 효원[孝元]이란 자였다. 자점이 바로 탑전[榻前]에 대죄하고 이어 무금의 처를 붙잡아다 신문할 것을 청하니, 상이 이르기를, "권세 있는 자를 끌어넣으려는 죄인의 말을 어떻게 믿겠는가" 하였다.
>
> 다음날 상이 시민당[時敏堂]에 나아가 대신·추관·양사의 장관을 불러 이

르기를, "이번의 옥사는 단서가 잡히지 않으니 혹 원통함이 있을까 염려된다. 경들의 견해는 어떠한가?" 하니, 김자점이 아뢰기를, "경업이 중국에 들어간다는 뜻을 기원에게는 말한 적이 없고 효원의 처를 시켜 선달에게만 말해 신에게 알리도록 했다고 했습니다. 신이 밖에서 명을 기다리려 하나 탑전에 입시하였으므로 감히 물러나갈 수 없습니다. 여러 신료들에게 물어보심이 어떻겠습니까?" 하였다. (…중략…)

원두표元斗杓가 아뢰기를, "경업이 떠날 때 역적 심기원이 정형鄭浻으로 하여금 승려 복장과 7백 금金을 몰래 갖다 주게 하고 그를 꾀어 도망치게 하였으니, 신의 생각에는 그가 함께 역모를 통한 것은 의심할 여지가 없다고 여겨집니다" 하고, 자점이 아뢰기를, "율문律文에 본국을 등지고 몰래 타국에 들어간 것은 반역과 같다 하였는데, 여러 신료들이 개진한 바도 대체로 형에 처하기를 청하는 뜻인 듯합니다." (…중략…) 두표가 아뢰기를, "가령 역적 심기원이 세력의 발판으로 삼으려 이용했다 하더라도 역적을 면하기는 어렵습니다" 하니, 상이 이르기를, "경업이 역모인 줄을 알지 못하는 상황에서 역적 심기원 단독으로 구실을 삼은 것이라면 그에게 무슨 죄가 있겠는가" 하였다.

승지 이시해李時楷가 나아가 아뢰기를, "경업이 이미 죽었습니다" 하니, 상이 측은해 하며 이르기를, "경업이 죽었단 말인가. 그가 역적이 아니라는 것을 밝혀 내가 그에게 알려 주려 하였는데 틀렸구나. 그가 제법 장대하고 실하게 보이더니, 어찌 이렇게도 빨리 죽었단 말인가. 그리고 그는 담력이 커 국가가 믿고 의지할 만하였다. 그런데 도리어 흉악한 무리의 꾀임에 빠져 헛되이 죽고 말았으니, 애석할 뿐이다" 하였다.[20]

---

20   『인조실록』 24년 6월 17일.

이 기사는 모반에 연루된 혐의를 받고 조선으로 송환된 임경업을 인조가 친국親鞫하던 상황과 임경업의 급작스런 죽음을 보여 준다.[21] 문제는 친국 과정에서 임경업의 망명 과정에 김자점이 연루되었을 가능성이 제기되고 있다는 점이다. 그리고 바로 이 가능성이 후대에 김자점을 임경업의 살해자로 규정하는 결정적 정황 증거가 된다. 즉 임경업의 급작스런 죽음은 그의 공초로 인해 심기원沈器遠의 역모 사건에 연좌될 것을 두려워했던 김자점의 소행이라는 것이 후대에 하나의 정론 혹은 '사실'이 되었던 것이다.

그러나 위의 사료를 통해 알 수 있듯이 김자점은 임경업과 자신의 결탁 가능성이 제기되자 곧바로 관련자를 소환해 심문할 것을 청했으며, 인조 역시 그에게 별다른 혐의를 두지 않고 있었다. 더욱이 김자점은 임경업의 처형에 대해 '여러 신료들'의 견해에 자신도 찬성한다는 정도의 의견을 개진할 뿐이다. 오히려 임경업의 처형에 더 적극적인 입장을 밝힌 것은 원두표元斗杓였는데, 이는 임경업이 청나라로 압송되던 중 탈출을 감행해 자신의 처지를 위태롭게 만든 것에 대한 사감私感이 개입된 견해로 추측해 볼 수 있다.

정리하자면 임경업의 죽음과 김자점의 관련성은 인조대에는 물론이고 우리가 살펴보았듯이 효종·현종대까지만 하더라도 특별한 주목을 받았던 사안이 아니었으며, 다만 심기원의 역모 사건을 중심으로 임경

---

21 명나라의 회복을 꿈꾸던 임경업은 승려 독보를 이용해 명나라와의 접촉을 유지하고 있었는데, 이를 알게 된 청국은 당시 형조판서였던 원두표에게 임경업의 체포 및 압송을 명령한다. 임경업은 이 압송 과정에서 탈출한 후 각지를 전전하다가 마침내 배를 이용해 명나라로 들어가게 되는데, 이때 후원자였던 심기원의 도움이 결정적 역할을 했으며 이에 심기원의 역모가 발생한 후 그와 관련된 친국 과정에서 임경업의 압송과 추궁이 이어졌던 것이다.

업과 김자점이 함께 엮일 수 있는 가능성 정도가 잠복하고 있었다고 하겠다.

그러나 이후 존주론尊周論의 확산과 함께 '임경업의 죽음'이 이념적 차원의 새로운 의미를 획득하게 되는바, 바로 이 변화의 과정 속에서 김자점은 또 다른 악역을 떠맡게 된다. 먼저 임경업의 행적에 대한 재평가의 움직임이 시작되고 있는 정황을 살펴보자.

임경업林慶業의 손자孫子 임중번林重蕃이 상언上言하여 그 조부祖父의 원통함을 호소하자, 임금이 비망기備忘記를 내리기를, "내가 일찍이 병술년의 임경업을 친국親鞫하였을 때의 일기를 보니, 임경업의 죄상은 '심기원沈器遠의 흉측한 역모 사건을 함께 모의하였다'고 한 데 불과하며, 도망하여 중국中原으로 들어간 것은 망명亡命한 것이다. 흉측한 역모에 가담했다는 한 건은 이미 원통함을 풀었고, 이른바 도망하여 들어갔다는 것은 대체로 **그가 평일에 고상하게 큰소리친 입장에서 비록 이러한 망령된 행동이 있었다고는 하더라도 의도는 존주尊周하는 데 있었으니, 이것으로 논한다면 혹 미루어서 용서할 도리가 있기 때문에 대신들에게 한 번 하문하여 보려고 한 지 오래다.** (⋯중략⋯) 어제 유학幼學 임중번林重蕃의 상언上言을 살펴보고 다시 일기日記를 상고해 보니, 참으로 불쌍히 여겨지는 마음이 없지 않았다. 내가 주장하는 것이 반드시 옳다는 것은 아니다. 이미 그러한 의사意思가 있으니, 시험 삼아 하문하는 것이 무슨 해로움이 있겠는가? 이조로 하여금 여러 대신에게 의논해서 품처稟處하도록 하라" 하였다. 대신에게 의논하니, 영중추부사領中樞府事 남구만南九萬은 말하기를, "임경업이 심기원의 역적모의에 관련되었다는 것이 비록 당시 여러 역적들의 공초供招에서 나왔으나, 그가 이미 자복을 하지 않고 죽었고, 인조 대왕仁祖大王께서도 그가 원통함을 품은 것을 민망하게 여긴 성교^{聖敎}가 계셨는데, 그것은 조정에서 평일의 공로를 깊이 생각하여 그가 죽은 뒤에 누명을 씻어 주도록 특별히 허락한 것이었으니, 참으로 성대한 덕^德으로 이루어진 일입니다. (…중략…) 그런데 명령을 벗어나 도망하여 자중함이 없어서 성심^{聖心}으로 하여금 놀라게 하고 온 나라를 소란스럽게 하였으니, 인신^{人臣}이 자신의 위태로움을 무릅쓰고 임금을 받들어야 하는 절개로 논한다면 망명^{亡命}한 죄는 면할 수 없습니다. (…중략…) 대체로 이 일을 논함에 있어 아래에서 말을 하게 되면 일반적인 사례^{事例} 밖에는 진실로 감히 망령된 진달이 있을 수 없으며, 위에서 말을 한다면 고비^{皐比}에 대한 생각을 일으키게 하고 존주^{尊周}하는 의리를 허여하게 되니, 선조의 뜻을 추모하고 한때의 기운을 격동시키기 위하여 특별히 격식^{格式} 밖의 은전을 베푸는 것도 한 가지 방법으로 아마도 불가함이 없을 듯합니다."[22]

이처럼 숙종대에 접어들면서 임경업의 행적은 '존주적^{尊周的} 시각'에서 적극적으로 평가될 조짐을 드러내기 시작한다. 물론 손자의 상언에 의해 촉발된 것이긴 하나, 군주가 직접 나서서 임경업의 행위를 존주의 맥락에서 재해석하고 있다는 점은 결코 가볍게 치부할 사안이 아니다. 이는 한 인물에 대한 재평가에 앞서, 존주대의의 기념사업이 국왕 주도의 정국 운영을 위한 정치적 수단으로 이용되기 시작했음을 알리는 신호탄이자, 중화계승의식의 확장적 전개라는 시대상의 변화 조짐을 함축하고 있는 현상이기 때문이다.[23] 더욱이 열흘 후 숙종은 참찬관 최상

---

22 『숙종실록』 23년 12월 9일.
23 존주대의의 강화와 관련 기념사업의 추진 그리고 그에 따른 중화계승의식의 전개 과정에 대해서는 허태용, 『조선 후기 중화론과 역사인식』, 아카넷, 2009, 121~134면.

익의 의견을 받아들여 임경업의 처에게 정표할 것을 허락하기도 하는데, 이때 최상익이 표현하는 임경업 처의 마지막 언행이 매우 '전형적'이라는 점이 눈에 띈다. 이는 임경업에 대한 사후 재평가 과정 속에서 그 아내의 행적 역시 영웅적 인물과 적절히 조응할 수 있도록 하기 위해 '열녀의 수사학'이 동원되는 과정을 여실히 보여 주는 대목이기 때문이다.

> 그의 처^妻 이씨^{李氏}도 피중^{彼中}에 구금되었는데, 오랑캐들이 끌어내다 임경업의 간 곳을 신문하였지만, 처음부터 끝까지 말하지 않고 탄식하기를, '지아비가 대명^{大明}의 충신^{忠臣}이 되었으니, 나도 양인^{良人}을 따라 죽어서 대명의 귀신이 되는 것이 마땅하다' 하고, 마침내 자기의 목을 찔러 죽었으니, 그 짝을 이룬 절의^{節義}는 더욱 고금^{古今}에 드문 바입니다.[24]

이처럼 임경업 처의 최후는 열녀의 전형적인 죽음으로 묘사·기억된다. 그녀는 남편을 위해 대명^{大明}의 귀신이 될 것을 '스스로' 선택·실행한 절의의 인물로, 마치 임경업의 이념적 동지처럼 형상화되고 있다. 하지만 『심양장계』가 전하는 그녀의 최후는 위와는 또 다른 모습이었다.

> 지난달 27일 이문의 분부에 "임경업의 처가 병든 지 몇달 만에 끝내 옥중에서 죽었다고 하니, 그 노비를 사환으로 할 것인가의 여부는 관소에서 마음대

---

24 『숙종실록』 23년 12월 19일.

로 하라고 하였지만, 시신은 상황이 되는 대로 운송하지 않을 수 없다"고 하였으므로, 지금 인마가 돌아갈 때에 그들로 하여금 시신을 실어가게 하고, 아울러 그 노비는 내보내며, 의주부윤에게 이 뜻을 또한 공문으로 보냅니다.[25]

이렇듯 임경업의 행적에 대한 재평가의 분위기 속에서 그 아내의 죽음에 대한 의미 역시 다른 많은 '열녀'들과 같이 이념적 분식의 과정을 거쳤음을 확인할 수 있다. 그리고 이와 같은 작업의 궁극적 목적이 임경업의 존주론적 위상을 보다 효과적으로 공고히 하는 것이었음은 자명하다고 하겠다.

그러나 이와 같은 시대상의 변화에도 불구하고 적어도 실록의 차원에서 임경업의 죽음과 김자점 사이의 직접적인 관련성은 '여전히' 나타나지 않고 있다는 점을 부기해 둘 필요가 있다. 위에서 살펴본 남구만의 발언을 통해서도 알 수 있듯이, '신하'로서 망명을 행했던 임경업을 적극적으로 두둔하거나 심지어 영웅화하는 것은 아직까지 시기상조였던 것이다.

하지만 정계의 공론장을 벗어난 사적 영역에서는 임경업의 영웅화 작업과 그를 통한 존주론의 확산이 이미 모색되고 있었는데, 그 작업을 위해 선택된 문학적 장은 다름 아닌 '전傳'이었다. 이러한 정황은 송시열宋時烈 (1607~1689)의 「임장군경업전林將軍慶業傳」을 통해 구체적으로 가시화되었다고 할 수 있는데, 이 전을 통해 우리는 임경업의 '영웅화' 과정 속에서 김자점이 '역사적 죄인'으로 호명되는 과정을 뚜렷하게 목도하게 된다.

송시열은 비교적 간략한 구성과 서술을 통해 존주론에 걸맞은 인물

25   정하영 외역, 『심양장계(瀋陽狀啓) ─ 심양에서 온 편지』, 창비, 2008, 942면.

로서의 임경업을 형상화하는 데 주안점을 두고 있다.[26] 나아가 그는 임
경업을 존주의 화신으로 그려내는 데 방해가 되는 기억들은 소거하고
있는 것으로 보이는데, 대표적인 예로는 가도假島 공략 시 청군의 일원
으로 출정했던 임경업의 행적에 대한 기술을 들 수 있다.

> 때에 노추虜酋가 장군의 명망을 듣고 꼭 그를 쓰기 위해, 무릇 가도假島를
> 공격할 때와 명나라를 침범할 때는 반드시 우리 조정으로 하여금 그를 장수
> 로 임명하여 보내도록 하였다. 그러나 장군은 계책을 써서 노虜를 속였지만,
> 노는 전혀 장군의 계책에 빠져서 속는 줄도 몰랐다.[27]

항복 직후인 1637년 2월에 조선은 청의 강압에 의해 명군이 주둔하고
있던 가도 공격에 동참하게 되는데, 이때 임경업은 유림柳林 휘하의 부장
으로 출정한다. 송시열은 이 전투에서 임경업이 계책을 써서 청국을 속
였고, 이를 통해 어쩔 수 없이 출정하긴 했지만 대명의리론에 손상을 입
힐 만한 행위는 하지 않았음을 은연중에 강조하고자 했던 것이다. 물론
우리는 임경업의 실제 행적을 통해 그가 대명의리론을 위해 고군분투했
음을 익히 알고 있다. 하지만 적어도 가도 전투에서의 그의 행적은 예외
적인 상황이었음이 분명하다. 『병자록丙子錄』의 다음 기록을 보자.

적병이 돌아갈 때 공유덕 · 경중명 두 적을 머물게 하여 우리나라와 합세해서

26　김정녀, 「17세기 임경업을 보는 두 시각과 그 의미」, 『어문논집』 40, 민족어문학회, 1999,
　　66면.
27　時虜酋聞將軍名, 必欲用之, 凡擊椵島及西犯, 必使朝廷爲將而送之, 將軍以計誑虜, 虜一切墮
　　將軍計中而不覺也(원문은 『송자대전(宋子大全)』 권213 「林將軍慶業傳」).

가도를 침범하게 했다. (…중략…) 우리나라에서는 유림으로 주장을 삼고, 임경업으로 부장을 삼아서 공·경 두 사람을 따라가 함께 가도를 침범하게 했는데, 섬이 바다 가운데 있어 배로 함락시키기가 매우 어려울 뿐 아니라, 둘레에 화포를 설치해 놓아 며칠이 지나도록 감히 범하지 못하고 우리나라 두 장수에게 계책을 물었다. 두 사람이 모르겠다고 하니까 혹은 위협하고 혹은 꾀어 경업이 말했다.

"섬 한 쪽은 산이 막혀 있고 바로 산 아래는 바닷물이 통해 있어서 섬사람이 여기에는 아무런 방비를 해 놓지 않았으니, 만약 밤을 타서 배를 메고 산을 넘어서 몰래 건너 들어가면 능히 함락시킬 수 있을 것이오." (…중략…)

섬을 함락시킨 계교는 오로지 임경업에게서 나왔는데, 섬에 들어가자 우리나라 군사는 적병보다 더 심하게 한인漢人을 죽이고 약탈했다. 섬사람들이 겨우 5, 6척의 배를 타고 바다로 달아나 목숨을 건졌다. (…중략…) 이에 이르러 칸汗 이하 모두 4월부터 차례로 압록강을 건너가고, 임경업은 섬을 공격한 공이 많다 하여, 적에게서 상을 많이 받고 적의 벼슬까지 받았다.[28]

임경업을 대명의리론의 화신으로 기억하고자 하는 사람 또 기억하고 있는 사람 모두에게 위와 같은 '폭로'는 충격일 수밖에 없었을 것이다. 더욱이 이러한 진술이 한낱 허언이 아님은 다음과 같은 청사淸使의 언급에서도 확인할 수 있다.

청사淸使가 임반林畔에 이르러 역관譯官을 불러 말하기를, "황제皇帝께서 사책史策을 열람閱覽하시다가, 조선朝鮮의 가도椵島에 명明나라 장수 모문룡毛文龍이 군사를 거느리고 들어가서 웅거雄據하였는데, 강화講和한 후 임경업林慶業이 팔왕八王과

---

28   나만갑, 윤재영 역, 『병자록』, 명문당, 1987, 187~189면.

군사를 합하여 공파^{攻破}하였다는 일을 보시고는 우리들로 하여금 돌아올 때 친히 그 섬을 살펴보되, 둘레가 얼마쯤이고 육로^{陸路}로는 몇 리인지 일일이 회주^{回奏}하도록 하셨으니, 선척^{船隻}을 미리 정비하여 기다려야 한다" 하였다.[29]

이 외에도 청 태종이 가도 공략에서 임경업 등의 공이 컸다고 하면서 인조에게 포상했음이 『청태종실록』에 기록되어 있다는 점[30]까지 염두에 둔다면 임경업이 가도 공략에서 결정적인 역할을 한 것은 의심할 바 없는 사실이라 하겠다.[31]

이러한 정황을 염두에 두면서 다시 전^傳으로 돌아가 보자. 결국 송시열은 임경업의 행적 중 대명의리론에 위배되는 사실에 대해서는 함구하면서, 그의 행적을 작가 자신이 설정해 놓은 지향에 수렴·합치될 수 있도록 재구조화했다고 하겠다. 이렇게 볼 때 임경업의 영웅화 과정 속에는 부조^{浮彫}된 기억과 함께 의도된 망각이 동시에 자리하고 있음을 알 수 있다.[32]

더불어 송시열의 전이 임경업을 입전한 여타의 전에 비해 비교적 짧은 편폭임에도 불구하고, '임경업의 살해자'로 김자점을 두 번이나 지목하고 있다는 사실은 강조할 필요가 있다.

---

29 『숙종실록』 7년 3월 20일.
30 계승범, 『조선시대 해외파병과 한중관계』, 푸른역사, 2009, 225면.
31 김정녀는 앞의 글에서 송시열이 가도 공격 때의 일이라고 서술한 부분이 사실은 금주위 공격시의 행적에 해당한다고 밝히고 있다. 하지만 문맥상 송시열은 가도 및 금주 공격 시에 해당하는 임경업의 행적을 병렬적으로 나열하고 있다고 보는 것이 더욱 타당할 것 같다. 김정녀, 앞의 글, 67면.
32 임경업의 영웅화 과정 속에 은폐된 이와 같은 문제적 지점들은 다음의 연구에서도 지적된 바 있다. 박경남, 「임경업 영웅상의 실체와 그 의미」, 『고전문학연구』 23, 한국고전문학회, 2003; 김현우, 「국가 영웅의 '영웅성' 고찰-임경업전을 중심으로」, 『한국어문연구』 16, 한국어문연구학회, 2005; 이재영, 「역사소설에 나타난 기억 구성 방식 연구-임경업전을 중심으로」, 『어문론총』 45, 한국문학언어학회, 2006.

갑신년(1644, 인조22)에 북경^{北京}이 함락되어 노인^{虜人}이 그곳에 웅거함으로써 온 천하가 그들의 영역이 되자, 장군은 마침내 그들에게 체포되었으나 죽기를 맹세하고 절의로 대항하므로 노가 끝내 장군을 굴복시키지 못하고 드디어 본조^{本朝}의 사신^{使臣} 편에 내보내었는데, 장군은 명나라의 의복을 그대로 입었고 머리도 깎지 않았다. **이때에 적신^{賊臣} 김자점^{金自點}이 국사^{國事}를 담당하여 그를 죽였다.** 장군은 죽음에 임하여 큰소리로, "천하의 일이 안정되지 못하였으니 나를 죽여서는 안 될 것이다" 하였다. 장군이 죽은 뒤에 나라 사람들이 모두 장군을 의롭게 여겨 슬퍼하였다. (…중략…)

지금 장군은 해외^{海外}의 배신^{陪臣}으로서 존주^{尊周}의 한 마음이 끝내 동^東으로 흐르는 물과 같아, 비록 노의 흉포^{凶暴}로도 끝내 굴복시키지 못하였으니, 실로 천백 년 만에 하나나 있을 수 있는 사람이었지만 적신이 그를 끝내 죽이고야 말았다.[33]

영웅적 행위를 보여주던 임경업이 적신^{賊臣} 김자점에 의해 허무하고 원억한 죽음을 당했다는 하나의 '서사'는 이 전을 통해 명백한 '사실^{史實}'로서의 지위를 점하게 된다. 이는 곧 전이라는 문학적 통로를 통해 김자점이 '영웅의 살해자'라는 또 다른 악명의 주인이 되었음을 의미하기도 한다. 실제에 있어 이후 임경업을 입전한 여러 편의 전에서는 김자점의 임경업 살해가 거의 빠짐없이 등장하며 더욱 극적인 장면이 추가되기도 한다.[34]

---

33 甲申北京破, 虜人入據而天下爲其區域, 將軍遂被執, 抗節矢死, 虜終不能屈, 遂付本朝使价出送, 身猶漢衣服而頭不剃矣. 時賊臣金自點當國殺之, 將軍臨死大言曰 : "天下事未定, 不可殺我矣." 旣死, 國人無不義而哀之. (…中略…) 今將軍以海外陪臣, 尊周一心, 始終如水, 雖以虜之凶暴, 終不能屈, 可謂千百年一人而已, 賊臣之必殺而後已(「임장군경업전」).

34 남구만의 전에서는 김자점의 교사로 고문이 심해 운명하는 것으로 그려지며 왕이 후회하고 군신들이 그 뜻을 가상히 여기는 서사가 추가된다. 또한 이형상의 전에서는 역심을

이제까지의 논의를 통해 확인할 수 있는 사실들을 간단히 정리하자면, 임경업의 살해자로 김자점이 지목된 것은 역사적 사실이었다기보다 전을 통해서 형성된 일종의 '담론'이었으며, 이와 같은 담론은 당대의 정치적 역학이 빚어낸 역사적 정황과 공명하면서 시간이 흐를수록 더욱 증폭되어 갔다는 것이다. 또한 소설 속에 등장하는 김자점의 악인형상 역시 이상과 같은 시대적 분위기 속에서 출현할 수 있었던 것이다.

3. 소설 속 김자점의 악인적 형상화와 그 정치적 역학

김자점은 「박씨전」과 「임경업전」 그리고 「하생몽유록」에 등장한다. 그는 「임경업전」과 「하생몽유록」에서 임경업의 살해자로, 「박씨전」에서는 병자전쟁 발발의 책임자로 묘사된다.

먼저 「박씨전」을 보자. 「박씨전」에서 병자전쟁은 박씨의 신이한 능력에도 불구하고 피해 갈 수 없는 하나의 참상으로 서사화된다. 이때 작가는 병자전쟁 발발의 원인을 전적으로 김자점 개인에게 전가하는

지난 김자점이 사감私憾과 시기로 죽이게 하는 것으로 설정되며, 그의 죽음을 왕이 애석히 여기고 매장을 명하며 백성들이 애도한다. 또한 청국에서 충신을 죽이지 말라는 친서가 도착하는 장면이 삽입되기도 한다. 이상의 내용은 김의정, 『역사소설 임장군전 연구』, 솔터, 1992, 〈표 1〉 '실전(實傳) 「임장군전」의 내용 비교' 참조.
또한 전을 통해 확정된 김자점의 죄악상이 역사적 사실로 '확정'되는 것을 넘어 일종의 전설화로까지 이어지고 있다는 사실은 부기해 둘 만한다(임금이 이르기를, "옛적에 김자점金自點이 위관委官이 되어 임경업林慶業에게 형장을 가하여 죽였는데, 지금까지도 시민당時敏堂 앞에는 괴이한 풀이 나고 있다." 『영조실록』 14년 5월 3일).

구성을 취함으로써 그의 악인적 면모를 부각시킨다.

　박씨는 천기를 살펴 호적이 동해수를 건너 들어올 것임을 알아낸 후 남편 이시백에게 임경업을 내직으로 불러 군사를 조발武發해 막으라고 조언한다. 이에 이시백이 임금에게 그 사실을 알리고 원두표 역시 그의 견해에 동조한다. 이때 반대 의견을 지니고 등장하는 인물이 바로 김자점이며, 결국 그의 반대로 병자전쟁이 발발하는 것처럼 설정된다.

> 　　좌의정 원두표가 "북방 오랑캐는 본디 간계奸計가 많사오니 분명 그러하올 듯하오니, 박부인 말씀대로 하여보사이다" 하니, 김자점이 발연변색勃然變色하고 "제신諸臣의 말이 그르오이다. 북적이 경업에게 여러 번 패한바 되었사오니 기병할 수 없사옵고, 설사 기병하여 온다 하여도 북으로 올 수밖에 없사오니, 만일 임경업을 패초하였다가 호적이 의주를 쳐 항성降城하면 그 세를 당치 못하며, 국가흥망이 경각에 있을지니, 어찌 요망한 계집의 말을 듣고 북방을 비우고 동을 막으리까. 이는 나라를 망할 말이니 어찌 지혜 있다 하오리까." 상이 가라사대, "박부인은 신인이라 신명 지감이 있어 여러 번 신기함이 있으니, 그 말대로 하고자 하노라." 김자점이 또 아뢰되, "시방 시화년풍 태평성대에 무슨 병란이 있으리까. 박씨는 요망한 계집이어늘, 전하 어찌 요망한 말을 침혹하시면, 국가대사를 아이 희롱같이 하시나이까" 하니, 만조백관이 김자점의 말이 그른 줄 알되, 아무 말도 못하더라.[35]

　그런데 이상과 같은 김자점의 악인 형상화와 관련해 우리의 주목을 끄는 인물은 다름 아닌 원두표이다. 김자점이 박씨의 능력을 인정하지

35　김기현 역주, 『박씨전 / 임장군전 / 배시황전』, 고대민족문화연구소, 1995, 201면.

않아 병자전쟁을 발생하게 만든 장본인이자 동시에 '만조백관'이 두려워하는 존재로 그려지는 데 반해, 원두표는 박씨의 편에 서서 그녀의 견해에 동조하는 긍정적인 인물로 형상화되고 있기 때문이다. 물론 원두표는 김자점과 정치적으로 대립했던 인물이기도 했지만 보다 흥미로운 사실은 그 역시 제2의 김자점이란 비판[36]을 받을 정도로 전횡을 일삼았던 인물이라는 점이다.

그렇다면 이러한 공통점에도 불구하고 두 인물의 소설적 형상화가 이처럼 대극적일 수 있었던 까닭은 무엇일까. 앞서 살펴보았던 바와 같이 김자점이 악인으로 형상화되는 데 정치적 역학이 개입되어 있었다면, 원두표가 긍정적인 인물로 형상화된 데에도 비슷한 맥락이 존재했으리라 추측해 볼 수 있지 않을까.

이러한 의문에 대해 원두표의 졸기卒記가 하나의 단서를 제공해 줄 수 있을 것 같다. 특기할 것은 그의 졸기 내용이 『현종실록』과 『현종개수실록』 사이에서 적지 않은 변화를 보이고 있다는 점인데, 이를 살펴보면 다음과 같다. 먼저 『현종실록』에 수록된 졸기이다.

---

36 사신은 논한다. (…중략…) 두표가 일찍이 선조先祖 때에 병조 판서로 있으면서 선왕의 뜻이 융무戎務에 있다는 것을 눈치 채고는 문득 뜻을 맞춰 호감을 사며 능력을 과시할 계책을 내어 총애를 굳히고 진출할 발판을 삼으려 하였었다. 그리하여 삼남三南에 영장營將을 설치할 것을 건의했던 것인데, 명분이야 군대를 훈련시킨다는 것이었지만 실제로는 아무 효과도 거두지 못한 채 백성만 병들게 함으로써 국가에 원망이 돌아가게 했었다. 그런데도 선왕께서는 수고했다고 여겨 가복加卜토록 명하여 정승으로 삼았던 것인데, 급기야 정승이 되고 나서는 오로지 상의 의도를 점쳐 미리 비위를 맞추고 현능賢能한 인재들을 투기하고 질시하는 것만을 일삼았다. 그런데 여기에 또 그의 손자가 의빈儀賓까지 되자 그 위세가 하늘을 찌를 듯해지면서 끝없이 탐욕스러운 행동을 자행하여 뇌물이 공공연히 행해지곤 하였다. 그런가 하면 요망한 첩妾에게 듬뿍 빠져 그녀를 부유하게 만들어 줄 심산으로 남의 노비와 토지를 약탈하여 욕심을 채워주었으며, 저택이 너무 사치스럽고 전원田園도 매우 광활하였으므로 **사람들이 모두 말하기를 '김자점金自點이 죽고 나자 또 다른 김자점이 나왔다'고 하였다**(『현종실록』 3년 6월 25일).

좌의정 원두표元斗杓가 죽어 3일 동안 철조撤朝하고 근신을 보내 조문하였다. 예장禮葬 등의 일은 모두 전례와 같이 하였다.

두표는 백신白身의 신분으로 일어나 정사靖社의 녹훈에 참여하여 갑자기 재상의 반열에 올랐다. 여러 차례 지방관을 맡으면서 자못 위풍威風이 있었고, 일찍이 대사마大司馬·대사도大司徒가 되었을 적에도 직임을 잘 수행한다는 칭송이 있었다. 이에 앞서 두표가 역적 김자점金自點과 공이 같은 사람으로 명망과 지위가 서로 엇비슷하여 각각 사당私黨을 세웠다. 당시 원당原黨·낙당洛黨의 칭호가 있었는데 한때 조정의 진신들로 두 문하에 발을 들여 놓지 않은 사람이 드물었다. 인조仁祖가 승하한 당초에 두표가 앞장서서 한 통의 상소를 진달해 권간이 정권을 마음대로 주무른 죄를 논하였는데, 상소 가운데 이름을 숨겨 비록 지적하지는 않았지만 기실은 자점을 가리킨 것이었다. 자점이 끝내 반역을 도모하다 삼족이 멸망한 것은 실로 두표가 빚어내 만든 일이었다. 그뒤 신묘년 사이에 윤선도尹善道가 상소하여 재주는 많지만 덕이 없고 음험하여 화를 일으킬 마음을 품고 있다는 등의 말로 두표를 배척하였다. 말년에 드디어 정승에 제수하는 명을 받고 황각黃閣에 7년 동안 있었으나 정승으로서의 업적이 없었다. 성품이 엉큼하고 시기심이 많으며 거칠고 사나워 조금이라도 협조하지 않으면 끝내 반드시 몰래 해친 뒤에야 그만두어 사람들이 대부분 그를 두려워하였다.[37]

이상과 같이 『현종실록』의 졸기에서 원두표는 김자점과 대립관계에 있었으며, 무능했고 성품 역시 매우 좋지 않았던 인물로 평가되고 있다.

---

37 『현종실록』 5년 6월 24일.

마치 「박씨전」에 등장하는 김자점을 연상케 하는 평가이다. 그런데 이와 같은 악평은 『현종개수실록』에서 상당히 완화되는 경향을 보인다.

> 좌의정 원평 부원군原平府院君 원두표元斗杓가 죽었다.
>
> 원두표는 포의布衣로 정사 훈록靖社勳錄에 참여하였다. 어릴 때부터 뜻이 크고 강직한 기풍이 있어서 스스로 웅결임을 자부하였는데, 성질이 자못 거칠고 오만하여 사론의 추앙을 받지 못하였다. 인조 말년에 김자점과 틈이 벌어져 각각 붕당을 세워 배척을 하였는데, 얼마 뒤에 김자점이 모역으로 죽음을 당하자, 의논하는 자들은 또한 원두표를 군자의 당이라고 여기지 않았다. 두표는 정사공신 가운데에서 가장 늦게 정승에 올랐고, 지위에 오른 지가 오래지 않아 정승으로서 한 일이 드러낼 만한 것은 없었으나, 집에서는 효성과 우애가 매우 돈독하고 기백과 재주가 남보다 뛰어났다. 임종에 임해서 올린 상소에서, 간절하게 사류를 키워야 한다는 것을 말하였는데, 사류들도 이것을 훌륭하게 여겼다. 아들 원만석元萬石과 원만리元萬里는 지위가 감사監司에까지 이르렀다.[38]

이처럼 『현종개수실록』의 줄기에서는 그가 김자점의 죽음에 관여되어 있다는 것과 정승으로서 무능력했다는 사실을 동일하게 서술하면서도 그 어세가 상당히 누그러져 있음을 알 수 있다. 더욱이 효성과 우애가 돈독하고 기백과 재주가 뛰어난 인물이라고 추켜세우기까지 하는데, 이러한 재평가에 결정적인 역할을 한 것은 그가 임종에 임해서 올린 상소였으리라고 추측해 볼 수 있다. 즉 원두표는 죽음에 임박해 '사

---

38 『현종개수실록』 5년 6월 27일.

류士類'를 키워야 한다는 상소를 통해 그들과 '화해'할 수 있는 최소한의 여지를 확보했던 것 같다.[39] 그리고 이 점이 바로 제2의 김자점으로까지 비난받던 그가 김자점과는 전혀 다른 형상으로 소설 속에 등장할 수 있었던 하나의 요인이 되었을 것이다. 사후에 김자점의 악명이 사류들 사이에서 점차 높아져 갔던 반면, 원두표의 경우 수정된 졸기를 통해 확인할 수 있듯이 사류와의 '화해'를 통해 사후의 정치적 공격에서 상대적으로 자유로울 수 있었으며, 이러한 정황이 두 인물의 소설 속 형상화를 전혀 다른 방향으로 이끌고 간 하나의 동인이 되었으리라는 것이다.

그리고 이는 역으로 소설 속에서 악인으로 형상화되고 있는 김자점이 '왜' 악인으로 형상화되었는가를 알려주는 하나의 단서를 제공해 주기도 한다. 다시 말해 소설 속 인물의 형상화는 단지 소설적 상상력을 통해 이루어지는 것만이 아니며 오히려 한 인물에 대한 당대의 정치적 평가와 매우 밀접한 관련성을 맺을 수 있다는 사실을 우리는 김자점의 예를 통해 구체적으로 확인할 수 있는 것이다. 더욱이 역적의 신분으로 생을 마감한 김자점의 경우 사류와의 '화해'를 시도했던 원두표와 달리 정치적 악평을 투사하기에 더없이 적절한 인물로 지목될 수 있었던 것이며 실제로 그에게 점차 다양한 맥락에서 부여되었던 악명은 소설 속 악인형 인물의 형상화에도 상당한 영향력을 행사한 것으로 판단할 수 있다.[40] 박씨를 '요망한 계집'으로 매도하며 만조백관들을 공포에 떨게

---

39 그리고 우리는 이때의 '사류士類'가 전傳을 통해 임경업의 죽음을 김자점의 소행으로 '사실'화 했던 그들과 결코 다른 부류가 아니라는 사실을 충분히 짐작할 수 있다.

40 이 밖에도 김자점의 악인 형상화를 보다 원활하게 했던 정치적 정황을 다음과 같이 추론할 수 있을 것이다. 즉 김자점은 정치권력을 담보해 주던 인조의 서거 이후 기댈 곳이

했던 김자점이 결국 병자전쟁을 발발하게 만든 장본인으로 설정되고, 궁극적으로 독자들의 공분公憤의 대상이 될 수 있었던 정황 역시 이상과 같은 정치적 맥락과 결코 무관하지 않은 것이다.

한편, 「임경업전」에서 김자점은 임경업을 살해하고 그 결과 자신도 처절한 복수를 당하는 인물로 형상화된다. 소설 속에서 임경업은 가달과의 전투에서 이룬 혁혁한 전공戰功을 통해 그리고 명분과 절의를 지켜내는 모습을 통해 완벽한 영웅으로 거듭나지만 김자점에 의해 허망한 죽음에 이르게 된다.

> 자점이 반심을 품은 지 오래다가 절도에 안치하매 더욱 앙앙하여 불제지심이 나타나거늘, 우의정 이시백이 자점의 소위를 상달한대 상이 대경하사 금부도사를 보내사 잡아다가 엄형 국문 후에 가두었더니, 이날 밤에 일몽을 얻으시니 경업이 나아와 주왈, "흉적 자점이 소신을 박살하고 찬역할 꾀를 품어 거의 일이 되어가오니 바삐 죽이소서" 하고 울며 가거늘, 상이 놀라 깨달으시니 경업이 앞에 있는 듯한지라. 슬픔을 이기지 못하시더니, 날이 밝으매 자점을 올려 엄형 국문하시니, 자점이 복초하여 전후 역심을 품은 일과 경업을 모해한 일을 개개 승복하거늘, 상이 대로하사, "자점의 삼족을 다 내어 저자 거리에 능지

전혀 없는 인물이었다는 점이다. 반정의 공을 인정받아 1등 공신에 녹훈된 그였지만 문과 출신이 아니었던 탓에 정치 일선에 나서지도 못했으며, 병자전쟁 이후에는 당시 조야의 주류를 이루고 있던 반청론자들과의 제휴도 생각할 수 없는 상황이었던 것이다. 이에 그가 취한 정책은 궁중에 유착하여 왕의 개인적인 총애를 받으면서 현상을 유지하는 것이었는데, 이러한 행태가 곧 당시 사류들이 가장 경계하였던 척신정치의 전형이었다는 데에 본질적인 문제가 있었다. 결국 사류나 관인들 사이에서 별다른 정치적 기반이 없었던 김자점은 인조의 서거 이후 의리론자들의 공격 대상으로 지목되고 나아가 '친청파'로 또 '공공의 적'으로 낙인찍히는 데 가장 좋은 조건을 구비한 인물이 되었던 것이다. 이에 대해서는 이 책 1부 4장 1절 참조.

처참하라" 하시고, "그 동류를 다 논죄하라" 하시며 경업의 자식 등을 불러 하교 왈, "여부가 자결한 줄로 알았더니, 여부가 꿈에 와 이르기를 자점의 해를 입어 죽었다 하기로 흉적을 내어 주나니, 너희는 임의로 보수하라" 하시니 그 자식들이 백배 사은하고 나와 대성통곡 왈, "이놈 자점아, 너와 무슨 불공대천 지수로 만리타국에 가 명을 겨우 보전하여 세자대군을 모셔와 국사에 진충갈력하 거늘, 네 이렇듯 참소하여 모함하느냐?" 하고 장군의 영위를 배설하고, 비수를 들 어 자점의 배를 갈라 오장을 끊고 간을 내어 놓고 축문지어 임공 영위에 고하고, 다시 칼을 들어 흉적을 점점이 저며 씹으며, 흉적의 남은 시신을 장안 백성 등이 점점이 저미고 깎아 맛보며 뼈를 돌로 짓바수어 꾸짖더라.[41]

우리는 전을 통해 김자점이 임경업의 살해자로 기정사실화되는 과 정을 확인한 바 있다. 소설은 그와 같은 '사실'을 수용하는 한편 몇 가 지 설정에 더 변화를 주고 있다. 임경업의 현몽, 그에 따른 왕의 각성과 즉각적인 김자점의 처형 그리고 이어지는 처절한 복수가 바로 그것이 다. 이와 같은 다양한 변모 중에서도 더욱 우리의 관심을 끄는 대목은 소설 속에 형상화되고 있는 극단적인 복수의 장면이다. 이는 여러 편의 소설 속 후기後記를 통해서도 확인되는 바와 같이 임경업의 영웅성에 대한 찬탄이 김자점에 대한 강렬한 응징의 욕구와 긴밀히 맞물려 있음 을 확인시켜 주는 대목이기 때문이다.[42] 나아가 「하생몽유록」에서는 지옥에서 고통받고 있는 김자점을 임경업이 다시금 소환해 형벌을 주 는 서사로까지 확대된다.[43]

---

41   이복규, 『임경업전』, 시인사, 1998, 89~91면.
42   구체적인 후기의 예시는 이 책 1부 4장 2절 참조.

이상의 경우를 통해 우리는 임경업의 영웅화 작업이 김자점의 모략에 의한 죽음을 통해 '완성'되고 있음을 확인할 수 있다. 전을 거쳐 소설을 통해 임경업은 기층민에서부터 왕까지 그 죽음을 애도하는 진정한 '영웅'으로 각인된 것이다. 그리고 이러한 맥락에서, 김자점이 임경업을 처형하는 대목에 이르러 낭독자를 칼로 베어 죽였다던 이른바 '담배 가게 살인 사건'[44]의 의미 역시 재해석의 여지를 낳을 수 있다. 이 사건은 주로 낭독자를 통한 소설 향유와 그로 인한 향유층의 확대라는 관점에서 주목되어 왔지만, 시각을 달리한다면 「임경업전」이 뚜렷한 선악구도를 통해 김자점을 철저한 악인으로 형상화하는 데 성공한 텍스트라는 점을 방증하는 자료가 될 수도 있기 때문이다. 「임경업전」은 영웅과 간신이라는 명백한 선악구도를 택하는 한편 종국에는 간신에 의한 영웅의 죽음을 그려냄으로써 독자의 몰입과 공분을 자아내고, 이를 통해 궁극적으로 나라의 위기가 김자점이라는 간신에 의해 조장되었다는 망각의 정치학을 구사하는 데 성공한 것이다.[45]

---

43 夜叉更逞勇施威, 比前尤酷, 自點自服曰 : "小鬼當年之畜禍, 非一朝一夕. 盖以上仙之忠義, 震動遐邇, 勇力兼過人, 必不利於作逆, 故暗生剪除之計巧, 售密布至, 謂天可欺中之, 以毒則終始害公者, 亦小鬼也, 中間之巧弄致革者, 亦小鬼也. 此實時運之險陂, 而亦豈但小鬼之罪也? 梟獍不斂, 惡聲伊至, 於此亦宜矣, 非過也. 惟願上仙之垂憫, 而濟度焉." 眞君大怒曰 : "此物, 焉敢巧其口喙, 濫干脅威乎? 鬼使其嚴考之." 鬼使乃執刀而進, 千剮而百劘, 已爲一團肉醬矣. 諸人稱快(장효현 외, 『교감본 한국한문소설 몽유록』, 고려대 민족문화연구원, 2007, 428면).

44 심노숭, 「효전산고孝田散稿」, "村中得諺書, 所謂『林將軍傳』, 德三持, 而爲通齒, 聲不堪聞. 燈下, 余輒取覽, 事蹟謬舛, 詞理陋錯, 不成爲說. 此是京裡草市饌肆破落惡少輩所讀諺傳. 昔有一人聽讀此, 至金賊自點構殺將軍, 氣憤憤衝起如狂, 手引切草長刀, 斫讀者曰 : '汝是自點耶?' 一市駭散, 此可見嫉妬好善之人心, 使彼見生自點者, 必不爲從賊負國之事矣!"(원문은 김영진 역, 『눈물이란 무엇인가』, 태학사, 2001, 282면에서 재인용).

45 이 책 1부 4장 2절 참조.

4. 김자점 담론과 '무덤의 정치'

　당연한 이야기겠지만, 저자는 김자점을 비호하거나 변호할 의도로
이 글을 기획한 것은 아니다. 그럼에도 불구하고 김자점에게, 심지어
그와는 무관한 악명들이 하나둘씩 덧붙여져 가는 과정에 주목했던 이
유는 바로 사자死者를 이용해 자신들의 정치적 입지나 이데올로기를 강
화해 나가려고 했던 '악인 뒤에 있던 사람들'을 조명함으로써 궁극적으
로는 소설에 내재된 정치성을 독해해 내기 위함이었다.

　권력은 무덤에서 나오며 이는 동서고금을 막론한 현상이다. 무덤이
한 사회에 대해 갖는 가치는 그 사회가 얼마나 절박하게 집단적 동질성
을 필요로 하느냐에 따라 결정된다[46]고 할 때, 임경업의 영웅화 작업은
조선이 새로운 동질성을 찾아가던 과정이라고 규정할 수도 있을 것이
다. 문제는 보다 효과적인 영웅화 작업을 위해 '경건한 무덤' 외에 또
하나의 무덤이 필요했으며, 김자점이 바로 그 '더러운 무덤'의 역할을
담당했다는 사실이다. 우리가 영웅으로서의 임경업을 기억함에 있어
김자점을 함께 떠올려야 하는 이유가 바로 여기에 있다. 나아가 그 '더
러운 무덤'이 조작과 분식의 결과물이기도 하다면 우리는 그 조작과 분
식의 구체적 내용과 의도에 대해서도 반드시 함께 고려해야 한다. 이와
같은 고려를 수반할 때, 해당 텍스트에 대한 온당한 해석의 기반이 마
련될 수 있기 때문이다.

---

[46]　올라프 라더, 김희상 역, 『사자死者와 권력』, 작가정신, 2004, 48면.

그간 악인형 인물에 대한 관심은 주로 '요첩妖妾'으로 형상화된 여성 인물들에게 집중되어 있었다. 이에 대한 관심은 자연스럽게 가부장제에 대한 비판으로 연결되곤 하였는데, 이에 반하여 악인의 출현과 당대의 정치적 정황과의 관련성을 고찰하는 새로운 논의들이 제출되기도 했다. 그럼에도 불구하고 「박씨전」과 「임경업전」 그리고 「하생몽유록」과 같이 여러 편의 텍스트에 등장한 악인형 인물 김자점에 대한 관심은 상대적으로 미미했다고 할 수 있다.

본고는 이와 같은 경향의 원인으로 김자점에 대한 당대의—나아가 현재의—역사적 평가를 '사실'로 전제했던 정황을 지적하면서, 이에 대해 김자점의 평가가 고정된 것이 아니라 특정한 역사적 맥락 속에서 차츰 변화해 갔던 담론임을 우선 밝히고자 했다. 그리고 그 과정 속에서 김자점에 대한 비판의 양상이 점차 다변화·강경화의 방향으로 변모했으며, 그와 같은 변화의 기저에 당파적 이데올로기를 강화하고 보다 효과적으로 헤게모니를 장악하고자 했던 의리론자들의 정치적 노림수가 자리하고 있었음을 확인할 수 있었다. 더욱이 김자점은 '실전實傳'을 통해 '(대명의리론의 화신인) 임경업의 살해자'로 새롭게 규정되었는데, 이는 김자점이 다양한 소설 속에서 절대적 악인으로 형상화될 수 있었던 주요한 계기였다고 판단하였다. 결국 이와 같은 일련의 과정은 악인형 인물이 소설에 출현하게 된 다기한 동인 중 특히 정치적 역학이 작동하고 있던 맥락을 잘 드러내 준다. 즉 소설 속 악인형 인물의 출현은 소설사의 내적 범주를 넘어 당대의 정치적 역학과도 밀접한 관련을 맺고 있었던 것이다.

하지만 이상과 같은 본고의 논지가 지니는 한계 역시 자명하다. 먼저 김자점의 경우로 한정해 논의를 진행했던 탓에 이를 통해 악인형 인물의 출현과 정치적 역학의 상관성을 일반화하기에는 커다란 무리가 따르는 것이 사실이다. 또한 김자점의 악인 형상화 및 임경업과의 대결구도가 이후의 영웅군담소설과 갖는 관련성에 대해서도 미처 언급하지 못했다. 결국 김자점의 소설적 형상화가 지니는 의의를 보다 입체적으로 해명하기 위해서는 후대의 통속적 영웅군담소설과의 관계망을 조망·고찰하는 작업이 필수적으로 요청될 터인데, 이 점 후고를 통해 저자의 견해를 밝혀 보고자 한다.

제2장

명청明清교체기
전쟁 포로의 특수성과
「김영철전金英哲傳」

1. 병자전쟁의 특수성

임진년(1592)부터 병자년(1636)에 이르기까지 네 차례의 커다란 전란을 겪으면서 조선이 일본 및 후금後金(청淸)의 침략 그리고 명군明軍의 체류와 작폐 등으로 인해 미증유의 국가적 위기 상황을 겪었음은 주지의 사실이다. 불과 40여 년 사이에 조선에서 발발한 빈번했던 전쟁은 조선 내부를 폐허에 가깝게 만들었을 뿐 아니라 궁극적으로 당대 동아시아의 국제 질서를 전복시킨 역사적 계기가 되었다. 우리는 이러한 일련의 전쟁이 빚어낸 격변의 시대를 흔히 '임병양란'으로 지칭하면서, 이 시기 전쟁에 따른 백성들의 고충이나 국가 체제의 균열 등과 같은 문제적 현실에 대해 매우 다양한 논의들을 지속적으로 제기해 왔다.

본고 역시 '임병양란' 시기에 다시금 주목하되 특히 정묘·병자전쟁을 중심으로 한 명청明淸교체기 조선인 포로서사[1]의 특수성을 고찰하고자 한다. 모든 전쟁은 인간이 경험할 수 있는 극한의 상황을 조성한다는 상식에 비춰볼 때, 전쟁에 따른 고통과 피해의 양상들을 반복적으로 거론하는 것은 오히려 사족에 가까울 수 있다. 그럼에도 우리가 다시금 '포로 문제'에 천착하는 이유는 그것이 전쟁 자체의 참상을 넘어 그 여파까지 가장 선명하게 대변해 주는 표지이기 때문이다. 포로는 전쟁이 빚어낸 소외된 인간 형상의 전형이자 나아가 종전終戰 이후의 정치·사회적 여진餘震을 고스란히 체현하고 있는 신체라는 점에서 전쟁의 안팎을 둘러싼 역사적 의미를 반추하는 데 매우 긴요한 대상인 것이다.

'임병양란'의 전쟁 포로와 관련된 견문과 체험은 실록, 전, 소설 등과 같은 다양한 서사문학 탄생의 태반이기도 했다. 이에 대한 문학 분야의 관심 역시 꾸준히 이어져 오면서 중요한 연구 성과들이 다수 제출된 바 있는데,[2] 그럼에도 본고에서 다시 한 번 포로서사를 다루면서 강조하고 싶은 지점은 바로 각각의 전쟁이 '전쟁'이라는 용어로 일반화될 수 없는 특수한 국면들을 지니고 있다는 사실이다. 나아가 이는 전쟁 포로의 문제 역시 '포로'라는 상황으로 균질화될 수 없는 부면이 존재한다는 말이기도 하다. 전쟁은 기본적으로 불가항력적인 거대한 폭력으로 규

---

1   이 글에서는 당사자의 직접적인 포로 체험이나 혹은 이에 대한 견문을 중심으로 기술·창작된 일련의 서사물을 폭넓게 '포로서사'로 지칭하고자 하며, 이때의 서사물은 실록實錄, 전傳, 소설小說 등을 두루 포괄한다.

2   대표적인 성과를 들면 다음과 같다. 소재영, 「기우록奇遇錄과 피로문학被虜文學」, 『임병양란과 문학의식』, 한국연구원, 1980; 송철호, 「임병양란 인물전 연구」, 부산대 석사논문, 1995; 이채연, 『임진왜란 포로실기 연구』, 박이정, 1995; 장경남, 『임진왜란의 문학적 형상화』, 아세아문화사, 2000; 김진규, 『조선조 포로소설 연구』, 보고사, 2006.

정할 수 있겠지만, 이러한 일반적 정의가 논의의 대전제가 될 경우 각 전쟁의 특수한 역사적 맥락이 사상되면서 결국 해당 포로서사에 대한 해석 역시 일반론 ─ 전쟁의 참상과 비극에 대한 강조 등 ─ 으로 치달을 우려가 있기 때문이다.

이상의 문제 제기를 본고의 논의와 관련해 좀 더 구체화한다면, 임진전쟁과 병자전쟁의 포로서사에 대한 분석은 두 전쟁의 시기적 인접성과 별개로 각 전쟁이 촉발된 계기나 전개 상황 그리고 결과 등과 같은 이질적 지점들을 충분히 염두에 두면서 진행되어야 한다는 것이다. 그렇다면 전쟁 포로의 문제와 관련해 다시 한 번 환기해야 할 두 전쟁 사이의 차이는 무엇인가.

첫째, 병자전쟁은 왕(仁祖)의 출성出城과 굴욕적인 항복의식(三拜九叩頭禮)이 대변하듯이 조선의 명백한 패배로 끝을 맺은 전쟁이다. 인조의 출성항복은 병자전쟁이 임진전쟁과 근본적으로 다른 전쟁이었음을 알려주는 명백한 상징이며, 병자전쟁의 포로서사가 임진전쟁의 그것과는 차별적인 지향과 성격을 띠게 된 역사적·정치적 소인素因이기도 했다. 병자전쟁의 패배로 조선은 '오랑캐의 신하'가 되어야만 했고, 무수한 그리고 무고한 백성들을 일종의 '공식적인 전리품戰利品'으로 그들에게 넘겨 주어야 했다. 이는 임진전쟁이 '사람 사냥 전쟁'으로 불렸던 것[3]과는 또 다른 층위에서 전쟁 포로를 둘러싼 정치·사회적 문제를 야기하는 계기가 되었다.

---

3 "진중陣中에서 앞을 다투어 조선인 '포획'에 열중했을 뿐만 아니라, 더욱이 하인을 얻기 위해 전쟁이 재개되기를 열망하는 일본인 무장武將들의 모습은, 이 전쟁이 일명 '사람 사냥 전쟁'으로 불리던 이유를 적나라하게 말해준다"(요네타니 히토시, 「사로잡힌 조선인들─전후 조선인 포로 송환에 대하여」, 『임진왜란 동아시아 삼국전쟁』, 휴머니스트, 2007, 87면).

둘째, 정묘·병자전쟁은 후금에서 청으로의 변화, 즉 중세 동아시아의 새로운 국제 질서가 형성되던 정황과 맞물려 있던 전쟁이다. '청'의 개국은 여진족의 통일을 넘어 동아시아 대제국 건설의 기점이 되었으며, 이후 조선은 이적夷狄이 세운 대제국의 신하로서 전통적 명분론과 준엄한 현실 사이에서 한참을 방황해야 하는 처지에 놓일 수밖에 없었다. 청나라의 시작은, 조선의 입장에서 보자면, 혼돈의 시작이기도 했던 것이다. 이렇듯 착잡한 시대적 정황은 당대 포로서사의 문면에도 드러난다.[4] 전쟁의 와중에 혹은 종전 이후 후금(청)에게 피로被虜된 인물들의 서사에는 기존 포로서사와 차별되는 이념적·정서적 부면들이 두드러지는데, 이러한 현상의 원인으로 우리는 명청교체기의 시대적 특수성을 다시 한 번 주목해야 할 것이다.

이상과 같은 관점에서, 본고는 정묘·병자전쟁을 중심으로 한 명청교체기 포로 문제의 특수성에 주목하고 소설 연구뿐 아니라 사학계의 성과들 역시 충분히 고려하면서 관련 포로서사의 지향과 의미를 새롭게 고찰해 보고자 한다.

---

4 따라서 이 시기의 전쟁포로 문제를 당대의 급변하던 국제질서와 관련해 파악하기 위해서는 정묘·병자전쟁뿐만 아니라 후금(청)이 급부상하게 된 계기인 이른바 '심하전투'(1619)를 기점으로 삼아 이후 청나라가 북경으로 천도(1644)해 대제국의 기틀을 확고히 한 시기까지를 포괄하는 '명청교체기'의 관점에서 접근할 필요가 있다.

2. 후금(청)의 포로, 공인된 전리품

임진전쟁은 그 막대한 피해에도 불구하고 국가 간의 위상으로 따지자면 적어도 패배한 전쟁은 아니었다. 도요토미 히데요시의 죽음과 그에 따른 일본의 철군 결정, 곧 이은 노량해전을 끝으로 7년간의 전쟁은 승자도 패자도 없이 막을 내렸기 때문이다.

그러나 불과 30여 년 후 발발한 정묘전쟁과 다시 10년 후 재발한 병자전쟁은 양상이 전혀 달랐다. 수위의 차이는 있을지언정 정묘년과 병자년의 전쟁에서 조선은 '오랑캐'에 연이은 패배를 당했던 것이다. 패배의 결과 조선은 오랑캐와 형제지국兄弟之國을 맺고 그들의 아우가 된 후,[5] 결국 청 태종이 인조를 조선 국왕으로 책봉[6]함으로써 군신관계에까지 이르게 된다. 더욱이 이와 같은 전쟁의 '패배'는 포로 문제를 둘러싼 정황에 있어서도 임진전쟁과는 다른 양상을 띠게 되는 근본적인 원인이 되었다.

임진전쟁 포로의 경우, 조선은 교린관계 회복을 위해 쇄환사刷還使를 파견하여 강제 연행된 포로들의 송환을 요구한 바 있다. 1607년부터 1655년까지 모두 6차례에 걸쳐 이루어진 송환 교섭은,[7] 그 실제 성과

---

5 『인조실록』 5년 2월 2일; 『인조실록』 5년 3월 3일.
6 청나라 사신이 서울에 들어오자 상이 서교西郊에 나가 맞이하였다. 그 칙서勅書에 이르기를, "짐이 생각건대, 예에 있어서 옥백玉帛을 폐하지 않고 상을 주어 충성을 권하는 것은 유래가 있는 것이다. 생각건대, 너희가 귀순하였으니, 봉사封賜가 있어야 하겠기에 이제 특별히 영아아대英俄兒代·마부달馬付達·대운戴雲을 보내어 너를 국왕으로 봉하고 고사誥詞와 초貂·호狐·안마鞍馬를 가져가 주게 한다. 왕은 공경히 받아 내가 우대하는 지극한 뜻을 알라. 그러므로 유시한다." 『인조실록』 15년 11월 20일.
7 쇄환사의 조선 피로인의 귀환 활동에 대해서는 김문자, 「임진·정유재란기 조선 피로인

는 비록 미미했을지언정, 국가 차원의 외교적 요청이었다는 점에서 종전 이후 양국 간의 대등한 관계가 전제된 활동이었다. 실제로 도쿠가와 이에야스德川家康는 조선의 송환 요구가 있으면 그 요구에 적극적으로 부응해야 한다는 명령을 내린 바 있다.

> 좌도수의 회답 서계는 다음과 같다. "본다 좌도수 등원 조신 정신本多左渡守藤原朝臣政信은 삼가 조선국 예조 참판 오억령吳億齡 각하에게 답서를 올립니다. (…중략…) 지금 각하의 편지 안에 시유示諭하신 큰 일은 갖추어 주달하였습니다. 사로잡혀 온 귀국의 남녀들이 각 지방에 흩어져 산 지 20년이 됩니다. 나라 안의 선비들이 사랑하고 불쌍히 여겨 줌으로써, 혹 시집이나 장가간 자도 있고 어린 아이를 둔 자도 있습니다. 그들이 귀국할 생각이 없으면 각각 생각대로 해 주고, 고향으로 돌아갈 뜻이 있는 자는 속히 돌아갈 준비를 해주라는 것이 국왕의 엄명嚴命입니다."[8]

그러나 정묘·병자전쟁기의 포로는 조선의 패배로 인한 '공식적인' 전리품이었다는 점에서 임진전쟁 시기의 포로와 본질적인 차이를 지닌다. 후금(청)은 자신들이 전쟁에서 사로잡은 포로를 '하늘이 준 것天之所與'으로 인식하고 있었으며, 나아가 '혈전血戰을 통해 획득한 재물'로 인식했다.[9]

이처럼 후금(청)이 조선인 포로에 지대한 관심을 가졌던 이유는 그들의 사회경제적 조건이 당시에 커다란 변화를 겪고 있었기 때문이다. 다시 말해 후금(청)의 조선 침략은 명明나라와 조선의 군사적 협력을 사전

문제」, 『중앙사론』 19집, 한국중앙사학회, 2004, 47~60면.
8   경섬, 『해사록』 하, 정미(1607) 6월 20일.
9   한명기, 『정묘·병자호란과 동아시아』, 푸른역사, 2009, 406면.

에 차단하려는 정치적 의도도 물론 있었지만, 포로 문제와 관련해서 보자면 수렵·목축 중심에서 농경 사회로 이행해 갔던 당시 만주족의 사회경제적 조건 변화라는 더 큰 요인이 있었다. 즉 만주족 사회가 반농반목半農半牧 상태에서 농경사회로 이행하는 과정에서 인력수급 문제가 절박하게 대두되었고 그것이 전쟁을 통하여 해결되었던 만큼, 병자전쟁시의 피로인被擄人은 바로 그러한 만주족의 사회발전에 부응하여 취해진 의도적 결과[10]였던 것이다.

또한 후금(청)은 공식적인 전리품인 조선인 포로를 자신들의 요구에 부합하는 다양한 '경제적 가치'로 환원시키는 데 일관된 관심을 두었다. 이는 정묘년 당시 후금이 포로 송환의 대가로 병력 주둔의 양해와 군량의 조달(留兵助粮)을 요구했다는 점 그리고 궁핍한 물자의 조달을 위해 포로 송환을 중개로 조선과의 개시開市를 적극적으로 요구했다는 점[11] 등에서 잘 드러난다. 요컨대 후금(청)에게 조선인 포로는 다양한 경제적 가치로 환원될 수 있는 일종의 '우량 상품'이었다고 할 수 있다. 정축년(1637) 회군 시 포로 송환 문제에 적극적인 자세를 보였던 조선과는 달리 자신들의 기본적인 원칙 — 첫째, 포로 송환은 청군이 조선에서의 철병을 완료한 후에 시행한다. 둘째, 송환은 심양에서 행한다. 셋째, 중도에서의 송환은 일절 금한다 — 만 제시하면서 정상적인 외교 절차에 의해 고액의 송환가를 취하려고 했던 의도[12]를 통해, 우리는 정

---

10 김종원, 「초기 조청朝淸관계에 대한 일고찰―병자호란시 피로인 문제를 중심으로」, 『역사학보』 71집, 역사학회, 1976, 60~61면.
11 박용옥, 「정묘란 조선피로인 쇄속환고」, 『사학연구』 18호, 한국사학회, 1964, 355~359면.
12 강성문, 「정묘병자호란기의 포로송환 연구」, 『군사軍史』 46호, 국방부 군사편찬연구소, 2002, 139~140면.

묘·병자전쟁기의 조선인 포로가 '공인된 상품'으로 인식되던 정황을 다시 한 번 짐작할 수 있다.

정리하자면 정묘·병자전쟁을 통해 후금(청)은 다수의 조선인 포로를 획득해 그들의 경제난을 타개하고[13] 나아가 농업사회로의 발전을 위한 대규모의 노동력을 확보하고자 했던 것이다. 때문에 임진전쟁 시기의 규모를 훨씬 넘어서는 다수의 포로가 양산될 수밖에 없었으며,[14] 이는 단순히 인구 감소의 차원이 아니라 국가의 전반적인 기반을 송두리째 흔들 수밖에 없는 사안[15]이었다.

> 상이 밭 가운데 앉아 진퇴進退를 기다렸는데 해질 무렵이 된 뒤에야 비로소 도성으로 돌아가게 하였다. 왕세자와 빈궁 및 두 대군과 부인은 모두 머물러 두도록 하였는데, 이는 대체로 장차 북면으로 데리고 가려는 목적에서였다. (…중략…) 용골대로 하여금 군병을 이끌고 행차를 호위하게 하였는데, 길의 좌우를 끼고 상을 인도하여 갔다. 사로잡힌 자녀들이 바라보고 울부짖으며 모두 말하기를, "우리 임금이시여, 우리 임금이시여. 우리를 버리고 가십니까" 하였는데, 길을 끼고 울며 부르짖는 자가 만 명을 헤아렸다. 인정人定 때가 되어서야 비로소 서울에 도달하여 창경궁昌慶宮 양화당養和堂으로 나아갔다.[16]

---

13 정묘·병자전쟁의 발발 원인을 주로 후금의 경제난을 중심으로 분석한 논의로는 다음을 참조할 것. 이기순, 「후금의 경제난과 호란胡亂」, 『인문과학』 8권 1호, 홍익대 인문과학연구소, 2001.

14 임진전쟁기의 피로인 수는 대략 9만~14만여 명으로 추산되며, 병자전쟁 무렵의 피로인 수는 50~60만 명으로 추정된다. 피로인의 규모에 대해서는 각각 민덕기, 「임진왜란 중의 납치된 조선인 문제」, 한일관계사연구논집 편찬위, 『임진왜란과 한일관계』, 경인문화사, 2005, 394~395면; 주돈식, 『조선인 60만 노예가 되다』, 학고재, 2007, 76~79면.

15 한명기, 앞의 책, 401~402면.

16 『인조실록』 15년 1월 30일.

굴욕적인 항복 의식을 치른 인조仁祖가 서울로 돌아가는 날. 사로잡혀 포로가 된 만여 명의 사람들(피로자녀被擄子女)이 왕을 향해 울부짖었다는 위 기사는 무고한 백성들이 전쟁의 패배로 인해 전리품으로 전락했음을 상징적으로 보여 준다. 며칠 후 인조가 교유문을 통해 모든 사태의 책임이 자신에게 있음을 사죄한 데서[17] 잘 드러나듯이, 병자년 포로는 나약한 국가의 백성이라는 이유만으로 공인된 '인간–상품'이 될 수밖에 없었던 역사의 참상慘狀을 대변하고 있다.

3. 주회인走回人 혹은 돌아온 자들의 암울한 서사敍事

병자전쟁 이후 포로 송환을 위해 나름의 노력을 기울였던 조선은 결국 포로들의 '몸값'을 청나라에 지불하는 속환贖還의 방법을 택한다.[18] 패전국의 입장에서 임진전쟁 종전 이후처럼 쇄환사를 파견해 포로 송환을 요구할 수는 없었기 때문에 속환사와 해당 가족을 심양으로 파견하는 방식으로[19] 피로인 문제를 해결하고자 한 것이다. 이러한 조선의

---

17 "백성을 기르는 자리에 있으면서 자신이 도를 잃은 나머지 나 한 사람의 죄 때문에 모든 백성에게 화를 끼쳤다. 그리하여 난을 구하러 달려온 군사들로 하여금 길이 전장의 원혼冤魂이 되게 하였고, 죄 없는 백성을 모두 다른 나라의 포로가 되게 하여, 아비는 자식을 보호하지 못하고 지아비는 지어미를 보호하지 못하게 하여 어디를 보든지 간에 가슴을 치고 하늘에 호소하게 하였다. 백성의 부모가 되어 책임을 장차 누구에게 전가할 것인가. 이 때문에 고통과 괴로움을 머금고 오장이 에이는 듯하여 뜬 눈으로 밤을 새운다"(『인조실록』 15년 2월 19일).

18 한명기, 『정묘·병자호란과 동아시아』, 푸른역사, 2009, 436면.

대응 방식은 앞서 언급했던바 포로를 통해 경제적 이득을 취하고자 했던 청나라의 의도에 부합하는 결과이기도 했다. 하지만 폭등한 속환가[20]로 인해 조선은 예상과 달리 매우 적은 수의 인원만 속환할 수 있었을 따름이다.[21]

포로로 끌려간 사람 중 속환되지 못한 남성(장정)들은 주로 대명전쟁對明戰爭에 투입되거나 장수가將帥家에 머물며 농사나 공장工匠 일에 종사했다.[22] 문제는 대부분의 피로인이 엄한 감시 하에 격심한 노역에 시달리다 결국 탈출을 감행하는 경우[23]가 많았다는 점이다.

　　용・마(용골대와 마부대 — 인용자 주) 두 장군이 호부에 앉아서 저 박로와 이회를 그곳으로 불렀습니다. 먼저 저를 들어오라 하여 이렇게 말했습니다.

　　"이번에 도망간 포로를 잡아 보낸 숫자가 매우 적으니 우리의 명을 조금도 따를 뜻이 없는 것 같소. 여기서 달아난 자는 날마다 수천 명이나 되는데 단지 일곱 명만을 들여보냈으니 이것이 어찌 믿을 만한 일이겠는가."[24]

19　『인조실록』 15년 윤4월 28일; 『인조실록』 15년 6월 11일.

20　정축년 2월 초순경에 청군이 모화관慕華館에 주둔할 당시 조선인 포로 송환가로 남자는 백금, 즉 은 5냥, 여자는 백금 3냥으로 공언한 바 있었다. 그러나 실제로 양국 간의 교섭이 진행되면서 포로 송환에 대한 기준 속환가는 일반 백성의 경우 종전에 제시한 가격의 5~10배나 증가된 1인당 25~30냥이 되었으며, 실제 속환가는 그보다 높은 1인당 100~250냥 선에 이르렀다고 한다(강성문, 앞의 글, 139・141면).

21　이러한 정황은 『심양장계瀋陽狀啓』 정축년 6월 21일 기사 중의 다음 내용을 통해서도 확인할 수 있다. "16일에 속환사 신계영申啓榮 일행이 들어왔는데, 포로로 잡혀온 사람들을 모아서 몸값으로 낼 돈을 의논했습니다. 몸값은 매우 높은데 여기 들어온 사람이 가진 돈은 아주 적어서 풀려나기가 어렵습니다"(소현세자 시강원, 정하영 외역, 『심양장계』, 창비, 2008, 89면. 이하 『심양장계』의 인용은 모두 여기에서 하고 출처 표시 없이 해당 일자와 면수만 표기).

22　김용욱, 「한국역사에 있어 전쟁 피로자・피납자의 송환문제」, 『국제정치논총』 44집 1호, 한국국제정치학회, 2004, 130면.

23　실록에서는 이들은 도환자逃還者나 주회인走回人으로 명명하고 있다.

선전관 채시한이 22일 무사히 들어왔는데, 명나라 사람 한 명이 청석령에 이르러 죽었다고 했습니다. 그 일행들을 동관에 맞아두었다가 3일이 지난 후, 잡아온 도망자와 귀화인, 달아난 자 등을 아문에 불러 선전관이 입회하여 신문한 후 마 장군이 시한에게 말하기를,

"한인은 많이 잡아왔으니 참으로 잘하였소. 전날 이름을 적어 보낸 귀화인은 어찌 지금까지 소식이 없소? 각별히 기대하였는데 아직도 보내지 않으니 이 무슨 도리요? 달아난 자들은, 이곳에서 도주하는 자가 하루에도 1백 명이나 되며 갈수록 심해지고 있는데 단지 여자 한 명만 보냈으니 심히 할 말이 없소······."[25]

17일 오후 아문통사 한보룡이 관소에 와서 말하기를, "봄이 온 후로 도망 간 사람이 무려 천 여 명이나 되어 잡아 보내라는 뜻을 전후로 거듭 당부하였 습니다. (그래서) 조선이 반드시 마음을 다하여 시행할 것으로 생각했었는데 보낸 숫자를 보니 매우 엉성합니다.[26]

『심양장계』를 통해 확인할 수 있듯이 조선인 포로들의 탈출은 지속적이고 빈번하게 행해졌다. 물론 탈출을 시도했던 사람들 중에 성공하는 경우는 결코 많지 않았다. 식량이 없어 굶어 죽거나 혹은 맹수의 밥이 되기도 하여 무사히 생환하는 사람은 100명 중 한 둘에 불과하였다.[27] 그럼에도 탈출에 성공한 경우, 이들의 목숨을 건 탈출기와 이국체험

---

24 『심양장계』 정축년 8월 19일, 98면.
25 『심양장계』 무인년 9월 28일, 219면.
26 『심양장계』 신사년 11월 2일, 579면.
27 김종원, 앞의 글, 78면.

은 다양한 (비)문학의 형태로 남아 오늘날 우리에게 전쟁 포로의 참상을 심각하게 제기하고 있다.

먼저 김승경金勝京이란 인물을 보자. 강원도 금성현에서 을축년(1625)에 태어난 그는 병자년 난리를 피해 김화의 오신산으로 들어갔다가 정축년에 12세의 나이로 몽고병의 포로가 된다.[28] 특기할 것은 그가 몽고병의 포로였던 탓에 여느 포로들처럼 심양으로 압송된 것이 아니라 현재의 랴오닝성遼寧省 부근의 허투알라성으로 끌려가 그곳에서 27년간 생활했다는 점이다.[29] 그곳에서 김승경은 비록 노예로서의 삶이지만 나름의 재산도 소유하면서[30] 차츰 정착해 나갔던 것으로 보인다. 그러나 고향에 뼈를 묻고 싶은 간절한 그리움思欲歸骨故丘으로 결국 탈출을 감행한다. 심양에 도착한 그는 포로로 잡혀와 살던 조선인의 도움을 받아 무사히 고향으로 돌아올 수 있었는데, 어머니는 이미 돌아가셨지만 다행히 아버지와 형제는 무고하게 살아 있었다.[31]

김승경의 삶이 귀국 이후 어떻게 전개되었는지는 알 수 없다. 다만 그

---

[28] "金勝京者, 金城縣民也. 生於天啓乙丑, 丙子之亂, 避兵于五申山金化, 丁丑正月, 爲蒙兵所擄"(『곡운집谷雲集』 권6, 「잡문雜文」, 「김승경사실金勝京事實」, 이하에서 해당 내용은 출처 표시 없이 원문만 인용).

[29] 「김승경사실」의 내용을 토대로 김승경의 포로생활 지역을 허투알라성으로 추정한 논의는 다음을 참조할 것. 남미혜, 「병자호란기 조선 피로인被擄人의 호지胡地체험과 삶」, 『동양고전연구』 32집, 동양고전학회, 2008.
「김승경사실」을 살펴보면 이 글을 기록한 김수증의 주된 관심 중 하나가 김승경의 호지체험 즉 이동 경로에서부터 이국의 노예생활을 통해 견문했던 자연환경, 가옥구조, 법, 금수초목, 과일 등에 이르기까지의 '새로운 세상'에 대한 정보에 있었음을 알 수 있다. 이는 정유전쟁 때 포로가 된 후 안남安南(베트남), 여송국呂宋國(필리핀), 유구琉球(오키나와) 등을 두루 체험한 조완벽의 견문見聞이 여러 문집에 실려 전하는 상황과 비슷하다. '돌아온 포로'들의 견문이 간접적인 해외 체험의 자산이 되었다는 사실은 이 시기 포로서사의 또 다른 특징이기도 하다.

[30] "勝京亦畜馬三十匹, 牛三十, 羊數百, 駝四頭."

[31] "其母沒纔數年, 其父猶生存, 兄弟無故, 初不省識, 聞其前後辭說, 相持痛哭."

가 전쟁으로 인한 가족의 이산과 재회라는 극적인 경험의 살아 있는 주체였음은 의심할 바 없다. 그러나 정묘·병자전쟁기의 피로인 중 김승경과 같은 행운아(?)는 거의 없었다는 사실을 다시 한 번 상기할 필요가 있다. 특히 이 시기에 탈출했던 포로들에게는 임진·정유년 포로들의 상황과 근본적으로 다른 지점이 존재했던바, 청은 달아난 포로들起回人에 대한 쇄송刷送을 끊임없이 그리고 공식적으로 조선에 요구했던 것이다. 주회인起回人을 재 송환하라는 청의 '당당한' 요구는 전쟁의 승리를 통해 조선과 맺은 일방적 맹약盟約 혹은 화약和約 때문에 가능한 일이었다.

영상 신흠이 아뢰기를, "오랑캐의 편지 내용은 전과 대략 같으나 이번 것은 말이 더욱 패만스럽습니다. 맹약盟約을 깨뜨리고자 해서인지는 모르겠으나 이는 필시 공갈하려는 의도일 것입니다. 서신 가운데 **집요하게 말하는 것**은, 중국을 돕고, **도망한 사람을 쇄환하고**, 모문룡과 접촉하고, 성지城池를 수축하고, 회령會寧의 개시開市를 허락하지 않는다는 다섯 가지 일입니다.[32] (강조— 인용자. 이하 동일)

용골대龍骨大가 한汗의 글을 가지고 왔는데, 그 글에 (…중략…) "군중軍中의 포로들이 압록강鴨綠江을 건너고 나서 만약 도망하여 되돌아오면 체포하여 본주本主에게 보내도록 하고, 만약 속贖을 바치고 돌아오려고 할 경우 본주의 편의대로 들어 주도록 하라."[33]

---

32 『인조실록』 6년 5월 26일.
33 『인조실록』 15년 1월 28일.

이처럼 후금(청)은 정묘년과 병자년의 승리 후 자신들의 전리품인 포로에 대한 소유권을 집요하게 주장하고 있었다. 그리고 이러한 정황 속에서 김승경과 달리 비극적 결말에 이른 탈출기가 출현한다.

> 의주부윤義州府尹 조성보趙聖輔가 아뢰기를, "청淸나라 사람 한 명이 **스스로 주회인**走回人이라 일컬으며 중강中江을 건너와 강을 건너오기를 청하기에 빈신儐臣들과 의논하고서 통관通官으로 하여금 칙사勅使에게 말하였더니, 칙사가 장관將官을 시켜 급히 잡아오라고 하므로 그를 결박結縛하여 봉황성鳳凰城으로 압송押送하였습니다. 그의 이름을 물으니, '이름은 안단安端이고 강화천총江華千摠 안몽열安夢說의 아들이며, 경기 도사京畿都事 정복길鄭復吉의 처형제妻兄弟로서 병자년에 청淸나라에 붙잡혀 가서 갑군甲軍의 집종이 되어 북경北京에 있었으며, (…중략…) 안단이 관館의 문밖을 겨우 나가자마자 크게 통곡痛哭하여 말하기를, '고국 땅을 그리는 정이 늙을수록 더욱 간절한데도 죽을 곳으로 보낸다'고 했습니다" 하였다.[34]

이처럼 병자전쟁이 끝난 지 약 40년 후에도 당시의 포로들에게 전쟁은 여전히 진행형인 사건이었다. 위 기사의 주인공 안단安端은 당시 남방에서 오삼계吳三桂 등이 반란을 일으키자 그의 주인이 진압군으로 차출되어 감시가 소홀해진 틈을 타 탈출을 시도했던 것이다. 그는 북경을 떠나 산해관을 통과하고 봉황성을 거쳐 압록강의 중강까지 오는 데 성공한다.[35] 그러나 마침 의주에 와 있던 청나라 칙사들을 의식한 의주부

---

34 『숙종실록』 1년 4월 6일.
35 한명기, 『병자호란』 2, 푸른역사, 2013, 310면.

윤은 안단을 결박해 봉황성으로 압송한다. 40년의 기다림 그리고 천운과 같았던 탈출 기회가 이렇듯 허무하게 끝나 버린 것이다.

한편, 안단의 탈출이 있기 10여 년 전에도 안단과 같은 주회인은 존재했다.

> 납치되었던 안추원安秋元이 심양에서 도망쳐 돌아왔다. 추원은 경기도 풍덕豊德 사람인데, 병자호란 때 나이 13세로 강도江都로 들어가 피난하다가 몽고인蒙古人에게 붙잡혀 심양으로 들어간 후, 한인漢人 야장冶匠의 집에 팔려갔다. 임인년(1662 – 인용자 주)에 북경北京에서 도망쳐 돌아오다가 산해문장山海門將에게 붙잡혀 북경으로 압송되어 얼굴에 자자형을 받았었는데 이때에 이르러 탈출해 돌아온 것이다. 그가 부조父祖의 이름과 살았던 곳을 알고 있었다. 감사 이정영李正英이 의주 부윤 강유후姜裕後로 하여금 추원을 단단히 가두고 기다리게 한 다음 치계하였다. 이 사실을 비국에 내리니, 비국이 아뢰기를, "추원을 의주에 그대로 두기에는 일이 몹시 불편하니, 내지內地로 이송하여 의식을 주어 그로 하여금 헐벗고 굶주리지 않게 하소서" 하니, 상이 따랐다.[36]

병자전쟁 종전 후 약 30년이 지난 시점에서 포로로 잡혀 갔던 안추원은 탈출에 성공해 조선으로 돌아왔다. 앞서 잠시 살펴보았던 '정축화약丁丑和約'에 따르자면 그리고 안단의 예를 보자면, 안추원 역시 당연히 청나라로 쇄송되어야 하는 주회인이다. 그러나 현종은 그를 내지로 이송해 살게 한다. 낡은 화약을 따르기보다 인도주의적 선택을 감행했던

36　『현종실록』 5년 8월 12일.

것이다. 그러나 안추원의 이야기는 김승경의 경우처럼 해피엔딩을 맞지 못했다.

> 풍덕豊德 사람 안추원安秋元은 병자호란 때 사로잡혀 갔다가 몰래 도망하여 돌아왔는데 조정에서 본토本土로 돌아가게 하였다. 추원이 돌아와 보니 부모와 형제가 모두 죽었고 장차 살아갈 길이 없어 도로 청국清國으로 들어가다가 봉성鳳城의 수장守將에게 잡혔다. 그리하여 심양瀋陽에 보고가 되었기 때문에 조정에서 걱정하였다.[37]

천신만고 끝에 조선으로 돌아온 안추원은 현종의 배려로 포로 쇄송에서 벗어날 수 있었다. 하지만 돌아온 고향은 이미 그가 생각했던 곳이 아니었다. 가족이 모두 죽어 의지할 곳도 없었으며 생계를 유지할 뚜렷한 방법도 없었던 그는 놀랍게도 자발적 노예 상태로 복귀하려다 붙잡히게 된다.

이렇듯 병자년 포로들 중 일부는 끊임없는 탈출을 통해 포로라는 신분을 벗고 고향으로 돌아와 평범한 개인으로 살고자 했다. 그럼에도 때로는 탈출을 막아선 자국민 탓에, 혹은 패전의 결과물이었던 청의 포로 쇄송 요구 때문에, 나아가 돌아온 고향에서의 팍팍한 삶 때문에, 그들의 탈출은 끝나도 끝난 것이 아니었다.

병자전쟁 포로서사가 보여 주는 이상과 같은 암울한 결말은 임진·정유전쟁 포로서사의 결말과 비교해 볼 때 그 자체가 하나의 특징적 경

---

37 『현종실록』 7년 1월 15일.

향임을 확연히 드러낸다. 예를 들어 정유전쟁 때 포로가 되었다가 결국 주왜主倭의 허락을 얻어 고국으로 돌아온 후 노모와 처를 만날 수 있었던 조완벽,[38] 임진전쟁 때 아버지를 여의고 자신은 포로가 되었으나 강한 귀환 의지로 결국 일본에서 탈출해 옛 터로 돌아와 새로 집을 짓고 제사를 모시며 학문에 열중했던 신기금[39] 등의 이야기나, 정유전쟁 시 헤어졌던 부부가 확장된 가족의 형태로 재회한 내용을 담고 있는 소설 「최척전」도 임진·정유전쟁을 배경으로 한 포로서사가 지니고 있던 긍정적 지향을 공유한다.

이처럼 임진전쟁과 병자전쟁의 포로서사가 뚜렷한 지향의 차이를 드러내는 까닭은 앞서 언급했던 것과 같이 병자전쟁이 명백한 패배로 끝난 전쟁이었다는 사실과 더불어 종전 이후 더욱 강성해진 '오랑캐'의 현실적 위력 앞에 무력할 수밖에 없었던 조선의 시대적 분위기가 반영된 결과였다. 병자전쟁 이후 가까스로 왕조를 유지하는 데 성공했던 조선은 그러나 전쟁 직후 기실 '몰락'한 것이나 다름없었던 것이다. 우리는 최성대의 「이화암노승행梨花菴老僧行」,[40]에서 그려진 '노승'의 이력을 통해 병자전쟁 이후 조선의 분위기를 짐작할 수 있다.

---

38 生至丁未年回答使呂祐吉等入往時, 哀告主倭, 得還本土. 其老母及妻俱無恙, 亦異事也(『지봉집芝峯集』 권23 「잡저雜著」 「조완벽전趙完璧傳」).

39 辛起金者, 東萊人也. 年十三, 値壬辰倭變, 父死鋒鏑, 身被擄入于蠻國 (…중략…) 遂結廬舊址, 以奉先祀, 勉勵學問, 不求顯達(『번암집樊巖集』 권55 「전傳」 「신기금전辛起金傳」).

40 선행연구에서는 「이화암노승행」에 대해 전란이 남긴 상흔을 충忠, 절의節義, 열烈 등과 같은 이념의 차원이 아니라 개인의 사적 체험을 서사로 포착해 포로 문제의 실상을 전함으로써 당대 역사의 진실을 들추고 있는 작품으로 평가한 바 있다(진재교, 「조선조 후기 현실과 서사한시─17세기 동아시아 전란 기억과 피로인」, 『대동한문학』 35집, 대동한문학회, 2011).

생각하면 끔찍하지 지난 병자년 난리	却憶丙子胡亂時
내 나이 겨우 열일곱 살에 그 액운을 만났었거든	年纔十七遭百六
오랑캐 서울을 짓밟고 남한산성 에워싸고	京都已陷南漢圍
말발굽 횡행하며 산골까지 뒤지는데	銳騎彌滿搜山谷
죽은 자 잇따라 풀섶에 널려 있고	死者枕藉塗草莽
산 자들 묶여서 북면 길로 끌려 가니	生者束縛驅向北
줄줄이 꼬리를 물어 압록강을 건널 적에	累累相隨渡鴨水
동면 하늘 돌아보며 통곡하였더라네	回頭却望東天哭[41]

  17살에 병자년 포로로 심양에 끌려간 그는 여느 포로들과 같이 두려
움과 공포에 휩싸여 압록강을 건너며 통곡했던 기억을 토로하고 있다.
그럼에도 김승경의 경우처럼 차츰 그곳의 환경에 익숙해졌고, 더욱이
용력이 뛰어났던 탓에 씨름판에서 추장의 인정을 받아 대완마大宛馬를
상으로 받고 벼슬도 얻는다. 심지어 부호富胡의 사위가 되어 남부럽지
않은 삶을 살게 된다.[42] 하지만 그 역시 다른 주회인들과 마찬가지로 고
향에 대한 그리움으로 귀국을 결심한다.

소문을 들자니 포로로 잡힌 남녀들	傳聞被擄男與婦

---

41 시의 원문과 번역은 임형택 편역, 『이조시대 서사시』 하, 창작과비평사, 1992, 67~77면
  (이하에서 해당 내용은 출처표시 없이 원문만 인용).
42 習性移人久漸熟, 一日軍中鬪角觝, 蒙雉圍立如堵壁, 買勇跳跟直趨前, 隻手連仆三長狄, 帳裏
  戎酋撫掌喜, 親賜追風大宛足, 巫閭暮獵十丈雪, 猛虎狴騰聲霹靂, 據鞍彎弓一箭殪, 怒血色漬
  邊草赤, 羣胡吐舌氣爲奪, 皆曰丈夫勇無敵, 壯士如教可汗知, 萬戶侯印豈難得, 卽令傳箭超隊
  長, 意氣顧眄紅抹額, 千金富胡願嫁女, 二八嬌娥顔似玉, 織成絨鞍錦鬪帶, 瀉傾銀甕葡萄釀, 晝
  出射生夜歸飮, 箜篌簟篥和羌笛.

돈과 비단만 바치면 풀어 준다 하는데	許令贖還輸金帛
이 몸은 십 년 동안 오랑캐 사이에서 으스대고 놀았으나	十載居夷縱自豪
집을 떠나 만 리 이역에서 고향 생각 어찌 막을 수 있으랴!	萬里離家那禁憶
(…중략…)	
예 살던 마을 다시 찾아가니 반은 폐허로 변했구나	重尋閭井半丘墟
가까운 친척들 죽고 없어지고 인심도 어찌나 나빠졌던지	六親死盡鄕風惡

하지만 돌아온 고향은 그가 상상하던 곳과는 너무도 달랐고, 그는 안추원이 그랬던 것처럼 깊이 좌절한다. 집안이 대대로 아전이었던 탓에 귀향 후 잠시 아전 일을 맡기도 했던 그는 결국 현실에 적응하지 못한 채 세금으로 걷은 곡식을 창루에서 탕진한 후 가야산 암자로 찾아가 승려가 되기에 이른다.[43]

후에 「이화암노승행」을 읽고 「이화암노승전梨花庵老僧傳」을 지은 정범조丁範祖는 논찬을 통해 노승을 '기남자奇男子'로 평하면서 그의 인생을 '기奇'라는 용어로 압축한 바 있다.[44] 하지만 우리는 노승의 기이한 인생 역정보다 '돌아온 자'의 쓸쓸한 노년에 더 주목하게 된다. 가족의 철저한 파괴, 변해 버린 인심, 폐허가 된 삶의 터전 등이 돌아온 자들의 방황

---

[43] "慣住蠻夷難習悛, 强隨鴟鴞非心樂, 春風嶺漕受郡牒, 白粲連檣京口泊, 津頭遊女蕩人心, 一曲嬌歌散千斛, 自知作孽落坑窐, 何處藏身免金木, 窮猿避禍入山深, 懶龍逃誅畏電迫, 夜叩伽倻絶頂庵, 劫以利匕求髡削, 斯須化作一和尙."

[44] "海左生曰, 僧奇男子也, 方弱齡, 束縛入强虜中, 能以勇力見使, 奮跡行間, 乘時進取, 則富貴可立致, 而顧不忍去父母國, 陷身夷狄, 脫屣東歸, 其志奇, 以格虎之氣, 而屈之雁間, 非所以處豪傑也, 俠娼酣歌, 豈眞迷戀女色, 蓋欲少洩其鬱塞耳, 其氣奇, 其犯法當死, 不北逃胡南遁粤, 而歸質空門, 與木石俱晦, 其跡奇蓋三變節, 而事益奇, 是不可使氈昧無傳也"(『해좌집海左集』 권39 「이화암노승전梨花庵老僧傳」).

을 이끌었던 것인데, 이러한 정황이 유독 병자전쟁의 와중에 피로된 인물들의 서사에서 두드러진다는 사실은 병자전쟁 이후 조선 사회에 팽배해 있던 무력감과 상실감의 반영으로 해석할 수 있다.

4. 「김영철전」 – 명청교체기를 가로지른 피로인의 삶

이제까지 살펴본 바와 같이 정묘·병자전쟁의 포로 문제에는 그 규모와 성격 면에서 기존과는 변별되는 지점이 존재했다. 그런데 시기적 범주를 좀 더 확장해 명청교체기의 맥락에서 살펴볼 경우, 우리는 이 시기의 포로 문제가 청나라의 제국화帝國化 과정과 맞물리면서 좀 더 확장된 차원으로 전이된다는 특징을 발견할 수 있다. 청의 제국 건설에 대한 욕망은 병자년 이후 포로 송환 요구를 통해서도 짐작해 볼 수 있다.

홍서봉과 이현영 등이 치계하였다. "신들이 의주에 도착하니 용호가 각기 다른 곳에서 접견하여 서로 통하지 못하게 하였습니다. (…중략…) 용호가 말하기를 '산성에서 약조를 정할 때에 홍 정승과 윤 판서가 모두 참여하였다. 그런데 몇 년도 채 못 되어 조약을 실천하지 않으니 이 무슨 도리인가. 남조南朝와 통하지 않는다는 것이 약조에 실려 있는데도 해마다 국서를 가진 사신을 보냈으며, **도망쳐 돌아간 사람을 붙잡아 보내고 향화인을 쇄환하고 도망친 한인을 돌려보낸다**는 것도 약조에 있는데 모두 이행하지 않는 것은 무

슨 이유인가?'**45**

위 기사에서 우리는 포로 송환과 관련해 청이 조선에 요청한 도인逃人의 범주가 조선인 포로를 넘어 조선으로 귀화한 향화인向化人과 주회 한인走回漢人까지 포함하고 있음을 알 수 있다. 이는 결국 청나라가 상정하고 있던 광의의 자국민 개념을 암시하는 것이다.

청조의 목적이 단순히 중국 왕조가 되는 것이 아니라, 중국의 황제를 겸함으로써 중국 내지의 경제력을 흡수하고 그것을 넘어서는 독자적인 새로운 국가 즉 화이일가華夷一家의 통일 다민족 왕조를 수립하는 것이었다는 지적**46**을 염두에 둔다면, 우리는 위와 같은 청의 요구가 대제국 건설을 위한 당연한 수순이었음을 간취할 수 있다. 더불어 이 시기의 포로 문제 역시 '제국적 범주'의 차원으로 확대되고 있었음을 알 수 있다. 그리고 이러한 맥락에서 우리는 고소설사의 문제작 중 하나인 「김영철전金英哲傳」**47**을 대제국의 성립과 포로 문제라는 새로운 차원에서 접근할 수 있게 된다.

「김영철전」**48**은 평안도 영유현의 김영철이라는 인물이 심하전투에

---

45 『인조실록』 18년 11월 7일.
46 이시바시 다카오, 홍성구 역, 『대청제국 1616~1799』, 휴머니스트, 2009, 51면.
47 박희병에 의해 본격적인 연구가 촉발된 「김영철전」은 최근까지 새로운 이본이 지속적으로 발굴되면서 더욱 주목받고 있는 텍스트이다. 특히 이본 문제를 중심으로 한 대표적 성과는 다음과 같다. 박희병, 「17세기 동아시아의 전란과 민중의 삶―「김영철전」의 분석」, 『한국근대문학사의 쟁점』, 창작과비평사, 1990; 권혁래, 「나손본 「김철전」의 사실성과 여성적 시각의 면모」, 『고전문학연구』 15집, 한국고전문학회, 1999; 양승민・박재연, 「원작계열 「김영철전」의 발견과 그 자료적 가치」, 『고소설연구』 18집, 한국고소설학회, 2004; 서인석, 「국문본 「김영텰뎐」의 이본적 위상과 특징」, 『국어국문학』 157호, 국어국문학회, 2011; 송하준, 「새로 발견된 한문필사본 「김영철전」의 자료적 가치」, 『고소설연구』 35집, 한국고소설학회, 2013.

병사로 조발되면서 겪게 되는 포로 체험과 그에 따른 표류의 서사로 점철된 작품으로, 대략 1618년부터 1683년까지의 명청교체기를 관통하는 시기를 그 시간적 배경으로 삼는다. 김영철은 몰락해 가던 명과 새롭게 부상하던 후금(청) 그리고 그 사이에서 가까스로 존립을 모색해 가던 조선을 모두 경험한 인물이었고 나아가 중세 동아시아의 급변하던 국제 질서를 온몸으로 체험했던 인물이기도 하다.

심하전투에서 호장胡將의 포로가 된 김영철은 두 번의 탈출이 발각되었으나 호장의 배려로 여진족 여인과 결혼하여 두 아들을 낳고 살면서 차츰 호지 생활에 적응하게 된다. 그러나 함께 노예 생활을 하던 명인明人 전유년田有年 등과 모의하여 등주登州로 탈출해 그곳에서 새로운 배우자를 만나 다시 가정을 꾸리고 두 아들을 낳는다. 그런데 작가는 여기에서 그치지 않고 다시 한 번 그의 '탈출'을 서사화함으로써 김영철을 결국 조선으로 돌려놓는다. 중세 동아시아의 격변기 속에서 그는 조선인이자 만주인이었고, 한인漢人이기도 했던 인물로 설정된 것이다.

그런데 김영철의 조선 귀환과 그 이후 계속되는 종군從軍 과정에서 특기할 것은 작가가 선택한 전쟁의 성격이다. 작가는 「김영철전」에서 호란의 발발로 익숙한 정묘년이나 병자년을 전쟁과는 전혀 무관한 시기로 다루고 있다. 전자는 아들 득달得達을 낳은 해로 간단하게 처리하고 있으며,[49] 후자는 영철의 조부가 임종을 하면서 '영철 덕분에 죽어도 유감이 없다'는 유언을 남기던 해로 기록[50]하고 있을 뿐이다.

48　본고에서는 양승민 교주, 박재연본 「김영철전」을 대상으로 논의를 진행하며 해당 내용은 별도의 출처 표시 없이 원문만 인용함.
49　"丁卯生子, 名曰得達."
50　"丙子, 英哲祖父病死. 臨終, 謂英哲曰:"我當垂死之年, 無子無孫, 零丁踽踽, 幾不得自保矣.

작가는 오히려 병자전쟁 이후, 즉 조선이 굴욕적인 패배를 당한 후 청의 압력에 못 이겨 명군과의 전투를 위해 참전했던 일련의 정황[51]을 주요한 서사 골격으로 활용하고 있다. 작가는 "청의 군사로서 명을 공격해야 했지만, '부모의 나라'인 명을 차마 공격할 수는 없었던 조선군"이라는 혼란한 상황을 소설 속으로 끌어들이고 있는 것이다.

어느 날 밤, 임경업은 영철과 장관 이수남으로 하여금 작은 배를 타고 중국 진중으로 가서 주장을 만나 보게 하고 다음과 같이 약속하였다.

"내일 전투에서 아군은 총에서 탄환을 제거할 테니 중국 병사들은 화살에서 살촉을 뽑으십시오. 서로 싸울 때 아군은 거짓으로 패하여 항복함으로써 작은 나라가 천조를 배신하지 않았다는 뜻을 표하겠습니다."

천장은 크게 기뻐하며 답서를 써 주고, 백금 30냥과 청포 30필을 두 사람에게 각각 상으로 주었다.[52]

청주는 금주위를 누차 공격하였으나 빼앗지 못했다. 그래서 기필코 금주위를 취하고자 몸소 대군을 거느리고 갔으며, 팔고산으로 하여금 각기 철기를 거느리고 밤낮으로 금주위를 공격하게 했다. 금주위가 포위를 당한 지

神明助佑, 與汝相見, 汝復娶佳婦而生佳兒, 吾死無餘憾矣.""

51 조선에 대한 청의 파병 압력은 삼전도의 항복 과정에서부터 시작되어 기승을 부리다가 청의 북경 입성을 고비로 크게 수그러드는데, 1637~1644년 동안 청은 조선에 모두 여섯 차례 이상 병력을 요구했던 것이다(계승범, 『조선시대 해외파병과 한중관계』, 푸른역사, 2009, 222면). 이러한 청의 참전 요구 중 「김영철전」에서 다루고 있는 사건은 1637년의 가도椵島 공격과 1641년 금주錦州 공략이다.

52 "一日夜, 林慶業遣英哲及將官李秀男, 乘小船, 往中國陣中, 見主將, 相約曰：'明日之戰, 我軍去丸於銃, 中國之兵, 拔鏃於箭. 與之爭戰, 我軍爲佯敗而降, 以表小邦不背天朝之義.' 天將大喜, 答書. 以白金三十兩 · 靑布三十疋, 各賞二人."

오래되매 서로 이기기도 하고 지기도 했지만, 군수물자가 바닥나 위태롭기가 조석지간에 있었다. 전후 금주의 전투에서 영남의 군사로서 첨방군이었던 자들이 다 이 전투에 나왔다가, 이렇게 창언하였다.

"황명의 은혜는 저버릴 수 없다. 오늘 전투에서 아군은 마땅히 화살에서 살촉을 뽑고 총에서 탄환을 제거하여 임진년 재조의 큰 은혜를 표창해야 할 것이다!"[53]

청의 위력에 굴복할 수밖에 없는 현실적 상황 속에서, 어쩔 수 없이 참전해야 했던 조선군은 '촉 없는 화살'과 '탄환 없는 총'으로 자신들의 정체성에 대한 딜레마를 해결하고자 한다. 명에 대한 의리와 청의 위력이라는 극단적 선택지 앞에 선 조선은 결국 깊은 이념적 공황 상태에 빠질 수밖에 없었고, 이러한 시대상 속에서 조선은 명과 청 사이에서 하나의 '혼종적混種的 주체'로 표류하게 된다.

그리고 앞서 언급했던바 포로와 표류의 역정에서 배태된 김영철의 혼종성은 위에서 언급한 17세기 조선의 혼종성과 겹쳐진다. 청인과 명인 그리고 조선인의 정체성 사이에서 방황하던 김영철의 형상은 17세기 중반 청의 신하이자 명의 신하이기도 했던 조선의 모호한 정체성 그 자체를 상징하는 것이다.[54]

나아가 청의 제국화 과정과 그에 따른 포로 문제의 특징적 맥락을 살

---

53 "淸主頻攻錦州衛, 不得拔, 必欲取之, 自領大兵而行, 使八高山各率鐵騎, 日夜攻錦州衛. 錦州衛被圍旣久, 互有勝負, 而軍資且盡, 危在朝夕矣. 前後錦州之役, 嶺南軍士, 以添防軍, 偕赴是役者, 倡言曰∶"皇明之恩, 不可負. 今日之戰, 我軍固當矢拔其簇, 銃其去丸, 以表壬辰再造之鴻恩, 可乎!""

54 김영철의 조선 귀환 이후의 서사에 대한 분석은 이 책 1부 3장 2절 참조.

펴보기 위해 주목해야 할 지점은 김영철의 '혼종성'을 바라보는 작가의 시선이다.

　　청주가 남면으로 중원을 바라보더니 한참 후 이렇게 말했다.

　　"영철은 본래 조선 사람으로 내 백성이 된 것이 6년이고 중원의 백성이 된 것이 6년이며 이제 다시 조선의 백성이 되었다. 조선의 사람은 곧 내 백성이다. 전에 죽음을 무릅쓰고 도망간 사람이 오늘 양국의 통사가 되어 와서 나를 알현하니, 이는 우연이 아닐 것이다. 또 그 맏아들이 지금 나의 군중에 있고 작은아들이 나의 건주에 있으니, 이 영철 부자는 모두 나의 적자들이다. 저 중원 고을의 두 아들들 또한 내 백성이 되지 못하겠는가? 이로써 말한다면 내가 천하를 얻을 날이 멀지 않았도다. 이 사람을 어찌 처벌할 수 있겠는가?"[55]

　　그간 「김영철전」의 작가의식 혹은 주제에 대한 분석은 주로 전쟁으로 인해 하층민이 겪는 고난이나 가족 이산의 고통 등과 같은 민중적 삶의 비극에 논의의 초점이 놓여 있었다.[56] 물론 그와 같은 견해도 기본

---

[55]　"淸主南望中原, 良久乃言曰：'英哲本以朝鮮之人, 爲我民者六年, 爲中原民者又六年, 今復爲朝鮮之民. 朝鮮之人, 卽我民也. 昔者冒死逃歸之人, 今日能爲兩國通事, 來現於我, 此非偶非也. 且渠之長子, 方在我軍中, 小子在我建州, 此英哲父子, 皆爲我赤子也. 彼中州兩子, 亦不得爲我民乎? 以此言之, 則我之得天下, 不遠矣. 此人何可罪也?'"

[56]　주제 분석에 관해 본고에서 참고한 주요 연구는 다음과 같다. 박희병, 앞의 글; 김진규, 「김영철전의 포로소설적 성격」, 『새얼어문론집』 13집, 새얼어문학회, 2000; 양승민, 「김영철전의 형상화 방식과 그 작가의식」, 『국어국문학』 138호, 국어국문학회, 2004; 권혁래, 「「김영철전」의 작가와 작가의식」, 『고소설연구』 22집, 한국고소설학회, 2006; 이승수, 「김영철전의 갈래와 독법─홍세태의 작품을 중심으로」, 『정신문화연구』 30권 2호, 한국학중앙연구원, 2007; 엄태식, 「「김영철전」의 서사적 특징과 서술 시각」, 『한국고전연구』 24집, 한국고전연구학회, 2011.

적으로 타당하지만, 저자는 위 대목을 좀 더 적극적으로 해석할 때 새로운 텍스트 해석의 가능성이 확보될 수 있으리라 생각한다.

다시 말해 청주淸主의 위와 같은 발언은 조선인이자 만주인이고 또 명인이기도 했던 김영철의 혼란한 정체성이 기실 그 모든 땅을 움켜쥐게 된 정복자의 입장에서 보자면 매우 상징적인 '제국인'의 일원일 뿐이라는 냉험한 현실을 여과 없이 드러내 준다. 더불어 각지에서 꾸려졌던 영철의 가족 구성원들 역시 청주의 적자赤子가 됨은 물론이다. 청주의 입을 통해 작가는 정체성에 대한 이념적 혼란들이 물리적이고 현실적인 위세와 그로 인해 재편된 국제 질서 속에서는 결코 '심각한 문제'가 아닐 수 있다는 사실을 담담하게 그러나 강렬하게 전달해 주고 있다.[57]

이처럼 「김영철전」은 동아시아의 새로운 주인으로 부상하고 있던 청'제국'의 시선에서 김영철의 피로 역정을 규정해 낸다. 심하전투에서 시작된 피로인 김영철의 삶은 그의 끊임없는 탈출에도 불구하고 명청 교체기를 가로지르면서 결국 조선인이 아닌 제국인으로 최종 정의되었던 것이다. 조선에 돌아온 후 그가 겪은 스산한 만년은, 앞서 살펴보았던 병자전쟁 포로서사에서 그려졌던 것과 같이, 명의 몰락과 청의 부상 이후 급변하던 세계 질서를 수동적으로 받아들일 수밖에 없었던 당시 조선의 정황과 밀접한 관련을 맺고 있다.

---

57 이 책 1부 3장 2절 참조.

5. 맺음말

이상에서 본고는 정묘·병자전쟁을 중심으로 한 명청교체기 포로서사의 특성을 주로 임진·정유전쟁기 포로 문제와의 비교를 통해 살펴보았다. 임진전쟁과 달리 후금(청)과의 전쟁에서 조선은 공식적인 패전국이 되었다. 그 결과 전쟁 포로의 성격도 달라졌는데, 후금(청)의 포로들은 '공인된 전리품'이었다는 점에서 근본적인 차이를 지닌다. 또한 당시 후금(청)이 제국화 과정에서 소용되는 인적·물적 자원을 포로 획득을 통해 해결하고자 했던 탓에 50만 안팎의 대규모 포로가 양산되면서 조선의 사회적 기반 자체가 위협받는 지경에 이르렀다.

조선은 포로 문제 해결을 위해 그들의 몸값을 지불하고 송환하는 속환의 방법을 택했지만 그 결과는 매우 미미했다. 결국 돌아오지 못한 많은 포로들은 그곳의 생활에 적응하거나 혹은 고국으로의 탈출을 감행하기도 하였다. 문제는 탈출에 성공하는 경우도 매우 드물었지만 설령 천신만고 끝에 고향으로 돌아왔을지라도 그들의 삶이 결코 녹록치 않았다는 점이다. 그리고 이러한 시대적 정황은 다양한 포로서사를 통해 포착되고 있었다. 실록에 등장하는 안단과 안추원 관련 기사나 「이화암노승행」은 이 시기 포로서사의 특징을 잘 보여 준다. 이는 임진·정유전쟁의 포로서사들이 결말을 통해 가족과의 재회나 삶에 대한 새로운 의지를 드러내던 경향과 뚜렷한 차이를 보이는 지점이다.

또한 「김영철전」을 포로서사의 시각에서 본다면 명청교체기를 가로지른 피로인의 삶에 대한 기록이라는 점이 부각될 수 있다. 심하전투에서 시작된 김영철의 포로 생활은 그를 만주인으로, 다시 명인으로 살아가게 한 계기였다. 조선으로 돌아온 이후 그의 포로 생활은 끝난 것 같았으나, 결국 그는 조선을 침범한 청주에 의해 조선인이 아닌 제국의 일원이라는 정체성을 부여받기에 이른다. 김영철이 겪었던 피로인의 삶과 그로 인한 끊임없는 정체성의 혼돈은 결국 '대청제국의 백성'이라는 새로운 정체성으로 귀착된다. 이러한 김영철의 형상은 명청교체기를 거치는 동안 전통적 화이관의 균열과 붕괴에 의해 국가적 정체성의 혼란을 경험해야 했던 조선의 모습을 상징한다고 할 수 있다.

　이상과 같이 정묘·병자전쟁을 포함한 명청교체기의 포로서사에서는 패전국이었던 조선의 위상과 후금(청)의 확장 및 제국의 건설 그리고 그에 따른 전통적 화이관의 붕괴 등으로 인해 기존의 포로서사와는 대별되는 부면들이 묘파되고 있었던 것이다.

제3장

'전란戰亂 가족서사家族敍事'의 여성 형상화 양상과 그 의미

병자전쟁 배경의 야담을 중심으로

1. '전란 가족서사'와 여성의 정절

임진·병자 전쟁 등 조선 중기의 빈번했던 전란은 그 역사적 상흔에도 불구하고 한편으로는 다양한 이야기가 창작·향유될 수 있는 원천이 되기도 했다. 전쟁의 와중에 평시에는 상상하기도 어려웠을 사건들을 몸소 '경험'했던 이들은 다양한 경로와 장르를 통해 자신들의 체험과 견문을 공유하고자 했던 것이다. 문학의 영역으로 한정하자면, 일기나 실기實記 등의 기록문학을 포함해 설화나 야담 그리고 소설 등과 같은 허구적 서사의 영역에 이르기까지, 전란의 기억들은 다채로운 장르 속에서 기록되거나 서사화되곤 했다.

이러한 전쟁 체험의 문학화 과정 속에서 서사 장르가 특히 관심을 기울렸던 소재 중 하나는 '가족의 이산과 재회'의 문제였다. 전쟁 발발의 여파로 빚어진 피로被擄나 징병의 상황은 가족 이산의 직접적 계기가 되었거니와, 이를 소재로 한 소설 중에는 이산한 가족들이 재회하기까지의 곡절을 섬세하게 묘파해냄으로써 많은 이들의 공감을 불러일으킨 작품도 있다. 널리 알려져 있는 「최척전崔陟傳」과 「김영철전金英哲傳」은 전쟁과 가족 이산의 문제를 정면에서 다룬 대표작으로, 특히 「최척전」은 소설 장르 특유의 서사적 허구성을 적절히 활용해, 전쟁과 가족 이산의 문제적 현실을 서사의 단초로 삼되 그 결말에서 가족의 완벽한 재회라는 극적인 대단원大團圓을 그려냄으로써 전란의 상처에 대한 문학적 치유를 도모하기도 했다.

본고에서는 이상과 같이 전란으로 인한 가족의 이산과 재회를 다룬 서사를 '전란 가족서사'[1]로 지칭한 후, 기존 관련 논의의 장르적 외연을 야담野譚으로 넓혀 해당 텍스트에 구현되어 있는 서사적 특징, 특히 여성 형상화의 양상과 그 의미를 고찰하고자 한다. 이를 통해 조선의 '전란 가족서사'에서 가족의 재건과 그를 위한 여성 형상화 사이에 놓여 있는 암묵적 전제를 구체적으로 확인하고, 그러한 전제가 강하게 견지될 수 있었던 조선의 사회적 기반을 함께 살펴봄으로써, '전란 가족서사'의 조선적 특수성을 확인하는 것이 본고의 목표이다. 부연하자면 「최척전」이 보여준 완벽한 '가족 재회의 결말'과 여성 주인공 옥영의

---

1 '전란 가족서사'라는 조어造語가 본고에서 지칭하고자 하는 의미의 범주에 비해 지나치게 넓은 외연을 포함할 수 있다는 점에서 보다 적절한 용어의 선택이 바람직할 것이다. 그럼에도 전쟁 중 이산한 가족의 서사 나아가 다시 재회한 가족의 서사를 포괄할 수 있는 간명한 용어를 아직 생각해내지 못한 탓에 관련 서사들을 우선 '전란 가족서사'로 지칭한 후 논의를 진행하고자 한다.

'정절 유지' 사이에는 모종의 함수 관계가 존재하며, 이에 대한 고찰이 필요하다는 것이 저자의 기본적인 입장이다.

좀 더 구체적으로 살펴보자. 정유전쟁(1597) 시기에 일본 군인에게 사로잡힌 옥영은 일본 상선商船의 주인(돈우頓于)에게 팔려간 후, 그를 따라 국제 무역선을 타고 안남安南까지 오가며 파란만장한 체험을 한다. 이 과정에서 옥영은 '남장男裝'을 통해 정절의 위협에서 벗어날 수 있었고, 나아가 돈우와 생활한 4년 동안 '여성'임이 드러나지 않은 것으로 설정되어 있다.[2] 이러한 비현실적 설정은 4년의 포로 생활 속에서도 그녀가 정절을 잃지 않았음을 강조·전제하기 위한 작가의 의도가 반영된 결과이며, 이는 작품의 '행복한 결말'과도 매우 밀접한 관련이 있다.[3]

즉 「최척전」은 전쟁과 가족이산의 문제적 현실을 가족의 재회라는 대단원으로 풀어내기 위해서, 비록 그것이 소설일지라도, 여성의 정절이 필수불가결한 전제가 되어야 하는 '조선적 특수성'을 반영하고 있는 텍스트로 규정할 수도 있다는 것이다. 이때 '조선적 특수성'이라는 용어를

2　「최척전」에서 옥영의 '정절'을 강조하기 위한 서사적 장치들의 기능과 의미에 대해서는 엄태식, 「최척전의 창작 배경과 열녀 담론」, 『한국고전여성문학연구』 24, 한국고전여성문학회, 2012, 106~118면. 참조.

3　이혜순은 열녀전烈女傳 창작의 시대적 추이를 살피는 과정에서 열녀전과 후대 서사문학과의 관계를 논하며 다음과 같이 언급한 바 있다. "고소설의 경우 열녀는 상당한 변모를 겪는다. 그것은 고소설 공통의 행복한 결말 구조나 그 구성에서 남녀 주인공이 모두 살아남아서, 남편이 죽거나 부재 상황에서 위기를 만나 대부분의 여인이 자결 또는 타살로 끝나는 전통적 열녀를 수용하는 데에는 적당하지 않기 때문이다. (…중략…) 따라서 고소설에서는 순절형 열녀는 보이지 않을 뿐 아니라 오히려 개가나 훼절의 위협에 대항하여 끝내 승리자가 되는 여성이 주인공으로 나온다." 요컨대 '죽음'을 통해 자신의 존재를 증명해낼 수밖에 없었던 전통적 열녀상은 고소설의 서사적 전개에 있어 적지 않은 한계를 지니게 된다는 위의 지적은, 옥영의 정절에 대한 「최척전」의 비현실적 설정을 이해하는 데 참고가 될 수 있다. 이혜순, 「열녀상의 전통과 변모」, 『진단학보』 85, 진단학회, 1998, 175면. 참조.

사용한 까닭은 흡사한 사건과 소재를 다루고 있는 중국 소설과의 비교·대조 결과를 염두에 두었기 때문이다. 다시 말해 「최척전」이 보여주고 있는바 가족의 재회와 여성의 정절 유지 사이에 가로 놓인 불가분의 관계는 명말청초明末淸初 소설과의 대비 속에서 그 조선적 특성이 명징하게 드러난다.

예를 들어 이어李漁의 『십이루十二樓』 중 「봉선루奉先樓」[4]를 보자. 이 작품에는 여성의 정절과 독자獨子의 생존 사이에서 딜레마에 빠져 버린 서씨舒氏 가문의 며느리가 등장한다. 이자성李自成(1606~1645)의 반란군에게 포로가 된 그녀는 결국 만주족 장군의 '애첩'이 됨으로써 그녀와 함께 잡혀 온 아들의 생명을 지키게 된다. 즉 이 소설은 '실절失節'을 통해 '종사宗嗣'를 지켜낸 여성을 주인공으로 내세우고 있다는 점에서 유사한 소재를 다룬 조선의 '전란 가족서사'와는 확연한 차별성을 띠게 된다. 나아가 「봉선루」의 결말에서는 서씨 부인을 애첩으로 삼았던 장군의 배려로 서씨 가족이 다시 재회하는 '대단원'을 그려내기도 하는데, 이 장면을 잠시 살펴보자.

서낭자가 말했다. "오늘의 일은 몇 년 전에 이미 정한 일입니다. 애당초 남편과 헤어졌을 때 그에게 말하기를, '만약 정절을 지키지 못하게 되면 절대로 다시 볼 면목이 없습니다. 만약 다행히 아들을 보존할 수 있다면 아들을 돌려준 후에 죽기로만 하겠습니다.' 하였습니다. 장군님이 첩의 말을 안 믿으시면 그 사람을 불

---

4 「봉선루」의 작품 경개와 그에 대한 명말청초의 정치사적 맥락에서의 독해는 다음을 참조할 수 있다. 박소현, 「17세기 중국과 한국의 단편소설에 나타난 가족의 이산과 재회─『십이루』와 『최척전』을 중심으로」, 『중국문학』 58, 한국중국어문학회, 2009.

러 물어보면 될 것입니다." 장군이 말했다. "사실이 정 그렇다면 당신은 참으로 혈맥을 보존하기 위해 모욕을 참는 절부요. 내가 스스로 영웅호걸이라 생각하는 사람인데 어디서 부인 하나를 얻지 못해 반드시 절부를 처로 삼겠소? 내가 이제 그 사람을 불러오고 그대 모자와 부부가 함께 상봉할 수 있게 해주려 하는데 그대의 생각은 어떻소?"

서낭자가 말했다. "애당초 이미 마음을 정했습니다. 절대 염치없는 일을 하지는 않을 것입니다. 이제 죽음으로써 수치를 씻기를 바랄 뿐입니다." 장군이 말했다. "너는 이제 이미 한번 죽은 몸이다. 그러니 약속을 지키지 않았다고 할 수 없지. 잠시 후 전 남편이 돌아오면 내가 자연히 그대의 사정을 그 사람에게 잘 말해줄 것이다." 그때 서수재가 돌아왔다. 장군은 즉시 그의 아내가 혈맥을 보존하기 위해 모욕을 참았고, 아들을 돌려준 후에 바로 죽음으로써 치욕을 씻으려 했다는 전후의 일을 자세히 서수재에게 말해주었다. 또한 "이제 내가 그 사람을 너에게 돌려주고 너를 따라 가게 해주겠다. 이는 나의 마음이지 그녀의 초심이 아니다. 네가 이제 돌아가면 전처가 이미 죽었고, 이 부인은 새로 맞은 부인이라 해야 한다. 그런 뒤에 그녀를 위해 정절문을 세워주고 후세에 그녀의 이름이 남을 수 있게 하라." 말을 마치자 따로 큰 배 한 척을 준비해주고, 그녀가 입던 옷과 쓰던 물건 등을 모두 혼수로 실려 주었다. 서수재와 서낭자 부부는 아들을 안고 일제히 은인을 공경히 받들며 거듭 감사를 표하였다. 감격스러워 눈물이 그치지 않았다.[5] (강조는 인용자)

---

[5] 舒娘子道 : "今日之事, 已定于数载之前. 当日分别之时, 曾与丈夫讲过, 说 : '遭玷被玷之余, 决无面目相见, 偌倖存孤之后, 有死而已.' 老爷不信, 只叫他上来问就是了." 将军道 : "若果然如此, 竟是个忍辱存孤的节妇了. 我做英雄豪杰的人, 那里讨不出妇女, 定要留个节妇为妻? 我如今唤他转来, 使你母子夫妻同归一处, 你心下何如?" 舒娘子道 : "有话在先, 决不做靦颜之事, 只求一死, 以盖前羞." 将军道 : "你如今死过一次, 也可为不食前言了. 少刻前夫到了, 我自然替你表白." 此时见舒秀才走到, 就把他妻子忍辱存孤、事终死节的话, 细细述了一遍, 又道 : "今日

이처럼 「봉선루」는 여성의 '실절'이라는 극한의 선택이 결국 '행복한 결말'을 가능케 한 서사적 동력으로 기능하고 있다는 점에서, 비슷한 소재를 다룬 '조선의 서사'가 여성의 정절에 대해 이념적 경직성을 띤 것과는 사뭇 다른 양상을 보여준다. 또한 서사적 맥락이 조금씩 다르긴 하지만 전쟁으로 인한 피로被擄와 실절 그리고 이후의 재회와 대단원을 서사화하고 있다는 점에서 『유세명언喩世明言』의 「단부랑전주가우單符郞全州佳偶」나 『경세통언警世通言』의 「범추아쌍경중원范鰍兒雙鏡重圓」 등도 비슷한 성격의 텍스트라 할 수 있다.⁶

그렇다면 중국의 소설과는 달리 「최척전」이 보여주고 있는 전쟁, 가족의 이산과 재회 그리고 여성의 정절 사이에 형성되고 있는 일정한 관계망은 비단 「최척전」에 한정된 특성인가. 아니라면 앞서 언급했듯이 그러한 특성은 관련 서사문학이 공유하고 있는 '조선적 특수성'인가. 앞서 잠시 언급했듯이, 본고는 이에 대한 해명을 위해 소설의 범주를 넘어 야담에 산재되어 있는 관련 기사들에 주목하고자 하며, 특히 병자전쟁丙子胡亂을 배경으로 전쟁과 가족이산의 문제를 다루고 있는 야담의 기사들을 분석하고자 한다. 이를 통해 그간 이 분야의 연구에서 소외되었거나 단편적인 언급에서 그치고 말았던 관련 야담을 종합적으로

从你回去, 是我的好意, 并不是他的初心. 你如今回去, 倒是说前妻已死, 重娶了一位佳人, 好替他起个节妇牌坊, 留名后世罢了!"说完这些话, 就别拨一只大船, 把他所穿的衣服, 所用的器皿, 尽数搬过船去, 做了赠嫁的奁资. 这夫妻二人与那三尺之童, 一齐拜谢恩人, 感颂不遑, 继之以泣. (李渔, 『李渔全集』 9, 浙江古籍出版社, 1992, 248면)

6   이러한 상황은 비단 소설 장르에 국한되어 나타나지 않는다. 『명사明史』 「열녀전列女傳」에는 절부節婦와 열부列婦의 가족과 친족들이 과부의 재가를 문종門宗을 모욕하는 것이라 여기지 않고 오히려 그녀들의 재혼을 위해 힘쓰는 모습이 나타나기도 하는데, 이는 조선의 정황과는 매우 판이한 양상이라는 점에서 주목된다. 『명사』 「열녀전」의 이와 같은 특성에 대해서는 이화, 「수절문화 변천의 시대적 요소─명·청과 조선시대 소설을 중심으로」, 『한중인문학연구』 20, 한중인문학회, 2007, 405면.

살펴봄으로써 전쟁과 가족이산의 문제에 관한 고전문학 연구의 지평을 확장하는 한편, 기존의 관련 소설 연구와 조응시켜 '문학에 형상화된 전쟁과 가족의 문제'를 보다 심도 있게 살펴볼 수 있는 계기를 마련해 보고자 한다.

이하에서는 각종 야담집에 수록된 관련 기사의 양상을 먼저 살펴본 후, 이를 바탕으로 전란 중 가족이산 서사에 나타난 여성 형상화의 특성에 주목하고 그와 같은 특수성이 형성된 사회문화적 배경을 짚어보고자 한다.

2. 야담에 포착된 '전란 가족서사'의 양상과 특징

1) '오랑캐'의 첩이 된 아내

먼저 살펴볼 자료는 박양한朴亮漢(1677~1746)의 『매옹한록梅翁閑錄』에 실려 전하는 송도 상인과 그 부인에 관한 이야기이다. 병자전쟁 때 상인의 부인이 포로로 잡혀가자 남편은 부인의 속환을 위한 은銀을 마련해 심양으로 간다. 그곳에서 아내의 거처를 수소문하던 남편은 자신의 부인이 마馬 장군의 애첩이 되었음을 알게 된다. 그럼에도 남편은 부인을 만날 수 있는 방법을 찾아낸 후 마 장군의 집에 잠입해 드디어 부인과 상봉한다.[7]

한밤중이 되니 부인이 과연 밖으로 나왔다. 남편이 다가가 그 손을 잡았는데, 부인은 아무 말도 하지 않고 곧 들어가 버렸다. 잠시 후 부인이 다시 나와 작은 주머니를 주면서 말했다. "제가 비록 변변치 못해 오랑캐에게 정절을 잃었지만, 한 가닥 양심은 있습니다. 이미 저를 그리워하여 이곳에 이르렀으니 마음에 어찌 근심이 없겠습니까. 그러나 빠져나갈 방법이 전혀 없고, 만일 돌아가고자 한다면 화가 당신에게까지 미칠 것입니다. 이걸 가지고 돌아가셔서 첩을 구하면 마땅히 저보다 나은 사람 세 명은 얻을 수 있을 겁니다." (…중략…) 다음 날 아침 그 부인은 남편과 헤어진 곳에서 스스로 목을 매고 죽었다. 마 장군이 크게 놀라 조선 사람이 왔다고 여기고 병사들을 놓아 3일을 수색한 뒤에 그쳤고, 그 남편은 비로소 탈출했다고 한다.[8]

이 이야기에서 우선 눈에 띄는 것은 포로로 끌려간 상인의 부인이 후금淸 장수의 '첩'이 되었다는 설정이다. 전쟁을 겪은 후 '조선인 부녀'가 '오랑캐의 첩'이 된 일은 실제로 적지 않게 있었을 터이지만, 정작 서사문학에서 그와 관련된 이야기는 찾아보기 어렵다. 다시 말해 조선의 문학은 '오랑캐의 첩'이 된 인물과 같이 명백히 '실절한 여성'을 서사화하는 일에 매우 인색하거나 혹은 짐짓 도외시해 왔다고 할 수 있

---

7 丙子胡亂, 松都商賈之妻有被虜者, 商賈失妻, 呼號喪性, 聚銀入瀋, 其妻爲馬將軍之所畜, 商賈持銀盤問於隣居東人之被虜者, 答云: "汝爲馬將軍所絶愛, 萬無贖還之理, 汝徒死耳, 急歸." 其人猶不能忘, 願見其面, 其隣人云: "深藏不出, 此事至難, 但將軍每飮子夜水, 信其女, 夜半必令其女取水, 汝潛伏於其園中, 或可一見, 是危塗也." 其人不勝情, 夜伏園中(박양한, 『매옹한록』 상, 장서각본, 14b~15a면).

8 夜半其妻果至, 就執其手, 其妻無言卽入去. 少焉, 復出以小包授曰: "我雖無狀, 失身胡虜, 亦有一端心腸. 人旣戀我, 以至於此, 心豈恝然. 萬無脫身之路, 若欲歸則禍必及君, 須持此歸國買妾, 則當勝於我者三人." (…中略…) 翌朝其妻自頭於園中所分之處, 馬大驚以爲朝鮮之人來, 發卒搜索三日乃止, 其人始出去云(박양한, 『매옹한록』 상, 장서각본, 15a면).

다.[9] 이러한 정황 속에서, 이 일화는 이미 '실절한 여성'이 자신의 '목소리'를 내고 있다는 점만으로도 주목할 가치가 있다고 판단된다.

더불어 부인의 실절을 알고도 부인에 대한 변치 않는 마음으로 마 장군의 집까지 잠입해 들어간 남편 역시 우리의 관심을 끌기에 충분하다. 병자전쟁 이후 정계를 달궜던 '환향녀還鄕女' 논쟁에서 알 수 있듯이, 적지 않은 사대부 남성들이 '정절의 훼손'을 이유로 가까스로 돌아온 부인과 여성들을 가족의 일원으로 인정하지 않으려 했음을 떠올려 볼 때, 송도 상인은 이념적 정절관에 사로잡혀 있던 상층 남성들과 질적으로 다른 인물이기 때문이다.

이처럼 위 일화는 실절한 부인을 찾아 나서는 남편의 이야기를 부부애의 차원에서 그려내고 있다는 점에서, 여성의 정절 유지를 서사 전개의 전제로 삼았던 여타 전란 가족서사와는 다른 측면이 분명히 존재한다.

하지만 한편으로 이 이야기 역시 포로와 이산으로 야기된 가족 해체의 문제적 현실을 여성의 일방적 희생을 통해 마무리하고 있다는 점에서 중국과는 다른 조선적 '전란 가족서사'의 자장을 완전히 벗어나지

---

9   혼치 않은 예이긴 하지만, 「강도몽유록江都夢遊錄」에서 타인의 입을 통해 간접적인 방식으로 '실절한 여성'이 등장하기도 한다. 이는 분명 특기할 만한 일이지만, 이 여성의 등장은 실절 행위를 이념적 차원에서 비판하기 위한 설정이라는 점에서 야담에 등장하는 실절한 여성들과는 전혀 다른 층위의 인물이라고 할 수 있다. 참고로 「강도몽유록」의 해당 대목을 들면 다음과 같다.
"그러나 우리 세 사람은 모두 절개를 위해 죽었으니, 하늘과 땅 앞에 부끄러움이 없습니다. 인간 세상에 살아 영원히 빛을 잃은 사람은 내 동생입니다. 이름난 신하의 아내로서 죽음으로 절개를 지킬 줄 몰랐으니, 참으로 한스럽습니다. 백발의 귓가에 추문이 어찌 이르겠습니까. 동생은 연지로 단장하고, 비단옷을 차려입고, 나귀에 올라타 손수 채찍질하며 해질녘 봄바람 속에 모래재를 넘어 오랑캐 땅으로 향했습니다. 소문이 자자하여 온 세상에 퍼졌으니, 살아 있는 것이 죽느니만 못한지라 저 역시 낯을 들지 못합니다"(박희병·정길수 편역, 「강도몽유록」, 『이상한 나라의 꿈』, 돌베개, 2013, 94면).

못하고 있는 것 또한 사실이다. 상인의 아내가 자결한 직접적 원인은 아이러니하게도 남편과의 재회였는데, 이는 곧 자신을 찾아온 남편과 그로 인해 환기된 실절에 대한 일종의 죄책감이 그녀를 죽음으로 몰고 간 계기였음을 알려주기 때문이다.

포로로 끌려간 부인이 '오랑캐' 장군의 애첩이 된다는 이러한 구성은 앞서 잠시 언급했던 이어李漁의 「봉선루」와 매우 유사하다. 하지만 「봉선루」에서는 남편과의 재회 후 자살했던 부인을 환약으로 소생시키고, 나아가 '장군의 딸'이라는 새로운 신분을 부여해 부인을 원래 남편과 다시 혼인시킴으로써 가족의 '회복'을 그리고 있다는 점을 상기해 본다면, 『매옹한록』의 송도 상인 일화 역시 실절한 여성일 경우 '죽음'을 담보로 서사가 진행되는 조선적 특징을 여실히 드러내고 있는 것이다.

2) 부인과의 속환贖還 약속을 저버린 남편

그런데 『매옹한록』의 다른 일화 중에는 유사한 소재를 다루면서 서사 전개의 방점을 달리 한 이야기도 존재한다. 여성의 정절 문제보다 남성의 이기심에 초점을 맞춰, 포로로 끌려간 부부의 사연을 조명한 것이다. 이만지라는 인물이 자신의 동료 부부가 겪은 일을 전언의 형식을 통해 서사화한 일화인데, 청나라의 포로가 된 동료 부부의 이야기는 아래와 같다.

그 부인은 오랑캐의 부인이 되었고 그는 종이 되었다. 호인이 그 아내를 매우 좋아하게 되어 집안일을 전담하게 하였는데, 부인은 날마다 은 일 전을 모아두었다가 그것을 남편에게 주면서 말하였다. "이 은을 잘 모아 당신의 몸값이 마련되면, 당신은 속환되어 고국으로 돌아갈 수 있습니다. 우리집 형제들이 반드시 옛집의 가산을 나누어 나에게 줄 테니, 당신은 그 돈을 받아 내가 속환되어 돌아갈 수 있도록 주선해 주십시오. 나는 이미 절개를 잃었으니 집으로 돌아간들 단지 욕만 끼칠 것입니다. 압록강에 당도하면 자결할 것이니, 고국에 뼈라도 묻어주면 족하겠습니다." (…중략…) 그 후로 날마다 은을 모아 삼십 금이 되었을 때 이웃의 노파에게 돈을 주고 남편은 자신을 속환해 돌아갔다. 처의 형제에게 부인의 말을 전하면서 재산을 나누어 줄 것을 애걸해 돈을 받았는데, 남편은 그 재산으로 새로 처를 구하고 집을 사서 잘 살았으나 끝내 부인을 속환해 오지 않았으니 가히 진심을 저버린 사람이라 하겠다.[10]

앞서 살펴본 일화와 같이 여기에도 '실절한 여성'이 등장한다. 그런데 이 여성의 남편은 이야기 전달자의 동료로서 관리 신분[11]이었다는 점에서 송도 상인과 차이가 있다. 또한 이 일화는 포로로 끌려간 부인이 '오랑캐의 부인'이 된 것도 모자라 남편은 그 집의 노비가 되어 함께 살아가는 정황을 담고 있는데, 가족의 파탄이라는 맥락에서 보자면 이는 앞의 일화보다 더욱 극단적인 상황이라고 할 수 있다. 호인胡人의 아내가

---

10 其妻則爲胡人之妻, 渠則爲胡人之奴. 胡人惑於其妻, 專委家事, 其妻日日撰銀一錢, 以給其夫曰: "善聚此銀, 至可贖君身, 君須贖回舊國. 吾家兄弟, 必以舊家産業分財及我. 君須取以同周旋贖我而歸. 我旣失身, 還家只爲貽辱, 當到鴨綠自決, 埋骨於我國, 足矣." (…中略…) 其後逐日聚銀, 至數三十金, 授於隣家老嫗, 令老嫗贖身而歸國, 傳其言於妻之兄弟, 哀分財産以給, 其人以其財娶妻買家, 善居生而終不可贖來, 可謂負心人云(박양한, 『매옹한록』 상, 장서각본, 14b면)

11 李舒川萬枝爲都摠都事, 時同僚都事忘其姓名, 曾於丙子胡亂, 與妻同被搏於胡人(박양한, 『매옹한록』 상, 장서각본, 14b면)

되어 그의 사랑과 신뢰를 얻기 위해 인고忍苦의 시간을 보냈을 부인이나, 그러한 과정을 그 집의 노비로서 지켜보아야 했던 남편 모두 형용하기 어려운 자괴감 속에서 각자의 삶을 지속했을 것이기 때문이다.

그럼에도 이 부부가 파탄의 삶을 지속할 수 있었던 이유는 자신의 몸값을 지불하고 공식적으로 포로의 신분을 벗어날 수 있었던 이른바 '속환贖還'의 희망이 존재했기 때문이었다. 어쩌면 '새로운 남편'의 호감을 사기 위한 부인의 노력은 자신과 남편의 속환이라는 더 중요한 목표가 있었기 때문에 가능했던 것일 수 있다.

그런데 이 여성에게 속환은 포로의 신분에서 벗어나 새로운 삶을 시작할 수 있는 기회가 아니라, 집안에 욕을 끼친 죄失節를 자결로 씻어낸 후 고국 땅에 묻힐 수 있는 하나의 과정으로 설정되어 있음을 볼 수 있다. 관리의 아내로서 이 여성은 '실절한 여성'의 생환이 남편과 가문에 끼칠 여파를 이미 간파하고 있었으며, 나아가 실절이라는 오명에서 벗어날 수 있는 당대 사회의 유일한 출구가 바로 자신의 목숨을 내놓는 일임을 너무나 정확히 알고 있었다.

하지만 다행히(?) 관리의 부인은 자신의 목숨을 내놓는 상황에까지 놓이지 않는다. 부인 덕분에 먼저 속환되어 조선으로 돌아온 남편은 부인의 말에 따라 그녀의 형제에게서 일정한 재산을 나누어 받았지만, 그 돈으로 부인을 속환하러 가지 않았기 때문이다. 이에 대해 서술자는 "진심을 저버린 사람"이라는 짤막한 평가를 통해 남편의 이기적 행위를 비판하며 이야기를 마무리하고 있다. 이는 '전란 가족서사'에서 보기 어려운 관점, 즉 부부 간의 신의를 저버린 남성에 대한 비판적 시각을 보여주고 있다는 점에서 우선 특기할 만하다.

그런데 우리는 여기서 한 발 더 나아가 그러한 평가의 기반 아래에 잠재해 있던 문제적 정황 역시 함께 따져볼 필요가 있다. 다시 말해 상술한 바와 같은 평가의 기저에는 압록강을 건너자마자 자결하고자 했던 여인의 결심에 대해 긍정적인 혹은 최소한 부정적이지 않은 입장에서의 암묵적 동의가 작동하고 있다는 사실을 간과해서는 안 된다는 것이다. 위 일화의 맥락에서 보자면 남편이 신의를 지키는 일과 부인의 예정된 자결이 맞물려 있음을 염두에 둘 때, 서술자의 비판이 남편의 신의 없음만을 지적하는 데서 그치고 있다는 사실은 실절한 여성의 자결을 '당연한 조치'로 인식하고 있었던 시대적 분위기가 전제되어 있는 것으로 이해할 수 있기 때문이다.

3) 실절失節한 여성과 남겨진 아들

『금계필담錦溪筆談』에는 병자전쟁 시 후금後金의 군대에 붙잡혔던 한 가족의 일화가 실려 있다. 오랑캐들은 남편과 아들을 죽이고 부인을 데려가고자 하였는데, 부인이 만류하며 자신만 끌려가는 대가로 남편과 아들의 목숨을 구걸하여 두 사람은 목숨을 건질 수 있었다.[12]

> 후에 명사(남편－인용자 주)는 관직이 재상의 반열에 이르렀는데, 늘 부인이 실절한 것을 한스러워하면서 그 아들을 대함에 심히 박하게 하였다.

---

12 當丙子胡亂, 夫妻倉皇携其子, 出新門, 循城底走, 爲胡所執, 奪其妻, 欲殺名士與兒, 其妻攅手乞命, 胡釋之放去, 仍載其妻而行. 名士負兒而逃, 始得脫.(서유영, 『금계필담－좌해일사』 하, 32면)

친한 친구 역시 이때 재상이었는데 마침 함께 자리에 있다가 명사가 그 아들을 박대함을 보고는 그 까닭을 물었다. 이에 명사가 오랑캐를 만나 겪었던 일을 말해주면서 한탄하기를 그치지 않았다. 이때 친구가 놀라고 의아해 하며 말했다. "(…중략…) 공과 아이가 도망간 후 그들이 차츰 멀어지기를 기다렸다가 그 부인은 오랑캐들을 몹시 꾸짖고는 말에서 떨어졌네. 오랑캐가 몹시 노하여 칼로 어지러이 찔러 죽이고 가버렸는데 그 광경을 본 내가 그 부인의 열절을 아껴 오랑캐가 멀리 가기를 기다렸다가 부인의 시체를 지어 마른 우물에 감추어 두고는 흙과 돌로 덮어두었었는데 이미 5, 6년 전의 일이기는 하나 지금 들어보니 곧 당신 집의 일이군요." (…중략…) 명사가 듣고는 크게 놀라 친구와 함께 모화관 근처 마른 우물로 가 흙을 파내고 보니 부인의 온몸이 피로 얼룩져 있었는데 얼굴빛은 살아 있는 것과 같았다. 명사가 시체를 어루만지며 통곡하고 관을 갖추어 장례를 지냈으며 그 아들을 처음과 같이 잘 대해주었다고 한다.[13]

그런데 그 후 재상의 반열에까지 오른 남편은 부인의 실절을 한스러워하면서 자신의 아들을 심하게 박대했다는 이야기가 이어진다. 흥미로운 것은 부인의 실절에 대한 남편의 오해가 해소되면서 그와 맞물려 아들을 박대하던 남편의 태도 역시 변화를 보이기 시작했다는 점이다. 이야기 속의 남편은 부인이 실절했다고 여겼을 때 자신의 울분을 아들

---

13 後名士官至宰列, 每恨妻失節, 遇其子甚薄. 所親一友, 亦時宰也, 適在座, 見名士薄特其子, 問其故, 名士乃以遇胡所經事, 傳之恨嘆不已. 時宰驚訝曰: (…中略…) "公與此兒逃去後, 俟其稍遠, 其婦人奮罵胡雛, 仍自墮於馬, 胡怒甚, 以刀亂刺殺之去, 某欽其烈節, 待胡去遠, 負其屍, 潛置枯井中, 覆以土石, 已過五六年, 今乃聞之, 乃公家事也." (…中略…) 名士聞之, 大驚, 與宰射到慕華館枯井中, 掘土啓驗, 妻滿身血汚, 面色如生, 名士撫屍大痛, 具棺斂改葬, 待其子如初云(서유영, 『금계필담-좌해일사』 하, 32~33면).

에게 표출했으나, 친구와의 우연한 대화를 통해 부인의 절개를 확인하고 그녀의 시신을 찾아 장례를 치러준 이후에는 예전과 같이 아들을 잘 대해주는 인자한 아버지로 변모한 것이다.

그렇다면 부인의 실절과 아들에 대한 박대 사이에는 어떤 관련이 있는 것일까. 먼저 남편이 실절한 부인을 일종의 '오염된 존재'로 인식하고 그 여파를 아들에게까지 소급해 적용한 결과 아들에 대한 '박대'가 나타난 것으로 볼 수 있다. 아들은 자신의 아들이기도 하지만 또한 실절한 여성의 아들이기도 하다는 사실, 그리고 이는 결코 인위적으로 지울 수 없는 '영원한 오명'이라는 인식이 남편으로 하여금 아들을 박대하게 한 원인이 되었던 것은 아닐까.

하지만 더 근본적인 원인을 역사적 맥락에서 찾고자 할 때, 우리는 '재가녀자손금고법再嫁女子孫禁錮法'에 주목할 필요가 있을 것 같다. 텍스트에서 직접적으로 드러나 있지는 않지만, 부인의 실절이 알려진 상황이었다면 이야기 속 재상의 아들 역시 '실절한 여성의 아들'이라는 이유로 고위 관료가 될 수 있는 길이 원천적으로 봉쇄되었을 것이다. 어미의 실절과 그로 인한 관직 진출 가능성의 소멸은 이른바 '도구적 모성'이 지속·강화될 수 있게 한 조선의 강고한 정책 중 하나였는데,[14] 위의 일화가 보여주고 있는 아버지의 아들 박대 또한 그와 같은 사회상의 반영으로 해석할 수 있을 것이다.[15]

---

14 조은, 「모성·성·신분제—『조선왕조실록』 '재가 금지' 담론의 재조명」, 『사회와 역사』 51집, 한국사회사학회, 1997, 참조.
15 『기문총화記聞叢話』 소재 복흥군復興君 조반趙胖(1341~1401)의 일화 역시 여성의 실절에 대한 오해와 해소 과정을 서사화하고 있다는 점에서 일면 유사한 성격을 띤다. 하지만 『금계필담』의 이 일화는 전쟁과 부녀자의 피로 상황을 배경으로 한다는 점에서 차이가 존재한다. 그리고 이러한 차이는 여성의 정절 문제를 다룬 유사한 화소가 '전란 가족서사'

그런데 저자는 이와 같은 '도구적 모성'의 역사적 맥락이 비단 위 일화의 해석에만 유효한 것이 아니라 전란 가족서사의 전반적 특성을 이해하기 위한 하나의 관건이라 판단하고 있다. 이에 관련 내용을 장을 달리해 좀 더 구체적으로 살펴본 후 다시 야담으로 돌아가 본고의 논의를 마무리하고자 한다.

3. '피로被擄 부녀婦女'와 가문의 존립

앞서 「최척전」을 예로 들어 언급했던 '전란 가족서사'의 조선적 특징, 즉 '여성의 정절'이라는 '서사 전개의 대전제'는 임진・병자 전쟁 이후 '가문'을 중심으로 정치・사회 질서가 재편되던 시대 정황의 문학적 산물이라 판단된다. 17세기 이후 남성 가부장제 중심의 사회제도가 조선에 본격적으로 정착되기 시작하면서 여성에 대한 사회적 인식 역시 급변하게 되었던바, 핵심은 '개인'으로서의 여성에서 '가문의 일원'으로서의 여성으로 그 사회적 정체성이 변화하기 시작했다는 점이다.[16]

의 맥락에서 어떤 방식으로 변용될 수 있는가를 보여주는 하나의 단서를 제공한다. 실절에 대한 오해와 해소라는 동일한 화소가 『기문총화』에서는 사랑하는 여인에 대한 그리움을 강조하기 위해 사용된 반면, 『금계필담』에서는 여성의 정절과 가문의 존폐가 밀접하게 얽혀 있던 시대적 정황을 드러내기 위해 사용되고 있는 것이다(『기문총화』의 해당 일화는 김동욱 역, 『국역 기문총화』, 아세아문화사, 1996, 166~168면 참조).

16 「최척전」의 주인공 옥영에 대한 이와 같은 해석은 이 책의 1부 2장 2절 참조.

전쟁으로 인한 여성들의 피로被虜 상황과 그에 따른 '실절失節'의 문제 역시 위와 같은 사회적 변화의 흐름과 맞물리면서 더욱 심각한 사회문제로 누차 거론되었다. 이제 여성의 성性은 여성 개인의 소유라기보다 집안 동족의 소유물이면서 한편으로는 통제의 대상이 되었던 것이다.[17] 우리는 포로로 끌려갔던 며느리와 자신의 아들이 이혼할 수 있도록 허락해 달라는 장유의 다음과 같은 언급과 이를 둘러싼 논쟁 그리고 이 기사에 대한 사평史評을 통해 이상의 정황을 보다 구체적으로 확인할 수 있다.

신풍 부원군新豐府院君 장유張維가 예조에 단자를 올리기를 "외아들 장선징張善澂이 있는데 강도江都의 변에 그의 처가 잡혀 갔다가 속환贖還되어 와 지금은 친정 부모집에 가 있다. 그대로 배필로 삼아 함께 선조의 제사를 받들 수 없으니, 이혼하고 새로 장가들도록 허락해 달라"고 하였다. (…중략…) 좌의정 최명길이 헌의하기를,

"(…중략…) 신이 고로故老들에게 들으니, 선조조에 임진년 왜변이 있은 뒤에 전교가 있었는데, 지난해 성상의 전교와 서로 부합된다고 하였습니다. 그 말을 자세히 기억할 수는 없지만 여항에서 전하는 바로 말한다면, 그때 어떤 종실이 상소하여 이혼을 청하자 선조께서 허락하지 않으셨으며, 어떤 문관이 이미 다시 장가를 들었다가 아내가 쇄환되자 선조께서 후취 부인을 첩으로 삼으라고 명하였으며, 그 처가 죽은 뒤에야 비로소 정실부인으로 올렸다고 합니다. **이외에도 재상이나 조관朝官으로 사로잡혀 갔다가 돌아온 처를**

---

17   이이효재, 『조선조 사회와 가족』, 한울아카데미, 2003, 291면.

그대로 데리고 살면서 자식을 낳고 손자를 낳아 명문 거족이 된 사람도 왕왕 있습니다.

(…중략…)이로써 미루어 본다면 전쟁의 급박한 상황 속에서 몸을 더럽혔다는 누명을 뒤집어 쓰고서도 밝히지 못하는 사람이 얼마나 많겠습니까. 사로잡혀 간 부녀들을 모두 몸을 더럽혔다고 논할 수 없는 것이 이와 같습니다."

하니, 아뢴 대로 하라고 답하였다. 그러나 이 뒤로는 사대부집 자제는 모두 다시 장가를 들고, 다시 합하는 자가 없었다.

사신은 논한다. 충신은 두 임금을 섬기지 않고 열녀는 두 남편을 섬기지 않으니, 이는 절의가 국가에 관계되고 우주의 동량棟樑이 되기 때문이다. 사로잡혀 갔던 부녀들은, 비록 그녀들의 본심은 아니었다고 하더라도 변을 만나 죽지 않았으니, 절의를 잃지 않았다고 할 수 있겠는가. 이미 절개를 잃었으면 남편의 집과는 의리가 이미 끊어진 것이니, 억지로 다시 합하게 해서 사대부의 가풍을 더럽힐 수는 절대로 없는 것이다. (…중략…) 절의를 잃은 부인을 다시 취해 부모를 섬기고 종사宗祀를 받들며 자손을 낳고 가세家世를 잇는다면, 어찌 이런 이치가 있겠는가. 아, 백년 동안 내려온 나라의 풍속을 무너뜨리고, 삼한三韓을 들어 오랑캐로 만든 자는 명길이다. 통분함을 금할 수 있겠는가.[18] (강조는 인용자)

자주 언급된 자료이지만, 이 기사는 전쟁 중 포로가 된 여성이 천신만고 끝에 가족과 재회하더라도, 서사문학에서 종종 구현되던 가족 재

---

[18] 『인조실록』 16년 3월 11일.

회의 '행복한 결말'에 이른다는 것이 현실적으로 얼마나 지난한 일인가를 여실히 보여주고 있는 자료로써 다시금 조명해 볼 수 있다.

위 기사의 내용 중 먼저 살펴볼 부분은 "재상이나 조관으로 사로잡혀 갔다가 돌아온 처를 그대로 데리고 살면서 자식을 낳고 손자를 낳아 명문거족이 된 사람도 왕왕 있"다는 최명길崔鳴吉의 언급이다. 이는 최명길이 이혼의 불가함을 주장하기 위한 하나의 논거로써 제시한 것이지만, 역으로 임진전쟁 이후 "돌아온 처" 곧 '환향녀'의 가문이 "명문거족"으로 성장하기에는 어려움이 따른다는 사실이 은연중에 전제된 발언이기도 한 탓이다. 다시 말해, 전쟁의 와중에 실절한(혹은 그렇다고 여겨진) 여인을 집안의 며느리로서 다시 받아들인 가문은 두고두고 정치·사회적 지탄의 대상이 되고, 나아가 그 집안의 관직 진출에 악영향을 끼칠 가능성이 높았다는 사실이 최명길의 언급 이면에 자리하고 있는 것이다.

따라서 전란 이후 '가문'의 존속과 확대를 원했던 이들은 한때 가족의 일원이었던 '실절한 부녀'를 최명길이 강조하던 인도주의적 시선으로 바라볼 수만은 없었을 것이다. '실절한 여인과 다시 합하게 해서 사대부의 가풍을 절대 더럽힐 수 없다'라는 사신史臣의 주장은 여성의 의지와는 무관한 피로의 경험을 곧바로 실절과 등치시킨 후 그녀들을 자신들의 '순결한 가문'에서 축출하는 방식으로 가문의 이념적 정당성을 확보하고자 했던 당대 사대부들의 인식을 단적으로 드러낸다.

그런데 우리가 이 지점에서 짚고 넘어가야 할 것은 위에서 살펴본바 여성의 정절에 관한 결벽에 가까운 신념들이 기실 조선 중기의 전쟁 이전부터 서서히 자리 잡아가고 있었고, 그와 같은 사회 변화를 추동한 원인 중 하나가 남성(아들)의 관직 진출이라는 현실적 문제와 어머니의 재가를 연계하는 이른바 '재가녀자손금고법'의 시행이었다는 사실이다. 여성의 성 통제와 신분제의 연계는 중국과 달리 조선 시대 신분제의 주요한 특성[19]이었으며, 이러한 특성이 전쟁과 그로 인한 '피로被虜부녀婦女'의 문제에 접목되면서 사대부들의 극단적 인식을 공고히 해나간 것이라 할 수 있다.

따라서 전쟁 이후 실절한 여성으로 인해 "사대부의 가풍"이 타락할 것이라는 사신의 탄식은 기실 그 집안 자제의 관직 진출 제한으로 인해 초래될 '가문의 쇠락'을 염려하고 있는 것에 다름 아니다. 즉 '여성의 정절'은 도덕과 이념의 문제이자 동시에 관직(신분)과 경제력 유지라는 철저히 현실적인 차원의 문제이기도 했던 것이다.

정언 이선李選이 돈령 참봉敦寧參奉 장선張愃을 탄핵하기를,

"장선張愃은 중한 허물이 있어서 의관衣冠의 반열에 끼워줄 수 없으니 도태시키소서. 장선이 허물이 있다는 것은 모든 사람들이 다 알고 있는 바인데도 주의注擬하였으니 놀랍습니다. 이조의 당해 당상을 추고하소서."

하니, 상이 따랐다. 장선은 장선징張善澂의 아들로, 그의 어미가 병자호란 때 청나라 사람에게 잡혀서 심양에 끌려갔으므로 이선이 논한 것이다.[20]

여기서 언급되고 있는 '그의 어미'란 앞서 우리가 살펴보았던 '장유의 며느리'이다. 장유가 포로로 끌려갔다가 속환되어 온 자신의 며느리에 대해 "선조의 제사를 받들 수 없"음을 명분으로 내세워 이혼을 주장

---

19 조은, 앞의 글, 112면.
20 『현종실록』 8년 7월 6일.

했던 것은 이미 언급한 바 있지만, 사실 장유의 고민은 조상의 제사라기보다 자신의 자손들에게 닥칠 위와 같은 현실적 문제였을 것이다. 그리고 이러한 우려는 피로된 사실과 개가改嫁를 동질적인 것으로 인식하고 그 자손의 관직 진출을 규제하는 문제가 제기[21]되는 와중에 '실제 상황'으로 번지고 있었던 것이다.

이처럼 포로로 끌려간 어머니를 개가한 어머니와 동일시하고 그 아들의 관직 진출을 제한하고 있었다는 사실은, 왜 조선에서 어머니의 정절이 그토록 강조되었는가를 알려주는 단적인 표지이며, 동시에 앞서 살펴보았던 '전란 가족서사'들이 왜 '여성의 정절'을 전제할 수밖에 없었는가에 대한 해명의 단초를 제공한다.

더욱이 속환된 피로 부녀의 실절과 그에 따른 이혼 문제가 사대부 집안에서 발생한 후 사족士族 간의 문제에 한하지 않고 일반서민에게도 깊은 영향을 주었다는 견해[22]에 주목한다면, 전쟁으로 인한 가족의 이산과 재회의 문제 특히 그와 관련된 여성의 정절 문제가 점차 다양한 신분과 계층 속에서 중요한 담론으로 부상했을 것임을 짐작할 수 있다. 조선 후기로 접어들면서 여성의 정절 문제는 비단 사대부 여성만의 문제에 국한되지 않고 하나의 시대적 흐름으로 자리 잡게 된 것이다.[23]

---

21 김윤정, 「조선후기 嫁母·出母 담론과 그 예학적 성격」, 『퇴계학보』131, 퇴계학회, 2012, 134면.
22 박주, 「병자호란과 이혼」, 『조선사연구』10, 조선사연구회, 2001, 285면.
23 『성호사설』의 다음과 같은 구절은 이와 같은 시대상의 변화를 단적으로 드러내준다. "우리나라의 아름다운 풍속에 중국도 따르지 못할 것이 있는데, 미천한 여자도 절개를 지켜 개가하지 않는 것이다. 이는 국법에 개가한 자의 자손은 청선淸選의 길을 허락하지 않기 때문이다. '군자의 덕은 바람이요, 소인의 덕은 풀이니, 바람이 풀 위에 불면 풀은 반드시 눕는다.' 하였으니, 온 나라가 왕화에 젖어 풍속이 같아지면 그 자자손손에 이르기까지 벼슬에 희망이 없는 여염의 미천한 부녀자와 여종들도 때로는 음욕을 금하고 정조를 지킬 줄 아는 자가 있으니, 교화가 사람에 미치는 영향이 장원함을 이런 데서 찾아 볼 수 있다.

정리하자면 피로 부녀에 대한 왜곡된 시선과 그 사회적 확산은 여성의 정절을 도구적 모성으로 치환하는 데 성공한 조선의 역사적 특수성이 반영된 현상으로 규정할 수 있다. 또한 부녀의 정절은 이념의 문제이자 동시에 가문의 존폐와 직결되는 현실적 차원의 문제였다는 특징으로 인해, 여성의 정절에 관한 조선 사회의 강박적 담론은 강한 파급력을 지닌 채 지속되었다고 하겠다. 그리고 이러한 시대상은 '전란 가족서사'에도 적지 않은 영향력을 끼치게 되었던바, 그 구체적 양상은 가족 재회와 '행복한 결말'의 대전제로 여성의 정절 유지가 필수적으로 요청되었던 서사문학적 특징으로 나타났다고 판단된다.

4. 가족 이산과 여성의 정절에 대한 야담의 새로운 시선

다시 야담의 관련 기사로 돌아와 보자. 『금계필담』에는 결혼할 날 밤 병자전쟁이 발발하자 빚을 신표信標로 나누어 가진 채 헤어진 부부의 이야기가 전한다. 이때 포로가 되어 끌려간 인물은 남편이며, 유복자로 태어난 그의 아들은 과거급제 후 전라감사가 된 것으로 그려진다. 40년이 지나 고국으로 돌아온 남편은 의지할 곳이 없어 승려가 되었다가,

그러나 이는 위에서 인도하는 데 달려 있는 것이다"(이익, 『성호사설』 권15, 「인사문」, '동국미속').

선영先塋을 찾아갔을 때 만난 묘지기에게 자신의 부인과 아들일 가능성이 있는 사람의 거처를 듣고 그들을 찾아 나선다.[24]

　이 일화의 특징은 유복자로 태어난 아들이 승려 행색으로 찾아와 자신의 내력을 이야기하는 남자의 신분을 의심하는 장면과 승려가 부인과 대면한 자리에서 자신이 남편임을 증명하는 대목이 상당한 분량을 차지하고 있다는 점이다.

　　부인은 발을 드리우고 앉아 있고 중은 발 밖에 앉게 한 다음 부인이 묻기를, "대사의 진정서와 세계를 보니 모두 맞습니다. 그러나 대사는 지금 연로하여 옛 모습으로 돌이켜 볼 수 없어서 갑자기 믿을 수 없습니다. 아내와 서로 헤어질 때 뒷날 증거할 만한 물건은 가진 것은 없었습니까?" 하자, 중이 주머니 속에서 빗 반 조각을 꺼내 올리며 말하기를, "이는 아내와 이별할 때 그와 내가 나누어 가진 것입니다"라고 하니, 부인이 발안에서 또 빗 반 조각을 꺼내 이를 합쳐 보았다. 조금도 차이가 없었다. 부인은 눈물을 흘리며 말하기를, "이것도 역시 맞습니다. 또 달리 믿을 만한 일이 없습니까?" 하자 중은 한참 생각하다가 말하기를, "지금 비로소 생각이 났습니다. 아내와 함께 잠자리에 누웠을 때 아내의 은밀한 곳에 사마귀가 있는데 그 크기가 콩알

24　仁祖朝丙子, 一卿宰子, 新婚之夜, 虜猝至, 與妻各分梳一半, 收藏於身, 倉皇出門, 被胡所虜北去. 屢歲始逃還我國, 已鬖髪星星矣, 尋到故宅, 已成邱墟, 問之無知者. 遂削髪爲僧, 入楓嶽, 居歲餘, 復還都城, 訪問先塋所在至墓, 山下有新墳, 傍豎石碣, 歷叙當丙子胡亂, 夫妻相失, 已過屢歲, 不知存沒, 妻有遺腹子, 擢第官之卿宰, 爲其父虛葬衣履云. 僧見此悲懷塡胸, 痛哭不已. 墓奴急上塚, 問其故, 僧曰: "少時所經歷, 與此略同, 今見碣文, 所以悲痛耳." 墓奴曰: "此墓府君, 與夫人相失後, 聞夫君被擄北去, 或傳沒於虜中, 今已四十年矣. 其夫人天幸有遺腹子, 少年登第, 今爲全羅監司, 大夫人尙無恙矣." 僧聞之, 汪然出涕, 遂下湖南, 至完營 (서유영, 『금계필담─좌해일사』 하, 33~35면).

만 했습니다. 내가 희롱삼아 말하기를, '무릇 여자의 은밀한 곳에 이런 사마귀가 있으면 반드시 귀한 아들을 낳는다고 합니다'"라고 하자, 말이 채 끝나기도 전에 부인이 발을 걷고 뛰어 나와 통곡하며 감사에게 일러 말하기를, "이 분이 네 아버님이시다"라 했다. 이때 감사는 중에게 절을 하고 통곡하니 온 집안 사람들과 비복들이 모두 울고 전라 관영이 크게 진동했다.[25]

이처럼 위 일화는 병자전쟁으로 인한 가족의 이산을 소재로 삼으면서도 결론을 통해 부부의 재회와 확장된 가족의 '행복한 결말'을 구현하고 있다. 그런데 그와 같은 대단원의 구현을 위한 서사적 단계가 곧 남편의 정체성이 밝혀지는 과정인 동시에 부인의 정절을 증명하는 과정과 일치하고 있다는 사실에 주목할 필요가 있다. 신표로 나눠 가졌던 빗이 서로 터럭만큼의 차이가 없었음에도 불구하고, 부인이 또 다시 신뢰할 만한 일을 요구하는 대목은 독자들의 호기심을 자극하고 흥미를 돋우는 역할 외에도 40년간 지켜온 부인의 정절을 보다 극적으로 드러내기 위한 구성이기도 한 탓이다.

신표를 통해서도 아직 승려의 신원을 확신하지 못한 부인은 승려가 자신의 은밀한 신체적 특징을 말하자 '미처 그 말이 끝나기도 전에語未竟' 주렴을 걷고 뛰어 나와 승려가 감사의 부친임을 일러준다. 은밀한 신체적 특징의 발화와 이에 대한 즉각적인 반응은 곧 이 여성의 완벽한 정절

---

[25] 夫人垂珠簾而坐, 僧於簾外, 問曰: "見師之原情, 與世系皆是矣. 然師今年老, 非復舊容, 不可遽信, 與妻相別時, 豈無日後取證之物?" 僧自囊中出梳子半段, 呈上曰: "此果與妻臨別時, 彼此分贈者也." 夫人自簾內又出梳半段, 合之, 分毫無差. 夫人揮涕曰: "此亦是矣, 又無他可信之事乎?" 僧沈吟久之曰: "今始覺得矣. 與妻聯枕時, 妻之私處, 有黑痣, 其大如豆, 小僧戲謂曰: '凡女子私處, 有此黑痣, 則必生貴子云矣.'" 語未竟, 夫人揭簾突出, 痛哭謂監司曰: "此汝父親也." 於是, 監司拜於僧, 面痛哭, 渾室婢僕皆泣, 一營震動(서유영, 『금계필담—좌해일사』 하, 36~37면).

을 확인시켜주는 과정이다. 이러한 구성은 40년간의 포로 생활과 귀국 그리고 확장된 가족으로서의 재회를 가능케 한 소인素因이 바로 부인의 정절이었음을 은연중에 드러낸다.

한편 이와 비슷한 이야기가 『기설奇說』에 「정씨기우기鄭氏奇遇記」란 제명으로 전한다.[26] 이 작품 역시 포로로 잡혀 갔던 남편이 예순이 넘어 고국으로 돌아와 가족들과 재회한다는 점, 아들이 과거급제 후 평안감사로 재직하고 있었다는 점, 병자전쟁으로 부부가 이별하기 직전 혼서와 매화가지 등에 얽힌 기억이 일종의 신표信標로 기능하면서 부부의 재회를 가능하게 했다는 점 등 앞서 살펴본 『금계필담』의 일화와 혹사한 소재와 구성을 취하고 있다. 그럼에도 「정씨기우기」에서 한 가지 눈여겨볼 것은 남편의 부재 속에서 아들의 성공(관직 진출)을 위해 정절을 지키던 어머니의 형상에 미묘한 균열이 감지되고 있다는 점이다.

> 정생의 아내 이씨 부인은 난리가 평정되어 길이 통하자마자 시집으로 달려갔다. 임신하여 아들을 낳았을 뿐 아니라 기운이 온화하고 재주가 총명하므로 며느리에 대한 시부모의 대우가 각별했다. 그러나 깊은 규방에서 홀로 지내노라니 **가을 달이 뜨고 봄바람이 불 때마다 헛되이 세월 보내는 것이 늘 마음 아팠고, 이성을 향한 그리움에 마음이 흔들리기도 했다.** 이씨의 아들이 자라 스무 살이 되었다. 경사자집을 죄다 섭렵하고 이른 나이에 과거에 급제해 세상에 이름을 떨치며 높은 벼슬을 두루 역임한 뒤 평안감사에 임명되었으니, 그 존귀함이 대단했다.[27] (강조는 인용자)

---

26 「정씨기우기」는 「정생기우기」란 제명으로 다음의 책에 번역되어 있다. 박희병·정길수 편역, 『전란의 소용돌이 속에서』, 돌베개, 2007.

이씨 부인은 난리가 평정되자마자 '시집'으로 달려가 그곳에서 아들을 낳고 시부모의 각별한 대우를 받을 정도로 부덕婦德을 체현하고 있는 인물이다. 그런데 그러한 이씨 부인 역시 인간으로서의 욕망에서 완전히 자유롭지 못한 존재이기에 느낄 수밖에 없는, 지극히 당연하고 자연스러운, 이성에 대한 그리움의 주체로 동시에 형상화되고 있다는 사실은 특기할 필요가 있다.

더욱이 인용문에서 저자가 강조해 둔 부분의 원문은 "秋月春風, 每傷虛度, 雲情水性, 失於自持"로, 이 구절은 『전등신화剪燈新話』 「연방루기聯芳樓記」의 "然而秋月春花, 每傷虛度, 雲情水性, 失於自持"에서 가져온 것으로 보인다. 포로로 잡혀간 남편을 그리워하는 부인의 감정을 표현하기 위해, 남녀 간의 애정을 소재로 한 소설의 문구를 직접 가져왔다는 사실은 이씨 부인의 욕망이 지향하는 바가 무엇인가를 구체적이고 효과적으로 드러내준다.

요컨대 이 짧은 대목은 가족 이산의 한 주체인 '부녀婦女'가 남편의 부재 속에서 한 인간으로 느꼈을 욕망을 고스란히 드러내고 있다는 점에서, '전란 가족서사'가 보여준 의미 있는 변화의 양상으로 주목할 필요가 있다. 이는 여타의 '전란 가족서사'가 여성의 철저한 정절만을 전제했던 것과 달리 가족 이산과 재회의 문제를 홀로 된 여성의 내면적 갈등의 차원까지 함께 조명함으로써 관련 서사의 또 다른 가능성을 보여준 것이기 때문이다.

---

27 위의 책, 161면.

제4장

「이화전」에 나타난 임진전쟁의 기억과 상상적 존재들의 의미

19세기 말의 시대상을 통해 본 시론적 고찰

1. 「이화전李華傳」과 임진전쟁

1) 기존 연구 검토

본고는 그간 텍스트의 설화적 요소에 관심이 집중되어 온 「이화전李華傳」에 대해 역사적 사건인 임진전쟁과의 관련성 속에서 작품을 독해함으로써 새로운 분석의 시각을 제시하고자 기술되었다. 「이화전」[1]은 임진전쟁과 명나라의 파병이라는 '역사적 사건'이 서사의 한 축을 구성하는 동

---

1   현재까지 「이화전」에 관한 논의는 유일본인 국립중앙도서관본(청구기호 : 한古朝48-201, 이하 국도관본으로 약칭)을 대상으로 진행되어 왔다. 저자는 이번에 충남대 도서관에 「이화전」의 이본이 소장되어 있음을 확인하고 해당 자료를 열람·조사하였다. 충남대본 「이화전」에 대해서는 절을 달리해 서술하겠다.

시에 각종 이물異物과 요호妖狐의 출현 및 퇴치라는 '설화적 상상력'이 또 다른 축을 이루고 있는 독특한 텍스트이다. 이러한 구성적 특성은 「이화전」이 역사적 사건(의 기억)을 설화적 환상성의 지평 속에서 재배치함으로써 일정한 가치를 모색하고자 한 산물임을 드러내 주는 하나의 표지라 판단된다.

그럼에도 기존의 「이화전」 관련 논의는 주로 후자의 측면, 즉 텍스트를 구성하는 설화적 상상력에 대한 관심이 압도적이었으며, 따라서 서사의 나머지 한 축을 형성하고 있는 '전란(의 기억)'과 텍스트의 관련성에 대한 관심은 상대적으로 미흡했다. 예를 들어 「이화전」에 대해 "배경은 비록 현실세계를 취하였다고 하더라도 사건 자체가 비현실적·초인간적인 황당무계한 요괴의 퇴치를 주제"로 삼았음을 강조하면서 「이화전」을 전기소설로 규정했던 연구나,[2] 『태평광기』 소재 설화와의 비교·고찰을 통해 「이화전」의 설화적 원천을 해명하고자 했던 연구[3] 등이 잘 보여 주듯이, 「이화전」 연구의 초점은 그 초기부터 텍스트의 설화적 요소에 집중되어 왔다.[4] 또한 「이화전」은 동일한 화소를 포함하되 더욱 확장·부연된 서사를 보여 주고 있는 「장인걸전」과의 비교·대조[5] 속에

2 　김기동, 『한국고전소설연구』, 교학연구사, 1983, 5~6·50~52면. 참고로 이때의 전기소설傳奇小說이란 "초현실적·비인간적인 세계를 표현한 작품"이라는 매우 폭넓은 범주의 장르명칭으로 사용되었다.

3 　김현룡, 『한중소설설화비교연구』, 일지사, 1976, 329~336면.

4 　「이화전」의 설화적 요소는 그간 이 작품이 고소설 연구에서 소외되어 온 요인으로 작용하기도 했는데, 국립중앙도서관 홈페이지의 「이화전」 초록에 적시된 작품 평가는 이러한 정황을 잘 대변해 준다. 즉 "작품 내용이 황당무계한 요괴의 퇴치로 사실성이 결여되어 있고, 소설적 형상화의 수준도 높다고 보기 어렵"다는 것이 「이화전」에 대한 학계의 일반적인 인식이었다고 해도 과언은 아닐 것이며, 이는 「이화전」 연구가 그간 활발히 진행되지 않았던 원인이었다.

5 　김승호, 「장인걸전 고」, 『동악어문논집』 21, 1986; 최귀묵, 「「장인걸전」 연구－민담, 「이

서 일종의 보조 자료로 활용되는 경향도 눈에 띄는데, 이 역시 연구의 방점은 「이화전」의 설화적 요소에 대한 분석에 있었다는 점에서 초기 연구의 흐름과 크게 다르지 않다.

한편 최근 들어 본격적인 작품론도 제출되기 시작했다. 먼저 한명현[6]은 학위 논문의 대상으로 「이화전」을 다루면서 설화의 수용과 변용 양상, 작품의 구조와 의미, 작가 의식 등을 폭넓게 분석하였다. 이 연구는 「이화전」의 설화적 요소가 지니고 있는 주술적 성격을 부각함으로써 새로운 논의의 가능성을 제시하는 한편, 임진전쟁 이후 조선 후기의 시대상 속에서 작품의 의미를 독해함으로써 기존 연구의 설화 중심적 해석을 넘어서고 있다는 데서 의의를 찾을 수 있다. 하지만 국어사적 관점[7]을 통해 「이화전」의 창작 시기를 17세기에서 18세기 중반 이전으로 추정한 후 논의를 진행하고 있는 부분은 본고의 견해와 거리가 있다.[8] 더불어 논자는 주인공의 하층영웅적 성격과 민족주의적 작가 의식을 통해 「이화전」의 역사적 위상을 부각하고 있으나, 이와 달리 본고는 「이화전」에서 드러난 역사인식과 현실 사이의 괴리를 보다 강조해 보고자 한다.

다음으로 이주영[9]은 「이화전」이 지니고 있는 개성적 면모에 주목하

화전」과의 비교를 중심으로」, 『고전문학과 교육』 2, 2000.

6 한명현, 「이화전 연구」, 한국교원대 석사논문, 2001.

7 논자는 주격조사 '가'의 쓰임이 안 보인다는 점과 구개음화가 진행되지 않았다는 점을 들어 「이화전」의 창작 시기를 추정하였다. 하지만 18세기 후반 이후의 자료에서도 주격조사 '-가' 대신 '-이'가 사용되고 있는 예는 빈번하며, 또한 19세기 말의 신문자료 등에서도 구개음화가 실현되지 않는 표현들을 어렵지 않게 찾아볼 수 있다는 점에서 이러한 추정은 재고의 여지가 있다. 위의 글, 6면, 각주 7번.

8 본고는 「이화전」의 구성적 특징과 특정 화소의 출현에 주목해 이 작품을 19세기 말에서 20세기 초에 창작된 것으로 추정하고 있는바, 이에 대해서는 후술하도록 하겠다.

고 그것이 시사하는 소설사의 행로에 대한 탐색을 시도하였다. 그는 「이화전」을 "설화를 소재로 한 일종의 실험작"으로 추정하면서, 「이화전」의 가장 큰 특징인 환상성을 소설 대중화의 과정에서 나타나는 부수적 현상으로 파악하였다. "19세기 후반 소설의 대중화가 급격하게 진행되면서 거세진 독자들의 요구에 맞추기 위한 공급자의 의도가 개입한 결과물"[10]로서 「이화전」을 평가한 것이다. 더불어 그와 같은 환상성이 유교적 사유의 특성상 독자들에게 호소력을 갖기 어려웠을 것이며, 이에 「이화전」이 큰 호응을 얻지는 못했을 것이라고 판단하였다. 이 연구는 「이화전」을 통해 고소설의 창작 및 유통에 관한 19세기 말의 시대적 정황을 읽어 냈다는 점에서 기존의 논의와는 차별되는 흥미로운 지점을 드러내고 있다. 다만 이여백의 등장이나 요괴 퇴치 화소에 관한 의미 분석에서는 본고와 적지 않은 견해차가 존재하는데 이에 대해서는 본문을 통해 구체적으로 기술하도록 하겠다.

또한 박송희[11]는 앞서 언급했던 한명현의 논의 중 특히 「이화전」과 무속과의 연관성을 보다 적극적으로 고찰하였다. 논자는 주인공을 '신병神病을 체험한 후 신내림을 받은 무당'이라고 규정하고, 작품의 전반적인 성격과 특징을 무속의 차원에서 해명하고자 하였다. 이러한 논의는 기존 연구와 매우 뚜렷한 차별성을 지니고 있으나, '이화=무당'이라는 전제를 논증하는 과정에서 납득하기 어려운 대목들이 눈에 띄기도 한다. 예를 들어 이화가 여산부사로 부임하는 과정을 무병巫病의 증

---

9   이주영, 「이화전 연구」, 『과학과 문화』 1권 1호, 서원대 미래창조연구원, 2004.
10   위의 글, 159면.
11   박송희, 「이화전의 무속요소 고찰」, 『우리문학연구』 33, 우리문학회, 2011.

상적 특징 중 하나인 '가출'로 해석한다든가 나아가 이여백의 혼을 이화의 '몸주신'으로 해석하는 부분은[12] 재고의 여지가 있다고 판단된다.

이상에서 살펴본 「이화전」 연구의 특징적 경향을 정리하면 아래와 같다. 우선 초기 연구의 경우 작품의 설화적 요소 자체에 대한 관심이 압도적이었다는 점이다. 이후 본격적인 작품론이 제출되면서 논의가 다양화되고 있지만 여전히 임진전쟁과 텍스트의 관련성에 대한 적극적인 고찰은 거의 없는 실정이다. 그러나 서두에서 언급했듯이 「이화전」은 설화적 상상력뿐만 아니라 임진전쟁이라는 역사적 사건을 동시에 다루고 있는 텍스트이며, 이에 양자의 관련성에 대한 분석은 텍스트 해석에 있어 매우 긴요한 지점이라 할 수 있다. 본고는 이와 같은 전제 하에 「이화전」을 전쟁의 기억과 설화적 상상력의 변용이라는 맥락에서 재 고찰하되, 특히 19세기 말의 시대상에 입각해 텍스트를 분석함으로써 새로운 해석의 가능성을 제시해 보고자 한다.[13]

이를 위해 2절에서는 임진전쟁의 경과와 '폐읍廢邑'의 공간 설정 그리고 폐읍에 존재하던 요괴들의 상징성을 상호 간의 연관성 속에서 살펴볼 것이다. 다음으로 3절에서는 「이화전」의 창작 시기를 20세기 전후로 추론한 후 청일전쟁 전후의 시대상 속에서 「이화전」의 의미를 재해석하고자 한다. 끝으로 4절에서는 결론을 대신해 「이화전」의 강한 중세 지향성을 지적하고 그것의 시대적 의미를 짚어 볼 것이다.

---

12 위의 글, 51~55면.
13 하지만 창작 시기를 확정할 수 없는 상황에서 단지 부수적인 정황에 의존해 논의를 진행할 수밖에 없기 때문에 본고는 시론試論 이상의 의미를 지니기 어렵다. 이 점에 대해 먼저 양해를 구한다.

2) 충남대본 「이화전」 소개

본격적인 논의에 앞서 본 절에서는 「이화전」의 이본 한 편을 간략히 소개하고자 한다. 현재까지 「이화전」은 국도관본이 유일본으로 전해져 왔는데, 저자는 자료 검색 과정에서 충남대 도서관에 「이화전」의 이본이 소장되어 있음을 확인하고 해당 자료를 열람·조사하였다.

「이화전」이 수록된 충남대의 필사본 자료(청구기호 : 고서모운 集 小說類 2479)는 그 형태가 1책冊 무계無界로 매면 평균 12행 27자로 필사되어 있으며, 현재 총 27장 54면이 남아 있다. 현재 권수卷首와 권말卷末 부분이 낙장落張인 상태여서 책의 표제는 확인할 수 없다.

자료의 첫 면에는 "친졍 싱각ᄒ난 마암……"이라는 구절로 한 편의 글이 중간에서 이어지고 있으며, 그 이후에 「규즁훈식라」라는 제목으로 12면에서 25면에 걸쳐 양반집 부녀가 행실을 바로 해야 함을 경계하는 글이 이어진다. 이어 「이화전」(필사본의 소제목은 「니화전이라」)이 25면부터 36면까지 실려 있으며, 이후 「서대주전」(필사본의 소제목은 「셔딘쥐젼이라」)이 37면부터 필사되어 있는데, 권말이 낙장인 상태여서 현재 남아 있는 54면까지만 그 내용을 확인할 수 있다.

충남대본 「이화전」은 유일본이었던 「이화전」의 이본 목록을 확보했다는 데서 의의를 찾을 수 있겠으나, 텍스트의 절반가량만 필사되어 있는 탓에 구체적인 이본고를 진행하기에는 한계가 있는 자료이다. 왜 필사가 중단되었는지에 대해 확언할 수는 없지만, 자료의 상태를 볼 때 낙장만이 이유가 아님은 분명해 보인다. 은행나무에 살던 요호妖狐를 이화와 지역민들이 퇴치하는 데서 필사가 끝난 것으로 미루어 보아,[14]

필사자가 대본으로 삼았던 텍스트가 원래 그 부분에서 끝을 맺는 별도 계통의 이본이었던 것으로도 추정할 수 있겠으나, 서사의 흐름에 비춰 볼 때 그럴 가능성은 희박해 보인다.[15] 그리고 표현의 차이를 제외한다면 서사의 흐름 역시 국도관본과 동일하기 때문에 이하에서는 국도관본을 중심으로 논의를 진행하되 필요한 경우에 한해 충남대본을 함께 언급하고자 한다.

---

14   참고로 이화전의 경개를 서술하면 다음과 같다. ① 임진전쟁이 발발해 조선군이 패하고 왜구는 조선에서 농사를 짓고 조선인과 혼인해 산다. ② 명나라의 도움으로 승리하지만 전쟁 중에 명장明將 이여백이 횡사해 고혼孤魂이 된다. ③ 종전終戰 이후, 전라도 여산에 연이어 괴변이 일어나자 이화가 자원해 부임한다. ④ 도임한 이화는 이물異物인 자라와 요호妖狐를 퇴치한다. ⑤ 요호 한 쌍 중 암여우가 달아나 명나라로 가서 귀비가 된 후, 이화에게 복수하기 위해 그를 중원으로 부른다. ⑥ 이여백 혼령의 도움으로 보라매를 가져간 이화가 암여우를 퇴치하고 높은 직봉을 하사받는다. ⑦ 조선으로 돌아온 이화는 이여백의 사당을 짓고 향화가 끊어지지 않게 했으며, 가난한 사람들에게 재물을 나누어 주고 편안히 복을 누리며 산다. 이상의 경개를 기준으로 할 때 충남대본은 ①~④까지의 단락으로 이루어져 있다.

15   이렇게 판단하는 근거는 다음과 같다. 즉 여산부사로 부임한 이화가 마을의 괴변을 일소하기 위한 방법을 이여백의 혼령에게 물었을 때, 혼령은 두 마리의 여우를 동시에 잡아야 하며 만일 한 마리라도 놓칠 경우 자신은 물론 이화에게도 화가 미칠 것이라고 이야기한다. 이 대목은 하나의 복선 역할을 담당하는데, 국도관본을 통해 알 수 있듯이, 이화는 두 마리 여우 중 결국 암여우를 놓쳐 또 다른 위기에 처하게 되기 때문이다. 그런데 충남대본에서는 이러한 복선 대목이 동일하게 존재함에도 불구하고 두 마리 여우를 모두 잡은 후 서사가 종결되는 것으로 그려지고 있다. 요컨대 충남대본은 복선은 존재하면서도 그것이 서사적으로 실현되지 않는 양상을 띠고 있는 것이다. 따라서 충남대본은 국도관본과 다른 별도의 이본 계통이라기보다 어떤 이유로 인해 중간까지만 필사가 된 이본으로 보는 것이 더 온당하리라 판단된다. 참고로 충남대본의 해당 원문은 다음과 같다. 니여빅 이로딕, "녀 부딕 잡고즈 ᄒ거던 녀 골 빅셩의게 분부ᄒ야 싁기 금물을 미호 난명딕로 바다 그 남무 스면과 우호로 겹겹히 둘러 세워 아무것도 못 나가게 ᄒ고 활과 창금으로 딕령ᄒ라 ᄒ고 스람 슈빅 명을 시켜 큰 도치을 들어 그 나무을 일시의 고함 지르고 버히면 남우의셔 피가 흐르며 나무 우의셔 빅발 노옹과 노구 잇셔 쇼릭할 거시니 그거시 여호 자웅이니 일시의 총과 활노 쏘와 잡으면 만힝이런이와 혹 둘 중의 하나는 잡고 하나는 잡지 못ᄒ면 나도 여긔 잇지 못할 거시요. 너도 살지 못할니 부딕 둘을 다 잡게 ᄒ라." (원문의 띄어쓰기와 문장부호—인용자, 이하 모든 원문 인용 시 동일)

2. 역사적 사건과 설화적 상상력의 결합 양상

1) 종전終戰 이후 설정된 폐읍廢邑의 의미

「이화전」에서 전라도 여산礪山은 폐읍廢邑으로 설정된 공간이며 서사 전개의 주요한 배경 중 하나이다. 이는 「최고운전」의 문창文昌이나 「장화홍련전」의 철산鐵山과 같이 고을 수령과 관련된 괴변이 끊이지 않는 장소라는 점에서 일정한 공통점을 갖는다. 하지만 이러한 공통점과 별개로 「이화전」에서의 여산(폐읍)은 다음과 같은 두 가지 차별성을 띤다.

먼저 매우 다양한 상상적 존재들이 등장한다는 점이다. 한 고을을 폐읍으로 만든 존재에 대해 「최고운전」은 금돼지金猪를 「장화홍련전」은 두 자매의 원귀寃鬼를 상상적으로 형상화하고 있는 데 반해, 「이화전」은 이물異物인 자라·요호妖狐 한 쌍·열쇠에 접신한 고혼孤魂·천년 묵은 은행나무 등 다채로운 상상적 존재들을 통해 서사를 진행해 나간다는 특징이 있다.

또한 폐읍의 설정이 임진전쟁의 경과를 전제한 후 그 연속선상에서 이루어지고 있다는 점 역시 특기할 만하다. 즉 「이화전」의 주요한 공간적 배경 중 하나인 폐읍이 임진전쟁의 결과물로서 제시되고 있는 것이다. 따라서 폐읍에 존재하는 각종 이물異物과 요괴妖怪 역시 설화적 상상력의 소산으로 치부하고 말 것이 아니라, 임진전쟁과의 관련성 속에서 좀 더 적극적으로 그 의미를 독해할 필요가 있다.

그렇다면 폐읍과 그곳에 존재하는 각종 이물異物들의 의미는 어떤 방식으로 전쟁(기억)과의 관계망을 형성하고 있는가. 이에 답하기 위해 이하 서사의 전개 과정을 따라가면서 논의를 진행하도록 하겠다.

「이화전」의 서사는 임진전쟁의 발발로 시작된다. 매우 짧은 편폭이 기는 하나 전쟁 경과의 압축적 제시를 통해 본격적인 서사 전개의 단초를 마련하고 있는 것이다. 한 가지 특기할 것은 「이화전」에서 주목하는 임진전쟁의 정황이 여타의 서사문학에서 묘사되고 있는 그것과 다소 이질적이라는 점이다.

> 션죠말의 시운이 불힝ᄒ여 님진 왜적이 크게 니러나니 모진 장쉬며 군시 되갑이 졍예ᄒ여 물을 건너와 빅셩을 만난즉 살히ᄒ니 상과 문무빅관이 날난다시 ᄒ여 군신이 상의 왈,
> "댱슈을 쌔아 삼군을 이글혀 적군을 막으라."
> ᄒ신디 쟝쉬 수명발군ᄒ여 나아가 진치고 적을 기ᄃ리더니 왜적이 나아 들어 일합 툥살ᄒ니 죠션군이 반 남아 죽으니 남은 군시 감히 져당치 못ᄒ여 ᄃ라나거늘 적병이 승승댱구ᄒ여 셩의 드러가 녀름농ᄉ 지으며 아국 사람과 혼인ᄒ여 사ᄂ지라.[16]

「이화전」은 임진전쟁 초기에 조선군이 겪었던 일방적인 패배를 부각한다. 나아가 적병이 성에 들어가 농사를 짓고 조선 사람과 혼인해 사는 등 기존의 서사문학에서 자주 표출되던 전쟁의 정황과는 층위가 다른 부면들을 강조한다. 임진·병자전쟁 등 역사적 전쟁을 다루는 서

---

16   국도관본, 1면.

사물들이 충忠과 열烈을 표창表彰하거나 혹은 상상적 승리를 도모하기 위한 배경으로써 전란을 활용했던 것에 반해, 「이화전」은 승승장구하는 왜적과 그들의 주둔 그리고 조선 사람과의 혼인과 같은 전쟁 기억의 어두운 이면들을 제시하면서 서사를 시작하고 있는 것이다.

하지만 전쟁으로 인한 위와 같은 국가적 위기 상황은 그리 오래 지속되지 못한다. 곧바로 이어지는 명나라 천자의 파병과 이여송李如松·이여백 장군의 활약을 통해 임진전쟁이 종료되기 때문이다.

상이 울히 여기샤 듕원의 ᄉ신 보ᄂ여 청병ᄒ시니, 명 텬직 디경진노샤 즉시 쟝슈을 ᅰ여 보ᄂ실ᄉᆡ, 댱군이 니여빅 형뎨을 쟝슈 삼아 일만 졍병을 거ᄂ려 보ᄂ시니, 여빅 형뎨 하직고 ᄉ신과 ᄒᆞᆫ가지고 아국의 니ᄅᆞ어, 여빅은 좌션봉이 되고 녀슝은 우션봉이 되여 각각 군ᄉ을 거ᄂ려 나아가 왜적을 접젼ᄒᆞ여, 슈 합이 못ᄒᆞ여 적병이 딕픽ᄒᆞ여 항열을 일코 아모리 ᄒᆞᆯ 쥴 몰나 ᄉ방으로 분산ᄒᆞ여 살기를 ᄇᆞ라 도라가니라.[17]

이상의 서사 발단을 통해 볼 때, 「이화전」은 조선군의 일방적인 패배와 그로 인한 사회적 혼란을 부각하면서 동시에 명나라의 이른바 '재조지은再造之恩'을 강조하는 방향으로 임진전쟁의 경과를 서사화하고 있음을 알 수 있다.

그런데 우리는 발단부의 이러한 특성을 종전終戰 이후에 전개되는 본격적인 서사 전개와 관련해 독해할 필요가 있다. 「이화전」의 주요 서사

17 국도관본, 2~3면.

는 종전 이후 폐읍으로 부임한 이화와 요괴의 대결 양상으로 구성되지만, 발단부의 전쟁 경과와 이후의 본격적인 서사 전개의 맥락은 결코 분리되어 있지 않기 때문이다. 그간의 논의에서 간과되어 왔던 부분이 바로 이 지점이라고 하겠는데, 저자는 「이화전」 서사의 핵심적 요소인 폐읍과 요괴의 상징이 임진전쟁의 경과를 서술한 발단부와의 관계망 속에서 해석될 때 그 의미가 온전히 드러날 것으로 본다. 아래의 짧은 인용문은 위와 같은 맥락에서 좀 더 구체적인 분석을 요하는 대목이다.

> 잇씨의 왜젹은 멸ᄒ여시나 여슝은 형(이여백을 지칭—인용자 주)을 죽이고 망극히 도라가고 상은 만죠을 거ᄂ리샤 녑셩ᄒ샤 여구히 타평이 누리시나, 젼나도 여산 고을 가 니마다 죽고 그 ᄯ히 황폐ᄒ여 인심이 궤란ᄒ물 드ᄅ시고 깁히 근심ᄒ샤 유예불평ᄒ시더니[18]

먼저 「이화전」에서의 임진전쟁은 명장明將 이여백이 조선에서 횡사함으로써 고혼孤魂으로 떠돌게 되는 사건임이 강조될 필요가 있다.[19] 이후 이여백李如柏의 혼령은 폐읍으로 설정된 여산에서 주인공과 조우하며, 요괴 퇴치 과정에서 결정적인 조력자의 역할을 담당한다. 즉 임진전쟁은 이화의 조력자를 만든 계기라는 점에서 서사 전개의 중요한 연결 고리인 것이다.

---

18 국도관본, 3면.
19 박재연은 국립중앙도서관 홈페이지의 「이화전」 초록을 통해 이여백이 "임란 때 조선에서 전사한 것이 사실이다"라고 기술하고 있는데, 착오가 있었던 듯하다. 이여백이 임진전쟁에 참전한 것은 사실이지만 조선에서 전사했다는 것은 「이화전」에서 설정한 허구적 사건이다. 이러한 허구적 설정의 의미에 대해서는 후술하도록 하겠다.

또한 종전終戰 이후 왕실이 '여구如舊한 태평'을 누리는 것과 대조적으로 여산은 '괴변'으로 인해 '인심이 궤란憤亂'했다는 설정에 주목할 필요가 있다. 이러한 설정은 종전終戰이 가져다 준 외양적 태평함과는 무관하게 전쟁의 상흔과 관련된 지속적인 사회적 불안이 엄존했음을 암시하기 때문이다. 즉 폐읍은 단순히 다양한 요괴가 등장하는 황당무계한 공간적 배경이 아니라, 종전 이후 지속되고 있던 사회적 불안감이 응축된 매우 상징적인 공간이다.

따라서 「이화전」에서 분출되는 설화적 상상력에 대한 분석은 반드시 전체적인 서사적 맥락 안에서 이루어져야 한다. 다시 말해 텍스트의 서두에서 묘사된 전쟁과의 관련성 속에서 폐읍과 그 안에 존재하던 상상적 존재들의 의미를 파악할 필요가 있다.

2) 전쟁의 기억과 요괴妖怪의 상징성

앞서 언급했듯이, 여산은 종전終戰에도 불구하고 연이은 괴변이 발생해 사회적 혼란이 지속되고 있는 공간이다. 괴변의 내용은 "여산 고을 가니마다 죽고 그 싸히 황폐ᄒ여 인심이 궤란"[20]하다는 것으로 구체화되는데, 특히 괴변의 주체가 만년 묵은 자라나 요호妖狐한 쌍 등과 같은 요괴의 형상이라는 점은 특기할 만하다. 괴변의 주체를 '요괴'라는 상상적 기표를 통해 가시화하고 있다는 것은 역으로 「이화전」에서 표상하고자 하는 사회적 불안의 실체가 비가시적인 혹은 규정할 수 없는 공포나

---

20   국도관본, 3면.

불안임을 드러내기 때문이다. 인간의 공포와 불안이 요괴의 출현과 밀접한 관련을 맺고 있음은 아래의 견해를 통해서도 확인할 수 있다.

> 인간을 둘러싸는 환경은 자연이거나 인공물이거나 간에, 공포 즉 '경계심과 불안'의 대상으로 변모할 가능성을 내포하고 있는 것이다. 그 공포심이 인간의 상상력을 동원해서 초월적 존재를 만들어 내고, 공동 환상이라는 문화를 만들어 내고 또한 전승시킨다. 공포에 결부된 초월적 현상 · 존재, 그것이 곧 '요괴'이다.[21]

이처럼 요괴가 인간 내면의 불안이나 공포에 기인한 환상의 산물임을 염두에 둔다면, 「이화전」에서 서사화하는 요괴의 출현과 퇴치의 의미 역시 텍스트에 잠복해 있는 사회적 불안의 징후들과 관련해 해석해야 할 것이다.

그리고 우리는 「이화전」에 잠복해 있는 '사회적 공포와 불안'의 근저에 전쟁의 상흔이 자리하고 있음에 주목할 필요가 있다. 이는 요괴와의 갈등 양상과 그 해결 과정을 통해 드러나는데, 이하에서는 텍스트 분석을 통해 폐읍과 요괴 그리고 전쟁(기억)과의 관련성을 보다 구체적으로 적시해 보고자 한다.

「이화전」에 등장하는 요괴들이 사회적 불안감을 상징하는 존재라면, 이화와 이여백의 혼령은 그와 같은 불안에 대한 상상적 해결을 도모하는 인물이다. 그런데 조력자 이여백이 참전參戰 과정을 통해 작품의 서두에서 등장하는 데 비해, 주인공 이화는 폐읍의 수령으로 자원하는 아래의 대목에서 처음 등장한다.[22]

---

21   고마쓰 가즈히코, 박전열 역, 『일본의 요괴학 연구』, 민속원, 2009, 41면.

시의 니해란 쟝지 이셔 일즉 무과출신ᄒ여 오릭 벼슬을 못ᄒ고 분울ᄒ여 ᄒ더니 추언을 듯고 샹소ᄒ여 쥬왈,

"신이 이제 과거ᄒ와 십여 년의 벼슬을 못ᄒ옵고 셩하의 무익ᄒ오믈 슉야 의 흔이 깁습더니, 이졔 여산의 지변이 고이ᄒ와 본슈이 위틱하오니, 신이 비록 지죄 업ᄉ오나 신이 ᄒ번 입거ᄒ와 샤변을 졔어ᄒ오리이다."

샹이 스스로 보시고 딕희ᄒ사 즉일 녀산 부슈을 졔슈ᄒ시니, 니화 딕희ᄒ 여 사은ᄒ고[23]

이화는 무과 시험에 합격한 후 10여 년 동안 벼슬을 하지 못한 인물 로 괴변을 해결하여 자신의 능력을 발휘하고자 한다. 도임 후 곧바로 관사의 보수를 명령한 이화는 그날 밤 괴변을 일으키는 주체 중 하나인 자라와 마주친다.

원이 밤의 잠이 업셔 두루 빅회ᄒ니 월광은 은앙의 빅이고 만뇌구젹ᄒ민 ᄌ연 두루 거러 후원의 니르러ᄂ는 큰 모시 잇거늘 나아가 못가의 안ᄌ 슈상을 구버 보더니, 홀연 물 가온딕로셔 쇼반 ᄀᆺ튼 거문 즘싱이 나와 바로 마을 집 으로 가ᄂ는지라. 극히 고이 여겨 마참닉 보고져 ᄯ라 가니, 고을 좌녁 ᄒ 집의 드러가며 의연이 말ᄒ여,

"니여빅아 문 여러라."

ᄒ니, 문속의셔 응딕하고 문 열니ᄂ 듯ᄒ더니 그 즘싱이 드러가거늘, 더욱

---

22 이처럼 도입부에 임진전쟁을 요약하여 하나의 삽화처럼 제시한 이후 뒤늦게 주인공이 등장하는 구성은 「이화전」의 창작 시기 추정에 하나의 단서가 될 수 있다. 이에 대해서는 후술하도록 하겠다(이주영, 앞의 글, 159면 참조).

23 국도관본, 3~4면.

고이히 여겨 갓가니 나가니 문득 빅 알는 소릭 진동ᄒ더라. 죠용이 듯더니 달이 셔령 써러지고 원촌의 계셩이 나니, 그 즘싱이 쏘 나와 여빅을 불너 문 열나 ᄒ니, 딕답고 문을 여니, 다시 나와 그 못 속으로 드러가는지라. 원닉 여빅은 당장이라. 타지의 원ᄉᄒ니 고혼이 유유무의ᄒ니 이 집 줌굴쇠 속의 졉ᄒ여시니, 옥동 사긔 되야 뒤 모시 묵은 자라의 쳥을 드러 문을 응ᄒ여 사ᄅ름을 알히더라.[24]

밤중에 관사 근처를 배회하던 이화는 후원의 큰 못에서 나와 마을로 향하는 자라를 발견하고 그 뒤를 따라간다. 자라는 한 집의 문 앞에 이르자 이여백의 혼령을 시켜 문을 열게 하고 새벽녘이 될 때까지 그 집의 딸을 앓게 한 후 못 속으로 돌아간다.

'묵은 자라'의 출현과 그로 인해 발생한 질병은 일차적으로 요사스러운 이물異物을 병인病因으로 지목하곤 했던 당대 사유[25]의 설화적 형상화라 할 수 있다. 하지만 「이화전」에서 이 화소는 초현실적 병인病因을 이야기하는 동시에 역사적 기억까지 징후적으로 함축하고 있음을 간과해서는 안 된다.

원 왈,

"네 집 ᄌ녀 소솔은 언마나 ᄒ며 일즉 우환이 업ᄂ냐?"

딕왈,

---

24 국도관본, 5~7면.
25 콜레라의 병인病因으로 여귀厲鬼인 '쥐귀신'을 상정하고 치병治病을 위해 대문에 고양이를 붙였던 정황 등이 이러한 사유를 단적으로 드러낸다(신동원, 「조선말의 콜레라 유행, 1821~1910」, 『한국과학사학회지』 11권 1호, 한국과학사학회, 1989, 70~71면).

"소인이 신슈 긔험ᄒᆞ와 나히 늣도록 ᄒᆞᆫ ᄌᆞ식이 업ᄉᆞ오니 샹희 셜워ᄒᆞ옵더니 노년의 일녀을 엇ᄉᆞ오며 비록 무익ᄒᆞ오나 지용총혜ᄒᆞ오미 드무온지라. 깁히 사랑ᄒᆞ오며 외롭ᄉᆞ오문 위희 업ᄉᆞᆸ더니 칠셰브터 야야 복통을 엇ᄉᆞ와 이제 칠판 년의 졈졈 고황지질이 되오니 죽기의 갓갑ᄉᆞ온지라. 일노 셜워ᄒᆞᄂᆞ이다."

말노조ᄎᆞ 누슈 연낙ᄒᆞ거늘, 원이 츄연이 여겨 니ᄅᆞ되,

"네 졍시 가히 불상ᄒᆞ니 ᄂᆡ 슐노 병 고칠 바을 니ᄅᆞ리라."

아젼이 졈두감은ᄒᆞ니, 원니 자야ᄉᆞ를 싱각고 짐작을 니ᄅᆞ되,

"네 집 문 압흘 널니 파고 그 속의 탄화을 만히 피워 그 우희 흙을 얇게 ᄒᆞ야 허방을 노흐면 반다시 신통ᄒᆞ미 이시리라."

아젼이 ᄇᆡᆨ번 감ᄉᆞᄒᆞ여 집의 도라와 원의 가ᄅᆞ친 ᄃᆡ로 ᄒᆞ엿더니, 과연 기야브터 알치 아니 ᄒᆞᄂᆞᆫ지라.[26]

이처럼 자라가 아전의 딸을 앓게 했다는 설정은 자라의 상징에 비추어 볼 때 성적性的 접촉에 대한 은유임이 분명해 보인다.[27] 나아가 딸의 병이 "칠판 년의 졈졈 고황지질"[28]이 되었다는 시간 설정까지 고려한다면, 자라로 인한 딸의 고통은 곧 임진전쟁의 와중에 여성들이 겪어야 했던 성적 학대를 상징하는 것이라 하겠다. 이는 「이화전」의 서두에서

---

26 국도관본, 7~8면.
27 이는 선행 연구에서도 지적된 바 있다. 즉, "자라의 괴롭힘은 아녀자에 대한 성적性的 악행"과 "왜구倭寇"를 상징한다는 견해가 그것이다. 하지만 본고는 이와 같은 상징을 텍스트에서 언급된 시간의 경과와 관련시켜 임진전쟁의 상흔을 암시하는 것으로 파악한다는 점에서 차별성을 띤다(한명현, 앞의 글, 57면).
28 충남대본에서는 "칠 셰붓터 빅을 낧노 즁이 아른 졔 칠 년이 되오믹 빅약이 무효ᄒᆞ오니"라하여, 7년 동안 앓아 온 것으로 기술하고 있다.

묘사되었던바, "적병이 승승댱구ᄒᆞ여 셩의 드러가 녀름농ᄉ 지으며 아국 사ᄅᆞᆷ과 혼인ᄒᆞ여 사ᄂᆞᆫ" 서사적 정황과 조응하면서 그 의미가 더욱 분명해진다.

한편 자라를 퇴치해 아전의 딸을 구한 이화에게 아전은 자신의 전답 문서를 가져와 사례하고자 한다. 하지만 이화는 재물 대신 아전 집 대문의 자물쇠를 요구한다. 명장明將 이여백의 혼령이 자물쇠에 접해 있음을 알고 그를 통해 사태를 파악한 후 도움을 청하고자 한 것이다.

> (이화가─인용자 주) 문왈,
>
> "니 드ᄅᆞ니 이 고을 원이 젼후의 오ᄂᆞ니마다 죽ᄂᆞᆫ 지 ᄒᆞ나 둘이 아니라. 반ᄃᆞ시 무슨 요ᄉᆡ 작난ᄒᆞ미라. 엇디 알쇼냐?"
>
> (…중략…)
>
> 여ᄇᆡᆨ 왈,
>
> "져 은힝남게 쳔여 년이나 한 무근 여우 자웅이 잇셔 변화 무궁ᄒᆞ니, 이 고을 원마다 죽요 그 피를 ᄲᆞ라먹으니 졈졈 요슐이 더옥 신긔ᄒᆞᆫ지라. 잡기를 착실이 홀지니, 이 고을 ᄇᆡᆨ셩들을 다 영ᄒᆞ여 만군은 겹겹니 진쳐 인인이 다 활과 총과 창검을 쟝약ᄒᆞ여라 ᄒᆞ고, 디톱과 큰 도치를 남글 버히면 처음 혈이 낭ᄌᆞ홀 거시니 이ᄂᆞᆫ 잡귀라. 남웃 ᄯᆡ히 ᄇᆡᆨ발 노옹 노괴 날 거시니 억만 병으로 여우 잡기을 일시의 둘홀 다 자아ᄂᆞ면 변이 업ᄉᆞ리라."
>
> 니홰 ᄎᆞ언을 듯고 깃거 왈,
>
> "니 착실이 홀 거시니 넘녀 말나."[29]

이화는 이여백의 혼령을 통해 여산에서 발생하는 괴변의 원인과 해결 방안을 알아낸다. 여산의 괴변은 한 쌍의 천년 묵은 여우가 그 동안 고을 수령들을 죽이고 그 '피를 빨아 먹으며' 자신들의 술법을 더해 왔기에 발생했던 것이다. 또한 이와 같은 괴변의 해결을 위한 유일한 방도는 요호妖狐 두 마리를 동시에 죽이는 것이다. 이에 이화는 마을 사람들에게 명하여 곧바로 요호를 퇴치하고자 한다.

그러나 결국 암여우가 명나라로 도망가면서 이야기는 다시 한 번 전환을 맞는데, 달아난 여우로 인해 조선(여산)의 괴변이 명나라의 위기로 확대되는 양상을 띠게 된다.

> 여이 들어와 귀비을 잡아는리와 골육을 다 먹고 그 익골을 써 완년이 그 즈리의 누어시니 뉘 능히 여인 줄 알니오?
>
> (…중략…)
>
> 상이 크게 깃그스 손은 잡고 우어 왈,
>
> "귀인의 병으로 근심이 깁더니 금일에 얼골을 보니 가장 신긔흔지라. 천상 경당옥익을 먹엇도다."
>
> 귀인이 고은 비찰 먹음고 아릿짜온 교티흐니, 교언영싁이 쟝부의 구든 간쟝을 스르는지라. 황뎨 더욱 과혹흐샤 죠야스을 귀인의 쳐치디로 흐니 나라히 점점 어즈럽더라.[30]

명나라의 귀비를 잡아먹고 그 해골을 씀으로써 귀비로 변신한 암여우는 교태와 교언영색을 통해 황제의 총애를 받고, 나아가 국사國事를

---

30 국도관본, 21~23면.

좌지우지하면서 명나라를 혼란에 빠뜨린다. 이후 여우는 황제에게 자신의 몽사夢事를 이야기하며[31] 이화를 불러들여 죽일 것을 재촉하는데, 이로 인해 이화는 자신의 의사와는 무관하게 명나라로 입시入侍해야 하는 상황에 놓인다.

(황제 왈-인용자 주)

"니화롤 잡아오라."

엄칙ᄒ시니, 시 아국의 니ᄅ니 션죄 황칙을 밧ᄌ와 니화 불너 보시고 가기ᄅᆯ 니ᄅ시니, 니홰 젼일 여빅의 말을 알외고 다시 도라오지 못ᄒ믈 알외여 감격ᄒ니, 상이 도한 감탄ᄒ샤 왈,

"이 다 아국 ᄌᆞ변이 듸국의 침변흔가 시브니 냥국의 불ᄒᆡᆼ이라. 이 엇진 연괸 줄 아디 못ᄒ고 도라오지 못ᄒ믈 헤아리니 침식이 불평ᄒ노라."

ᄒ시고 아모려나 셜니 가물 젼교ᄒ시니,[32]

이화는 선조에게 이여백의 과거 예언[33]을 알려주며 중국에 가서 돌아오지 못할 것을 아뢴다. 이때 선조는 "아국의 재변이 대국에 침범한

---

31 "근녜 아야의 꿈을 ᄭᅮ오니, 한 쟝지 보검을 비기 들고 니ᄅᄅ '죠션국 니홰 녀산원 당슈라' ᄒ고 칼을 드러 쳡의 머리를 치고 니ᄅ되 '타일 ᄂᆡ 반ᄃᆞ시 아군 쳔발ᄒ면 텬ᄌ와 너희 머리를 버혀 쾌히 ᄒ리라' ᄒ고 죽이랴 ᄒ오미, 극히 난굽ᄒ야 씨오니 이리 알ᄉ오니 죽으미 갓ᄉ오니, 잔구ᄒ온 목숨을 앗기오미 아니오라 폐하의 갓ᄌᆞ온 은혜롤 닛ᄌᆞ오면 구쳔 탈인의 원혼이 되올지라. 깁히 슬허ᄒᄂᆞ이다"(국도관본, 23~24면).

32 국도관본, 24~25면.

33 믄득 보ᄒ니, "죽은 여이 슈 여이쑨이라." ᄒ니, 니홰 실셩대경ᄒ고 도라와 여빅ᄃᆞ려 왈, "지휘로 인ᄒ여 잡으니 암 녀이을 일헛시니 쟝ᄎᆞᆺ 엇지ᄒ리오?" 여빅이 대경 왈, "당초의 너ᄃᆞ려 닐으미 ᄒ나 일호면 듸흔이 잇시리라 ᄒ얏더니, 암여이을 잡지 못ᄒ얏시니 나ᄂᆞᆫ 아모곳으로나 피ᄒ려니와 너ᄂᆞᆫ 삼 년 ᄂᆡ 대국의 가셔 죽으리라"(국도관본, 18면).

가 싶으니 양국의 불행이라"고 언급하고 있는데, 이 대목에서 우리는 여우의 상징 역시 임진전쟁과의 관련성 속에서 파악할 수 있는 하나의 단서를 보게 된다. 다시 말해 아국의 재변災變 즉 여우의 괴변을 조선이 해결하지 못한 탓에 그 재변이 명나라까지 이르게 되었다는 선조의 언급은 임진전쟁의 참전 이후 그 세력이 약화되고 결국 망국의 길로 접어든 명나라에 대한 기억을 은연중에 드러내기 때문이다.

상황이 이렇다면, 이화가 암여우를 퇴치하고 명나라의 위기를 해결한다는 이후의 서사 전개[34]는 결자해지의 사유를 반영한 것이자, 텍스트의 서두에서 부각되었던 '재조지은'에 나름의 상상적 보상을 추구한 것으로 해석할 수 있다.

이처럼 「이화전」은 만년 묵은 자라나 요호妖狐 등과 같은 상상적 존재들을 통해 임진전쟁의 기억과 상흔이 빚어낸 사회적 불안감을 암시적으로 드러내는 동시에, 주인공과 명장明將 혼령과의 교감[35]을 통해 환상의 차원에서 문제를 해결함으로써 그러한 불안감의 해소를 도모하고 있다.

---

34 황뎨 귀비와 혼가지로 안자 겨시거늘, 해 황샹긔 팔비고두흔 후 믄득 사미로셔 믜을 너여 노호니, 바로 귀비의 머리의 나라 안자 빅호와 두 눈을 조아 먹으니 귀비 변흐야 믄득 황금 갓흔 여이 되거늘, 황뎨 디경실식흐샤 좌우로 흐야곰 쓰어니라 흐시고 (…중략…) 군신이 일시의 만세를 불너 하례 왈, "니해의 신긔묘산으로 대화를 진정흐오니 이는 폐하 홍복이로쇼이다"(국도관본, 32~33면).

35 이는 명나라에 들어가 죽을 위기에 처해 있던 이화에게 이여백의 혼령이 다시 나타나 문제 해결 방안을 알려주는 다음 대목에서 잘 드러난다(여빅이 위로 왈, "닉 츳츳 네 살길 흘 니르고져 흐미라. 슈회를 그치고 ㅈ셔히 드르라." 니화 감은흐물 이긔지 못흐더니, 여빅 왈, "닉일 발힝흐야 반일이 못흐야 비가 오거든 여츳여츳흔 집의 들면 보라미 이실 거시니 갑살 혜르지 말고 스 가지고, 딕국의 니르러는 황뎨 반드시 오실 벗고 들나 흐나 죽기로 그음흐고 벗지 말고 그 믜을 수미 속의 너코 드러가 너여 노흐면 살 계교 족히 될 거시오, 공명도 어들가 흐노라." 국도관본, 27~28면).

그렇다면 과연 어떠한 시대적 정황이 이처럼 독특한 텍스트를 산출하는 동력이 되었을까. 정확한 창작 연대를 확증할 수 없는 상황 속에서 이에 대한 답변은 시론試論의 수준을 넘어설 수 없겠지만, 그럼에도 방증이 될 만한 맥락들을 충분히 활용하면서 「이화전」 창작의 시대상을 추론해 보고자 한다.

3. 19세기 말의 시대상을 통해 본 「이화전」

1) 텍스트의 특징적 면모와 창작 시기의 추정

2절을 통해 우리는 「이화전」에서 공간적 배경으로 설정된 폐읍과 그 안에 존재하던 요괴들의 형상이 소설적 흥미를 위한 설화의 원용이라는 차원을 넘어 임진전쟁의 기억과 밀접한 관련을 맺고 있음을 확인한 바 있다. 이제 남은 문제는 이처럼 독특한 텍스트가 생성된 시대적 정황을 살피는 일일 것이다. 이는 곧 「이화전」의 설화적 상상력이 왜 하필 임진전쟁의 기억과 결부되었는가에 관한 질문이기도 하다.

이와 관련해 가장 먼저 짚어 보아야 할 문제가 바로 창작 시기이다. 저자는 「이화전」의 창작 시기를 19세기 말에서 20세기 초로 보는 입장인데, 물론 이러한 추론을 뒷받침할 결정적 근거가 있는 것은 아니지만 텍스트의 다음과 같은 특징적 면모가 일정한 방증이 될 수 있다고 본다.

첫째, 「이화전」은 고소설의 일반적인 유형인 '일대기 소설'의 유형에서 벗어나 있다.[36] 더욱이 주인공의 등장 시점은 신소설의 구성 방식과 매우 흡사하다. 주지하듯이 고소설은 일반적으로 주인공이나 혹은 그 가계家系를 소개하는 것을 발단으로 삼는다. 하지만 「이화전」에서는 종전終戰 이후 여전히 혼란을 겪고 있는 폐읍을 소개하는 등 사건 발단의 정황을 모두 제시한 이후에 비로소 주인공이 등장한다.[37]

이처럼 삽화의 제시가 앞서는 서사 구조를 조동일은 신소설의 주요한 변화 양상 중 하나로 언급한 바 있다. 그는 "전대소설 특히 귀족적 영웅소설은 주인공의 가문과 출생을 요약해 제시하는 방식으로 시작되나, 신소설에서는 서술의 순서상 먼저 나오는 고난이 장면화되어 있다"[38]고 지적한다. 즉 삽화의 제시가 앞서고 있는 서사 구조나 그에 따른 주인공의 등장 시점 변화라는 특징에 비춰 볼 때, 「이화전」을 신소설과의 일정한 교섭 속에서 창작된 텍스트로 추론해 볼 수 있다.

둘째, 「이화전」에 등장하는 '흡혈 여우'의 형상이 고소설은 물론이고 설화의 영역에서조차 매우 낯선 캐릭터라는 점이다. 「이화전」에 등장하는 여우는 일반적인 설화 속 여우와 달리 '흡혈'을 통해 자신의 능력을 배가시키는 존재로 그려지는데,[39] 이러한 '흡혈 요괴'의 출현이 우리 고전 문학사의 자생적 토양에서 이루어졌다고 보기는 어렵다. 또한 일찍이 최남선은 『매일신보』의 지문을 통해 한·중·일의 여우 관

---

36 박용식, 「이화전」, 『한국고전문학전집』 16, 고려대 민족문화연구소, 1995, 347면.
37 이런 구성적 특징에 대해 "이처럼 삽화의 제시가 앞선다는 점은 고전소설 일반보다 오히려 신소설에 더 가까운 모습"이라는 지적이 있었다.(이주영, 앞의 글, 160면)
38 조동일, 『신소설의 문학사적 성격』, 한국문화연구소, 1973, 119면.
39 "겨 은힝남게 천여 년이나 한 무근 여우 자웅이 잇셔 변화 무궁ᄒ니, 이 고을 원마다 죽요 그 피를 ᄲᆞ라먹으니 졈졈 요술이 더욱 신긔ᄒ지라"(국도관본, 14면).

련 설화를 정리한 바 있는데,[40] 이 글에서도 '흡혈 여우'의 존재는 기록
된 바가 없다. 따라서 「이화전」에서 등장하는 '흡혈 여우'는 전대前代의
문학 속에 출현하던 일반적인 여우의 형상과는 대별되는 새로운 존재
라고 보는 것이 타당할 것이다. 즉 「이화전」에 등장하는 암여우는 근대
를 전후한 시기에 유입된 새로운 요괴의 형상과 일정 부분 관련이 있을
것이며,[41] 이를 통해 「이화전」의 창작 시기 또한 근대에 가까운 시점으
로 추정해 볼 수 있을 것이다.

2) 청일전쟁의 정황과 「이화전」

이상의 창작 시기 추정과 함께 저자가 주목하는 「이화전」 서사의 특
징적 경향은 바로 강한 중세 지향성[42]이다. 우리는 「이화전」의 중세 지
향성을 '재조지은'에 대한 상상적 보상이라는 측면에서 일부 살펴본 바
있지만, 이 밖에도 몇 가지 지점에서 「이화전」의 중세적 지향을 확인해
볼 수 있다.

먼저 인물 묘사의 가장 단순한 형식인 이름붙이기[43]의 방식을 살펴
보자. 주인공의 이름 '이화李華'가 이조李朝와 중화中華의 합성어임은 분

---

40   고려대 아세아문제연구소 육당전집편찬위원회 편, 『육당최남선전집』 5, 현암사, 1973,
     252~264면.
41   물론 「이화전」의 암여우가 기존에 없었던 전혀 다른 캐릭터라는 의미는 아니다. 본고에
     서 주목하는 것은 '흡혈吸血'하는 요괴의 형상으로 여우가 묘사되고 있다는 점이다.
42   이때의 '중세 지향성'이란 「이화전」이 명나라를 '재조지은'의 주체로서 강조하는 동시에
     명나라의 혼란을 조선인이 해결한다는 설정을 통해 '재조지은'에 대한 상상적 보상을
     추구하고 있다는 점을 강조한 표현이다.
43   르네 웰렉・오스틴 워렌, 이경수 역, 『문학의 이론』, 문예출판사, 1999, 324면.

명해 보인다.[44] 더불어 이화와 이여백 혼령의 공조를 통해 사건이 해결되어가는 서사 과정을 염두에 둔다면, 이와 같은 작명의 의미는 보다 명확해진다. 곧 '이화'라는 이름은 조선과 중화 사이의 상상적 유대를 상징하며, 나아가 그 기반 위에서 문제적 상황을 해결하고자 하는 중세적 세계관을 함축한 명명이라 하겠다.

다음으로 이여백의 등장 역시 다분히 의도적인 설정이라고 할 수 있다. 이여백은 명장明將 이여송의 동생으로 임진전쟁 시기부터 이미 그의 형과 더불어 '송백松柏'에 비유되던 인물이었다.[45] 따라서 이여백은 임진전쟁에 참전했던 다수의 명장明將 중에서도 비교적 기억하기가 용이했을 인물일 것이다.[46] 더욱이 이여송의 경우 그의 악행을 강조하는 설화가 다수 존재하는 것에서도 알 수 있듯이 그에 대한 기억은 호오가 엇갈리는 데 반해, 별다른 반감을 사고 있지 않았던 이여백은 임진전쟁시 명나라의 파병과 그로 인한 승리를 상기시키기에 더욱 적절한 인물로 지목되었을 것이다. 「이화전」에서 전쟁 중 횡사한 이여백의 혼령이 갈등의 해결을 위해 지속적으로 이화를 도와주는 설정과 더불어 결말에서 그에 대한 보답을 위해 이화가 이여백의 사당을 짓고 자손대대로

---

44   이 점은 한명현도 지적한 바 있다. 다만 그는 작명의 의미에 대해 "중국에 대해 부정적 측면과 긍정적 측면을 동시에 인식하려는 균형적 태도"로 분석하고 있는데, 저자는 작가의 중세 지향성이 직접적으로 표현된 것으로 파악하는 입장이다.(한명현, 앞의 글, 57면)

45   상이 이르기를, "근간에 들으니, 의주義州에 점을 치는 사람이 있는데 그 점사占辭에 '남산의 송백松柏이 항상 무성하여 잎이 떨어지지 않는다'고 하였다 한다. 그 후에 생각해보니, 바로 이여송李如松·이여백李如柏 두 대장이 우리나라에 와서 왜적을 토벌한다는 조짐이었다. 그 전에야 어찌 송백이 이여송과 이여백을 가리킨 징조라 판단할 수 있었겠는가." (『선조실록』 29년 12월 25일)

46   또한 이여백의 화상畫像이 평양 무열사에 안치되어 있음을 상기할 때, 다른 명장明將에 비해 이여백에 대한 기억이 좀 더 지속되었을 것으로 판단할 수 있다.

향화를 이어갔다는 설정[47] 역시 「이화전」의 지향을 여실히 드러낸다.[48]

그런데 「이화전」의 이상과 같은 중세 지향적 특성과 더불어 앞서 추론했던 20세기 전후의 창작 시기를 함께 고려한다면, 우리는 「이화전」의 다양한 상징들을 청일전쟁 및 그 사회적 여파와 관련해 좀 더 적극적으로 해석할 수 있게 된다. 앞서 누차 지적했듯이, 「이화전」의 주요 서사인 요괴의 출현과 퇴치의 의미가 임진전쟁의 기억과 상흔에 대한 상상적 해결의 모색이라 할 때, 이러한 서사 구도의 기저에 일본에 대한 적개심과 명나라에 대한 향수가 공존하고 있음을 짐작하기는 어렵지 않다. 문제는 19세기 말 조선에서 발발한 청일전쟁이 이상에서 언급한 「이화전」의 상징적 서사를 촉발시키는 직접적인 계기가 되었을 가능성이 충분하다는 점이다. 반복된 일본의 침략이 과거의 임진전쟁을 상기시키는 한편 청군淸軍에 의해 자행된 각종 만행이 '재조지은'의 주체였던 명나라를 상기시켰던 것은 아닐까.

주지하듯이 청일전쟁은 갑오농민전쟁이 직접적인 계기가 되어 발생한 사건이다. 농민군의 제압을 위해 조선이 청에 원병을 요청했고, 이에 톈진조약(1885)을 빌미로 일본 역시 조선에 군대를 파견·주둔하다

---

47 견의 니여빅의 가르친 덕으로 두 번 살기를 엇고 냥국의 디공을 어더시믈 칭찬ᄒᆞ고 은혜를 망극ᄒᆞ여 부뫼 니ᄅᆞ되, "진실노 여빅의 은덕 셰셰싱싱에 다 갑지 못ᄒᆞ리라. 허믈며 너와 네 ᄌᆞ손은 디디로 잇지 못ᄒᆞ리라. 별쌍의 ᄉᆞ당을 일우고 화상을 만드러 ᄉᆞ시 향화를 끗지 아니미 올흐니라." 화 즉시 화상 만드러 ᄉᆞ당의 걸고 ᄉᆞ우를 잇게, 디디로 ᄌᆞ손이 향화를 끗지 아니ᄒᆞ니라.(국도관본, 39~40면)

48 이주영은 "이여백과 관련된 역사적 사실은 본문에서 처음 제시되는 단계에서만 의미를 가질 뿐 작품 전체의 해석을 좌우할 정도로 커다란 역할을 하는 것은 아니라 판단된다"고 하였다. 저자는 이여백의 출현과 그의 조력 그리고 결말에 설정된 그에 대한 향화의 설정 등에 비춰 볼 때, 이여백의 등장은 매우 의도적인 설정이며 그 의미 역시 작품의 전체적인 지향과도 밀접한 관련이 있다고 본다.(이주영, 앞의 글, 160면)

가 양국 사이에 전쟁이 발발한 것이다. 그런데 이와 관련해 보다 주목해야 할 지점은 외교상의 문제나 국제관계의 복잡다단한 변화가 아니라 전쟁으로 인해 겪어야 했던 참상 그 자체이다. 왜냐하면 「이화전」에서 기억하고 있는 전쟁의 국면 역시 사회적 혼란과 공포에 그 초점이 놓여 있기 때문이다.

우선 눈에 띄는 사건은 일본군의 이른바 '경복궁 점령사변'이다. 경복궁의 상징성을 염두에 둔다면 이 사건이 불러왔을 혼란을 예상하는 일은 결코 어렵지 않다. 이는 임진전쟁과 관련된 허다한 기억 중에서 「이화전」이 전쟁 초기 일본군의 일방적인 승리와 "경성"[49]에 들어와 살던 왜적을 떠올리게 한 사건일 수 있다. 더욱이 청일전쟁의 와중에 군인들에 의해 자행된 각종 성폭력 사건들은[50] 「이화전」에서 종전終戰 이후에도 '만년 묵은 자라'에 의해 지속적으로 고통받던 여성의 형상으로 상징화되어 나타난다. 즉 임진전쟁을 겪은 지 수백 년이나 지난 시점에서 반복적으로 겪게 된 전쟁의 고통, 특히 여성에 대한 성적 학대와 그로 인한 불안감이 '만년 묵은 자라'의 상징을 통해 표출된 것이다.

또한 청일전쟁의 와중에 청나라가 조선(인)에게 끼쳤던 피해 역시 상당했다. 특히 충청도 지역에서 북상하는 청의 패잔병들과 의주를 통해 평양으로 남하하는 청병에 의한 피해가 컸다고 하는데, 이렇듯 이 시기 조선은 일본의 만행뿐 아니라 청나라에 의한 인부징발·약탈·방화·강간 등과 같은 최악의 조건에 고스란히 노출되어 있었다.[51] 이러한 시

---

49 국도관본에는 "셩"으로 충남대본에는 "경셩"으로 표기되어 있다.
50 이에 대해서는 차경애, 「청일전쟁 당시의 전쟁견문록을 통해서 본 전쟁지역 민중의 삶」, 『명청사연구』 28, 2007, 106~121면 참조.
51 청군淸軍에 의한 피해 상황은 다음 논문을 참조할 것. 차경애, 「청일전쟁 당시 조선 전쟁터

대상을 염두에 둔다면 우리는 「이화전」에서 강조하고 있는 '재조지은'
의 정황과 이여백의 혼령으로 대변되는 명나라에 대한 향수가 청군淸軍
의 만행과도 결코 무관하지 않음을 짐작해 볼 수 있다. 「이화전」을 통
해 드러나는 일본군에 대한 적개심과 명나라에 대한 향수는 바로 이상
과 같은 청일 양국의 압박과 작란 속에서 배태된 것으로 추정된다.

　요컨대 「이화전」은 청일전쟁의 여파 속에서 임진전쟁의 기억을 토
대로 상상적 존재들의 출현과 퇴치를 상징적으로 서사화함으로써, '반
복되는 역사'와 그것이 가져온 공포와 불안에 대해 나름의 문학적 대응
을 추구했던 텍스트라 할 수 있을 것이다.

4. 「이화전」의 중세 지향성

　본고는 그간의 「이화전」 논의가 텍스트의 설화적 요소 자체에만 집중
되어 왔음을 문제로 제기하면서, 「이화전」의 설화적 상상력을 임진전쟁
의 기억이라는 역사적 맥락과의 관련성 속에서 재 고찰하였다. 논의의
과정에서 「이화전」의 창작 시기를 20세기 전후로 추정한 후, 청일전쟁
을 전후한 시기의 시대상과 결부해 「이화전」에 함축된 의미들을 시론적
으로 독해해 보았다. 이하에서는 상술한 논의를 바탕으로 「이화전」 창
작이 지니는 시대적 의미를 짚어봄으로써 결론을 대신하고자 한다.

의 실상」, 『한국문화연구』 14, 이화여대 한국문화연구원, 2008.

「이화전」의 시대적 의미 혹은 그 위상을 따져보기 위해서는 「이화전」의 '문학적 대응'이 과연 성공한 것인가라는 질문이 우선 필요할 것 같다. 문학의 성공은 여러 가지로 정의할 수 있겠지만 무엇보다 독자의 반향이 '성공' 여부의 주요한 기준임을 감안한다면, 「이화전」은 결코 '성공한' 텍스트라 할 수 없을 것이다. 단편의 분량임에도 불구하고 이제껏 유일본으로 전해지던 정황이 「이화전」에 대한 당대의 수요를 단적으로 증명해 주기 때문이다. 그렇다면 「이화전」은 어떤 이유에서 독자들의 적극적인 반향을 이끌어 내지 못했던 것일까. 이에 대해 저자는 앞 절에서 언급했던 「이화전」의 강한 중세 지향성이 하나의 소인素因일 것으로 판단하고 있다. 즉 근대의 도래라는 시대적 조류 속에서 「이화전」의 중세 지향성 혹은 중세적 세계 질서에 대한 향수는 더 이상 당대 독자들의 공감을 불러일으키지 못했던 것이 아닐까 한다.

　결국 「이화전」은 '반복되는 역사'가 몰고 온 불안과 공포를 '요괴'라는 상상적 적대의 형상을 통해 주조해 낸 후, 그것과의 대결과 승리의 과정을 통해 중세적 질서로의 상상적·위안적慰安的 회귀를 지향했던 텍스트라고 평가할 수 있을 것이다. 다만 우리가 익히 알고 있듯이 20세기 이후의 급격한 시대 변화 속에서 그와 같은 위안의 추구는 현실적인 실효를 상실하게 되었고, 이에 「이화전」 역시 커다란 반향을 불러일으키지는 못했던 것 같다. 그러나 보다 중요한 것은 이와 같은 「이화전」의 '실패' 원인이 단지 문학적 역량의 부족이 아니라 역사를 바라보는 시각이라는 보다 근원적인 차원에 놓여 있음을 인식하는 일일 것이다.

참고문헌

1부

1. 자료·영인본·주석본·번역본

김기현 역주, 『박씨전 / 임장군전 / 배시황전』, 고대민족문화연구소, 1995.

무악고소설자료연구회 편, 『한국고소설관련자료집』 I, 태학사, 2001.

박헌순 역, 『기재기이』, 범우문고, 1998.

박희병 표점·주석, 『한국한문소설 교합구해』, 소명출판, 2005.

박희병·정길수 편역, 『사랑의 죽음』, 돌베개, 2007.

_____, 『전란의 소용돌이 속에서』, 돌베개, 2007.

_____, 『끝나지 않은 사랑』, 돌베개, 2010.

신해진, 『권칙과 한문소설』, 보고사, 2008.

심경호 역, 『매월당 김시습 금오신화』, 홍익출판사, 2000.

양승민 교주, 박재연본 「김영철전」

이복규, 『임경업전』, 시인사, 1998.

이상구 역주, 『17세기 애정전기소설』, 월인, 1999.

장효현·윤재민·최용철·심재숙·지연숙, 『교감본 한국한문소설 1 – 전기소설』, 고려대 민족문화연구원, 2007.

정학성, 『역주 17세기 한문소설집』, 삼경문화사, 2000.

최삼룡·이월령·이상구 역주, 『유충렬전 / 최고운전』, 고려대 민족문화연구소, 1996.

최웅권·마금과·손덕표 교주, 『화몽집』, 소명출판, 2009.

2. 저서

강명관, 『열녀의 탄생 – 가부장제와 조선 여성의 잔혹한 역사』, 돌베개, 2009.

계승범, 『조선시대 해외파병과 한중관계』, 푸른역사, 2009.

고려대 민족문화연구원 한국사상소 편, 『자료와 해설, 한국의 철학사상』, 예문서원, 2001.

기시모토 미오·미야지마 히로시, 김현영·문순실 역, 『조선과 중국 근세 오백년을 가다 – 일국사를 넘어선 동아시아 읽기』, 역사비평사, 2003.

김경남, 『서사문학의 전쟁소재와 그 의미』, 보고사, 2007.

김성우, 『조선 중기 국가와 사족』, 역사비평사, 2001.

김장동, 『조선조 역사소설연구』, 이우출판사, 1986.

김정녀, 『조선 후기 몽유록의 구도와 전개』, 보고사, 2005.

김정숙,『조선 후기 재자가인소설과 통속적 한문소설』, 보고사, 2003.

김준오,『문학사와 장르』, 문학과지성사, 2000.

김진규,『조선조 포로소설 연구』, 보고사, 2006.

김태준 외,『임진왜란과 한국문학』, 민음사, 1992.

김태준, 박희병 교주,『증보 조선소설사』, 한길사, 1990.

김하명,『조선문학사 4, 17세기』, 평양 : 사회과학출판사, 1992.

김흥규,『한국문학의 이해』, 민음사, 1986.

민영대,『조위한과 최척전』, 아세아문화사, 1993.

_____,『조위한의 삶과 문학』, 국학자료원, 2000.

민족문학사연구소 고전소설사연구반 편,『묻혀진 문학사의 복원』, 소명출판, 2007.

박일용,『조선시대의 애정소설』, 집문당, 2000.

박태상,『조선조 애정소설 연구』, 태학사, 1996.

박희병,『조선 후기 전의 소설적 성향 연구』, 성균관대 대동문화연구원, 1993.

_____,『한국전기소설의 미학』, 돌베개, 1997.

소인호,『한국전기문학연구』, 국학자료원, 1999.

소재영,『임병양란과 문학의식』, 한국연구원, 1980.

송하준,『조선 후기 역사소설과 민족 정체성의 재구성』, 학자원, 2015.

신재홍,『한국몽유소설연구』, 계명문화사, 1994.

신해진,『조선 중기 몽유록 연구』, 박이정, 1998.

신호열, 임형택 역,『역주 백호전집』하, 창작과비평사, 1997.

양언석,『몽유록소설의 서술유형 연구』, 국학자료원, 1996.

엄기영,『16세기 한문소설 연구』, 월인, 2009.

엄태식,『한국 전기소설 연구』, 월인, 2015.

우쾌제 외,『고소설연구사』, 월인, 2002.

_____ 편,『원생몽유록－작자 문제의 시비와 의혹』, 박이정, 2002.

유종국,『몽유록소설 연구』, 아세아문화사, 1987.

윤주필,『윤리의 서사화』, 국학자료원, 2004.

윤채근,『소설적 주체, 그 탄생과 전변－한국전기소설사』, 월인, 1999.

이복규,『임경업전 연구』, 집문당, 1993.

이수건,『영남사림파의 형성』, 영남대 민족문화연구소, 1980.

이수광, 남성만 역,『지봉유설』상, 을유문화사, 1994.

이윤석,『임경업전 연구』, 정음사, 1985.

이채연,『임진왜란 포로실기 연구』, 박이정, 1995.

장경남,『임진왜란의 문학적 형상화』, 아세아문화사, 2000.

장효현,『한국 고전소설사 연구』, 고려대 출판부, 2002.

_____,『한국 고전문학의 시각』, 고려대 출판부, 2010.

정길수, 『한국 고전장편소설의 형성 과정』, 돌베개, 2005.

정민, 『목릉문단과 석주 권필』, 태학사, 1999.

정출헌, 『고전소설사의 구도와 시각』, 소명출판, 1999.

정환국, 『초기 소설사의 형성 과정과 그 저변』, 소명출판, 2005.

조현우, 『고전서사의 허구성과 유가적 사유』, 보고사, 2007.

지연숙, 『장편소설과 여와전』, 보고사, 2003.

차용주, 『몽유록계 구조의 분석적 연구』, 창학사, 1979.

최기숙, 『17세기 장편소설 연구』, 월인, 1999.

최재석, 『한국 초기사회학과 가족의 연구』, 일지사, 2002.

토지문화재단 편, 『한국문학사 어떻게 쓸 것인가』, 한길사, 2001.

한명기, 『임진왜란과 한중관계』, 역사비평사, 1999.

_____, 『정묘·병자전쟁과 동아시아』, 푸른역사, 2009.

한영우, 『조선 전기 사학사 연구』, 서울대 출판부, 1984.

허태용, 『조선 후기 중화론과 역사인식』, 아카넷, 2009.

황패강, 『임진왜란과 실기문학』, 일지사, 1992.

H. 포터 에벗, 우찬제 외역, 『서사학 강의』, 문학과지성사, 2010.

3. 논문

강봉근, 「여성영웅소설의 출현 동인 일고찰」, 『소석 이기우선생 화갑기념논총』, 1986.

강상순, 「전기소설의 해체와 17세기 소설사적 전환의 성격」, 『어문논집』 26, 안암어문학회, 1997.

_____, 「조선 후기 장편소설과 가족 로망스」, 『한국고전여성문학연구』 7, 한국고전여성문학회, 2003.

_____, 「한국 고전문학 연구에 수용된 탈근대, 탈민족 담론에 대한 비판적 고찰−고미숙과 강명관의 논의를 중심으로」, 『민족문화연구』 53, 고려대 민족문화연구원, 2010.

강진옥, 「최척전에 나타난 고난과 구원의 문제」, 『이화어문논집』 8, 이화여대 한국어문학연구소, 1986.

경일남, 「박씨전의 불교적 성격」, 『어문연구』 14집, 충남대 어문연구회, 1985.

고미숙, 「고전문학사 시대구분에 관한 몇 가지 제언」, 토지문화재단 편, 『한국문학사 어떻게 쓸 것인가』, 한길사, 2001.

곽정식, 「「박씨전」 연구의 현황과 과제」, 『문화전통논집』 8집, 경성대학교 한국학연구소, 2000.

_____, 「「박씨전」에 나타난 여성의식의 성격과 한계」, 『국어국문학』 126, 국어국문학회, 2000.

권혁래, 「나손본 김철전의 사실성과 여성적 시각의 면모」, 『고전문학연구』 15, 한국고전문학회, 1999.

_____, 「김영철전의 작가와 작가의식」, 『고소설연구』 22, 한국고소설학회, 2006.

_____, 「17세기 동아시아 전란의 소설적 수용양상−김영철전에 그려진 부부애의 성격을 중심으로」, 『고소설연구』 26, 한국고소설학회, 2008.

김기동, 「불교소설 최척전 소고」, 『불교학보』11, 동국대 불교문화연구소, 1974.

_____, 「주생전」, 『이조시대소설의 연구』, 성문각, 1974.

김남기, 「이건의 생애와 '제소설시'에 나타난 소설관 고찰」, 『한국한시연구』4, 한국한시학회, 1996.

김대숙, 「우부현녀설화와 박씨전」, 『한국설화문학연구』, 집문당, 1994.

김대현, 「17세기 소설사의 한 연구－전기소설의 변이양상과 장편화의 경로」, 성균관대 박사논문, 1993.

김동협, 「금생이문록의 창작배경과 서술의식」, 『동방한문학』27집, 동방한문학회, 2004.

김문자, 「16～17세기 조일 관계에 있어서의 피로인 귀환－특히 여성의 경우」, 『상명사학』8·9합집, 상명사학회, 2003.

김문희, 「최척전의 가족 지향성 연구」, 『한국고전연구』6집, 한국고전연구학회, 2000.

김성우, 「연속된 두 시기로서의 16·17세기－조선 중기론의 입장에서」, 『내일을 여는 역사』24, 내일을여는역사, 2006.

_____, 「조선 중기를 바라보는 두 개의 시선－한국과 미국의 역사학계 비교」, 『한국사연구』143, 한국사연구회, 2008.

김세봉, 「효종초 김자점 옥사에 대한 일연구」, 『사학지』34, 단국사학회, 2001.

김용흠, 「조선 후기 역모 사건과 변통론의 위상－김자점 역모 사건을 중심으로」, 『사회와 역사』70, 한국사회사학회, 2006.

김우철, 「인조 24년(1646) 안익신 모반 사건과 그 의미」, 『한국사학보』33호, 고려사학회, 2008.

김일환, 「병자호란 체험의 '재화'양상과 의미 연구」, 동국대 박사논문, 2010.

김장동, 「박씨전 논고」, 『한양어문연구』3집, 한양어문연구회, 1985.

김정녀, 「몽유록의 현실대응 양상과 그 의미－16C 후반~17C 전반 몽유록을 중심으로」, 고려대 석사논문, 1997.

김종철, 「서사문학사에서 본 초기소설의 성립문제－전기소설과 관련하여」, 다곡 이수봉선생 회갑기념논총 간행위원회 편, 『고소설연구논총』, 경인문화사, 1988.

_____, 「고려 전기소설의 발생과 그 행방에 대한 재론」, 『어문연구』26, 충남대 인문대학 국문과, 1995.

_____, 「전기소설의 전개 양상과 그 특성」, 『민족문화연구』28, 고려대 민족문화연구소, 1995.

_____, 「17세기 소설사의 전환과 "가(家)"의 등장」, 『국어교육』112, 한국어교육학회, 2003.

_____, 「고전소설사에서의 17세기 소설의 위상」, 성현경교수추모논총간행위원회 편, 『한국 고소설 연구의 쟁점과 전망』, 보고사, 2011.

_____, 「17세기 소설사의 전환과 소설교육론」, 『한국학보』25집 3권, 일지사, 1999.

김진규, 「김영철전의 포로소설적 성격」, 『새얼어문논집』13, 새얼어문학회, 2000.

김현양, 「북한의 17세기 소설사 서술의 몇 가지 문제－민족주의적 지향과 주체의 이상화」, 『민족문학사연구』29, 민족문학사학회, 2005.

_____, 「최척전, '희망'과 '연대'의 서사」, 『한국고전소설사의 거점』, 보고사, 2007.

_____, 「16, 17세기 소설사의 새로운 면모」, 민족문학사연구소 저, 『새 민족문학사강좌 1』, 창작과비평사, 2009.

_____, 「영웅군담소설의 연구사적 조망」, 성현경교수추모논총간행위원회 편, 『한국 고소설 연구의 쟁점과 전망』, 보고사, 2011.

김희경, 「전기소설의 측면에서 본 주생전 연구」, 『연세어문학』 27, 연세대 국어국문학과, 1995.

민영대, 「최척전 연구사」, 우쾌제 외, 『고소설연구사』, 월인, 2002.

_____, 「최척전에 나타나는 중국적 요소와 작자의 의도」, 『한국언어문학』 66, 한국언어문학회, 2008.

박경남, 「임경업 영웅상의 실체와 그 의미」, 『고전문학연구』 23집, 고전문학연구학회, 2003.

박성순, 「병자전쟁 관련 서사문학에 나타난 전쟁과 그 의미」, 동국대 석사논문, 1996.

박양리, 「강홍립에 대한 문학적 형상화 양상 연구─「책중일록」과 「강로전」를 중심으로」, 『한국문학논총』 58, 한국문학회, 2011.

박일용, 「조선 후기 애정소설의 서술시각과 서사세계」, 서울대 박사논문, 1989.

_____, 「장르론적 관점에서 본 최척전의 특징과 소설사적 위상」, 『고전문학연구』 5, 한국고전문학회, 1990.

_____, 「주생전」, 간행위원회 편, 『한국고전소설작품론─완암 김진세선생 회갑기념논문집』, 집문당, 1990.

_____, 「명혼소설의 낭만적 경향성과 그 소설사적 의미」, 『관악어문연구』 17, 서울대 국어국문학과, 1992.

_____, 「전기계 소설의 양식적 특징과 그 소설사적 변모 양상」, 『민족문화연구』 28, 고려대 민족문화연구소, 1995.

박희병, 「17세기 동아시아의 전란과 민중의 삶─김영철전의 분석」, 최원식 외, 『한국근대문학사의 쟁점』, 창작과비평사, 1990.

_____, 「최척전─16, 7세기 동아시아의 전란과 가족이산」, 『한국고전소설작품론』, 집문당, 1990.

_____, 「17세기 초의 숭명배호론과 부정적 소설주인공의 등장」, 양포이상택교수 환력기념논총간행위원회, 『한국 고전소설과 서사문학』 상, 집문당, 1998.

_____, 「한문소설과 국문소설의 관련양상」, 『한국한문학연구』 22, 한국한문학회, 1998.

사재동, 「박씨전의 형성 과정」, 『장암 지헌영선생 고희기념논총』, 형설출판사, 1980.

서대석, 「군담소설의 출현 동인 반성」, 『고전문학연구』 1, 한국고전문학회, 1971.

_____, 「이조변안소설고─설인귀전을 중심하여」, 『국어국문학』 52권, 국어국문학회, 1971.

_____, 「몽유록의 장르적 성격과 문학사적 의의」, 『한국학논문집』 3집, 계명대, 1975.

_____, 「임경업전과 병자전쟁」, 『군담소설의 구조와 배경』, 이화여대 출판부, 1985.

서인석, 「고전소설의 결말구조와 그 세계관─홍길동전·구운몽·군담소설을 중심으로」, 서울대 석사논문, 1984.

서인석, 「17세기 전후 민족현실과 소설의 발전」, 『민족문학사강좌』 상, 1995.

서인석, 「국문본 김영철뎐의 이본적 위상과 특징」, 『국어국문학』 157, 국어국문학회, 2011.

성현경, 「여걸소설과 설인귀전-그 저작연대와 수입연대·수용과 변용」, 『국어국문학』 62·63권, 국어국문학회, 1973.

소인호, 「나말~선초의 전기문학 연구」, 고려대 박사논문, 1996.

_____, 「17세기 고전소설의 저작 유통과 『화몽집』의 소설사적 위상」, 『고소설연구』 21, 한국고소설학회, 2006.

송성욱, 「17세기 소설사의 한 국면-「사씨남정기」, 「구운몽」, 「창선감의록」, 「소현성록」을 중심으로」, 『한국고전연구』 8, 한국고전연구학회, 2002.

송재용, 「주생전」, 황패강교수 정년퇴임기념논총 간행위원회 편, 『고전소설연구』, 일지사, 1993.

송하준, 「조선 후기 역사소설의 변모양상과 주제의식」, 고려대 박사논문, 2004.

신선희, 「「박씨전」 연구사」, 우쾌제 외, 『고소설연구사』, 월인, 2002.

신재홍, 「주생전 연구사」, 우쾌제 외, 『고소설연구사』, 월인, 2002.

양승민, 「17세기 전기소설의 통속화 경향과 그 소설사적 의미」, 고려대 박사논문, 2000.

_____, 「최척전의 창작동인과 소통과정」, 『고소설연구』 9, 한국고소설학회, 2000.

_____, 「김영철전의 형상화 방식과 그 작가의식」, 『국어국문학』 138, 국어국문학회, 2004.

_____·박재연, 「원작 계열 김영철전의 발견과 그 자료적 가치」, 『고소설연구』 18, 한국고소설학회, 2004.

엄태식, 「애정전기소설의 창작 배경과 양식적 특징」, 경원대 박사논문, 2010.

_____, 「김영철전의 서사적 특징과 서술 시각」, 『한국고전연구』 24, 한국고전연구학회, 2011.

_____, 「최척전의 창작 배경과 열녀 담론」, 『한국고전여성문학연구』 24, 한국고전여성문학회, 2012.

엄태웅, 「17세기 전기소설에 나타난 남녀 관계의 변모 양상」, 『한문학논집』 29, 근역한문학회, 2009.

여세주, 「박씨전의 구조와 후반부의 연원 고찰」, 『영남어문학』 13집, 영남어문학회, 1986.

오수창, 「인조대 정치세력의 동향」, 이태진 편, 『조선시대 정치사의 재조명』(개정판), 태학사, 2003.

오항녕, 「역사를 읽는다-경험과 성찰」, 한국사상사연구회 편, 『조선유학의 개념들』, 예문서원, 2002.

요네타니 히토시[米谷均], 「사로잡힌 조선인들-전후 조선인 포로 송환에 대하여」, 『임진왜란 동아시아 삼국전쟁』, 휴머니스트, 2007.

유기옥, 「『기재기이』의 연구 동향과 쟁점」, 우쾌제 편, 『고소설연구사』, 월인, 2002.

윤세순, 「홍백화전을 토해 본 애정전기의 이행기적 면모」, 『한문학보』 2, 우리한문학회, 2000.

_____, 「17세기 전기소설에 나타난 삽입시가의 존재양상과 기능-주생전·위경천전·운영전·상사동기를 중심으로」, 『동방한문학』 42, 동방한문학회, 2010.

윤승준, 「취향과 현실일탈의 꿈-주생전의 문학적 감염장치」, 『동양학』 31, 단국대 동양학연구소, 2001.

윤영옥, 「임경업전 연구」, 『국어국문학연구』 15, 영남대 국어국문학회, 1973.

윤재민, 「전기소설의 인물 성격」, 『민족문화연구』 28, 고려대 민족문화연구소, 1995.

＿＿＿, 「전기소설의 성격」, 『한국한문학연구』 19, 한국한문학회, 1996.

＿＿＿, 「조선 후기 전기소설의 향방」, 『민족문학사연구』 15, 민족문학사학회, 1999.

윤주필, 「원생몽유록의 종합적 고찰」, 『한국한문학연구』 16집, 한국한문학회, 1993.

이금희, 「17세기 소설의 연구－배경 및 양면구조를 중심으로」, 『고소설연구』 1, 한국고소설학회, 1995.

이민희, 「전쟁 소재 역사소설에서의 만남과 이산의 주체와 타자－최척전, 김영철전, 강로전을 중심으로」, 『국문학연구』 17, 국문학회, 2008.

＿＿＿, 「기억과 망각의 서사로서의 만주 배경 17세기 전쟁 소재 역사소설 읽기－최척전, 강로전, 김영철전을 중심으로」, 『만주연구』 11, 만주학회, 2011.

이상구, 「한·중 전기소설의 관계 양상 및 그 특징－17, 8세기 애정전기소설과 당대 전기와의 관계를 중심으로」, 『고전문학연구』 21, 한국고전문학회, 2002.

이석래, 「고대소설에 미친 야담의 영향」, 『성곡논총』 3집, 성곡문화재단, 1972.

이승수, 「김영철전의 갈래와 독법－홍세태의 작품을 중심으로」, 『정신문화연구』 30권 2호, 한국학중앙연구원, 2007.

이승환, 「조선조의 도통 담론과 학문·정치 권력」, 『유교 담론의 지형학』, 푸른숲, 2004.

이인숙, 「박씨전과 무교사상」, 『국제어문』 2집, 국제어문학회, 1981.

이재영, 「역사소설에 나타난 기억 구성 방식 연구－임경업전을 중심으로」, 『어문론총』 45, 한국문학언어학회, 2006.

이종묵, 「주생전의 미학과 그 의미」, 『관악어문연구』 16, 서울대 국어국문학과, 1991.

이종필, 「'행복한 결말'의 출현과 17세기 소설사 전환의 일 양상」, 『고전과 해석』 10, 고전문학한문학연구학회, 2011.

＿＿＿, 「고소설 연구의 민족/민중/근대성 지향에 대한 비판적 성찰－내재的 발전론과의 상관관계를 중심으로」, 『민족문학사연구』 48, 민족문학사연구소, 2012.

이혜순, 「전기소설의 전개」, 성오 소재영 교수 환력기념논총 간행위원회 편, 『고소설사의 제문제』, 집문당, 1993.

＿＿＿, 「열녀상의 전통과 변모」, 『진단학보』 85, 진단학회, 1998.

＿＿＿, 「열녀전의 입전의식과 그 사상적 의의」, 한국고전여성문학회, 『조선시대의 열녀담론』, 월인, 2002.

임성래, 「영웅소설의 출현동인 연구」, 『배달말』 20, 배달말학회, 1995.

임형택, 「이조전기의 사대부문학」, 『한국문학사의 시각』, 창작과비평사, 1984.

＿＿＿, 「17세기 규방소설의 성립과 창선감의록」, 『동방학지』 57, 연세대 국학연구원, 1988.

＿＿＿, 「전기소설의 련애주제와 위경천전」, 『동양학』 22, 단국대 동양학연구소, 1992.

＿＿＿, 「『화영집』을 통해 본 16, 7세기 한중소설사－'권선징악'의 서사구조」, 『한국고전문학회 제227차 정례학술발표회 논문집』, 2003.8.

장경남, 「임경업전 연구사」, 우쾌제 외, 『고소설연구사』, 월인, 2002.

_____, 「병자전쟁의 문학적 형상화 연구」, 『어문연구』 31권 3호, 한국어문교육연구회, 2003.

_____, 「임·병 양란과 17세기 소설사」, 『우리문학연구』 21, 우리문학회, 2007.

_____, 「17세기 열녀 담론과 소설적 대응」, 『민족문학사연구』 47, 민족문학사연구소, 2011.

장덕순, 「병자전쟁을 전후한 전쟁소설」, 『인문과학』 3, 연세대, 1959.

장효현, 「몽유록의 역사적 성격」, 한국고전소설편찬위원회 편, 『한국고전소설론』, 새문사, 1990.

_____, 「최척전의 작품세계와 창작 기반」, 『한국 고전문학의 시각』, 고려대 출판부, 2010.

전성운, 「17세기 장편국문소설과 명말 청초 인정소설의 상관성」, 『중국소설논총』 17, 2003.

_____, 「원생몽유록에 구현된 정조와 문예적 의미」, 『우리어문연구』 28, 우리어문학회, 2007.

정명기, 「최척전」, 화경고전문학연구회 편, 『고전소설연구』, 일지사, 1993.

_____, 「위생전(위경천전) 교감의 문제점」, 『고소설연구』 22, 한국고소설학회, 2006.

_____, 「위생전(위경천전) 이본 연구」, 『어문학』 95, 한국어문학회, 2007.

정민, 「주생전의 창작 기층과 문학적 성격」, 『한양어문연구』 9, 한양어문연구회, 1991.

____, 「위경천전의 낭만적 비극성」, 『동아시아문화연구』 24, 한양대 동아시아문화연구소, 1994.

____, 「임란시기 문인지식층의 명군 교유와 그 의미」, 『한국한문학연구』 19, 한국한문학회, 1996.

정병호, 「주생전과 위경천전의 비교 고찰」, 『고소설연구』 6, 한국고소설학회, 1998.

정상진, 「인물중심으로 본 박씨전의 구조와 그 의미」, 『한국문학논총』 8·9집, 한국문학회, 1986.

정출헌, 「표기문자 전환에 따른 16~17세기 소설 미학의 변이 양상」, 민족문학사연구소 고전소설사연구반, 『묻혀진 문학사의 복원』, 소명출판, 2007.

정학성, 「몽유록의 역사의식과 유형적 특질」, 『관악어문연구』 2집, 서울대 국어국문학과, 1977.

정환국, 「17세기 애정류 한문소설 연구」, 성균관대 박사논문, 2000.

_____, 「17세기 소설에서 '악인'의 등장과 대결구도」, 『한문학보』 18, 우리한문학회, 2008.

_____, 「전근대 동아시아 전란, 그리고 변경인」, 『민족문학사연구』 44, 민족문학사연구소, 2010.

조광국, 「주생전과 16세기 말 소외양반의 의식 변화와 기녀의 자의식 표출의 시대적 의미」, 『고소설연구』 8, 한국고소설학회, 1999.

조현설, 「형식과 이데올로기의 불화」, 민족문학사연구소 고전소설사연구반 편, 『묻혀진 문학사의 복원』, 소명출판, 2007.

조현우, 「몽유록의 출현과 '고통'의 문학적 형상화」, 『한국고전연구』, 14집, 한국고전연구학회, 2006.

_____, 「강로전에 나타난 전쟁의 기억과 욕망의 서사」, 『민족문학사연구』 46, 민족문학사연구소, 2011.

조혜란, 「여성, 전쟁, 기억 그리고 「박씨전」」, 『한국고전여성문학연구』 9, 한국고전여성문학회, 2004.

조희웅, 「17세기 국문 고전소설의 형성에 대하여-숙향전을 중심으로」, 『어문학논총』 16, 국민대 어문학연구소, 1997.

지연숙, 「최척전 이본의 두 계열과 선본」, 『고소설연구』 17, 한국고소설학회, 2004.

_____, 「피생명몽록 연구―작자의 창작의도를 중심으로」, 『우리어문연구』 23집, 우리어문학회, 2004.

_____, 「주생전의 배도 연구」, 『고전문학연구』 28, 한국고전문학회, 2005.

진경환, 「창선감의록의 작품구조와 소설사적 위상」, 고려대 박사논문, 1992.

최용권, 「숭욕어리의 암울한 정감세계―한국고전한문소설 강로전에 대하여」, 『고소설연구』 24, 한국고소설학회, 2007.

최원오, 「17세기 서사문학에 나타난 월경의 양상과 초국적 공간의 출현」, 『고전문학연구』 36, 한국고전문학회, 2009.

한충희, 「선산과 조선 전기 성리학 및 사림파」, 『한국학논집』 24집, 계명대 한국학연구원, 1997.

2부 1장

1. 자료

김기현 역주, 『박씨전 / 임장군전 / 배시황전』, 고대민족문화연구소, 1995.

김영진 역, 『눈물이란 무엇인가』, 태학사, 2001.

나만갑, 윤재영 역, 『병자록』, 명문당, 1987.

이복규, 『임경업전』, 시인사, 1998.

장효현 외, 『교감본 한국한문소설 몽유록』, 고려대 민족문화연구원, 2007.

『송자대전(宋子大全)』 213권, 「임장군경업전(林將軍慶業傳)」

『석병집(石屛集)』 4권, 「삼소(三疏)」

조선왕조실록(http://sillok.history.go.kr)

2. 저서

계승범, 『조선시대 해외파병과 한중관계』, 푸른역사, 2009.

김의정, 『역사소설 임장군전 연구』, 솔터, 1992.

이복규, 『임경업전연구』, 집문당, 1993.

한명기, 『정묘·병자호란과 동아시아』, 푸른역사, 2009.

허태용, 『조선 후기 중화론과 역사인식』, 아카넷, 2009.

올라프 라더, 김희상 역, 『사자(死者)와 권력』, 작가정신, 2004.

3. 논문

강상순, 「사씨남정기의 적대와 희생의 논리」, 『고소설연구』 12, 한국고소설학회, 2001.

김남형, 「성호(星湖)의 임장군에 대하여」, 『한문교육연구』 7, 한국한문교육학회, 1993.

김세봉, 「효종초 김자점 옥사에 대한 일연구」, 『사학지』34, 단국대 사학회, 2001.

김용흠, 「조선 후기 역모 사건과 변통론의 위상―김자점 역모 사건을 중심으로」, 『사회와 역사』 70, 한국사회사학회, 2006.

김정녀, 「17세기 임경업을 보는 두 시각과 그 의미」, 『어문논집』40, 민족어문학회, 1999.

김현양, 「사씨남정기와 욕망의 문제」, 『고전문학연구』12, 한국고전문학회, 1997.

김현우, 「국가 영웅의 '영웅성' 고찰―임경업전을 중심으로」, 『한국어문연구』16, 한국어문연구 학회, 2005.

박경남, 「임경업 영웅상의 실체와 그 의미」, 『고전문학연구』23, 한국고전문학회, 2003.

박희병, 「17세기 초의 숭명배호론과 부정적 소설주인공의 등장」, 양포이상택교수 환력기념논총간 행위원회, 『한국 고전소설과 서사문학』상, 집문당, 1998.

서대석, 「임경업전과 병자호란」, 『군담소설의 구조와 배경』, 이화여대 출판부, 1985.

신재홍, 「사씨남정기의 선악 구도」, 『한국문학연구』2, 고려대 민족문화연구원 한국문학연구소, 2001.

이재영, 「역사소설에 나타난 기억 구성 방식 연구―임경업전을 중심으로」, 『어문론총』45, 한국문 학언어학회, 2006.

이종필, 「조선 중기 전란의 소설화 양상과 17세기 소설사」, 고려대 박사논문, 2013.

이태진, 「장기적인 자연재해와 전란의 피해」, 『한국사 30―조선 중기의 정치와 경제』, 국사편찬위 원회, 2003.

정홍준, 「17세기 대신과 유현의 역학관계」, 『국사관논총』65, 국사편찬위원회, 1995.

정환국, 「17세기 소설에서 '악인'의 등장과 대결구도」, 『한문학보』18, 우리한문학회, 2008.

조현우, 「사씨남정기의 악녀 형상과 그 소설사적 의미」, 『한국고전여성문학연구』13, 한국고전여 성문학회, 2006.

_____, 「고소설의 악(惡)과 악인(惡人) 형상에 대한 문화사적 접근―초기소설과 영웅소설을 중 심으로」, 『우리말글』41, 우리말글학회, 2007.

2부 2장

1. 자료

민족문화추진회 편, 『국역 해행총재』2, 1974.

『번암집(樊巖集)』55권 전(傳) 「신기금전(辛起金傳)」

양승민 교주, 박재연본 「김영철전(金英哲傳)」

『지봉집(芝峯集)』23권 잡저(雜著) 「조완벽전(趙完璧傳)」

『해좌집(海左集)』39권 전(傳) 「이화암노승전(梨花庵老僧傳)」

조선왕조실록(http://sillok.history.go.kr)

한국고전종합DB(http://db.itkc.or.kr)

2. 저서

임형택 편역, 『이조시대 서사시』 하, 창작과비평사, 1992.

주돈식, 『조선인 60만 노예가 되다』, 학고재, 2007.

한명기, 『정묘·병자호란과 동아시아』, 푸른역사, 2009.

_____, 『병자호란』 2, 푸른역사, 2013.

이시바시 다카오, 홍성구 역, 『대청제국 1616~1799』, 휴머니스트, 2009.

3. 논문

강성문, 「정묘병자호란기의 포로송환 연구」, 『군사(軍史)』 46호, 국방부 군사편찬연구소, 2002.

권혁래, 「「김영철전」의 작가와 작가의식」, 『고소설연구』 22집, 한국고소설학회, 2006.

_____, 「나손본 「김철전」의 사실성과 여성적 시각의 면모」, 『고전문학연구』 15집, 한국고전문학회, 1999.

김문자, 「임진·정유재란기 조선 피로인 문제」, 『중앙사론』 19집, 한국중앙사학회, 2004.

김용욱, 「한국역사에 있어 전쟁 피로자·피납자의 송환문제」, 『국제정치논총』 44집 1호, 한국국제정치학회, 2004.

김종원, 「초기 조청(朝淸)관계에 대한 일고찰―병자호란시 피로인 문제를 중심으로」, 『역사학보』 71집, 역사학회, 1976.

김진규, 「김영철전의 포로소설적 성격」, 『새얼어문론집』 13집, 새얼어문학회, 2000.

남미혜, 「병자호란기 조선 피로인(被虜人)의 호지(胡地)체험과 삶」, 『동양고전연구』 32집, 동양고전학회, 2008.

민덕기, 「임진왜란 중의 납치된 조선인 문제」, 한일관계사연구논집 편찬위, 『임진왜란과 한일관계』, 경인문화사, 2005.

박용옥, 「정묘란 조선피로인 쇄속환고」, 『사학연구』 18호, 한국사학회, 1964.

박희병, 「17세기 동아시아의 전란과 민중의 삶―「김영철전」의 분석」, 『한국근대문학사의 쟁점』, 창작과비평사, 1990.

소현세자 시강원, 정하영 외역, 『심양장계』, 창비, 2008.

송하준, 「새로 발견된 한문필사본 「김영철전」의 자료적 가치」, 『고소설연구』 35집, 한국고소설학회, 2013.

양승민, 「김영철전의 형상화 방식과 그 작가의식」, 『국어국문학』 138호, 국어국문학회, 2004.

양승민·박재연, 「원작계열 「김영철전」의 발견과 그 자료적 가치」, 『고소설연구』 18집, 한국고소설학회, 2004.

엄태식, 「「김영철전」의 서사적 특징과 서술 시각」, 『한국고전연구』 24집, 한국고전연구학회, 2011.

요네타니 히토시, 「사로잡힌 조선인들―전후 조선인 포로 송환에 대하여」, 『임진왜란 동아시아 삼국전쟁』, 휴머니스트, 2007.

이기순, 「후금(後金)의 경제난과 호란(胡亂)」, 『인문과학』 8권 1호, 홍익대 인문과학연구소, 2001.

이승수, 「김영철전(金英哲傳)의 갈래와 독법(讀法)―홍세태(洪世泰)의 작품을 중심으로」, 『정신
　　문화연구』 30권 2호, 한국학중앙연구원, 2007.
이종필, 「조선 중기 전란의 소설화 양상과 17세기 소설사」, 고려대 박사논문, 2013.
진재교, 「조선조 후기 현실과 서사한시―17세기 동아시아 전란 기억과 피로인(被虜人)」, 『대동한
　　문학』 35집, 대동한문학회, 2011.

2부 3장

1. 자료
『奇說』, 규장각본 (http://e-kyujanggak.snu.ac.kr/)
徐有英, 『錦溪筆談: 左海逸史 下』, 국립중앙도서관본(http://www.nl.go.kr/)
朴亮漢, 『梅翁閑錄 上』, 장서각본(http://yoksa.aks.ac.kr/)
李漁, 『李漁全集』 9, 浙江古籍出版社, 1992.
『조선왕조실록』(http://sillok.history.go.kr/)

2. 저서
김동욱 역, 『국역 기문총화』, 아세아문화사, 1996.
박희병·정길수 편역, 『이상한 나라의 꿈』, 돌베개, 2013.
박희병·정길수 편역, 『전란의 소용돌이 속에서』, 돌베개, 2007.
이이효재, 『조선조 사회와 가족』, 한울아카데미, 2003.

3. 논문
김윤정, 「조선후기 嫁母·出母 담론과 그 예학적 성격」, 『퇴계학보』 131, 퇴계학회, 2012.
박소현, 「17세기 중국과 한국의 단편소설에 나타난 가족의 이산과 재회―『십이루』와 『최척전』을
　　중심으로」, 『중국문학』 58, 한국중국어문학회, 2009.
박주, 「병자호란과 이혼」, 『조선사연구』 10, 조선사연구회, 2001.
엄태식, 「최척전의 창작 배경과 열녀 담론」, 『한국고전여성문학연구』 24, 한국고전여성문학회,
　　2012.
이종필, 「'행복한 결말'의 출현과 17세기 소설사 전환의 일 양상」, 『고전과 해석』 10, 고전문학한문
　　학연구학회, 2011.
이혜순, 「열녀상의 전통과 변모」, 『진단학보』 85, 진단학회, 1998.
이화, 「수절문화 변천의 시대적 요소―명·청과 조선시대 소설을 중심으로」, 『한중인문학연구』
　　20, 한중인문학회, 2007
조은, 「모성·성·신분제―『조선왕조실록』 '재가 금지' 담론의 재조명」, 『사회와 역사』 51집, 한
　　국사회사학회, 1997.

2부 4장

1. 자료

국립중앙도서관본 「니화전」

충남대본 「니화전」

박용식 역주, 『금방울전 / 김원전 / 남윤전 / 당태종전 / 이화전 / 최랑전』, 고려대 민족문화연구
　　　소, 1995.

조선왕조실록(http://sillok.history.go.kr)

2. 저서

고려대 아세아문제연구소 육당전집편찬위원회 편, 『육당최남선전집』 5, 현암사, 1973.

김기동, 『한국고전소설연구』, 교학연구사, 1983.

김현룡, 『한중소설설화비교연구』, 일지사, 1976.

고마쓰 가즈히코, 박전열 역, 『일본의 요괴학 연구』, 민속원, 2009.

3. 논문

김승호, 「장인걸전 고」, 『동악어문논집』 21, 1986.

박송희, 「이화전의 무속요소 고찰」, 『우리문학연구』 33, 2011.

신동원, 「조선말의 콜레라 유행, 1821～1910」, 『한국과학사학회지』 11권 1호, 1989.

이주영, 「이화전 연구」, 『과학과 문화』 1권 1호, 2004.

차경애, 「청일전쟁 당시의 전쟁견문록을 통해서 본 전쟁지역 민중의 삶」, 『명청사연구』 28, 2007.

_____, 「청일전쟁 당시 조선 전쟁터의 실상」, 『한국문화연구』 14, 2008.

최귀묵, 「「장인걸전」 연구－민담, 「이화전」과의 비교를 중심으로」, 『고전문학과 교육』 2, 2000.

하우봉, 「동아시아 국제전쟁으로서의 임진전쟁」, 『한일관계사연구』 39, 2011.

한명현, 「이화전 연구」, 한국교원대 석사논문, 2001.

찾아보기